skating ON THIN ice

Impressum:
Autumn St. James

c/o Autorenbetreuung | Caroline Minn
(Impressumservice)
Kapellenstraße 3
54451 Irsch

1. Auflage Oktober 2023

Covergestaltung: Désirée Lothmann, www.kiwibytesdesign.com
Bildnachweise: Adobe Stock: oxie99 130417293, bittedankeschön 195592875, Artem 638531109
Lektorat: Luise Deckert
Korrektorat: Julia Kuhlmann

Kapitel 1

Malia

»Wenn du nicht in zwei Minuten unten bist, fahre ich ohne dich los!« Die Stimme meines Bruders hallte durch das Haus.

Ich werfe einen letzten Blick in den Spiegel und ziehe meinen Zopf noch einmal fest. »Komme schon.« Im Vorbeigehen schnappe ich mir mein Handy von der Kommode und mache mich auf den Weg nach unten.

Jace lehnt mit verschränkten Armen am Treppengeländer und betrachtet den Boden. Er sieht mit seinen dunklen Haaren, die ihm in die Stirn fallen und diesem Vibe eines gebrochenen Rockstars aus, als wäre er bei einem Fotoshooting.

Ich bin mir sicher, dass Frauen bei dem Anblick das Bedürfnis kriegen, ihn aufzumuntern. Bei mir hingegen kommt es nicht auf, denn er ist nur dramatisch, weil er zwei Sekunden warten musste.

»Na, irgendwas Interessantes zu sehen?«

Jace schaut auf. »Nur die Millionen Staubkörnchen, die dort in der Ewigkeit gelandet sind, die ich hier auf dich warten musste.«

Ich dränge mich mit mehr Nachdruck als nötig an ihm vorbei. Das Grunzen, dass er von sich gibt, zaubert ein zufriedenes Grinsen auf meine Lippen. »Das sind keine Staubkörner, sondern Hautschüppchen, die sich von deinem Körper gelöst haben.« Über die Schulter hinweg schaue ich zurück zu ihm, gerade rechtzeitig, um die Entgleisung seiner Gesichtszüge zu sehen.

»Die Vorstellung ist widerlich.« Jace stößt sich von dem Geländer ab und folgt mir.

Ich zucke mit den Schultern. »Es ist halt die Wahrheit.«

»Tu mir in Zukunft einen Gefallen und behalte sie für dich.« Aus dem Augenwinkel sehe ich, wie er sich schüttelt.

Ich öffne die Haustür. Jace drängelt sich an mir vorbei, bevor ich hinausgehen kann.

»Glaub mir, du willst die Wahrheit zu einigen Bereichen deines Lebens gar nicht hören. Deshalb lasse ich dich lieber in deiner ›Ich bin der geilste Rockstar überhaupt‹-Blase neben Easts ›Ich bin Gottes Geschenk an die Frauenwelt‹ dahintreiben.«

Jace' Hand erstarrt auf halbem Weg zum Türgriff seines Wagens. Sein Blick trifft auf meinen. Zwischen seinen Brauen bildet sich eine Falte. »Was redest du da?«

Nur mit Mühe kann ich ein Augenrollen zurückhalten. »Ich rede davon, dass die Hälfte der weiblichen Population euren Betten schon mal einen Besuch abgestattet hat.« Meine Lippen verziehen sich bei der Vorstellung und ein kalter Schauer erschüttert meinen Körper. »Oder vielleicht auch jeder Oberfläche, die gerade zur Verfügung stand. Egal wo, es ist widerlich und ihr solltet eure Ansprüche ein wenig hochschrauben.«

Jace sieht mich mit offenem Mund an. Ich bin mir sicher, dass seine Kinnlade auf dem Boden landen würde, wäre sie nicht fest verankert. »Du bist zwölf. Warum denkst du über sowas nach?«

Dieses Mal kann ich das Augenrollen nicht zurückhalten. »In drei Monaten werde ich achtzehn.« Ich senke meine Stimme ein wenig für die nächsten Worte. »Das Konzept von Sex ist mir sehr wohl bekannt.« Ich gehe die Veranda hinunter zu Jace'

Auto. Auf der Beifahrerseite bleibe ich stehen, sodass ich ihn anschauen kann. »Wenn ihr nicht wollt, dass jemand von euren Eskapaden erfährt, solltet ihr ein wenig diskreter sein, denn jeder mit einem Internetzugang kann sie gut dokumentiert sehen.«

»Sie weiß, was Sex ist«, murmelt er vor sich hin, mehr zu sich selbst und gar nicht an mich gerichtet. Sein Blick ist für einen Moment verschleiert, so als wäre er in seinen Gedanken abgetaucht. Aber dann schaut er plötzlich direkt zu mir und hinter den blauen Augen wütet ein Sturm. »Ich hoffe, du weißt nur theoretisch, wovon du redest, denn du bist eindeutig noch viel zu jung dafür.«

Ich schüttle den Kopf über die Frechheit, die mein Bruder besitzt, auch wenn es mit Sicherheit aus seinem tiefsten Herzen kommt und nur gut gemeint ist. »Hast du nicht gerade noch gedrängelt, dass wir loskommen? Lass uns nach Toronto fahren, bevor wir die Hälfte des Events verpassen.« Ohne auf seine Reaktion zu warten, öffne ich die Beifahrertür und steige ein. Ich hasse es, dass ich für meinen Bruder und seine Freunde immer noch das kleine Mädchen bin. Irgendwie lebt in deren Köpfen die Malia von früher und hat sich nicht zur jungen Frau weiterentwickelt, die ich tatsächlich bin. Was dafür sorgt, dass ich eine Horde überfürsorglicher Kerle in meinem Nacken sitzen habe, die nur darauf warten, mir das Leben schwer zu machen. Manchmal wünschte ich, dass sie einfach ihr wildes Rockstarleben führen würden, ohne die Zeit dafür zu finden, mir auf die Nerven zu gehen.

Mit einem Seufzen ergebe ich mich meinem Schicksal und der Tatsache, dass es sich wahrscheinlich nie ändern wird.

Jace' bohrender Blick ist eine Bestätigung dafür. Er sieht mich so eindringlich an, als würden sich die Vorstellung und die Realität von mir in seinem Kopf zu einem Bild zusammenfügen, wenn er nur lange genug hinschaut.

Spoiler alert, großer Bruder, das wird höchstwahrscheinlich niemals passieren.

Durch das Fenster sehe ich, wie Jace den Kopf in den Nacken legt, als würden im Himmel die Antworten stehen, die er braucht. Oder er sucht einfach nur nach mentaler Kraft.

Was auch immer es ist, es dauert mir zu lange. Also lehne ich mich über den Fahrersitz und klopfe von innen gegen die Scheibe. »Nun mach schon.«

Jace wirft mir einen bösen Blick zu. Schwungvoll öffnet er die Tür und steigt ein. Sein Finger schwebt über dem Startknopf. Doch anstatt ihn zu drücken, schaut er zu mir. »Diese Unterhaltung ist noch nicht beendet, nur ist ein anderer Tag besser dafür geeignet als heute.«

Ganz sicher nicht, aber das sage ich ihm nicht, denn ich habe keine Lust, weiter zu diskutierten. Und außerdem stünden die Chancen sonst gut, dass ich ihm den Hals umdrehe. »Wird das heute noch was?« Ich wedle mit der Hand in der Luft umher, um ihn anzutreiben. »Da wartet ein Haufen heißer Eishockeyspieler auf mich.«

Jace' Kopf schießt so schnell herum, dass ich mich kurz um seinen Nacken sorge. Aber der tödliche Blick, den er mir zuwirft, vertreibt sie sofort wieder. »Du forderst heute meine Selbstbeherrschung heraus.« Mit den Fingern trommelt er einen temporeichen Rhythmus auf das Lenkrad. »Erst kommst du halbnackt die Treppe runter, dann erzählst du irgendwas von Sex und um dem Ganzen die Krone aufzusetzen, fängst du hier von heißen Hockeyspielern an. Ich bekomme langsam den Eindruck, dass du nicht wirklich mitkommen möchtest.«

»Und ich habe das Gefühl, dass alle Sachen, die du gerade aufgezählt hast, dein persönliches Problem sind, nicht meins.« Ich schnippe meinen Zopf nach hinten. »Die Frauen, mit denen du dich umgibst, tragen viel weniger Stoff als ich an ihren Körpern, also will ich dazu gar nichts von dir hören.« Um diesem unangenehmen Austausch ein Ende zu setzen und uns endlich in Richtung Toronto zu bewegen, entschließe ich mich die Sache selbst in die Hand zu nehmen. Ich lehne mich über die Mittelkonsole und drücke den Startknopf.

Der Motor erwacht brummend zum Leben.

»Los jetzt, ich will nicht zu spät kommen.«

Schnaubend schüttelt Jace seinen Kopf und fährt rückwärts aus der Einfahrt unserer Eltern. »Sagt diejenige, die eine Ewigkeit gebraucht hat, um sich fertig zu machen.« Seine Worte kamen so leise über seine Lippen, dass ich sie kaum hören konnte.

Mit einem Lächeln im Gesicht schnalle ich mich an. Wir sind zurück bei geschwisterlichem Geplänkel und nicht mehr bei schweren Themen, bei denen wir uns niemals einig sein werden. Aber das ist mir in diesem Moment egal. Denn jeder Meter, den wir uns dem Trainingsgelände der Toronto Ice Wolves nähern, nimmt das Kribbeln in meinem Bauch zu. Es ist jedes Mal aufs Neue ein Highlight, zu diesem Event für Familien und Freunde zu gehen. Die Spieler zu treffen und mit ihnen auf dem Eis Schlittschuhe zu laufen, wo sie sonst trainieren, ist der Hammer. Aber fast noch besser ist die Tatsache, dass diese Veranstaltung den nahenden Start der Saison einläutet. Ich liebe es, mehrmals die Woche meine Lieblingsmannschaft spielen zu sehen. So wie andere Menschen ohne Ausnahme jeden Sonntag in die Kirche gehen, verpasse ich keine Sekunde, die die Ice Wolves auf dem Eis um den Sieg kämpfen.

Das Kribbeln in meinem Bauch wird zu einem richtigen Funkenflug, als wir endlich auf das Trainingsgelände am Rand von Toronto fahren.

Vor der Halle stehen verschiedene Foodtrucks und eine Hüpfburg wackelt unter den Sprüngen von Kindern.

Ich lehne mich ein Stück vor, um alles besser aufnehmen zu können. Ein Quietschen entweicht meinen Lippen. »Oh mein Gott, ich liebe dieses Event jetzt schon.«

»Fahr mal ein paar Gänge runter, sonst blamiert mich das Fangirl in dir am Ende noch.«

Ich reiße meine Aufmerksamkeit von dem wilden Treiben los und schaue meinen Bruder an. »Keine Sorge. Ich setze gleich meine supercoole Jace-Barbeau-Maske auf.« Meine Hand fährt vor meinem Gesicht durch die Luft, als hätte ich mir tatsächlich etwas aufgesetzt. »Nichts beeindruckt mich, weil ich der größte bin«, sage ich mit tiefer Stimme, um Jace zu imitieren. Meine Augen sind ein wenig zusammengekniffen und meine Lippe ist arrogant nach oben gezogen.

»Du siehst aus, als hättest du Verstopfungen. So gucke ich nicht.« Jace nimmt eine Hand vom Lenkrad und wuschelt durch meine Haare.

»Ey.« Ich schlage seine Finger weg. »Du versaust meine Frisur.«

Jace zieht eine Braue hoch. »Das ist ein Zopf. Man bindet die Haare zusammen und fertig ist er.« Kopfschüttelnd fährt er in eine Parklücke.

Ich klappe die Sonnenblende herunter und schaue mich im Spiegel an. Glücklicherweise sitzt alles noch an Ort und Stelle. Sicherheitshalber streiche ich noch einmal über die Seite. »Das hier war harte Arbeit. Wenn ich ihn nach deiner Anleitung gemacht hätte, würde ich jetzt wie ein aufgeplatztes Kissen aussehen.«

Jace reibt sich die Stirn. »Eine Stunde allein mit dir zu sein, raubt mir mehr Energie als einen ganzen Abend auf der Bühne. Können wir bitte einfach dieses Auto verlassen?«

»Ich kann dich auch nicht leiden.« Schwungvoll klappe ich die Sonnenblende wieder hoch und stoße die Beifahrertür auf. »Bis später, ich muss jetzt heiße Männer anschmachten.« Mit diesen Worten hüpfte ich aus dem Auto.

»Malia.« Seine Warnung folgt mir auf dem Weg ins Getümmel.

Aber ich warte nicht auf ihn, denn alles in mir schreit danach, in die Halle zu gehen und mich ins wilde Treiben auf dem Eis zu stürzen.

Kapitel 2

Liam

»Bereit?« Ich schaue zu meinem Bruder Luke auf, der mir mit Hockeyschläger in der Hand auf dem Eis gegenübersteht.

Mit einem entschlossenen Gesichtsausdruck mustert er mich. Seine Finger öffnen für einen kurzen Moment ihren festen Griff um das Carbon des Schafts. Dann nickt er.

Ich schieße los und bewege den Puck vor mir über das Eis. Vorbei an Luke, um zu dem Tor auf seiner Seite des Spielfelds zu kommen. Dabei weiche ich mehreren Teamkameraden aus, die an der Seite ihrer Familie Schlittschuh fahren.

Einige von ihnen sind auch mit einem Schläger und Puck bewaffnet.

Ich werfe einen schnellen Blick über die Schulter, um zu schauen, wie nah mein Bruder ist. Mit einem breiten Grinsen nehme ich ihn in meinem Windschatten wahr. Mein Fokus geht zurück zum Tor, das ungeschützt auf mich wartet. Ich bin bereit für den Schuss, doch plötzlich kommt ein zweiter Schläger in meine Sicht und entreißt mir den Puck.

Die schwarze Scheibe gleitet nach rechts.

Im nächsten Moment schießt mein Bruder an mir vorbei und schnappt ihn sich. Noch immer mit einem entschlossenen Blick macht er sich auf den Weg zur anderen Seite der Eisfläche.

Ich drehe ab und sprinte ihm hinterher. Mein Tempo ein wenig gedrosselt im Vergleich zum Training oder einem richtigen Spiel. Immerhin tragen wir keine Schutzkleidung und ich will keine Familienangehörigen versehentlich verletzen.

Luke weicht einem Teamkollegen von mir aus, der seinem kleinen Sohn Schlittschuhlaufen beibringt. Das Handgelenk meines Bruders bewegt sich und der Schläger befördert den Puck ins Netz. Er fährt um das Tor herum und sieht mich mit einem breiten Grinsen an, das dem auf meinem Gesicht wahrscheinlich gleicht.

»Was war das denn für ne schwache Leistung, Cap? Vielleicht sollte Cohen Junior deinen Platz in der nächsten Saison einnehmen.« Aiden kommt neben mir zum Stehen, wobei er Eis aufwirbelt.

»Bring du lieber deine Leistung, sonst nimmt Luke deinen Platz schneller ein, als du *Stanley Cup* sagen kannst.« Ich verpasse ihm einen freundschaftlichen Stoß mit der Schulter.

»Bis ich in fünf Jahren gedraftet werde, seid ihr alten Kerle schon im Ruhestand.« Luke legt sein Kinn auf den verschränkten Händen ab, die den Schläger halten.

»So lange wird es definitiv nicht dauern, bis du in die NHL kommst. Ganz sicher werden Aiden und ich dann noch hier sein. Die Frage ist nur, ob wir deine Teamkollegen werden oder dich auf dem Eis niederreißen.«

Luke zuckt mit den Schultern. »Darüber mache ich mir noch keine Gedanken. Erstmal muss ich an einem Division 1 College kommen, denn meine Chancen, wie du von der Highschool aus gedraftet zu werden, liegen bei null. Du hast das größere Talent geerbt.«

Ich möchte meinen Bruder schütteln, damit er aufhört, so einen Scheiß zu denken. Sein Potenzial ist genauso groß wie meines in dem Alter.

Hoffentlich sehen die Scouts das auch. Wenn das nicht der Fall ist, werde ich ihm das beste College bezahlen, an dem er angenommen wird. Hauptsache, sein Traum von einer Profikarriere wird Wirklichkeit.

»Hey, wie läuft es bei euch?« Jace gesellt sich zu unserer Runde.

»Was geht, Rockstar?« Aiden gibt ihm eine Männerumarmung, bei der sie einschlagen und auf die Schultern klopfen.

»Bereit, endlich den Pokal nach Hause zu holen? Es ist schon eine verdammte Ewigkeit her, seit wir zuletzt Meister waren.« Jace hält mir die Faust hin, an Luke und Aiden vorbei.

Ich stoße mit meiner dagegen. »Wir werden uns den Arsch aufreißen, um unsere Fans stolz zu machen.«

»Und die Ringe an unsere Finger zu stecken«, fügt Aiden hinzu.

Der Druck auf meinen Schultern ist diese Saison noch größer als die letzten vier, die ich bis jetzt bei den Ice Wolves gespielt habe. Es ist mein erstes Jahr als Kapitän der Mannschaft. Nie im Leben hätte ich mir, bei meinem Draft vor vier Jahren, erträumen lassen, so schnell schon die Rolle des Anführers zu übernehmen. Umso größer ist mein Ehrgeiz, den Erwartungen gerecht zu werden. Deshalb werde ich meinen Fokus dieses Jahr noch mehr auf Eishockey legen als sowieso schon.

»Baby Barbeau, was hast du unserem Trikot angetan?«

Aidens Worte reißen mich aus meinen Gedanken. Mein Blick geht an Jace vorbei zu seiner kleinen Schwester Malia.

Sie hat ein Trikot der Ice Wolves an, was nur noch die Hälfte des Stoffes besitzt. Es ist so gekürzt, dass der untere Teil des Wolfes, der durch das Eis bricht, fehlt, wodurch man ein Stück Haut an ihrem Bauch zu sehen bekommt. »Ich habe es aufgewertet. Meine Granny hatte versehentlich den falschen Spieler gekauft.« Sie dreht sich auf ihren Schlittschuhen einmal im Kreis.

Bei Aidens Namen und der halben siebzehn, die auf ihrem Rücken zu sehen sind, muss ich mir die Faust vor den Mund halten, um nicht laut loszulachen.

Aiden atmet neben mir zischend die Luft ein. »Was heißt hier falscher Spieler?«

»Sie hat halt Geschmack und trägt deshalb nur den Namen des Besten auf dem Rücken. Also meinen.« Ich verpasse Aiden einen kleinen Stoß. Malia zwinkere ich zu.

Sofort breitet sich Röte auf ihren Wangen aus. »Dein Trikot liegt zu Hause bereit für das Stanley-Cup-Finale und jedes Spiel auf dem Weg dorthin.«

Bei dem Gedanken an die Saison, die uns bevorsteht, zieht sich mein Magen schmerzhaft zusammen. Der Druck, abzuliefern und mein Team in die Playoffs zu führen, sitzt wie ein schwerer Stein auf meinen Schultern. Jeden Tag, den unser erstes Spiel mit mir als Kapitän näher rückt, nimmt diese Last einen Zentner zu.

»Ich hoffe, in den Rängen sitzen auch ein Haufen heiße Ladys mit meinem Namen auf dem Rücken, die die Siege anschließend mit mir höchstpersönlich feiern.« Aidens Worte lenken mich von meiner Verantwortung ab. Seine Augenbrauen wackeln anzüglich. »Wenn ihr versteht, was ich meine.«

Ich schüttle den Kopf. »Nein, wir haben überhaupt keine Ahnung, was du damit sagen willst«, erwidere ich und der Sarkasmus trieft aus jedem Wort.

»Es gibt nichts Heißeres, als meinen Namen auf ihrem Rücken zu sehen, wenn ich sie von hinten dazu bringe, ihn zu schreien.« Aiden grinst. Sein Blick ist ein wenig trüb, so als würde er das Bild, was er mit Worten geformt hat, vor seinem inneren Auge sehen.

»Oh Gott, Malia, zieh sofort was anderes an.« Jace schiebt sich vor seine Schwester und verdeckt sie so ein wenig vor Aidens Blick.

Ihr Mund öffnet sich, aber es kommt kein Laut heraus. Sie deutet ihren Körper auf und ab. »Sehe ich so aus, als hätte ich in einer Zaubertasche meinen Kleiderschrank dabei?« Kopfschütteln verschränkt sie die Arme vor der Brust. »Du musst wohl damit leben, dass ich jetzt so herumlaufe.«

Eine Ader an Jace' Hals tritt beängstigend klar hervor und pocht energisch. »Diese Kerle sind wie Tiere, sobald sie ihren Namen auf deinem Körper sehen. Ich schwöre dir, wenn wir wieder zu Hause sind, verbrenne ich alle Trikots, die du hast.«

Malia reibt sich über die Stirn. Ihre Lippen bewegen sich, als würde sie wortlos etwas sagen. Ich habe das Gefühl, dass es nichts Nettes ihrem Bruder gegenüber ist. Sie senkt die Hand. Der Blick, den sie Jace zuwirft, lässt sogar mich ein wenig erzittern. »Ich schwöre dir, wenn du nicht langsam mal deine überbeschützende Art ein Stück herunterfährst, werde ich dich eines Nachts im Schlaf überraschen und dann braucht Hot Shit einen neuen Leadsänger.« Sie schnipst sich den Zopf über die Schulter.

Ich muss mir bei dem Schlagabtausch der Geschwister ein Grinsen verkneifen.

Malia lässt sich von ihrem großen Bruder definitiv nicht unterbuttern und weiß, wie man ihm die Stirn bietet.

Aiden scheint aus seinem Fantasieporno wieder aufgetaucht zu sein und sein Gehirn hat offenbar das Gespräch, dass hier gerade stattgefunden hat, mit Verzögerung verarbeitet, denn er hebt plötzlich abwehrend die Hände. »Ich meinte natürlich nicht deine Schwester, Mann, sondern erwachsene Frauen, die rein gar nichts mit deiner Familie zu tun haben.«

Mein Blick geht zu Luke, der die ganze Unterhaltung verfolgt. Seine Augen sind dabei geweitet. Ich lege den Arm um seine Schulter. »Ein kleiner Tipp für die Zukunft, such dir niemals ein Mädchen mit einem großen Bruder. Das gibt nur Stress.«

Er nickt. Sein Fokus liegt noch immer auf Malia, Jace und Aiden.

Und in diesem Moment wird mir klar, dass auch ich mich daran halten sollte, dieser Art Ablenkung aus dem Weg zu gehen. Besser noch allem, was mit Beziehungen zu tun hat, denn in meinem Leben hat gerade nur Eishockey Platz.

Kapitel 3

Malia

Mit dem Handy in der Hand liege ich bäuchlings auf meinem Bett. Ich wackle mit den Füßen in der Luft hin und her, während ich mir die neusten Fotos meiner Mitschüler auf Instagram anschaue.

»Alle sind beim Spiel«, sagt Isla, die sich auf meinem Schreibtischstuhl im Kreis dreht.

Ich zucke mit den Schultern. »Mir egal. Basketball ist langweilig.«

»Ich weiß, du stehst auf die Sportart, bei der zwölf heiße Typen über das Eis fliegen.« Ohne zu ihr zu sehen, bin ich mir sicher, dass sie die Augen verdreht.

Unser Geschmack geht nicht nur in Sachen Jungs vollkommen auseinander. Unterschiede ziehen sich eben an, meine beste Freundin und ich sind dafür das beste Beispiel. Isla ist beliebt und selbstbewusst. Ich hingegen bin froh, wenn mich in der Schule niemand anschaut.

Ein berühmter Bruder sorgt dafür. Ich habe das Gefühl, dass ich keinem Menschen mehr trauen kann. Sind die Mädchen nur mit mir befreundet, um an den Rockstar in meiner Familie heranzukommen? Wollen die Jungs nur in mein Höschen, um damit prahlen zu können? Das alles sind Fragen, die mir durch den Kopf gehen, wann immer jemand freundlich zu mir ist. Und dann gibt es noch die Bitches, die mich hassen, weil ich durch den Bekanntenkreis von Jace viele berühmte Personen kenne.

Ich habe mir dieses Leben nicht ausgesucht. Wahrscheinlich sieht keiner von ihnen die Schattenseiten, die es mit sich bringt.

Ich bin froh, dass Isla schon seit dem Kindergarten meine beste Freundin ist. Wenn ich sie nicht hätte, wäre ich ziemlich einsam.

»Erde an Malia«, sagt sie und tippt mich mit dem Fuß an. »Bist du mal wieder abgedriftet?«

Ich schenke ihr ein schuldbewusstes Lächeln über die Schulter. »Sorry.«

»Manchmal habe ich das Gefühl, dass du in deiner eigenen Welt lebst. Es sei denn, du machst mal wieder etwas mit deinem Bruder, wie zu einem Event von den Ice Wolves gehen, dann kommt deine extrovertierte Seite heraus.« Sie mustert mich kurz. »Ich wünschte, du würdest dich trauen, auch in der Schule diese Malia zu sein.«

Sie hat Recht, aber es ist nicht so einfach auf alle Meinungen und Blicke zu scheißen. Deshalb ist dieser Teil von mir wie blockiert, sobald ich in der Nähe meiner Mitschüler bin.

Isla seufzt. »Wir sind Seniors. Das letzte Jahr an der Highschool sollte dazu da sein, Erfahrungen zu sammeln und sich für das College bereit zu machen.«

»Das tue ich doch. Ich lerne, um gute Noten zu bekommen, damit ein Studium im Herbst überhaupt eine Option ist. Außerdem fällt es mir leichter, in der Gegenwart von Jace' Freunden zu sein, weil die nicht wie unsere Mitschüler das goldene Ticket in mir sehen oder mich hassen. Dort bin ich einfach nur Malia.« Ich zucke die Schultern.

Isla fährt sich über das Gesicht. »Aber zu Highschool-Erfahrungen gehört es auch, auf Partys zu gehen, mit Jungs rumzumachen, Sex zu haben und alles, was man sonst noch so macht.«

Meine Augen weiten sich. »Ich schlafe doch nicht mit einem dieser unreifen Typen, die danach auf Instagram posten, dass sie mich flachgelegt haben.« Kopfschüttelnd sehe ich sie an. »Außerdem habe ich nicht das Gefühl, dass einer von ihnen überhaupt weiß, was er da macht. Die Male, die ich über das Küssen hinausgekommen bin, waren der absolute Horror. Meine Virginia ist immer noch traumatisiert von Zacs Versuch, sie mit den Fingern zu beglücken.« Bei dem Gedanken daran, wie geschwollen und unangenehm sie die Tage nach meinem Date war, erschüttert ein eisiger Schauer meinen Körper.

Isla presst die Handflächen aneinander. »Oh mein Gott, bitte gib Sex nicht auf, nur weil du an einen unerfahrenen Typen geraten bist, der lieber mal Google benutzen sollte, bevor er seine Hand in irgendein Höschen steckt. Ich kann dir versichern, dass da draußen Jungs sind, die wissen, was sie tun.« Sie grinst mich an und wackelt mit den Brauen.

Ich schüttle den Kopf. »Gibt es in deinem Leben auch noch etwas anderes als Jungs und Sex?«

»Ja, dich.« Sie wirft mir einen Handkuss zu.

»Und wo genau stehe ich auf dieser Liste?«

»Direkt nach Orgasmen natürlich.« Ihre blauen Augen funkeln.

»Ich bin mir nicht sicher, ob ich das gut oder schlecht finde.«

Sie steht vom Stuhl auf und lässt sich neben mich auf das Bett fallen.

Durch ihren Aufprall auf die Matratze hüpfe ich ein wenig hoch. »Bist du ein Zementsack oder warum erschütterst du hier alles?« Ich grinse sie an.

Isla fährt sich langsam über den Körper. »Weil das reine Muskelmasse ist, die ich mir im Fitnessstudio hart erarbeitet habe.«

Ich hebe eine Braue. »An den Geräten oder in der Umkleidekabine mit einem heißen Typen?«

Sie grinst mich an. »Beides.« Isla nimmt ihr Handy und tippt darauf herum. »Du solltest auch endlich mitkommen. Allein ist es immer so langweilig zu trainieren.«

»Warum? Dann zieht doch die hilflose Mädchen Nummer bei den Kerlen viel besser.«

Sie rollt mit den Augen. »Ich will nicht jedes Mal von Typen angequatscht werden. Ab und zu mal ein Snack ist ja okay. Aber manchmal möchte ich auch einfach nur trainieren oder einen Kurs mitmachen, was viel spaßiger ist, wenn ich meine beste Freundin dabeihabe.« Isla schiebt ihre Lippe zu einem Schmollmund vor.

Stöhnend vergrabe ich mein Gesicht in das Kissen. »Ich hasse Sport, der ist immer so anstrengend.«

Ihr Atem streicht über mein Ohr. »Aber es ist so gut für unseren Körper und unsere Gesundheit«, flüstert sie mir zu.

»Okay, ich werde es mal versuchen.« Ich drehe meinen Kopf zur Seite und schaue sie an, ohne meinen Kopf vom Kissen zu heben. »Aber es könnte passieren, dass ich die ganze Zeit nur neben dir sitze und dir zuschaue.«

Ein Grinsen erhellt ihr Gesicht. »Das ist in Ordnung. Hauptsache, ich kann etwas mit meiner besten Freundin unternehmen. Wer weiß, wo wir beide nächstes Jahr zu dieser Zeit sind.« Ihr Strahlen verliert ein wenig Leuchtkraft.

Mir wird ganz übel bei der Vorstellung, dass wir nicht auf dasselbe College gehen könnten. »Wir werden eins mit Studiengängen finden, die uns beiden zusagen und für die wir angenommen werden.«

Sie nickt. Aber die bedrückte Stimmung, die sich über uns gelegt hat, ist noch immer spürbar.

Ich stoße sie mit dem Ellenbogen an. »Da ist es doch von Vorteil, dass ich keinen Plan habe, was ich überhaupt studieren möchte. Ich belege erstmal irgendwelche Kurse und schaue dann im Laufe der Zeit, wo die Reise hinführt. Das kann ich an jedem College machen.«

Isla zieht die Lippen zwischen ihre Zähne und mustert mich einen Moment lang. »Hast du eigentlich schon mal darüber nachgedacht, einen Studiengang in Richtung Sport zu wählen?«

Ich lache laut auf. »Sehe ich für dich aus wie eine Sportskanone? Das Einzige, was ich damit am Hut habe, ist das Zuschauen. Vorzugsweise in einer liegenden Position mit einem Snack in der Hand.«

Augenrollend schaut sie zu mir. »Keine Panik. Ich meine Sportmanagement und nicht irgendetwas, bei dem du dich bewegen musst.«

»Du weißt aber schon, mit wem du gerade sprichst, oder?« Ich lehne mich auf meinen Ellenbogen und deute meinen Körper auf und ab. »Als Managerin muss man sich durchsetzen können, um die besten Konditionen für Klienten rauszuholen, wofür man in meinen Augen ein gewisses Selbstbewusstsein mit sich bringen sollte, welches ich definitiv nicht besitze.«

»Genau deshalb ist dieser Job perfekt – mal abgesehen von deiner Leidenschaft für eine bestimmte Sportart.« Isla tippt mir gegen das Brustbein. »Hier drinnen schlummert all das, was du für den Job brauchst. Du musst es nur herauslassen, so wie du es machst, wenn du dich mit Menschen umgibst, in deren Gegenwart du dich wohlfühlst.«

Ich tippe mir nachdenklich an die Lippe. »Die Vorstellung, jeden Tag heiße durchtrainierte Kerle um mich zu haben, klingt echt nicht so übel.« Ein Gedanke schießt mir durch den Kopf und ich atme scharf ein. »Oder ich eröffne eine Agentur, die Sportlerinnen managt und für sie mega Verträge aushandelt, damit sie wenigstens ansatzweise an die Bezahlung der Männer herankommen.« Ich drücke mich ein wenig vom Bett hoch. »Oder ich kämpfe mit ihnen darum, endlich einen Platz in den Männerligen einzunehmen.« Mein Herz rast wild bei all den Möglichkeiten, wie ich auf eine positive Weise meine Leidenschaft und einen Beruf zusammenfließen lassen könnte. »Ich werde Frauen dabei helfen, die Sportwelt zu revolutionieren.«

»Ganz ruhig, Malia.« Isla hebt die Hände, als wäre ich ein wildes Pferd, das sie besänftigen will. »Ich liebe deinen Enthusiasmus und werde dich bei allem unterstützen. Aber können wir erstmal ein College finden und studieren, bevor du durchbrennst, um die Welt zu verändern?« Sie schenkt mir ein schiefes Grinsen. »Danach bin ich gerne dein Cheerleader und feuere dich bei deinem Vorhaben an – so wie in allen Lebensbereichen.«

»Du hast recht.« Tausend Fragen schwirren durch meinen Kopf. Welche Unis bieten diesen Studiengang an? Wie kommt man an ein Praktikum, um Erfahrung zu sammeln? Wann ist der richtige Zeitpunkt, um sich selbstständig zu machen und die große Vision umzusetzen?

Ich muss mir dringend eine Liste von Colleges machen, die in Frage kommen. Am besten schauen Isla und ich sie uns vor Ort einmal an, bevor wir eine Entscheidung treffen, wo wir uns bewerben.

»Bist du noch da oder schon vollkommen abgedriftet?« Isla beugt sich so dicht zu mir, dass ihre Nase beinahe meine berührt.

Es fühlt sich an, als würde ich bei dem Versuch, ihren Blick zu erwidern, schielen. »Sorry, ich habe nur gerade überlegt, wie cool es wäre, einen College-Roadtrip zu planen. Also wir fahren nicht wirklich mit dem Auto durch das ganze Land, weil wir auch noch unseren Abschluss machen müssen. Ohne den können wir schließlich schlecht studieren. Aber wir sollten definitiv eine Liste der Colleges aufstellen, bei denen wir uns bewerben wollen, und die in den nächsten Monaten besuchen. So können wir zwei Fliegen mit einer Klappe schlagen.« Bei der Idee, die sich in meinem Kopf geformt hat, breitet sich ein Lächeln auf meinen Lippen aus.

»Oh, oh.« Zwischen Islas Brauen bildet sich eine Falte. »Dieser Gesichtsausdruck hat nichts Gutes zu bedeuten. Und was soll überhaupt die zweite Fliege sein? Ich dachte, die Mission ist, ein passendes College zu finden.«

Ich nicke. »Genau, und meine Jungfräulichkeit auf einem unserer Trips an einen heißen Studenten loswerden.«

Isla hält die Hand hoch. »Ich bin bei vielen fraglichen Sachen dabei, aber hier ziehe ich die Grenze.« Sie setzt sich neben mir in den Schneidersitz. »Du kannst nicht über einen Campus laufen und wildfremde Kerle fragen, ob sie dich entjungfern. Willst du etwa zu einer Party und mit irgendeinem betrunkenen Typen die Sache durchzuziehen? Das könnte sehr schnell total schiefgehen.«

Ein ungutes Gefühl macht sich bei den Bildern vor meinem inneren Auge in meiner Magengegend breit.

Sie hat schon recht, die ganze Sache schreit förmlich nach einem Desaster.

»Okay, was hast du denn für einen Vorschlag, um sie dann loszuwerden? Ich will keine ewige Jungfrau bleiben, nur weil ich durch die Berühmtheit meines Bruders Vertrauensprobleme habe.« Ich drücke mein Gesicht in das Kissen und stöhne hinein.

Warum mussten Jace und seine Freunde sich dazu entschließen Rockstars zu werden, die auf der ganzen Welt bekannt sind?

Isla berührt meinen Rücken. Sie streicht leicht auf und ab. »Wir werden eine Lösung finden, keine Sorge.«

Stille legt sich über uns.

Ich kann unsere ratternden Gedanken beinahe hören.

Isla klatscht plötzlich in die Hände.

Rückartig hebe ich den Kopf und schaue sie an. »Das ging aber schnell. Schieß los.«

Sie verzieht das Gesicht. »Eigentlich wollte ich nur vorschlagen, dass wir ein Foto von uns machen, anstatt in ohrenbetäubender Stille vor uns hin zu grübeln. Zur Erinnerung an den Moment, als wir deine berufliche Zukunft besiegelt haben. Dann können wir später darauf zurückblicken, wenn du erfolgreich bist.«

Ich schüttle den Kopf. »Würde ich dich nicht besser kennen, hätte ich dir diese emotionalen Worte abgekauft. Du solltest Schauspielerin werden.« Ich rolle mit den Augen. »Sag doch einfach, dass du ein Bild machen willst, um es hochzuladen und die Aufmerksamkeit von irgendeinem Typen auf dich zu lenken.«

Isla verzieht schuldbewusst das Gesicht. »Erwischt.« Wenigstens blitzt der Anflug von einem schlechten Gewissen in ihren Augen auf. »Den Moment der Grundsteinlegung für deine Zukunft haben wir dann ja trotzdem mit eingefangen.«

»Aber pass auf, dass es nicht wieder eins ist, bei dem Jace sich in die Hose macht, wenn er es sieht. Auf das Drama habe ich gar keine Lust.«

Isla hebt eine Braue. »Du könntest einen Kartoffelsack anhaben und er würde trotzdem behaupten, es wäre zu aufreizend.«

»Jap, das Dilemma eines Mädchens mit großem Bruder. Freu dich, dass du ein Einzelkind bist.«

»Wie wahr.« Sie hebt ihr Handy. »Grins mal, als wäre dir scheißegal, was Jace zu sagen hat.«

Ich schaue lächlend über meine Schulter in die Kamera.

Isla drückt ein paarmal auf den Auslöser und nimmt das Telefon dann herunter.

»Sind sie gut geworden?«

Sie grinst mich an und nickt. »Perfekt.«

Ich wende mich wieder meinem eigenen Handy zu und scrolle ein wenig durch TikTok.

Plötzlich ertönt mehrfach der Benachrichtigungston und Meldungen von Instagram ploppen auf meinem Display auf.

»Du warst aber schnell.« Ich werfe einen Blick zu Isla, die auf ihrem Telefon herumtippt.

»Ja, und die Leute lieben es.« Ihr Grinsen nimmt beinahe Ausmaße der Katze aus Alice im Wunderland an. »Vielleicht ist ja dein Mr. Right für die Mission ›durchbrich die Mauer‹ dabei.«

Meine Gesichtszüge entgleisen. »Oh mein Gott, nenn das bitte nie wieder so, sonst werde ich freiwillig zur alten Jungfer mit einer Million Katzen.«

»Keine Sorge, das wird nicht passieren. Aber wenn du dich besser fühlst, überlege ich mir einen anderen Namen dafür.« Isla sieht kurz auf und zwinkert mir zu.

Ich schaue zurück auf mein Handy.

Noch immer werden im Sekundentakt Benachrichtigungen angezeigt.

Meine Neugier ist geweckt und ich wechsle die App.

Das Bild von Isla und mir ist das erste in meinem Feed.

Zischend atme ich ein. »Du hast doch gesagt, dass du eins machst, was Jace nicht einem Aneurysma näherbringt.«

Als hätte er seinen Namen gehört, erscheint eine Nachricht im Messenger am oberen Rand meines Bildschirms.

»Und da geht das Drama los.«

Isla beugt sich zu mir und wirft einen Blick auf mein Handy. »Sorry.« Sie verzieht das Gesicht. »Wir sehen beide so gut aus und Jace kann dir nicht für den Rest deines Lebens vorschreiben, wie du dich in der Öffentlichkeit zeigen darfst.«

»Ich glaube, er hat es auch nur vor, bis ich dreißig bin«, murmle ich und betrachte das Bild.

Isla sitzt im Schneidersitz neben mir und grinst breit in die Kamera. Um mein Gesicht aus dem Winkel einfangen zu können, musste sie das Telefon so halten, das mein Hintern unbeabsichtigt einen Auftritt auf dem Foto hinlegt. Einen wirklich präsenten und sehr knapp bekleideten. Durch meine Position sind die Jeansshorts, die sowieso schon ziemlich kurz geschnitten sind, hochgerutscht, was eine gute Portion meiner nackten Haut freigibt.

Ich bin mir sicher, dass niemand mehr auf mein nettes Lächeln achtet, wenn der Blick erstmal an meiner Rückseite heften bleibt.

Das dürfte auch Jace aufgefallen sein.

Ich öffne seine Nachricht, um zu sehen, wie schlimm sein übertriebener Beschützerinstinkt gerade mit ihm durchgeht.

Jace: MALIA!

»Schick schon mal den Krankenwagen zu Jace nach Hause. Sein Blutdruck ist definitiv zu hoch.«

Isla lacht auf bei meinen Worten.

Ich beschließe, dass es an der Zeit ist, bei meinem Bruder Grenzen zu setzen. Schließlich bin ich jetzt ein Senior an der Highschool und werde in drei Monaten achtzehn. Da wird es ja wohl erlaubt sein, ein Bild zu posten, was ein wenig Haut zeigt.

Ich: Schrei mich nicht an, Jace!

Seine Antwort kommt beinahe direkt.

Jace: Hast du die Kommentare unter deinem Bild schon gelesen?

Jace: Wahrscheinlich nicht, sonst wüsstest du, warum ich schreie!

Ich gehe zurück zu Instagram und schaue nach, was ihn so aufregt.

Es sind ein Haufen Emojis zu sehen, die von den Flammen dominiert werden und meine Mitschüler hinterlassen haben.

Ein Kommentar sticht heraus. Er ist von Ian, dem Kapitän unserer Basketballmannschaft, seine Wahl fiel auf eine Aubergine und drei Wassertropfen.

Nur mit Mühe kann ich ein Würgen zurückhalten. »Ich glaube, ich muss mich übergeben.«

Isla wirft einen Blick auf mein Handy. »Warum? Er will dir nur sagen, dass er bei deinem Anblick abgespritzt hat.«

Sie tippt sich nachdenklich ans Kinn. »Oder es bedeutet, dass er dich mit seinem Schwanz triefend nass machen wird.« Sie lacht laut los.

»Sein ekelhafter Penis wird niemals auch nur in meine Nähe kommen.« Ich schüttle mich bei der Vorstellung.

Isla beißt sich auf die Lippe. »Er würde bestimmt liebend gerne deine Jungfräulichkeit beenden.«

»Bevor das passiert, friert die Hölle zu. Ich zähle die Tage, bis wir unseren Abschluss haben und ich ihn nie wieder sehen muss.«

»Okay, Ian ist also raus.« Isla lacht auf. »Gibt es eigentlich irgendeinen Typen, bei dem du keine Angst haben musst, dass er nur wegen des Status und deinen Kontakten mit dir Sex haben will und den du attraktiv findest?« Sie tippt sich nachdenklich gegen die Lippe. »Er sollte definitiv ein wenig älter und erfahren sein. Nicht, dass du am Ende traumatisiert fürs Leben bist.«

Ein Bild blitzt vor meinem inneren Auge auf und mein Herz macht einen kleinen Satz. Schnell schüttle ich den Gedanken an diesen Kandidaten wieder ab, denn ich bin mir sicher, dass er nie im Leben mitmachen würde.

Kapitel 4

Liam

Ich wische mir den Schweiß aus dem Gesicht, als wir den Tunnel entlanggehen. Mein Team und ich schweben auf dem Hoch des Sieges zur Umkleidekabine. Lachen und Jubel begleiten uns dorthin. Wir strömen in den Raum hinein. Der Geräuschpegel nimmt weiter zu.

Ich gehe zu meinem Platz und lege den Helm in den Spind. Das Trikot landet neben mir auf der Bank. Mein Blick wandert herunter zu meiner Seite, die während des Spiels ordentlich was einstecken musste. Ich fahre mit der Hand über die gerötete Stelle, die sich schon lila färbt.

Ein Pfeifen ertönt neben meinem Ohr und ich schaue zu Aiden. »Wow, das ist ja mal ein ordentliches Ding.«

»Nichts, was ein bisschen Eis nicht wieder in den Griff bekommt.« Ich setze mich auf die Bank, um endlich aus meinen Schlittschuhen zu kommen.

»Ein paar von den Jungs, wollen in einen Club gehen, den Sieg feiern. Kommst du mit auf einen Drink?« Auch er befreit seine Füße.

Nur noch mit Shorts und Polster bekleidet, lehne ich mich zurück. »Ich passe. Meine Couch und eine Tüte Eis klingen einfach zu verlockend.«

»Du bist doch mein Wingman, ich brauche dich.«

»Hast du den Puck gegen den Kopf bekommen? Vor ein paar Minuten warst du noch der Wingman.« Ich deute auf die Tür, die zum Eis führt.

»Haha«, sagt er sarkastisch. »Du weißt genau, was ich meine.«

Ich streiche mir das feuchte Haar aus der Stirn. »Beim Club passe ich, aber ich glaube, East hat von einer Party bei sich zu Hause erzählt.«

Aiden gibt einen begeisterten Laut von sich. »Das ist noch besser. East hat immer die besten Pussys in ganz Ontario am Start.«

Hin- und hergerissen zwischen Grinsen und Kopfschütteln über Aidens Aussage, hole ich mein Handy aus der Tasche.

Der Sperrbildschirm zeigt einen Haufen neuer Benachrichtigungen an.

Ich suche nach einer von East.

Und tatsächlich ist sie dabei.

East: Schwing die Kufe. Die Bräute sind heiß und willig. *Zeigefinger nach rechts* *Zeigefinger und Daumen, die ein Kreis bilden*

Meine Daumen fliegen über das Display, um eine Antwort zu tippen.

Ich: Das heißt: „Schwing die Hufe." *Augenrollender Emoji*

Beinahe sofort geht eine neue Nachricht von ihm ein.

East: *Facepalm-Emoji* Beweg deinen Arsch hierher, bevor ich mir alle Ladys schnappe.

Ich: *Daumen hoch* Wenn das Internet morgen voll mit Schlagzeilen ist, weil du eine Orgie veranstaltet hast, freuen sich die Jungs bestimmt.

East: *Mittelfinger*

Meine Mundwinkel zucken nach oben. Ich kann mir förmlich vorstellen, wie die restlichen Bandmitglieder von Hot Shit East den Arsch aufreißen, weil er mal wieder nur mit dem Schwanz gedacht hat. Da ich ein guter Freund bin und ihm das ersparen will, wird meine Couch wohl noch ein bisschen länger auf mich warten müssen.

Ich: Verschreck nicht alle Mädels mit dem kleinen Biest in deiner Hose, in einer Stunde kommen ein paar hungrige Wolves und ich vorbei.

East: *Auster* *Pfirsich* *Wassertropfen*

Ein Ellenbogen trifft meine Seite. Schmerz durchzuckt meinen Körper. Zischend atme ich ein. »Du Arsch.«

Aiden lacht. »Sorry«, erwidert er, aber es schwingt ein Unterton mit, der im Gegensatz zu diesem Wort steht. »Wo steigt die Afterparty?« Er reibt die Handflächen aneinander.

Ich verpasse ihm einen Stoß. »Für dich nach der Aktion gar nicht mehr.« Ich schaue auf die Stelle, an der er mich getroffen hat. Wo vorhin noch die Ansätze von Lila zu sehen waren, scheint jetzt die Farbe wütend vor sich hinzupochen. Ich habe das Gefühl, dass sie sekündlich dunkler wird.

»Hör auf, dich wie ein Weichei zu benehmen.«

Ich strafe ihn mit Ignoranz, denn manchmal benimmt sich mein bester Freund unmöglich. Um mich von dem Schmerz abzulenken, wende ich mich wieder meinem Telefon zu. Ich schließe den Messenger und öffne Instagram.

Der Feed ist noch gar nicht ganz geladen, da reißt Aiden mir das Handy schon aus der Hand.

Er pfeift anzüglich. »Sind die heißen Bräute auch bei Easts Party?«

»Weiß nicht. Ich hatte ja keine Möglichkeit, einen Blick auf das Bild zu werfen.« Um nicht noch mehr Zeit verstreichen zu lassen, mache ich mich daran, meine Schutzpolster abzunehmen.

»Ist das so eine Seite, bei der man Premium-Pussys bestellen kann?«

Angewidert ziehe ich die Lippe hoch. »Was erzählst du für einen Scheiß?« Ich reiße ihm mein Telefon aus der Hand und werfe einen Blick auf das Foto.

Mein Schwanz zuckt. Der Platz in dem Tiefschutz, den ich dank meines nervigen Teamkollegen noch umhabe, wird immer weniger. Es dauert einen Moment, bis mein Blick über jeden Zentimeter des Körpers geglitten ist und am Gesicht ankommt. Meine Augen weiten sich, als in mein Bewusstsein sinkt, was gerade passiert ist. Ich habe eine verdammte Erektion wegen Jace' kleiner Schwester.

Jace' kleiner minderjähriger Schwester.

Fuck. My. Life. Das ist das einzige, dass gefickt wird, wenn der Leadsänger von Hot Shit herausfindet, was mein Schwanz gerne mit Malia machen würde.

Mit all den Kurven und der nackten Haut auf dem Bild, sieht sie nicht wie die Malia aus, die ich vor ein paar Wochen noch im Trainingszentrum getroffen habe. Wann ist sie von einem Mädchen zu einer Frau geworden?

Schnell sperre ich den Bildschirm, damit ich nicht länger das Bild der Versuchung vor Augen habe. Ich feuere mein Handy in die Sporttasche. Je weiter es weg ist, desto eher bekommt sich mein Hockeyschläger wieder unter Kontrolle. Zumindest hoffe ich das.

»Wer war das nun auf dem Foto?«, fragt Aiden, der gerade dabei ist, sein Trikot auszuziehen.

»Niemand«, knurre ich. Das einzig Beruhigende an dieser Situation ist, dass Aiden anscheinend nicht mitbekommen hat, dass Malia auf dem Bild mit ihrer besten Freundin posiert.

Er verpasst mir einen Klapps auf die Schulter. »Ich habe nur eine Frage gestellt. Kein Grund, gleich den Höhlenmenschen rauszuholen.«

Er hat recht. Aber Jace ist ein guter Freund von mir und ich will nicht, dass Aiden perverse Bemerkungen über Malia macht. Es ist schon schlimm genug, dass ich für ein paar Sekunden schmutzige Gedanken bei ihrem Anblick hatte.

Meine Reaktion ist ganz sicher den zwei Wochen ungeplante Enthaltsamkeit geschuldet. Mit Training und dem Start der Saison, blieb keine Zeit und Energie mehr übrig. Das wird sich heute ändern. Wir müssen nur zur Party, damit East seine Drohung nicht wahr macht. Also wende ich meine Aufmerksamkeit wieder meinem Teamkollegen zu. »Ich gehe duschen. Du gib besser Gas, denn wenn ich fertig bin, fahre ich los. Mit oder ohne dich.« Bis auf die Unterhose ziehe ich mich aus und schnappe mir mein Handtuch.

Wir verlassen den Fahrstuhl in Easts Gebäude und werden direkt von lauter Musik begrüßt. Gemeinsam gehen wir den Flur entlang.

Auf dieser Etage sind nur zwei Wohnungen. Von einer steht die Tür offen und gibt die Sicht auf die Party frei, die in vollem Gange ist.

Wir bahnen uns einen Weg durch die feiernde Menge.

Im Wohnzimmer räkeln sich auf jeder Oberfläche leicht bekleidete Frauen und zwischen ihnen thront East wie ein König mit ausgestreckten Armen auf der Couch, für den eigens diese Show aufgeführt wird. Obwohl, wenn ich ihn so betrachte, könnte er eher ein Zuhälter sein, denn die Mädels, die sich um ihn tingeln, ähneln denen an so mancher Straßenecke sehr. Den Dollarzeichen in den Augen nach zu urteilen sind auch sie nur drauf aus, das große Geld zu machen.

Dass sie denken, East würde für eine von ihnen seinen Lebensstil aufgeben und sich fest binden, sorgt für ein Lächeln in meinem Gesicht, denn alles an ihm schreit nach einer Bindungsphobie.

Wolfgeheule zieht meine Aufmerksamkeit auf sich.

East hat die Hände um den Mund und den Kopf in den Nacken gelegt, während er aus tiefstem Hals das Geräusch von sich gibt. »Die Ice Wolves sind am Start.«

Mehr als ein Kopf dreht sich in seine Richtung.

Ich gehe unbeirrt weiter zur Couch und lasse mich neben East fallen. »Hey.«

»Bereit, den Sieg zu feiern?« Sein Grinsen ist so breit, dass er irre aussieht.

»Klar. Hast du zufälligerweise Eis da?«

Ohne mir zu antworten, stößt er einen lauten Pfiff aus. »Ich brauche eine Tüte voll Eis.«

Mehrere Frauen stürmen in die Küche.

Dank des offenen Schnitts der Wohnung haben wir einen perfekten Blick auf die Ereignisse, die sich dort abspielen. Girl eins und zwei haben einen Catfight am Kühlschrank gestartet. Beide wollen offenbar die ehrwürdige Aufgabe übernehmen, dem Rockstar neben mir den Beutel zum Kühlen zu bringen.

»Hey. Kein Grund die Krallen auszufahren, es ist genug East für alle da«, ruft der Herr des Hauses den beiden zu.

Sie halten inne und schauen zu uns herüber. Breit lächeln sie, was mir die Nackenhaare hochstehen lässt, denn es wirkt ein wenig irre.

Aus dem Augenwinkel sehe ich, wie Mädchen Nummer drei ihre Chance nutzt und sich an den anderen vorbeischiebt. Sie holt eine Tüte mit Eis aus dem Gefrierschrank. Als die Blondine bei der Couch ankommt, reicht sie East den Beutel.

»Danke, Babe.« Er wirft mir das Eis zu, ohne den Blick von seinem potenziellen nächsten Betthäschen zu nehmen. Seine Hand legt er auf ihren Oberschenkel kurz unter den Hintern.

Mit einem kräftigen Ruck zieht er sie nach vorne, sodass sie auf seinem Schoß landet.

Kichernd schlingt sie die Arme um seinen Hals.

Ich wende meinen Blick ab, bevor ich ihr Vorspiel in erster Reihe miterleben muss. Ich kenne East schon ein paar Jahre und er hat kein Problem, in Anwesenheit anderer zur Sache zu kommen.

Das Pochen in meiner Seite, erinnert mich daran, dass ich schleunigst das Eis nutzen sollte. Also packe ich es auf die Stelle, die mit Sicherheit mittlerweile einem Regenbogen ähnelt. Ich schließe die Augen und atme zischend ein. Verdammte Scheiße. Ich hätte einfach nach Hause fahren sollen, statt hier auf Easts Couch zu sitzen, während um mich herum Speichel und andere Körperflüssigkeiten ausgetauscht werden.

Wenigstens hat bis jetzt kein Golddigger sein Auge auf mich geworfen, dass bedeutet ein wenig Ruhe für mich. Also lehne ich mich tiefer in die Kissen zurück und genieße die Verschnaufpause.

Plötzlich blitzt ein Bild vor meinem inneren Auge auf und mein Schwanz zuckt. Ich schieße aus meiner halb liegenden Position hoch. Der Schmerz in meiner Seite vertreibt den verbotenen Anblick von Jace' Schwester schnell wieder.

Es ist, als wäre durch das Foto von vorhin ein Schalter umgelegt worden, wodurch sie plötzlich auf meinem Radar aufgetaucht ist und nicht wieder verschwindet.

Frustriert fahre ich mir über das Gesicht. Das wird eine verdammt harte Nacht, wenn ich es nicht schaffe, Malia endgültig aus meinen Gedanken zu verbannen.

Kapitel 5

Malia

Kraftvoll schließe ich den Spind und drehe mich zu Isla. »Alle schauen mich an.« Ich senke den Kopf ein Stück, damit mein Haar wie ein Vorhang nach vorne fällt.

»Ach, Quatsch.« Meine beste Freundin lehnt neben mir.

»Warum sorgt ein bisschen Haut von mir für so einen Aufruhr, obwohl es niemanden juckt, dass alle anderen ständig halbnackte Bilder von sich posten?«

Isla seufzt. »Alle anderen sind nicht die kleine Schwester von Jace Barbeau.« Sie schaut sich zu unseren Mitschülern um, die uns entweder aus dem Augenwinkel anschauen oder ganz offen gaffen. »Du solltest einfach drüberstehen, was andere sagen und denken.«

»Leichter gesagt als getan«, murmle ich vor mich hin.

Eine Emotion huscht über Islas Gesicht, die ich nicht zu fassen bekomme, denn so schnell wie sie da war, ist sie auch schon wieder verschwunden. An ihre Stelle tritt Entschlossenheit. Sie stößt sich mich Nachdruck von dem Spind neben mir ab und stemmt die Hände in die Hüften. »Weißt du, warum dich alle anschauen? Weil sie deinen heißen Hintern gesehen haben und die Mädels neidisch auf deinen perfekten knackigen Arsch sind. Jeder einzelne Junge an unserer Schule und alle anderen, die das Bild angeguckt haben, stellen sich jetzt vor, wie die Aussicht wäre, wenn sie dich von hinten beglücken würden.«

Hitze schießt mir bei ihren unverblümten Worten in die Wangen. Ich schaue, ob jemand ihren temperamentvollen Ausbruch gehört hat.

Glücklicherweise haben wir nicht noch mehr Blicke auf uns gezogen als sowieso schon.

Auf einmal sehe ich eine Bewegung in meinem Augenwinkel, die meine Aufmerksamkeit zurück zu Isla lenkt.

Sie macht mit ihren Hüften eine stoßende Vorwärtsbewegung und die Hände gleiten dabei vor ihr in der Luft umher, als würde sie über etwas streichen. »So sieht es in deren Köpfen gerade aus.« Sie schaut mich an, ohne ihre Show zu stoppen. »Und in ihrem Fantasieporno bist du die Hauptfigur. Oh ja, dein Hintern ist so heiß.« Den letzten Teil hat sie in einer tiefen Stimme gesagt. Die ganze Zeit stößt sie weiter gegen die nicht vorhandene Person und streicht über deren nicht existierende Kehrseite.

Wenn ich nicht so lange mit Isla befreundet wäre, würde mich ihr Verhalten wahrscheinlich schockieren. Aber ich kenne ihre unüberlegten Ausbrüche nur zu gut. »Ähm, ich möchte dich wirklich ungerne vor deinem imaginären Orgasmus unterbrechen, aber jetzt ziehen wir noch mehr Aufmerksamkeit auf uns. «

Pfiffe und Jubelrufe erfüllen den Flur, als das Basketball-Team näherkommt. Doch nicht unsere Schulhelden werden gefeiert, weil sie die größten sind. Nein, sie sind diejenigen die den Geräuschpegel von sich geben.

»Ja, Baby. Besorg es ihr«, ruft jemand.

Da gerade sonst niemand eine Show wie Isla hinlegt, gehe ich davon aus, dass die Begeisterung uns gilt.

Ein ungutes Gefühl macht sich in mir breit, je näher die Jungs kommen. Irgendetwas an Ian und seinen Teamkameraden jagt mir einen eisigen Schauer den Rücken herunter, wann immer sie ihren Blick auf uns richten. Ich umfasse Islas Handgelenk und ziehe leicht daran. »Komm, lass uns gehen.« Mit meiner freien Hand schnappe ich mir meinen Rucksack vom Fußboden. Ich will ihn mir gerade über die Schulter werfen, da taucht ein muskulöser Arm in meinem Sichtfeld auf und hindert mich daran.

Ein harter Körper presst sich gegen meine Seite.

Ich bin gefangen zwischen dem Spind und dem Point Guard unserer Schule.

»Ian«, bringe ich zwischen zusammengebissenen Zähnen hervor. »Ich wollte gerade gehen.« Mit einem falschen Lächeln im Gesicht sehe ich ihn auffordernd an, denn er soll sich aus meiner persönlichen Distanzzone verziehen.

Doch statt mir Raum zu geben, lehnt er sich noch weiter zu mir.

Er überragt mich, deshalb straffe ich die Schultern und entgegne seinem Blick. Auch wenn ich keine unnötige Aufmerksamkeit auf mich ziehen möchte, lasse ich nicht alles mit mir machen. Scheinbar denkt Ian, dass ich eins seiner Groupies bin, die bei seinem Anblick feuchte Höschen kriegen und sich über seine Nähe freuen. »Offensichtlich hast du einmal zu oft den Basketball gegen den Kopf bekommen, denn du scheinst nicht zu kapieren, dass du deinen Arsch aus meinem Weg bewegen sollst.« Ich verschränke die Arme vor der Brust und verpasse ihm dabei einen Stoß in die Rippen.

Ein Grinsen breitet sich auf seinem Gesicht aus. »Du brauchst nicht so zu tun, als wärst du schwer zu haben, nur um mein Interesse aufrechtzuerhalten.« Er lehnt sich vor. »Ich steh auch so auf dich«, raunt er in mein Ohr.

Die Berührung seiner Lippen auf meiner Haut jagt eine Welle der Übelkeit durch meinen Körper. Sofort verspüre ich das Bedürfnis, mich zu duschen und besonders die Stelle, an der er mich gestreift hat, mit einem Topfkratzer zu schrubben. »Ich weiß nicht, was für ein Film in deiner Birne abläuft, aber geh ihn woanders gucken.«

Lachend wirft er den Kopf zurück, als hätte ich den Witz des Jahres gemacht.

Meine Geduld verabschiedet sich. Wenn er sich nicht schleunigst verpisst und mir Raum zum Atmen gibt, wird er es bereuen.

Ich schaue zu Isla, die von einem seiner Teamkameraden zurückgehalten wird. Sie versucht ihn abzuschütteln. »Verpiss dich oder ich werde deine Eier so fest quetschen, dass sie dir abfallen.«

Brian lockert seinen Griff um Isla ein wenig und wirft ein Blick über die Schulter zu seinem Kapitän. Seine Augen sind geweitet, als hätte er ein Horrorfilm gesehen. Wahrscheinlich läuft die Vorstellung von Islas Drohung gerade bildlich auf Dauerschleife in seinem Kopf ab.

Ian reagiert nicht auf seinen besten Freund. Sein Blick liegt noch immer fest auf mir.

»Lass mich gehen oder du wirst den Rest der Saison von der Bank aus zusehen, wie deine Mannschaft verliert.« Ich bin bereit ihm mit voller Wucht gegen das Knie zu treten, sodass alle möglichen Bänder und Sehnen sich verabschieden.

Ian lacht auf, macht aber keine Anstalten, sich aus dem Weg zu bewegen.

Bereit, meinen Standpunkt deutlich zu machen, verlagere ich mein Gewicht, um besser ausholen zu können. Ich hebe meinen Fuß vom Boden und bin bereit, meine ganze Kraft in diesen Tritt zu legen, doch noch bevor ich mein Vorhaben in die Tat umsetzen kann, vibriert mein Telefon und signalisiert einen Anruf. Noch immer gefangen zwischen Ian und dem Spind, lehne ich mich ein Stück nach vorne, um an meine hintere Hosentasche zu kommen. Meine Vorderseite ist an Ians gepresst. So schnell ich es hinbekomme, fische ich das Handy heraus. Dann lasse ich mich zurück an den Schrank fallen, um so viel Abstand wie möglich zwischen uns zu bringen. Bevor Ian noch dichter kommen kann, presse ich eine Hand gegen seine Brust und drücke ihn von mir. Mit der anderen nehme den Anruf entgegen.

»Hey, kleine Schwester«, begrüßt Jace mich.

»Hallo.« Ian sieht mit zusammengezogenen Brauen das Telefon an meinem Ohr an. Ich nutze den Moment der Ablenkung. Schnell lasse ich Ian los, schnappe mir meinen Rucksack und dränge mich an ihm vorbei. Auf dem Weg zum Ausgang schubse ich Brian und ziehe Isla mit mir.

»Warum ist das so laut bei dir?«

»Ich bin gerade auf dem Weg zum Parkplatz.«

»Okay. Soll ich mich nochmal melden, wenn du zu Hause bist?«

»Quatsch, schieß los. Was verschafft mir den Anruf eines Rockstars?« Ich stoße die Tür auf und verlasse zusammen mit Isla das stickige Schulgebäude.

»Ich bin dein Bruder. Vielleicht möchte ich einfach nur mit dir reden.«

»Ja, das ist wahr. Aber irgendwie habe ich das Gefühl, dass du etwas Bestimmtes von mir willst.«

Sein tiefes Lachen dringt an mein Ohr. »Du hast recht. Ich habe eine gute und eine schlechte Nachricht für dich.«

»Fang mit der besseren an.« Ich hoffe, er ist nicht enttäuscht, wenn ich keine Begeisterung für das, was er mir sagen will, aufbringen kann. Meine Akkus sind nach diesem Tag so leer, dass ich nur noch ins Bett fallen möchte.

»Ich habe zwei Karten für das nächste Ice-Wolves-Spiel in Toronto. Aber leider habe ich keine Zeit, mit dir hinzugehen.«

Ich lag falsch. Da ist doch noch ein bisschen Energie übrig, um aufgeregt zu sein. Bei der Vorstellung, bald meinen Lieblingssport wieder live verfolgen zu können, macht mein Herz einen kleinen Freudensprung. »Kein Problem. Ich nehme die Karten auch ohne dich.«

»Mom und Dad können auch nicht. Mir wäre es lieber, dich in der Begleitung eines Erwachsenen gehen zu lassen.«

Ich rolle mit den Augen, auch wenn er mich nicht sehen kann. »Ich bin fast achtzehn und brauche weder dich noch unsere Eltern, um zu einem Eishockeyspiel zu gehen.«

»Aber Tickets. Und wenn ich dir keine gebe, kannst du auch nicht hin.«

Wäre er hier, würde ich ihm für seine nervige Art eine verpassen. Nur muss ich dieses Gefecht wohl verbal austragen. »Jace«, sage ich warnend. »Ich nehme Isla mit und schreibe dir, sobald wir am Stadion angekommen sind. Dann nochmal, wenn wir bei unseren Sitzen sind und nach dem Spiel, bevor wir uns auf den Weg zurück nach Pickering machen. Versprochen.«

Er stöhnt. »Die Vorstellung von dir und Isla allein bei dem Spiel macht meine Sorgen nicht kleiner.«

»Aber das sind wir doch nicht. Liam ist schließlich auch da.«

»Ja, auf dem Eis.«

Frustriert fahre ich mir mit den Fingern durch das Haar. »Von wo aus er sehen kann, wenn es einen Zwischenfall gibt, denn er hat dir doch bestimmt wieder die Tickets hinter der Spielerbank gegeben.«

»Und wenn etwas auf dem Weg zu den Plätzen oder nach dem Spiel passiert?«

Nur mit Mühe kann ich einen Schrei zurückhalten. »Dann rufe ich ihn an oder schreib ihm eine Nachricht.«

»Du hast seine Nummer nicht.«

»Dann gib sie mir, verdammt nochmal. Und meine Tickets auch«, fahre ich ihn genervt an.

»Entspann dich. Ich will ja nur, dass dir nichts geschieht.«

»Das weiß ich zu schätzen. Jetzt schick mir die Nummer.«

»Warte.« es raschelt kurz. »Erledigt. Speicher sie gleich ab, damit du sie im Notfall zügiger wählen kannst.«

»Mache ich.« Schnell öffne ich die Nachricht von meinem Bruder und sichere den Kontakt. Dann widme ich mich wieder Jace. »Bist du zu Hause?«

»Ja«, antwortet er skeptisch.

»Alles klar. Dann komme ich gleich vorbei, die Karten abholen.« Schnell beende ich den Anruf, bevor er es sich noch anderes überlegen kann. Wenn ich die Tickets erstmal in den Händen halte, setzt ganz sicher die Vorfreude ein.

Kapitel 6

Liam

Meine Kufen wirbeln die losen Flocken auf dem Eis auf, als ich vor Aiden und Maverick zum Stehen komme. »Seid ihr bereit, Boston in den Arsch zu treten?«

Wie auf Kommando legen beide den Kopf in den Nacken und geben Wolfsgeheul von sich. Der Rest meines Teams stimmt mit ein. Und es dauert nicht lange, bis die sich füllenden Fanreihen auch mitmachen.

Die Toronto Ice Wolves sind mehr als nur ein Team, das aus ein paar Spielern besteht. Die unzähligen Menschen, die uns immer unterstützen, sind genauso Ice Wolves wie wir hier unten auf dem Eis. Wir sind eine Familie und ich bin dankbar, ein Teil davon zu sein.

Das Geheul hat noch immer nicht aufgehört.

Mit einem breiten Grinsen auf den Lippen drehe ich mich im Kreis und lasse meinen Blick über die Arena schweifen. Mir wird bewusst, dass ich einer der wenigen bin, die ihren Traum leben dürfen.

Meine Runde endet bei unserer Spielerbank.

Dort putschen die anderen Jungs sich gegenseitig hoch, wir Wölfe sind bereit unsere Beute zu reißen.

»Hey Captain«, ruft Bennett.

Doch ich höre nicht, was er danach sagt, denn mein Fokus geht zu der Person, die hinter ihm in den Rängen sitzt. Ich starre in die Tiefen von frühlingsgrünen Augen. Alles um mich herum tritt in den Hintergrund. Es ist, als würde es nur uns beide geben. Plötzlich schießt mir das Bild in den Sinn, das ich lieber vergessen würde. Mein Schwanz schwillt in seinem Käfig ein Stück an. Auf einen Schlag zerplatzt die Blase, als mir wieder bewusst wird, wo ich mich befinde. Ich sollte froh sein, dass der Tiefschutz einen Skandal verhindert, denn mit einer Erektion vor tausenden Zuschauern zu stehen, würde es bestimmt in die Presse schaffen. Aber zeitgleich verfluche ich meine Ausrüstung, in der es gerade verdammt eng ist.

Um meine Emotionen wieder unter Kontrolle zu bekommen, reiße ich meinen Blick von ihrem los und senke ihn ein Stück. Doch dann fällt mir auf was sie trägt.

Ein Trikot der Ice Wolves mit einem großen C über der linken Brust und meiner Nummer auf dem Ärmel.

Statt sich zu beruhigen, ist der Hockeyschläger in meiner Hose jetzt steinhart. Verdammt, was ist denn los?! Seit Jahren kenne ich Malia und seitdem hat sie schon mehrfach im gleichen Aufzug ein Spiel von uns verfolgt. Noch nie hat dieser Anblick Erregung in mir ausgelöst. Sie ist Jace' kleine Schwester und auch ich habe sie immer als so eine angesehen.

Aber seit sie dieses bescheuerte Bild gepostet hat, hat mein Schwanz sie auf dem Radar.

Ein Schubs bringt mich aus dem Gleichgewicht und hält das Gedankenkarussell an. Glücklicherweise setzt mein Instinkt ein. Vor aller Augen auf den Arsch zu fallen, würde dem Scheißhaufen der letzten Minuten die Krone aufsetzen. Ich wende mich dem Übeltäter zu.

Bennett, der Goalie unseres Teams steht vor mir. Seine Lippen sind zusammengepresst.

»Was ist?« Mit zusammengezogenen Brauen sehe ich ihn an.

»Ich habe gefragt, ob du bereit für das Spiel bist. Aber du starrst nur abwesend in der Gegend rum.« Erneut verpasst er mir einen Stoß, nur bin ich dieses Mal darauf vorbereitet. »Du bist der Captain. Wenn dein Kopf im Arsch steckt, anstatt sich auf den Sieg zu fokussieren, hat das Konsequenzen für uns alle.«

Ich lege meine Hand auf seine Schulter. »Der hier…«, ich tippe gegen meine Schläfe, »ist genau da, wo er sein muss. Mit festem Blick habe ich unser Ziel im Auge, nämlich zu gewinnen. Anstatt dich um mich zu sorgen, solltest du lieber aufpassen, dass gleich kein Puck in dein Netz geht.« Ich klopfe ihm auf seinen Brustschützer und laufe zu dem Kreis, der sich bei Coach Wilson gebildet hat.

Bennett folgt mir.

Gemeinsam hören wir uns die Taktik an, um Boston zu vernichten.

Es ist das letzte Drittel. Wir führen mit einem Tor Vorsprung. Doch das ist kein Grund, sich auszuruhen, denn das Spiel ist erst vorbei, wenn die Uhr heruntergezählt hat.

Also greife ich an. Mein Blick ist fest auf den Gegner gerichtet, der den Puck in seinem Besitz hat.

Er stürmt auf unser Tor zu. Doch wenn er denkt, wir würden es ihm so leicht machen, hat er sich getäuscht.

Wir sind die Ice Wolves. Hungrig nach dem Sieg, reißen wir alles nieder, was uns in den Weg kommt. Und in meinem ist gerade Nummer acht. Mit voller Wucht ramme ich meinen Gegner in die Bande. Ich schnappe mir den Puck und passe ihn zu Aiden.

Der fliegt in Windeseile zum Tor von Boston.

Doch er ist nicht allein, ein Verteidiger ist ihm dicht auf den Fersen.

Also eile ich an die Stelle, an der ich gebraucht werde. Ich habe noch gar nicht ganz meine Position erreicht, da gleitet der Puck schon in meinen Besitz. Eine Möglichkeit eröffnet sich für mich. Ohne groß nachzudenken, hole ich aus und schieße die schwarze Scheibe aufs gegnerische Tor.

Er knallt in das Netz. Das Signal ertönt. Direkt danach folgt das für das Ende des Spiels.

Die Menge dreht durch. Jubel dröhnt durch die Arena und Getrampel lässt den Boden erbeben.

Das Adrenalin, das nur ein Sieg mit sich bringt, pumpt durch meine Adern. Meine Mundwinkel wandern nach oben und wie von selbst geht mein Blick zu der Sitzreihe hinter der Ersatzbank.

Malia hüpft auf und ab. Ihre Arme sind dabei um Isla geschlungen, was die Sicht auf ihren Rücken frei gibt. Auf dem mein Name steht.

Bevor mein Schwanz zum zweiten Mal am heutigen Tag gegen meinen Tiefschutz rebellieren kann, stelle ich mir vor, ich wäre nackt auf dem Eis. Allein der Gedanke an die Kälte lässt meinen Freund schrumpfen. Die Vorstellung, wie es sich anfühlen würde, wenn meine Eichel in Berührung mit dem gefrorenen Boden kommt, jagt einen Schauer durch meinen ganzen Körper. Jetzt bräuchte ich Ablenkung von diesem Horrorszenario. Aber die neuentdeckte Versuchung auf der Zuschauertribüne meide ich. Stattdessen schließe ich mich dem Rest meines Teams an und sauge die Energie des Sieges auf. So wie ich es schon mein halbes Leben lang mache, keine Droge der Welt könnte so ein Hoch in mir auslösen.

Kapitel 7

Malia

»Das Spiel war der Hammer.« In die Arena zu gehen und live zuzusehen, wie meine Lieblingsmannschaft gewinnt, lässt mein Blut jedes Mal wild durch meinen Körper pumpen. Ich kann die Röte in meinen Wangen förmlich spüren.

Isla sitzt entspannt hinterm Steuer und hat ihren Blick auf die Straße gerichtet. »Weißt du, was noch der Hammer ist?«

»Was?«, frage ich, obwohl ich eine Vorahnung habe, worauf sie hinauswill.

Ihre Mundwinkel wandern nach oben. »Sex.«

»Du bist manchmal so schlimm.« Ich schüttle den Kopf. Nur mit Mühe kann ich ein Grinsen zurückhalten. »Sollte ich dir einen Therapeuten suchen, weil du schon süchtig bist?«

»Haha.« Augenrollend sieht sie mich an. »Komm du erstmal in den Genuss und dann sprechen wir uns wieder.«

Seufzend lehne ich den Kopf gegen den Sitz. »Das wird niemals passieren, weil ich keinen passenden Kandidaten finde. Ich bin kurz davor, meine Ansprüche über Bord zu werfen und es mit irgendjemandem hinter mich zu bringen.«

Isla nimmt eine Hand vom Lenkrad und hält sie hoch. »Auf gar keinen Fall. Bevor es soweit kommt, mache ich mich höchstpersönlich auf die Suche nach einem würdigen Typen, der das nötige Talent besitzt.«

Ich verziehe angewidert die Lippen. »Auf gar keinen Fall habe ich Sex mit einem von deinen abgelegten Kerlen. Ich liebe dich, aber da ziehe ich die Grenze unserer Freundschaft.«

Isla legt lachend den Kopf in den Nacken.

Für einen kurzen Moment überkommt mich die Angst, dass wir jeden Moment in einem Graben landen, wenn sie nicht auf die Straße schaut.

Doch zu meinem Glück sieht Isla schnell wieder nach vorne.

Erleichtert atme ich aus. »Das war mein Ernst und gar nicht spaßig gemeint. Allein die Vorstellung von einem Typen, der sein Würstchen vorher in dein Hotdog-Brötchen gesteckt hat, sorgt dafür, dass jeder Funken Lust stirbt, bevor er überhaupt zum Glühen kommt.«

»Also wird es Frischfleisch für meine beste Freundin.« Isla tippt sich nachdenklich gegen das Kinn. »Hast du schon mal über den gutaussehenden Kapitän einer ganz bestimmten Hockeymannschaft als Kandidat nachgedacht?«

Ein Bild von Liam in seiner gepolsterten Pracht mit Trikot und Schlittschuhen blitzt vor meinen Augen auf. Kann ich mir ihn als Sexpartner vorstellen? Definitiv. Glaube ich, dass er sich dazu bereiterklärt, mir meine Jungfräulichkeit zu nehmen? Niemals. Würde ich das Risiko eingehen und ihn fragen, auch wenn die Wahrscheinlichkeit eines Neins verdammt hoch ist? Ich habe keine Ahnung.

In meinem Inneren herrscht das reinste Chaos. Neben der Frage, auf welches College ich im nächsten Jahr gehen soll und wie die Wahl des Studiengangs ausfällt, beschäftigt mich das Thema Jungfräulichkeit mit jedem Tag mehr. Ich weiß nicht, warum es plötzlich so präsent in meinem Leben ist, aber ich habe das Gefühl, dass ich bereit für diese Erfahrung bin. Der Gedanke daran, wie es sich wohl anfühlt, jemandem so nah zu sein, lässt mich nicht mehr los. Das Ganze hat nichts mit dem Drang dazuzugehören zu tun, den einige Mädchen und Jungs in meinem Alter verspüren. In mir ist eine tiefe Sehnsucht, die zum Leben erwacht ist.

»Erde an Malia.« Isla stupst mich von der Seite an.

Ich blinzle ein paarmal, um meine Sicht zu klären und von meinen Gedanken wegzukommen. »Hm?«

»Du hast mir nicht geantwortet.«

Meine Brauen ziehen sich zusammen. »Worauf nochmal?«

»Ob du mal darüber nachgedacht hast, Liam zu fragen.«

Ich schnaube. »Klar, weil der neue Kapitän der Ice Wolves nichts anderes zu tun hat, als irgendeine Highschool-Schülerin zu entjungfern.« Es laut auszusprechen, lässt es noch irrsinniger klingen. Und trotzdem ist da dieser kleine Teil in mir, der sich wünscht, dass es Wirklichkeit wird.

»Er ist nicht mal so viel älter als du. So absurd ist es also nicht.«

Das Ortseingangsschild von Pickering taucht am Straßenrand auf. Wir sind fast zu Hause.

In mir spielen die Gefühle verrückt bei dem Gedanken an meine Jungfräulichkeit. Mit Isla über das Thema zu reden, hilft mir, bei dem Chaos in meinem Inneren nicht durchzudrehen. »Liam bleibt trotzdem Jace' Freund. Mit mir zu schlafen, verstößt bestimmt gegen irgendeinen Bro-Code.«

Augenrollend hält sie den Blick auf der Straße. »Pussy schlägt Loyalität.«

»Hast du diese Weisheit aus einem Glückskeks?«

»Nein, die ist ganz allein hier drin entstanden.« Sie tippt sich an die Schläfe.

»Während du Schnick, Schnack, Schnuck gespielt hast? Wenn Schere Papier schlägt, dann kann Pussy Loyalität schlagen?«

»Oh mein Gott, das ist die Idee.« Sie packt meinen Oberarm und drückt kurz zu.

Ich reibe mir über die Stelle, die Begeisterung ist ein bisschen mit Isla durchgegangen und sie hat ganz schön fest zugefasst.

Sie fährt unbeirrt weiter. »Wir erweitern das Spiel. Für die Pussy hält man mit dem Zeige- und Mittelfinger ein V in die Luft und für die Loyalität salutiert man.«

Ich fahre mir über das Gesicht. »Die Schere ist schon ein V.«

Isla verdreht die Augen. »Die liegt seitlich. Außerdem bewegt sie sich auf und zu.« Zur Demonstration hebt sie die Hand und macht es vor. Dann spreizt sie ihre Finger vor dem Gesicht und wackelt mit ihrer Zunge zwischen ihnen herum. »Und das hier ist die Pussy, die geleckt wird.« Grinsend sieht sie mich an.

»Kann ich bitte ein Video für TikTok von dir aufnehmen, während du die erweiterten Spielregeln genauso ausführlich wie eben erklärst?«, frage ich scherzhaft. Ein Lachen sprudelt aus mir heraus. Manchmal ist Isla auf eine liebenswerte Art ein bisschen verrückt.

Sie hebt den Finger wackelnd hoch. »Ich stehe zwar gerne im Mittelpunkt, aber wenn diese geniale Idee viral geht, sehen mich Millionen von Menschen. Dafür bin ich nicht bereit.« Mit geweiteten Augen sieht Isla mich an. »Im Internet gibt es so viel Negativität, das hat meine Spielerweiterung einfach nicht verdient.« Sie zwinkert mir zu.

»Okay, wo werden wir die neuen Regeln dann vorstellen? Ich kann es gar nicht erwarten, dabei zuzusehen, wie Leute mit der Pussy alles schlagen.« Ich lache erneut auf.

»Was hältst du von einer Party?«

Stirnrunzelnd schnellt mein Blick zu ihr. »Jetzt?«

»Nein, am Wochenende. Die Basketballsaison ist gestartet und nach dem Spiel am Freitag findet bei Brian die Siegesfeier statt.« Isla verzieht das Gesicht. »Also vorausgesetzt, dass sie gewinnen. Aber bei einer Niederlage finden sie sich bestimmt trotzdem dort zusammen, damit die Mädels ihnen helfen können, ihre Wunden zu lecken.«

Ich puste hörbar Luft aus. »Auf Ian und sein Gefolge habe ich eigentlich nicht so Bock, aber ich lasse mir von ihm nicht mein Senior-Jahr vermiesen. Also ja, ich bin dabei und bereit, deine neuen Regeln mit dir zu verbreiten.«

»Yay, das wird genial.« Isla hält die Hand hoch und ich schlage ein. »Wir ignorieren Ian einfach und konzentrieren uns darauf, Spaß zu haben.«

»Das klingt nach einem guten Plan.« Ich lächle sie an.

Auch ihre Mundwinkel heben sich. »Und vielleicht finden wir ja den perfekten Typen für unsere andere Mission.«

Sofort blitzt ein Bild von einer ganz bestimmten Person vor meinen Augen auf. Ein Anflug von Selbstbewusstsein überkommt mich. Jetzt oder nie. Ich hole mein Handy aus der Tasche und öffne den Messenger. Eine einzige Nachricht wird schon keinen Schaden anrichten. Die Frage ist nur, wohin diese führt.

Kapitel 8

Liam

Ein neuer Sieg, eine neue Party bei East.

»Wird das eigentlich zum Ritual, dass hier die Aftershowparty steigt?« Ich schaue zum Gastgeber.

Der sitzt mit auf der Rückenlehne ausgestreckten Armen da und hat eine dunkelhaarige Schönheit auf dem Schoß. Sein Mundwinkel wandert auf einer Seite ein Stück nach oben. »Klar. Aber nur wenn ihr gewinnt. Schlecht gelaunt würdet ihr die Stimmung versauen.«

Mit gehobener Braue schaue ich ihn an. »Ich habe nicht vor zu verlieren.«

»Das ist mein Mann.« East streckt die Faust in meine Richtung und ich stoße mit meiner dagegen.

»Wo hast du eigentlich Jace gelassen? Der war schon eine gefühlte Ewigkeit nicht mehr bei einer Party dabei«, erkundige ich mich, denn letzte Saison gab es East und ihn nur im wilden Doppelpack.

Sein Gesichtsausdruck wird für den Bruchteil einer Sekunde ernst, dann sieht er wieder so entspannt wie vorher aus. Es ist, als wäre seine Maske kurz verrutscht und hätte einen Blick dahinter gewährt. »Der hat da so ein *Projekt* in Pickering am Laufen.«

Ich öffne den Mund, um nachzuhaken, worum es dabei geht, doch ich spüre eine Berührung an meiner Seite. Mein Blick schnellt hinüber.

Eine mir unbekannte Frau lächelt mich an. Ihre Hand gleitet zu meiner Brust.

Vor einer Woche noch hätte sich etwas in mir geregt. Nur hat dieses bescheuerte Bild dafür gesorgt, dass mein Schwanz die Orientierung verloren hat. Sonst war er wie ein öffentlicher WLAN-Hotspot, in den sich jederzeit Frauen einloggen konnten. Jetzt ist er ein Passwortgeschützter Zugang. Malia scheint die Einzige zu sein, die es kennt.

Das Vibrieren meines Handys lenkt meine Aufmerksamkeit auf sich und damit weg von meinem kleinen Problem. Ich weiß nicht, warum, aber ich verspüre den Drang, sofort nachzusehen, von wem die eingegangene Nachricht ist. Deshalb schüttle ich mein Anhängsel ab und ziehe das Telefon heraus. Als ich den Namen des Absenders lese, rast mein Herz vor Aufregung in meiner Brust. Es braucht drei Anläufe, um das Display zu entsperren, dann öffne ich die Nachricht.

Malia: Hey *winkender Emoji*

Ein breites Grinsen bildet sich auf meinen Lippen. Ich kann sie förmlich vor mir sehen, wie sie schüchtern bei der Begrüßung die Hand hebt.

Ich: Auch hey *zwinkernder Emoji*

Verdammte Scheiße. Flirte ich gerade Jace' kleine Schwester an?! Ich fahre mir mit der Hand übers Gesicht. Am liebsten würde ich mir selbst eine Backpfeife verpassen, doch stattessen schaue ich wieder auf mein Telefon, als die nächste Mitteilung hereinkommt.

Malia: Ich bins, Malia.

Das entlockt mir ein Lachen. Ich spüre Easts Blick auf mir, aber in diesem Moment kümmert es mich nicht. Warum das so ist, will ich lieber nicht ergründen.

Ich: Ich weiß. *zwinkernder Emoji*

Es gibt 4489 Emojis und ich benutze den gleichen wie bei meiner ersten Nachricht. Was versuche ich ihr damit zu sagen? ›Hey, ich seh heute nur mit einem Auge, weil mein anderes eine Bindehautentzündung hat. Aber trotzdem weiß ich natürlich, wer du bist‹? Wäre ich nicht auf einer Party, würde ich meinen Kopf auf die Tischplatte hauen. Oder besser gleich gegen die Wand. Dann bräuchte ich meine plötzlich aufgetretene soziale Inkompetenz nicht mehr mitanzusehen. Doch so glücklich bin ich nicht. Deshalb starre ich wie ein Idiot auf mein Handy und hoffe, dass sie nicht zu viel in die Emojis hineininterpretiert.

Es dauert eine gefühlte Ewigkeit, bis mein Telefon wieder vibriert.

Malia: Super. *lächelnder Emoji mit ausgestreckten Händen*

Malia: Es gibt einen Grund, warum ich dir schreibe.

Jede Zelle meines Körpers kribbelt vor erwartungsvoller Spannung.

Doch es kommt nichts weiter von ihr.

Ich: Und der wäre? *skeptischer Emoji*

Weil ein bisschen frische Luft nicht schaden kann, gehe ich auf die Dachterrasse. Dort suche ich mir ein ruhiges Plätzchen, während ich warte.

Malia: Ich wollte dich um einen Gefallen bitten.

Ich: Schieß los.

Dieses Mal schaue ich auf die Uhr, um die Minuten zu zählen, die sie für ihre Antwort braucht.

Es sind unendliche fünfzehn.

Malia: Kannst du mich entjungfern?

Das Telefon rutscht aus meiner Hand und fällt zu Boden. Ich bin mir sicher, dass ich mich verlesen habe, denn sie kann mich nicht wirklich darum gebeten haben. Nur um sicher zu gehen, dass ich nicht halluziniere, hebe ich mein Handy auf und schaue nochmal nach. Dass das Display vollkommen gesprungen ist, ignoriere ich, als meine Augen erneut über die Nachricht fliegen.

Aber es verändert sich nichts. Dort stehen noch immer die vier Worte.

Ohne groß darüber nachzudenken, wähle ich ihre Nummer und presse das Telefon an mein Ohr. Ich befürchte schon, dass sie nicht abnimmt, doch da höre ich jemanden am anderen Ende atmen. »Malia.« Irgendwie fühlt sich meine Stimme rauer als sonst an.

»Liam.«

Meinen Namen aus ihrem Mund zu hören, reicht aus, um mein Blut wieder in die untere Region fließen zu lassen. Bevor mein Gehirn nicht mehr richtig funktionier, durch die Reaktion, die sie in mir hervorruft, konzentriere ich mich schnell wieder auf unsere Unterhaltung. »Warum schreibst du sowas?«

»Weil ich deine Hilfe brauche«, haucht sie.

»Aber das ist doch keine Frage, die man mal so eben nebenbei stellt. Und schon gar nicht auf diese Weise.« Frustriert fahre ich mir mit der Hand durch das Haar.

»Wie hätte ich mein Anliegen denn sonst vortragen sollen?«, Ihre Worte triefen vor Sarkasmus.

»Das ist ein Thema, dass man von Angesicht zu Angesicht bespricht.« Die Worte haben gerade erst meinen Mund verlassen, da signalisiert mein Handy schon einen FaceTime-Anruf. Schnell verziehe ich mich in Easts Schlafzimmer, denn dieses Gespräch soll nicht von lauschenden Ohren mitgehört werden. Erst dort nehme ich den Anruf an.

Malias Gesicht erscheint auf meinem Display. Sie sitzt mit einem Kissen im Arm auf einem Bett. »So besser?!« Augenrollend schaut sie in die Kamera »Kannst du mich jetzt entjungfern, oder nicht?«

Mein Schwanz möchte definitiv ja sagen. Aber ich ignoriere ihn und hoffe, dass das restliche Blut in meinem Gehirn reicht, um mich durch diese Unterhaltung zu navigieren. »Nein, das kann ich nicht.«

Fragend hebt sie eine Braue. »Du kannst oder du willst nicht?«

Ich reibe mir über das Gesicht. »Ist das wichtig?«

Sie nickt und umklammert das Kissen noch fester.

»Ich kann nicht.« *Ich kann nicht mit dir schlafen. Ich kann meinen Blick nicht von dir abwenden. Ich kann dich nicht aus meinen Gedanken vertreiben.* Doch das alles sage ich nicht.

Sie schaut mich eine gefühlte Ewigkeit einfach nur an, die Unterlippe hat sie zwischen die Zähne gezogen. »Also heißt das im Umkehrschluss, dass du es eigentlich machen willst?«

Ich lege den Kopf in den Nacken. »Lia«, stöhne ich.

»So nennt mich niemand«, protestiert sie.

»Tja, und sonst fragt mich keine Frau, ob ich sie entjungfern kann.« Ich schaue wieder zu ihr und zucke mit den Schultern.

»Heute Abend passieren eben haufenweise ungewöhnliche Dinge.«

Sie mustert mich eindringlich. »Ich habe einen Deal für dich.«

Mit regungsloser Miene warte ich darauf, dass sie weiterspricht. »Schieß los«, fordere ich, weil ich es nicht länger aushalte.

»Du darfst mich Lia nennen und dafür hast du einmal Sex mit mir.« Sie verzieht nicht mal das Gesicht.

Kopfschüttelnd sehe ich sie an. »Ich habe einen besseren Deal. Wir haben keinen Sex und ich nenne dich Lia als Zeichen unserer sehr platonischen Freundschaft.«

»Liam«, sagt sie warnend.

»Lia.«

Unsere Blicke bohren sich ineinander.

Es fühlt sich an, als würde ich von ihren frühlingsgrünen Augen verschlungen werden. Ich merke, wie mein Widerstand mit jeder Sekunde schwindet, die wir uns ansehen. Also unterbreche ich den Kontakt, bevor es zu spät ist und ich etwas tue, dass ich im Nachhinein bereuen würde. Zum Beispiel ja zu ihrer verrückten Idee zu sagen, obwohl mein Fokus einzig und allein auf dem Eishockey liegen müsste. Stattdessen versuche ich an ihre Vernunft zu appellieren. »Dein erstes Mal sollte etwas Besonderes sein. Vor allem mit einer Person, der du vollkommen vertraust und der du so nahestehst wie sonst niemandem.« Dieser Jemand kann einfach nicht ich sein.

Sie lässt sich nach hinten auf das Bett fallen und reibt sich mit der freien Hand über das Gesicht. »Meine Jungfräulichkeit zu verlieren, soll mir die Tür zu neuen Erfahrungen öffnen. Im wahrsten Sinne des Wortes.« Ihre Mundwinkel zucken. »Diese übertriebene Bedeutung, die diesem Akt gegeben wird, entspricht nicht der Realität.«

»Ach ja? Woher willst du das wissen, wenn du es noch gar nicht erlebt hast?« Fragend ziehe ich eine Augenbraue hoch.

»Meine beste Freundin hat es schon hinter sich gebracht.«

»Kannst du aufhören, davon zu sprechen, als wäre es ein Besuch beim Zahnarzt?«

»Warum? Im Prinzip ist es das gleiche Gefühl. Man weiß, dass es wehtun wird und will es schnell hinter sich bringen.« Sie zuckt gleichgültig mit den Schultern.

Ich vergrabe die Finger in meinen Haaren und ziehe leicht daran. »Kannst du nicht einfach warten, bis ein netter Junge vorbeikommt, bei dem du dich wohlfühlst und in den du im besten Fall auch noch verliebt bist?«

Sie schaut mich verträumt an. »Oh, ich bin so verknallt in dich. Außerdem bist du ein so toller Typ, dass ich bereit bin, dir meine Jungfräulichkeit zu schenken.« Ihre Gesichtszüge werden ernst. »Zufrieden?«

In mir tobt ein Sturm aus Emotionen. »Nein«, bringe ich zwischen zusammengepressten Zähnen hervor.

»Okay, dann frage ich halt irgendwen anders.« Sie rollt mit den Augen. »Es wird schon nicht so schwer sein einen freiwilligen zu finden.«

Bei dem Gedanken, dass irgendein dahergelaufener Kerl Malia anfasst, oder ihr sogar etwas antut, steigt Panik in mir auf. Bevor ich diesen unerwarteten Anflug von Gefühlen unter Kontrolle bringen kann, öffne ich den Mund. »Ich mache es.«

Ihre Kinnlade klappt herunter. »Echt?«

»Unter einer Bedingung.«

Sie legt den Kopf zur Seite und mustert mich. »Und die wäre?«

»Wir warten bis zu deinem achtzehnten Geburtstag.«

Erneut zuckt Malia mit den Schultern. »Der ist schon in zwei Monaten.«

»Ja, aber in der Zwischenzeit gehst du mit Jungs in deinem Alter auf Dates.«

Sie runzelt die Stirn. »Warum sollte ich das tun?«

»Weil das Teil des Deals ist.« Ich schließe kurz die Augen und reibe mir über die Nasenwurzel.

Eigentlich sollte ich nicht einmal über einen Deal nachdenken, weil sie die größte Ablenkung ist, die es für mich gibt. Und das kann ich mir absolut nicht leisten in dieser Saison, denn ich bin der neue Kapitän. Mein Team hat es verdient, dass ich mit klarem Kopf über das Eis laufe. In mir ist der Ehrgeiz geweckt, in diesem Jahr den Pokal nach Hause zu holen. Nur bin ich mir nicht sicher, ob ich mit Malia und der Abmachung überhaupt in der Lage bin, mein Ziel zu verfolgen. Es fühlt sich gerade nicht danach an, trotzdem besitze ich nicht die Stärke, der Versuchung zu widerstehen.

»Das sind zwei Bedingungen und du hast von einer geredet.« Malias Stimme zog mich aus meinen wilden Gedanken.

Sie lehnt ihr Telefon irgendwo gegen und verschränkt die Arme vor ihrem Oberkörper. Diese Bewegung drückt ihre Brüste nach oben.

Mein Blick wird wie von einem Magneten auf sie gezogen. Mein Schwanz steht sofort auf Halbmast. Angewidert von mir selbst, nehme ich all meine Willenskraft zusammen und konzentriere mich wieder auf unsere Unterhaltung. »Willst du, dass ich dir bei deinem Problem helfe, oder nicht?«

Mit zusammengebissenen Zähnen gibt sie ein Knurren von sich. »Na schön.«

Erleichterung macht sich in mir breit. Ich bin mir sicher, dass sie, so wie jeder andere Teenager auch, einen netten Freund findet. Der kann die Sache übernehmen und ich muss nicht meinen Arsch riskieren, um ihr zu helfen. Das ist eine Win-win-Situation. »Vergiss nicht, mir regelmäßige Updates zu schicken, wie es so mit dem anderen Geschlecht läuft.« Ich halte kurz inne, als mir etwas klar wird. »Wobei es auch total in Ordnung ist, wenn du Mädchen triffst. Hauptsache, du gehst auf Dates mit Gleichaltrigen.« Grinsend hebe ich einen Daumen. Ein Blick auf das kleine Fenster, das mich bei Face-Time selbst anzeigt, verrät mir, dass ich genauso bescheuert aussehe, wie ich mich fühle. Also lasse ich meine Hand schnell wieder sinken und entspanne mein Gesicht. »Ähm, ich muss jetzt zurück auf die Party, sonst suchen die anderen mich noch. Wir hören uns.« Ohne eine Antwort abzuwarten, lege ich auf.

Dieses ganze Erlebnis kommt mir wie ein Traum vor. Ich kann unmöglich zugestimmt haben, mit Jace' kleiner Schwester zu schlafen. Wie komme ich aus dieser Sache nur wieder heraus? Verzweifelt vergrabe ich mein Gesicht in den Händen. Ich bin sowas von am Arsch.

Kapitel 9

Malia

»Warum müssen wir uns diesen Scheiß angucken?« Ich rutsche in meinem Sitz ein Stück nach unten und lege meinen Kopf auf der Rücklehne ab. Die Stahlträger der Decke zu betrachten ist immer noch besser, als diesen selbstverliebten Arschlöchern unten auf dem Spielfeld dabei zuzuschauen, wie sie ihre Show abziehen.

Islas Ellenbogen bohrt sich in meine Rippen. »Weil du einen Deal gemacht hast.«

»Ich soll mit irgendwelchen Typen auf Dates gehen und nicht den schrecklichsten Jungs unserer Schule dabei zugucken, wie sie den Ball in einen Korb werfen.«

»Aber hier sind wir in einem Meer aus potenziellen Kandidaten.« Isla beugt sich zu mir. »Natürlich abgesehen von dem Spaß, den die Schulaktivitäten in unser Leben bringen«, fügt sie mit gesenkter Stimme hinzu.

Ich lege meinen Arm über das Gesicht. »Vielleicht sollte ich mir einfach einen Callboy suchen und ihn für Sex mit mir bezahlen. Dann profitiere ich sogar noch von der Erfahrung, die er mitbringt.«

»Ich feuere dich bei deinem Vorhaben, noch vor dem College deine Jungfräulichkeit zu verlieren, voll und ganz an. Aber das geht dann doch zu weit.«

Ich schaue unter meinem Versteck hervor.

Mit zusammengepressten Lippen und Sorgenfältchen um die Augen erwidert sie meinen Blick. »Vielleicht solltest du nichts überstürzen und lieber auf den richtigen warten.«

Stöhnend setze ich mich wieder aufrechter hin. »Entspann dich, das mit dem Callboy war ein Scherz. Ich suche mir gleich ein paar passende Kandidaten für Dates aus und quatsche sie nacheinander an, bis einer ja sagt.«

Isla kaut auf der Unterlippe herum. »Es wäre echt der Hammer, wenn Liam tatsächlich sein Wort hält, denn er ist die reinste Augenweide.« Sie fächert sich Luft zu. »Aber dass du dafür eine Gegenleistung bringen musst, die nicht innerhalb deiner Komfortzone liegt, ist richtig scheiße. Der ganze Deal soll doch eigentlich dazu dienen, nicht mit den Jungs aus unserer Schule auf Dates gehen zu müssen.«

»Es sind nur zwei Monate bis zu meinem Geburtstag und mehr als eine Handvoll Verabredungen passen leider nicht in meinen Terminplan.« Ich zwinkere ihr zu.

Sie lacht auf. »Die Aufmerksamkeit des ersten Jungens hast du schon mal auf dich gezogen.« Sie nickt in Richtung des Spielfeldes.

Dort steht Ian mit seinem Team um seinen Coach herum. Doch sein Augenmerk liegt nicht auf der Ansprache, sondern auf mir. Sein Blick bohrt sich in meinen.

Aber statt einem Kribbeln, wie ich es bei Liam verspüre, läuft mir ein Schauer den Rücken herunter.

Mein Handy signalisiert eine eingehende Nachricht.

Ich bin dankbar für die Ablenkung. Mein Herz macht einen kleinen Hüpfer in meiner Brust, als ich sehe, wer mir geschrieben hat. In Windeseile entsperre ich mein Telefon.

Liam: Wie geht es voran?

Ein Grinsen breitet sich auf meinen Lippen aus.

Ich: Es sind nicht einmal 24 Stunden vergangen, seit wir unseren Deal geschlossen haben.

Liam: Man sollte keine Zeit verstreichen lassen. Vielleicht läuft dein Mister Right ja vor deinen Augen herum und du siehst einfach den Wald vor lauter Bäumen nicht. *achselzuckender Emoji*

Ich wechsle zur Kamerafunktion und schieße ein Foto vom Spielfeld. Das sende ich an ihn.

Ich: Entspann dich. Ich bin schon auf der Jagd nach meinem ersten Opfer.

Es braucht so lange für eine Erwiderung, dass ich schon befürchte keine Antwort mehr zu bekommen. Als endlich eine neue Nachricht eingeht, atme ich erleichtert auf. Ich weiß nicht, warum, aber ich unterhalte mich gerne mit ihm.

Liam: Wer ist der Glückliche?

Erneut schieße ich ein Foto und schicke es Liam.

Ich: Nummer 12. Der Kapitän der Mannschaft.

Seine Antwort kommt dieses Mal nach wenigen Sekunden.

Liam: Du kannst doch keinen Sportler daten. Das sind alles Arschlöcher! *wütend fluchender Emoji*

Auch wenn er es nicht sehen kann, rolle ich mit den Augen. Eigentlich war meine Nachricht als Scherz gemeint, aber seine Reaktion bringt mein Blut zum Kochen.

Ich: Du bist selbst ein Sportler. Wie kannst du da sowas sagen?

Liam: Ich weiß was bei denen so abgeht, weil ich jeden Tag mit ihnen zu tun habe…

Ich: Gehörst du auch zu der Kategorie, die Frauen wie Arschlöcher behandeln?

Es dauert eine gefühlte Ewigkeit, bis eine Antwort kommt.

Liam: Es geht hier nicht um mich.

Mein Puls beschleunigt sich. Ich möchte frustriert aufschreien, aber das würde nur unnötig Aufmerksamkeit auf mich ziehen. Also atme ich einmal tief durch und wende mich Isla zu. »Ich geh mal schnell aufs Klo.«

»Soll ich mitkommen?«

»Nein, bleib ruhig hier und guck dir das Spiel weiter an. Ich bin gleich zurück.«

Sie nickt mir kurz zu.

Dann eile ich die Tribüne herunter. Im Schulflur gehe ich um die Ecke herum in einen Gang der zu den Klassenzimmern führt, damit ich ein wenig Ruhe habe. Ich wähle Liams Nummer und warte. Eine gefühlte Ewigkeit klingelt der Freizeichenton in meinen Ohren. Ich bin schon kurz davor aufzulegen, als er endlich abnimmt.

»Lia«, raunt er und ein Kribbeln breitet sich in meiner Brust aus.

»Liam.« Jedes Mal, wenn ich mit ihm spreche, fühle ich mich wie in einer Blase, in der es nur uns zwei gibt. Doch heute zerplatzt sie schnell, denn mir fällt wieder der Grund meines Anrufs ein. »Du hast auf diese bescheuerte Bedingung bestanden, dass ich jemanden treffen soll. Und wenn ich genau das machen will, stellst du auch noch Forderungen, wie derjenige zu sein hat oder nicht sein darf.«

Er atmet hörbar aus. »Ich möchte nur nicht, dass du verletzt wirst.«

»Es geht um ein Date, nicht darum, die große Liebe zu finden.« Hitze steigt in mir auf.

»Aber vielleicht entwickelst du doch Gefühle für ihn und dann sollte es nicht ein Typ sein, der dir gleich das Herz bricht.«

Ich bin kurz davor mein Telefon gegen die Wand zu schmeißen, aber das schadet am Ende nur mir selbst. Noch lieber würde ich allerdings Liam für diese Logik schütteln. Nur geht auch das gerade leider nicht. »Es gibt genau zwei mögliche Gründe, warum du dich so merkwürdig verhältst. Entweder du willst, dass ich unsere Abmachung nicht einhalte und du so aus deinem Teil herauskommst. Oder es ist dein Ziel, dass ich mich Hals über Kopf in jemanden verknalle und demjenigen meine Jungfräulichkeit schenke.« Ich reibe nachdenklich mein Kinn entlang. »In beiden Fällen würdest du dein Versprechen nicht wahr machen.«

Er murmelt etwas, das wie ›Ich wünschte, es wäre so‹ klingt.

»Was hast du gesagt?«, hake ich nach, da diese Aussage für mich keinen Sinn ergibt.

»Nichts.« Kurz herrscht Ruhe, dann ist bei ihm Geraschel zu hören. »Ich muss los. Können wir später weitersprechen?«

»Sicher.« Das Wort hat noch gar nicht ganz meine Lippen verlassen, da verabschiedet er sich schon und legt auf. Mit gerunzelter Stirn sehe ich mein Telefon an. Ich bin durch dieses Gespräch verwirrter als ich es davor war. Nach Basketball ist mir jetzt erst recht nicht mehr zumute.

Kapitel 10

Liam

»Fuck.« Mit voller Wucht schleudere ich meine Sporttasche durch den Raum und sie kollidiert mit der Wand. Ich lasse mich zurück auf mein Bett fallen und reibe mir über das Gesicht.

Wie habe ich mich nur in diese Situation hineinmanövriert? Mein Leben war so einfach und plötzlich, einen Wimpernschlag später, steht alles Kopf. Ich habe noch nicht mal einen Tag dieses Deals geschafft und drehe fast durch. Wie soll ich mit diesen merkwürdigen Gefühlen in meiner Brust zwei Monate überstehen? Ich will gar nicht daran denken, was passiert, wenn ich mein Versprechen tatsächlich einhalten werde. Oder es nicht muss, weil sie doch einen netten Jungen in ihrem Alter kennengelernt hat.

Ich kann schon jetzt an nichts anderes mehr denken als an Malia. Wahrscheinlich wird meine Performance auf dem Eis darunter leiden und meine Karriere den Bach runtergehen. Als frisch gebackener Kapitän der Mannschaft sollte ich auf diese Aufgabe meinen ganzen Fokus legen. Wenn rauskommt, dass ich mit einer Highschool-Schülerin etwas am Laufen habe, bin ich vollkommen am Arsch. Für diesen Fall kann ich schon mal ein Flugticket nach Südamerika kaufen, um im Dschungel oder auf einer einsamen Insel unterzutauchen.

Mit jeder Sekunde, die diese wilde Achterbahnfahrt der Gedanken in meinem Kopf vorangeht, wird es schwerer, Luft in meine Lunge zu befördern. Es fühlt sich an, als hätte mir jemand einen Bodycheck verpasst. Ich rapple mich vom Bett auf und stürme aus meinem Schlafzimmer, mit dem Ziel zu meiner Dachterrasse zu kommen. Meine feuchten Handflächen rutschen ein paarmal vom Fenstergriff ab. Ich habe das Gefühl, dass ich jeden Moment ohnmächtig werde, wenn ich nicht sofort nach draußen komme. Vor meinem inneren Auge sehe ich mich schon zu Boden fallen, doch da bekomme ich den Weg endlich frei. Ich renne hinaus zur Reling und stütze mich auf ihr ab. Hektisch nehme ich ein paar Atemzüge.

Das Rauschen des Blutes in meinen Ohren ist so laut, dass ich kaum etwas anderes wahrnehmen kann.

Ein leises Klingeln ertönt plötzlich in weiter Ferne.

Ich versuche mich darauf zu konzentrieren und tatsächlich wird es lauter. Als sich mein Körper langsam wieder beruhigt, wird mir klar, dass es mein Telefon ist. Ich hole es aus der Tasche und nehme den Anruf entgegen. »Ja?«, sage ich, noch immer ein wenig außer Atem.

»Hey, alles okay?«, fragt Aiden.

»Klar, was sollte sein?«, antworte ich und versuche dabei, so unbeschwert wie möglich zu klingen.

»Wir wollten uns doch vor dem Training im Fitnessraum treffen.«

»Ja, ich bin schon auf dem Weg.« Ich sprinte zurück in mein Schlafzimmer und schnappe mir meine Sporttasche. »Ihr lasst mich ständig warten, da darf ich ja wohl auch mal fünf Minuten zu spät kommen«, scherze ich. Aber ich hasse es, dass mir so etwas als Kapitän passiert. Schließlich sollte ich ein Vorbild für mein Team sein.

Aiden räuspert sich. »Ähm, wir waren vor einer halben Stunde verabredet.«

»Das kann nicht sein.« Ich nehme mein Handy vom Ohr und schaue auf die Uhr. »Verdammt.« Dass ich Aiden habe warten lassen ist nicht mal das Schlimmste. Wenn ich mich nicht beeile, komme ich auch zu spät zum Training.

Ich schlüpfe in meine Schuhe. Dann schnappe ich mir meine Schlüssel und bin auch schon zur Tür heraus. »Es tut mir voll leid, dass ich dich versetzt habe. Es gab einen kleinen Notfall.« Weil ich keine Zeit habe, auf den Aufzug zu warten, renne ich die Stufen in die Tiefgarage herunter, als wäre der Teufel hinter mir her.

»Mann, wenn du dein Ausdauertraining lieber im Schlafzimmer erledigst, bin ich der Letzte, der was dagegen sagt. Aber das nächste Mal lass mich hier nicht einfach sitzen, denn mir wäre die Gesellschaft einer nackten Frau auch lieber als die von schwitzenden Teamkollegen.«

»So war das nicht«, bringe ich zwischen zusammengebissenen Zähnen hervor. Kraftvoll stoße ich die Tür im Untergeschoss auf. »Eishockey kommt vor allem anderen in meinem Leben. Wenn ich eine Nummer mit irgendeinem Betthäschen schieben will, mache ich das nach dem Training.« Nicht dass ich in letzter Zeit das Bedürfnis danach verspürt hätte. Was einem ganz bestimmten Mädchen, an das ich wirklich nicht denken will, geschuldet ist. Ich schüttle den Kopf, um die aufblitzenden Bilder von ihr zu vertreiben, und schwinge mich in meinen Wagen.

»Dann gibt es keine Entschuldigung dafür, dass du mich warten lassen hast« sagt Aiden angepisst. Aber ich kann hören, dass er nicht wirklich so sauer ist, wie er sich gibt.

Ich verbinde mein Handy mit der Freisprechanlage und fahre los. »Sei nicht so eine Diva. Die Hauptsache ist doch, dass du jetzt noch fitter für das nächste Spiel bist. Also ist die Mission geglückt.«

»Beweg einfach deinen Arsch her«, grummelt er und legt auf.

Das erste Mal seit meinem kleinen Zusammenbruch vorhin verspüre ich wieder Leichtigkeit in meiner Brust. Mich mit meinen Teamkollegen auseinanderzusetzen, gibt mir das Gefühl von Normalität.

Ein paar Minuten später, biege ich auf den Parkplatz des Trainingsgeländes. Als ich am Eingang vorbeifahre, sehe ich Aiden schon auf mich warten.

Mit voller Ausrüstung am Leib und auf den Hockeyschläger gestützt steht er da.

Ich stelle den Wagen ab und schnappe mir die Sporttasche, bevor ich mich mit einem schlechten Gewissen auf den Weg zu ihm mache. »Muss ich jetzt Angst haben, dass du mich vermöbelst, oder warum lungerst du hier so bedrohlich rum?«, rufe ich ihm von Weitem zu.

»Heute nicht. Aber wenn du mich nochmal versetzt, kann ich für nichts garantieren.« Ein Grinsen breitet sich auf seinem Gesicht aus. »Das heißt allerdings nicht, dass du später ohne Blessuren vom Eis kommst.«

Ich zucke mit den Schultern. »Wann ist das jemals der Fall?«

Er lehnt sich ein Stück zu mir, als ich vor ihm stehen bleibe. »Ich hoffe du hast deinen Vorrat an Kühlpacks aufgestockt, denn du wirst sie brauchen.« Ein teuflisches Lachen verlässt seinen Mund.

Mit der Faust verpasse ich ihm einen Stoß gegen die Schulter und gehe an ihm vorbei in das Trainingszentrum. »Wir spielen in der gleichen Angriffslinie, du Idiot. Du kannst entweder mich aus dem Weg räumen oder den Puck ins Netz befördern. Beides gleichzeitig geht nicht.«

Das Klackern seiner Skates ertönt, als er mir folgt. »Oh, ich werde definitiv ein paar Tore schießen, denn mein Weg wird frei sein.« Das diabolische Geräusch, das er von sich gibt, lässt mir einen eisigen Schauer den Rücken hinunterlaufen.

Ich schüttle es ab. Schließlich trainiere ich heute mit meinen Teamkameraden. Niemand wird so blöd sein und mich ernsthaft verletzen, was nicht bedeutet, dass mir eine spaßige Zeit bevorsteht.

Kapitel 11

Malia

Ich zähle zum gefühlt hundertsten Mal die Sterne, die ich von meinem Bett aus durch das Fenster sehen kann.

Es ist verdammt spät und Liam hat sich noch nicht bei mir gemeldet. Eigentlich heißt es immer, Frauen seien schwierig. Aber das ist nichts im Vergleich zu Eishockeyspielern.

Erst will Liam nicht mit mir schlafen. Dann ist er doch bereit, aber nur unter einer Bedingung. Ich soll daten, aber auf keinen Fall einen Sportler. Er sagt, wir reden später, aber dann ruft er nicht an. Wer wird bei so einem Verhalten nicht völlig wahnsinnig!?

Ich jedenfalls habe das Gefühl, dass ich nicht mehr weiß, wo vorne und hinten ist. Geschweige denn oben und unten. Stöhnend packe ich mir ein Kissen, drücke es auf mein Gesicht und schreie hinein. Auf keinen Fall will ich, dass meine Eltern mich hören und die Kavallerie verständigen – auch meine Geschwister genannt. Gerade mein großer Bruder ist der Letzte, der jemals erfahren sollte, wozu ich Liam überredet habe. Das würde in einem Szenario enden, das ich mir nicht einmal vorstellen mag.

Aber wahrscheinlich wird Liam sein Wort genauso wenig halten wie seine Absprache, unser Gespräch später weiterzuführen, was in meinem Verständnis noch am heutigen Tag geschehen müsste, aber wer weiß, wann der Zeitpunkt für ihn ist.

Genervt von mir selbst, weil ich ihn überhaupt gefragt habe, mir zu helfen und der Tatsache, dass er mich vollkommen verwirrt, werfe ich das Kissen zur Seite. Ich schlüpfe unter meine Bettdecke und schalte das Licht aus. Auch wenn ich mir bei dem Gedankenkarussell in meinem Kopf nicht sicher bin, ob ich überhaupt in den Schlaf finde, bin ich bereit, diesen Tag hinter mir zu lassen.

Gerade als sich die ersten Fühler eines Traumes nach mir ausstrecken, durchbricht das Klingeln meines Handys die Stille.

Mit rasendem Herzen reiße ich die Augen auf. Ich schnappe mir mein Telefon. Eine Mischung aus Wut und Freude breitet sich in mir aus, als ich den Namen auf dem Display sehe. Ich bin kurz versucht, ihn weg zu drücken, weil er mich so lange zappeln lassen hat. Aber das wäre ziemlich kindisch. Also mache ich das, was reife Menschen tun, und gehe ran. Mit dem Handy zwischen Kopf und Kissen geklemmt, warte ich still ab, was er zu sagen hat.

»Lia«, raunt er wie so oft in mein Ohr.

Mein verräterisches Herz macht einen kleinen Hüpfer. »Liam.« Ich habe langsam das Gefühl, dass es zu unserem Begrüßungsritual geworden ist, den Namen des jeweils anderen zu sagen.

»Sorry, dass ich dich nicht eher zurückgerufen habe. Mein Tag lief anders als erwartet.«

»Kein Problem. Ich hatte schon ganz vergessen, dass wir nochmal sprechen wollten.« *Lügnerin*, schreit eine Stimme in meinem Kopf.

»Oh«, sagt Liam verwundert. »Ich glaube, wir hatten auch alles schon besprochen.«

Ich bin mir ziemlich sicher, dass wir das ganz und gar nicht haben. Das Blut in meinen Adern kocht hoch. »Haben wir das?!«, bringe ich durch zusammengepresste Zähne hervor.

»Klar. Unsere Abmachung steht und du gehst in den nächsten zwei Monaten mit netten Jungs auf Dates.«

Ich reibe mir über die Stirn, hinter der sich ein pochender Schmerz zusammenbraut. »Solange du deinen Teil unserer kleinen Übereinkunft auch einhältst, mache ich das.«

»Das werde ich.«

Im Hintergrund ertönt eine Klingel.

Liam stöhnt wie ein angeschossenes Tier in das Telefon.

»Oh mein Gott, bist du verletzt?« Ich richte mich in meinem Bett auf und mein Magen fühlt sich an, als hätte jemand einen Knoten hineingemacht.

»Nein, das Training war heute nur ein wenig intensiver.« Erneut gibt er ein Grunzen von sich. »Mein Essen ist da und ich muss jetzt auflegen. Wenn du Lust hast, kann ich dir Tickets für das nächste Spiel schicken.«

»Klar«, sage ich. Die Sorge um ihn kann ich noch immer nicht ganz abschütteln.

»Wir sehen uns.«

»Okay, bye.«

»Und halt mich auf dem Laufenden, wie es mit den *netten* Jungs vorangeht«, ruft er noch hinterher, als ich den Daumen schon über dem roten Knopf schweben habe.

Ich ramme ihn mit voller Wucht auf das Display, um aufzulegen. Wenn ich noch einmal das Wort *nett* gepaart mit *Jungs* aus seinem Mund höre, werde ich ihm körperliche Schmerzen zufügen. Dagegen wird jede Verletzung, die er durch das Eishockeyspielen davongetragen hat, wie ein leichter Kratzer wirken. Schwungvoll drehe ich mich zur Seite und ziehe mir die Decke über den Kopf, jetzt bin ich mehr als bereit, diesen scheiß Tag zu beenden. Hoffentlich wird der morgige besser.

Ich schließe den Schulspind und zucke zusammen. »Oh mein Gott.« Meine Hand landet auf der Brust. »Musst du mich am frühen Morgen so erschrecken?!«

»So schlimm sehe ich nun auch nicht aus.« Isla zieht den wilden Knoten aus Haaren auf ihrem Kopf fester.

»Ich meinte auch nicht deinen Anblick, sondern deine Ninja-Fähigkeiten, dich anzuschleichen.« Mit verschränkten Armen lehne ich mich gegen den kühlen Metallschrank. »Aber du hast wirklich schon mal fitter gewirkt.« Ich lasse den Blick forschend über meine beste Freundin gleiten. »Hattest du etwa ein heißes Date, von dem du mir nichts erzählt hast?«

Sie pustet sich eine verirrte Strähne aus dem Gesicht. »Ich wünschte, es wäre so.« Seufzend lässt sie sich neben mich gegen den Spind fallen und lehnt den Kopf zurück. »Legolas hatte die ganze Nacht Durchfall und hat gekotzt. Wenn ich nicht gerade mit ihm im Garten war, hatte ich zu tun, die Unfälle im Haus zu beseitigen.«

»Oh nein, der Arme.« Mein Magen zieht sich zusammen. »Meinst du, er hat nur was Falsches gegessen, oder ist es etwas Ernstes?« Ich hoffe wirklich das Erste, ich mag mir gar nicht vorstellen, was passiert, wenn Isla ihren Golden Retriever verlieren würde.

Mit beiden Händen reibt sie sich über das Gesicht, bevor sie mich ansieht. »Ich weiß es nicht. Meine Mom passt gerade auf ihn auf und nachher fahren wir mit ihm zum Tierarzt.«

»Warum seid ihr nicht heute früh gleich mit ihm los?« Ich habe nicht so viel Ahnung von Tieren, aber ich denke, je eher man hingeht, desto schneller kann ihm geholfen werden.

»Meine Eltern haben mit Dr. Baker telefoniert und er meinte, wir sollen erstmal das Wasser wegnehmen, damit sich sein Magen beruhigen kann. Da er noch nicht besonders platt ist, sei es wohl kein Notfall.« Sorgenfältchen bilden sich auf ihrem Gesicht. »Ich wurde zur Schule geschickt, weil es unser letztes Jahr ist und ich fürs College einen guten Abschluss brauche.« Augenrollend sieht sie mich an. »Als ob ich irgendwas lernen könnte, wenn meine Gedanken bei meinem Baby sind.«

Ich streiche ihr über die Schulter. »Ihm ist bestimmt nur übel geworden, weil er an einer deiner stinkenden Socken geknabbert hat.«

Isla stößt meine Hand weg und verpasst mir einen leichten Schubs. »Du bist bescheuert. Meine Füße riechen wie Blumen.« Sie streckt mir die Zunge raus und ich bin erleichtert, dass ich sie ein wenig aufheitern konnte. »Jetzt erzähl mir von deinem Abend. Hat Liam sich nochmal bei dir gemeldet?«

Seinen Namen zu hören, versetzt meiner Laune heute einen ordentlichen Dämpfer. »Ja. Er treibt mich in den Wahnsinn.«

»Warum?«, hakt Isla nach und zwirbelt eine Strähne um ihren Finger.

»Weil er gemischte Signale sendet. Ich werde das Gefühl nicht los, dass er mit allen Mitteln versucht, seinen Teil der Abmachung nicht einhalten zu müssen.«

»Das ist ja nichts Neues.« Mit gerunzelter Stirn sieht sie mich an.

»Nein, das ist es nicht. Mich macht nur dieses *nette Jungs* betone so wütend. Und dieses Sportlerverbot ist einfach lächerlich.« Mit auf der Brust liegenden Händen schnappe ich gespielt schockiert nach Atem. »Das sind ganz böse Kerle, die ich natürlich nicht treffen darf.«

»Oh, diese Doppelmoral.« Isla schüttelt den Kopf.

Ich werfe die Hände in die Luft. »Genau meine Rede. Ich verstehe nur noch nicht seine Motive hinter der Forderung.« Mein Blick landet auf Ian, der in unsere Richtung kommt. »Aber es ist mir egal, was er mit alldem bezwecken will. Entweder pflückt er meine Kirsche oder er lässt es. Auf jeden Fall hat er kein Recht mir vorzuschreiben, was ich mit wem in der Zwischenzeit zu tun habe. Und genau das werde ich ihm auch zeigen.«

»Ja, zeig ihm, dass er nicht die Oberhand in dieser Abmachung hat.« Isla zeigt auf mich. »Das ist meine beste Freundin.«

Mit einem breiten Grinsen auf den Lippen lasse ich sie stehen und gehe auf einen ganz bestimmten Mitschüler zu. »Hi, Ian.«

Sein Blick wandert über meinen Körper, bevor er auf meinem Gesicht landet. »Was kann ich für dich tun, Schöne?«

Einen Eimer reichen, weil ich mich bei deinem Anblick übergeben muss. Aber das sage ich ihm natürlich nicht, denn ich habe eine Mission. Also zwirble ich mein Haar um den Finger und lächle ihn vielversprechend an. »Ich habe zwei Tickets für das nächste Spiel der Ice Wolves und wollte dich fragen, ob du Lust hast mich zu begleiten.«

Er lehnt sich ein Stück näher und seine Hand landet auf meiner Hüfte. »Ich habe schon gedacht, der Tag kommt nie, an dem du endlich nachgibst.«

Nur mit Mühe kann ich ein würgendes Geräusch zurückhalten. Ich zwinge meine Lippen dazu, ein Lächeln zustande zu bringen. »Jap, manchmal passieren die verrücktesten Sachen.«

Ian beugt sich vor, bis seine Lippen mein Ohr berühren. »Ich bin froh, dass du es mir so schwer machst, denn die Herausforderung wird den Sieg noch viel süßer schmecken lassen.«

Ein Schauer läuft mir den Rücken hinunter und ich trete ein Stück zurück. Der Drang, so schnell wie möglich von hier zu verschwinden, ist größer denn je. »Lass uns die Details einfach später bei Instagram besprechen. Ich muss jetzt los.« Ohne eine Antwort abzuwarten, drehe ich mich um und eile davon. Wohin, weiß ich nicht, Hauptsache weg von ihm.

»Ich kann es gar nicht erwarten, dich in meinen DMs zu sehen, Malia«, ruft er mir hinterher.

Und ich möchte im Erdboden versinken, denn alle Mitschüler in Hörweite starren mich an. Aber noch mehr verfluche ich Liam dafür, dass er diese Seite in mir zum Vorschein bringt, die einen Standpunkt klarmachen will. Und ein ganz kleiner Teil in mir möchte auch eine Reaktion aus ihm hervorlocken. Nur eine winzige Bestätigung dafür, dass ich nicht allein knietief im Gefühlschaos stecke.

Kapitel 12

Liam

Adrenalin pumpt durch meine Adern, das Eis unter meinen Kufen fühlt sich verdammt gut an. Ich will heute einen weiteren Sieg auf meine Liste setzen.

Aber auch die Tatsache, dass Malia unter den Zuschauern sein wird, versetzt mich in ein Hoch. Die Leidenschaft, die sie an den Tag legt, wenn sie uns anfeuert, lässt meinen Schwanz hart werden. Es gibt mit Sicherheit einen Haufen Frauen, die mit gleicher Euphorie dabei sind, wenn sie uns von den Rängen aus zusehen. Der Unterschied ist nur, dass Lias Feuer für den Sport brennt, bei vielen weiblichen Fans hingegen eher für uns Spieler. Wahrscheinlich gibt der Todeswunsch in mir der ganzen Sache mit Jace' Schwester den Extrakick. Anders kann ich mir nicht erklären, warum mein Kopf und mein kleiner Hockeyschläger plötzlich nur noch an sie denken können.

Aber auch meine Augen bekommen nicht genug von ihrem Anblick. Zum gefühlt hundertsten Mal wandern sie, seit ich das Eis betreten habe, zu den Sitzplätzen hinter unserer Spielerbank. Doch die, für die Malia die Tickets hat, sind noch immer leer. Ein ungutes Gefühl macht sich in mir breit. Der Anpfiff ist in ein paar Minuten und ich habe bis jetzt nie erlebt, dass Malia ihn verpasst hat, wenn ich ihr oder Jace Tickets besorgt habe.

Ein Stoß von hinten, holt mich aus meinen Gedanken.

»Hey, Cap. Alles okay mit dir?« Maverick fährt um mich herum und bleibt vor mir stehen. »Wenn du weiter so konzentriert guckst, kriegst du fette Falten auf der Stirn.«

Ich schaue meinen Left Winger mit hochgezogener Augenbraue an. »Und wenn du mich die ganze Zeit ansiehst, verlieren wir dieses Spiel. Also kümmere dich um deinen Job.« Ich verpasse ihm einen leichten Schlag auf den Helm, als ich an ihm vorbeiskate. »Und der besteht nicht darin, dich um meine Schönheit zu sorgen.«

Er stößt zischend die Luft aus und folgt mir zur Bank. »Oh, oh, ich glaube da wurde jemand zu lange nicht flachgelegt.« Seine Hand landet auf meiner Schulter.

»Was macht ihr beide da?«, fragt Aiden, als er auf uns zukommt. »Braucht einer von euch ein wenig Zuneigung oder warum fasst ihr euch an?«

»Viel schlimmer.« Maverick senkt seinen Kopf und schüttelt ihn. »Unser lieber Captain hier hat eine wunde Hand.« Er klopft mir ein paarmal auf die Schutzpolster.

Ich kann ein Augenrollen nicht länger zurückhalten und schüttle ihn ab. Mit verschränkten Armen schaue ich meine beiden Teamkollegen an. »Der Einzige, der ein großes Problem hat, bist du, Mav. Vielleicht solltest du mal mit jemandem darüber reden.«

»Siehst du, Aiden. Es ist schlimmer, als ich dachte.« Er nimmt seinen Helm ab und streicht sich nachdenklich über das Kinn. »Vielleicht ist nicht nur seine Hand in Mitleidenschaft gezogen worden, sondern auch sein Schwanz.«

Aidens Blick wandert zwischen uns hin und her. »Wovon zur Hölle sprecht ihr beiden?«

»Ich spreche von gar nichts, weil ich kein Problem habe. Maverick hat wahrscheinlich irgendwas eingeschmissen und ist jetzt voll auf einem Trip.«

Aiden verpasst Mav einen unsanften Stoß. »Ist das dein scheiß Ernst?!«

»Ey.« Er reibt sich über die getroffene Stelle. »Ich habe nichts genommen.«

»Besser ist das.« Aiden richtet seine Aufmerksamkeit auf mich. »Was meinte Mav mit deiner Hand und deinem Schwanz?« Er schüttelt den Kopf und verzieht das Gesicht. »Und warum spricht Mav überhaupt von deinem Schwanz?«

Ich nehme meinen Helm ab und fahre mir mit der Hand durchs Haar. »Ja, das ist eine sehr gute Frage.« Ich schaue meinen Left Winger an. »Warum zur Hölle bist du so besessen von mir und meinem Körper?« Ich beuge mich dichter zu ihm und senke meine Stimme. »Will der kleine Ricky nicht mehr mitspielen?«

Er packt sich an den Tiefschutz. »Oh, und ob er spielen kann. Selbst die Verlängerung schafft er ohne Mühe.« Er deutet auf seinen Kopf. »Außerdem sieht dieses Gesicht nicht unbefriedigt aus. Ganz im Gegensatz zu deinem, Cap.«

Mein Blick wandert bei seinen Worten wieder zu den Sitzplätzen hinter unserer Bank.

Noch immer sind sie leer.

Ich spüre, wie meine Kiefermuskeln hervortreten und schaue wieder zu meinen Teamkameraden. »Mein Fokus liegt nicht darauf, welches willige Häschen als Nächstes mein Bett wärmt, sondern darauf, dass wir den verdammten Stanley Cup am Ende der Saison in unseren Händen halten.« Im Vorbeifahren ramme ich Mav mit meiner Schulter. Ich schaue noch einmal zurück zu meinen Wingern. »Und es wäre hilfreich, wenn ihr das Gleiche tun würdet – wenigstens für ein paar Stunden am Tag.«

Ohne mich umzudrehen, weiß ich, dass sie mir folgen.

Es ist Zeit für die letzten Worte von Coach Wilson, bevor das Spiel startet.

»Seid ihr bereit, Ottawa zu zeigen, in wessen Territorium sie sich gewagt haben?«, fragt er.

»Ja«, antworten wir gemeinsam.

»Seid ihr bereit, eure Beute zu erlegen?«

»Ja.«

Die Atmosphäre um uns herum lädt sich immer weiter auf. Die Härchen an meinen Armen stellen sich auf und ich spüre ein Knistern.

»Seid ihr bereit, euch diesen Sieg zu holen?«, fragt Coach energischer.

»Ja«, rufen wir.

Er hält sich die Hand hinters Ohr. »Ich kann euch nicht hören.«

»Ja«, brüllen wir.

»Dann geht jetzt da raus und reißt ihre Ärsche auf!«

Wolfsgeheul breitet sich durch das Team aus und es dauert nicht lange, bis unsere Fans einstimmen.

In Momenten wie diesen fühle ich mich wieder, als hätte ich komplett die Kontrolle über mein Leben. Voller Energie trete ich mit meinen Teamkollegen aufs Eis und gehe in Position für das Face-Off. Noch einmal schaue ich zu den Sitzplätzen hinter unserer Bank.

Aber im Gegensatz zu vorhin sind sie nicht mehr leer.

Mein Blick versinkt in den frühlingsgrünen Tiefen von Malias Augen, die direkt auf mich gerichtet sind. Ein Lächeln breitet sich auf ihren vollen Lippen aus und lässt mein Herz schneller schlagen.

Doch die Freude darüber, sie zu sehen, verfliegt schlagartig, als ich die Person neben ihr entdecke.

Es ist Nummer zwölf von dem Foto, das sie mir letzte Woche geschickt hat. Der verdammte Basketballspieler, mit dem sie definitiv nicht auf ein Date gehen sollte. Das zweite Ticket war nicht für dieses Arschloch gedacht.

Ich spüre, wie mir das Blut durch die Adern pumpt.

»Oh, oh, ist deine Freundin mit einem anderen Kerl hier?«, fragt mich der Kapitän von Ottawa, der mir direkt gegenübersteht.

Mit zusammengekniffen Augen sehe ich ihn an. Ein roter Schleier legt sich über meinen Blick und ich will ihm nur noch das Grinsen aus dem Gesicht wischen. Ohne ein Wort zu sagen, warte ich auf das Signal für den Spielbeginn. Ich bin bereit Blut zu vergießen.

Kapitel 13

Malia

»Hat er zu viel Steroide genommen oder warum ist Spieler Nummer vierundzwanzig so aggressiv unterwegs?« Ian lehnt sich im Sitz zurück und legt seinen Arm auf meiner Rückenlehne ab.

Ohne ihm auf seine bescheuerte Frage zu antworten, beuge ich mich nach vorne, um ihn nicht zu berühren. Ich wende meine Aufmerksamkeit wieder dem Spiel zu.

Oder besser gesagt der Strafbank, denn da sitzt Liam. Und das nicht zum ersten Mal an diesem Abend. Seine Kiefer mahlen so hart aufeinander, dass ich den Schmerz seiner Zähne förmlich spüren kann. Wenn er so weitermacht, kommen sie jeden Moment in Form von Staub aus seinem Mund.

Das Signal für ein Tor, sorgt dafür, dass ich meinen Blick von Liam abwende und zur Anzeigetafel schaue.

Es steht zwei zu eins für Ottawa und wir befinden uns im letzten Drittel.

In mir tobt ein Sturm der Gefühle. Ich will Liam einerseits an der Schulter packen und für sein Benehmen auf dem Eis schütteln. Andererseits möchte ich ihn fragen, was los ist.

Dass er so vollkommen durchdreht und jeden niedermetzelt der ihm in den Weg kommt, ist überhaupt nicht typisch für ihn. Klar, Eishockey ist ein körperbetonter Sport, aber Liam wurde nicht ohne Grund als Kapitän auserwählt. Wenn sich die anderen Spieler von ihrem Temperament mitreißen lassen, ist er die Ruhe, die auf dem Eis alles im Einklang hält. Zumindest sonst. Heute erinnert er mich eher an einen tollwütigen Wolf.

Ich reibe mir über den Bauch, mein Magen fühlt sich an, als hätte jemand Seemannsknoten an ihm geübt. Mit auf den Knien abgestützten Ellenbogen vergrabe ich mein Gesicht in den Händen. Nur zwischen den Fingern hindurch schaue dabei zu, wie Liam zurück auf das Eis geht.

Sein Blick ist blutrünstiger als zuvor und sofort stürzt er wieder in den Angriff.

Eine Berührung an meinem Rücken lässt mich aufschrecken.

»Das nächste Mal gehen wir lieber essen, wenn dich ein Eishockeyspiel so mitnimmt, Babe.«

Magensäure steigt bei seiner Nähe und dem Kosenamen meinen Hals hinauf. Ich verspüre das starke Verlangen, ihm in die Eier zu treten. Aber ich will nicht aus der Arena geworfen werden und auch nur eine Sekunde von diesem Spiel verpassen. Also drehe ich mich mit einem gezwungenen Lächeln zu ihm, das sich wie das Grinsen des Jokers anfühlt. »*Ob* wir noch einmal ausgehen, können wir nach dem Spiel besprechen. *Babe.*« Dann wende ich mich wieder dem Eis zu und finde Liam auf Anhieb. Ohne mein Blick von ihm zu nehmen, lehne ich mich ein Stück zu Ian. »Jetzt würde ich es begrüßen, wenn wir das Spiel zu Ende schauen könnten. Ohne zu sprechen.«

»Klar.« Er greift sich eine meiner Haarsträhnen und zwirbelt sie um seinen Finger.

Energisch packe ich meinem Pferdeschwanz und ziehe ihn nach vorne. Innerlich verfluche ich mich selbst über meine impulsive Handlung, Ian zum Spiel mitzunehmen, um Liam zu zeigen, dass ich mir nicht von ihm vorschreiben lasse, welche Typen ich innerhalb unserer Abmachung date.

Es ist zwar seine Bedingung gewesen, dass ich es mache, aber das bedeutet nicht, dass er die Kandidaten aussuchen darf.

Red dir ruhig ein, dass Ian nur neben dir sitzt, weil du Liam die Stirn bieten wolltest. Ich verfluche meine innere Stimme, denn sie bringt mich dazu, mir den Versuch Liam eifersüchtig zu machen selbst einzugestehen. Über den Ursprung dieses unreifen Verhaltens will ich lieber nicht zu genau nachdenken. Erst recht nicht über Gefühle die gar keinen Platz in mir haben sollten. Wie von selbst landet mein Blick wieder auf der Nummer vierundzwanzig.

Er schnappt sich den Puck und fliegt über das Eis, als wäre er Flash.

Eishockey ist ein unglaublich schneller Sport, aber heute ist es so wild, dass ich kaum hinterherkomme. Es sind nur noch ein paar Sekunden übrig, bevor wir die erste Niederlage der Saison kassieren. Die Luft in den Zuschauerrängen ist vor lauter Anspannung so dick, dass man sie förmlich mit einem Messer schneiden könnte. Plötzlich durchbricht die Sirene die Stille, die sich über die Fans gelegt hat. Ein Tor für die Ice Wolves.

Ich springe jubelnd auf.

Der Boden unter meinen Füßen erbebt, es gibt wieder eine Chance auf den Sieg für unser Team.

Auf einmal breitet sich Hitze in mir aus und ich schaue zum Spielfeld hinunter.

Liams eisblauer Blick, der dem eines Wolfes auf der Jagd ähnelt, bohrt sich in meinen.

Mein Magen macht einen kleinen Salto. Es fühlt sich für einen Moment so an, als wären nur wir beide hier. Doch eine Berührung an meiner Seite holt mich in die Realität zurück. Und vor allem erinnert sie mich daran, mit wem ich mich hier befinde.

Liams Augen verengen sich und sein Blick wandert zu meinem Sitznachbarn.

Der hat leider schon wieder ungefragt seine Hände auf meinem Körper. Sein Atem streicht über mein Ohr. »Du siehst heiß aus, wenn du dich so mitreißen lässt.« In kreisender Bewegung gleitet er mit seinem Daumen über meine Hüfte. »Ich kann es gar nicht erwarten, dich bei meinem nächsten Spiel mit meiner Nummer auf dem Rücken so zu sehen.« Sein Griff verstärkt sich und er zieht mich dichter zu sich heran.

Ich verpasse Ian einen Stoß mit dem Ellenbogen, um Abstand zwischen uns zu bringen. Es gelingt mir gerade so ein Knurren zurückhalten. Ich mache einen Schritt weg von ihm. Eher friert die Hölle zu, als dass ich auch nur in Betracht ziehe, sein Trikot zu tragen, geschweige denn ihn anzufeuern. Aber das behalte ich lieber noch für mich, bis wir zurück zu Hause sind. Schließlich will ich nicht spät am Abend allein in Toronto stranden, ohne Mitfahrgelegenheit nach Pickering. Ich gehe wieder dazu über, Ian zu ignorieren und mich auf das Spiel zu konzentrieren.

Liam sitzt auf der Bank und verschnauft kurz, während eine andere Angriffslinie auf dem Eis ist und um den Sieg kämpft. Er spricht mit einem Assistenten.

Plötzlich schaut der auf – direkt zu mir.

Mein Herz rast wie wild, als er sich wieder Liam zuwendet und ihm zunickt. Ein ungutes Gefühl macht sich in mir breit, doch ich versuche es abzuschütteln, um mir nicht das Spiel vermiesen zu lassen.

Wir konnten Ottawa in der Verlängerung schlagen. Auch dieses Mal hat Liam wieder das entscheidende Tor geschossen. Sein Blick hat allerdings nicht erneut seinen Weg zu den Zuschauerrängen gefunden.

Es hat sich angefühlt, als würde er bewusst meinen Anblick meiden, was mir einen Stich in der Brust beschert. Ich bin bereit nach Hause zu fahren und diesen ganzen Abend hinter mir zu lassen.

Doch plötzlich steht ein Schrank von einem Mann in einem schwarzen Anzug vor mir. »Miss Barbeau, begleiten Sie mich bitte.«

Meine Knie fühlen sich schlagartig wie Wackelpudding an.

Der Typ erinnert mich sehr an den Bodyguard meines Bruders und bei dem ist es nie ein gutes Zeichen, wenn er mit so einem grimmigen Blick auf jemanden zugeht.

Ich hole ein Selbstbewusstsein hervor, das ich nicht verspüre, setze ein Lächeln auf und schaue Mister Groß-und-Breit direkt an. »Okay.« Ich schiebe mich an ihm vorbei und warte im Gang darauf, dass er mir den Weg weist.

Es sieht so aus, als wolle Ian mir folgen, doch noch bevor er einen Schritt in meine Richtung gemacht hat, tritt der Mann in den Gang und verschränkt die Arme vor der Brust. »Du nicht.«

»Wir sind zusammen hier. Wo Malia hingeht, komme ich mit.« Ian versucht sich an dem Bodyguard vorbeizudrängeln, aber es ist vergeblich.

Mister Groß-und-Breit bewegt sich keinen Millimeter. Er nickt einem anderen grimmig dreinschauenden Kerl zu.

Der macht sich auf den Weg zu uns. Mit jeder Sekunde spüre ich, das Adrenalin stärker durch meine Adern pumpen. Meine Knie fühlen sich mittlerweile so weich an, dass sie jeden Moment unter mir nachgeben könnten. Ich hasse Situationen wie diese.

Die beiden Typen sind nicht gerade unauffällig unterwegs, sodass die Leute um uns herum schon schauen, was hier vor sich geht.

Ich bin heilfroh, als der grimmige Kerl den Platz von Mister Groß-und-Breit einnimmt und wir uns endlich den Weg aus den Zuschauerrängen hinausbahnen. Wir schlängeln uns einen Weg durch die Leute, die nach draußen strömen.

Ich renne fast, weil mein Begleiter so schnell geht. Für einen seiner Schritte, muss ich zwei oder drei machen, um die gleiche Strecke zurückzulegen.

Aber leider gibt mir sein Stechschritt nicht die Gelegenheit, mich aus dem Staub zu machen und vor dem, was auch immer mir blüht, zu fliehen, denn Mister Groß-und-Breit beherrscht Multitasking. Er kann fünfhundert Meter in der Sekunde zurücklegen und mich trotzdem dabei im Auge behalten. Das Ganze schafft er sogar, ohne jemanden anzurempeln. Das könnte allerdings auch damit zusammenhängen, dass die Menschen, die uns entgegenkommen, mit geweiteten Augen aus dem Weg springen, sobald sie ihn erblicken.

Seine Moses-Imitation ist wirklich beindruckend. Zumindest wäre sie das, wenn ich nicht das Gefühl hätte, dass ich mir aus Sorge jeden Moment in mein Höschen mache. Ich bin mir sicher, selbst das Meer würde sich vor lauter Angst vor ihm teilen. Bei der Vorstellung davon kann ich ein Kichern nicht zurückhalten. Selbst in meinen Ohren hört es sich hysterisch an. Ich glaube, ich bin high von dem ganzen Adrenalin, das durch dieses Erlebnis ausgeschüttet wird.

Mister Groß-und-Breit schaut mich mit hochgezogener Augenbraue an. »Alles okay bei Ihnen, Miss Barbeau?«

»Ja.« Ich hebe den Daumen in die Luft. »Könnte nicht besser sein.«

Er nickt und führt mich weiter zu einem ungewissen Ziel.

Die Menschen um uns herum werden immer weniger. Die Fans vom Anfang, weichen dem Personal und vor allem nimmt die Anzahl der Securitymänner deutlich zu.

Als wir an einer Absperrung ankommen, nickt mein Begleiter seinen zwei Kollegen kurz zu und sie lassen uns vorbei.

Anscheinend ist das hier das gängige Kommunikationsmittel. Ob sie wohl eine ganze Unterhaltung nur durch verschiedene Arten zu nicken führen können?

Die bildliche Vorstellung davon bringt mich beinahe schon wieder dazu aufzulachen. Nur mit Mühe kann ich es zurückhalten, ich will keine unnötige Aufmerksamkeit von all diesen gruseligen Typen auf mich ziehen.

Kurz nachdem wir den Bereich betreten haben, zu dem nicht jeder Zutritt hat, biegt Mister Groß-und-Breit um eine Ecke und bleibt vor einer Tür stehen. Er öffnet sie und bedeutet mir hineinzugehen. »Sie können hier warten, bis er soweit ist.«

Ich spüre, wie sich eine Falte zwischen meinen Augenbrauen bildet. »Er?«

Kommt gleich der Obersecurity und erteilt mir Hausverbot, weil ich irgendetwas verbrochen habe?

Hoffentlich nicht, denn ich liebes es, mir die Spiele vor Ort anzuschauen.

Oder hat mein Bruder herausgefunden, dass ich mit einem Jungen hier bin und seine Verbindungen in Bewegung gesetzt?

Wenn das der Fall ist, bringe ich Jace für dieses Theater um.

Da Mister Groß-und-Breit mir immer noch keine Antwort gegeben hat und nur abwartend dasteht, gehe ich in den Raum hinein. Ich habe ihn gerade erst betreten, da knallt die Tür schon hinter mir zu. Bei diesem ganzen Erlebnis hätte es mich nicht gewundert, wenn das Klicken eines Schlosses zu hören wäre. Aber glücklicherweise ist das nicht der Fall. Theoretisch kann ich jederzeit gehen, auch wenn ich mir sicher bin, dass Mister Groß-und-Breit keine Sekunde von seiner Position direkt vor der Tür weicht. Ein Versuch wäre deshalb zwecklos.

Seufzend gebe ich mich meinem Schicksal hin, abzuwarten, bis jemand herkommt. Ich schaue mich im Raum um.

Er ist ziemlich klein, bis auf eine Couch und einen Tisch ist nicht viel zu sehen.

Da das Adrenalin langsam nachlässt und ich das Gefühl habe, dass meine Beine jeden Moment ihren Geist aufgeben, setze ich mich hin. Ich hole mein Handy aus der Tasche und öffne den Chatverlauf mit Isla.

Ich: Hey, wie geht es Legolas?

Auf meine beste Freundin als Ablenkung ist Verlass. Die drei Punkte, die signalisieren, dass sie schreibt, erscheinen sofort.

Isla: Besser. Ich bin so froh, ihn wieder bei mir zu Hause zu haben.

Ich bin erleichtert, dass es Legolas wieder besser geht, nachdem er ein paar Tage wegen einer Bauchspeicheldrüsenentzündung in der Tierklinik bleiben musste.

Ich: Zum Glück. Er ist bestimmt bald wieder richtig fit. *rosa Herz*

Isla: Wie läuft dein Date mit Ian?

Ich: Das Date *erbrechender Emoji* ist die reinste Katastrophe *vor Angst schreiender Emoji*

Isla: Oh mein Gott, was ist passiert???

Ich will gerade antworten, doch die Tür schwingt plötzlich auf. Vor Schreck rutscht mir beinahe mein Telefon aus der Hand.

Mein Herz schlägt wie wild in meiner Brust. Mein Blick landet auf der Person, die den Raum betreten hat. Schlagartig fühlt es sich an, als würde flüssige Lava durch meine Adern strömen. »Was zur Hölle?!«

Kapitel 14

Liam

Malia schaut mich mit zu Schlitzen verengten Augen an. Ihre Hände sind zu Fäusten geballt. Es würde mich nicht wundern, wenn ihr Handy jeden Moment in Einzelteilen zu Boden fällt, so fest wie sie es umklammert.

Aber ich bin mir sicher, dass die Gefühle in ihrem Inneren nicht ansatzweise mit denen mithalten können, die in mir brodeln. Ich schließe die Tür hinter mir und gehe auf sie zu. »Ich bin derjenige, der fragen sollte, was zur Hölle nicht daran zu verstehen ist, dass du dich nicht mit diesem Typen treffen sollst.« Wenn ich nicht vollkommen meinen Ruf und meine Karriere ruinieren will, kann ich sie nicht mit einem Typen in den Zuschauerrängen sehen, während ich auf dem Eis bin.

Malia verschränkt die Arme vor der Brust und geht einen Schritt auf mich zu. »Ich habe es verstanden, aber es interessiert mich nicht.« Sie reckt ihr Kinn in die Höhe, als ich vor ihr stehen bleibe.

»Wir haben eine Abmachung«, bringe ich zwischen zusammengebissenen Zähnen hervor.

»Gehört dazu, dass du mich nach dem Spiel wie eine Straffällige abführen lässt?« Sie stellt sich auf die Zehenspitzen und lehnt sich noch ein Stück dichter.

Wir sind uns so nah, dass sie all meine Sinne einnimmt. Ihr Kokosduft erinnert mich an einen Urlaub in den Tropen. Bei denen ich die Tage am Pool nur in Badehose und mit einem Cocktail in der Hand verbringe. Ein Bild von Malia im Bikini blitzt vor meinem geistigen Auge auf. Schlagartig spüre ich, wie sich das Blut in die südliche Region meines Körpers aufmacht.

Verdammt. Jetzt ist nicht der richtige Zeitpunkt für schmutzige Gedanken. Ein Stoß gegen meine Rippen lenkt meine Aufmerksamkeit zurück zu Malia. Ich schaue ihr direkt in die Augen. »Wofür war das?«

»Dafür, dass du mir nicht antwortest.« Sie zieht eine Braue in die Höhe. »Warum ziehst du so eine Show ab und verpasst mir durch den Schrecken noch graue Haare, bevor ich meinen Highschool-Abschluss habe?«

»Ich wollte mir dir reden.« Mit der Hand streiche ich ihr eine Strähne, die sich aus ihrem Zopf gelöst hat, hinter das Ohr. »Außerdem sehe ich kein Zeichen der Alterung an dir.«

Was genaugenommen das Problem ist. Sie ist viel zu jung.

Ich sollte nicht mal an Sex mit ihr denken, stattdessen habe ich auch noch versprochen, ihrer Jungfräulichkeit ein Ende zu setzen.

Ihr Auflachen zieht meine Aufmerksamkeit auf ihre Lippen. Dem Geräusch, das sie von sich gibt, fehlt jede Belustigung. »Du hättest mir eine Nachricht schreiben oder mich anrufen können, wenn du etwas zu sagen hast. Das hier wäre dafür nicht nötig.« Malia macht eine ausschweifende Handbewegung und streift dabei meine Brust.

Diese kleine Berührung setzt meinen ganzen Körper in Flammen. Das Verlangen, sie zu packen und ein Stück der verbotenen Frucht zu kosten, wird immer größer. *Krieg dich endlich unter Kontrolle, Mann.* Ich schließe kurz die Augen und versuche, so wenig wie möglich zu atmen, damit meine Sinne nicht mehr von Malia benebelt sind. Als ich das Gefühl habe, wieder einigermaßen Herr der Lage zu sein, schaue ich sie an. »Ich habe eine neue Bedingung für unsere Abmachung.«

»Was auch sonst.« Sie rollt mit den Augen. »Was ist es dieses Mal?«

»Du kommst nur noch mit Isla zu den Spielen.«

»Okay, wenn du eine neue Bedingung stellst, habe ich auch eine.« Sie streckt ihre Brust ein Stück weiter heraus.

Nur noch Millimeter trennen uns voneinander.

Ich balle meine Hände zu Fäusten, damit ich sie nicht in meine Arme ziehe. »Deine Bedingung war Sex, sobald du achtzehn bist. Ich finde, das ist mehr als genug.«

»Du zwingst mich dazu, irgendwelche Jungs zu daten, damit du deinen Teil der Abmachung einhältst. Ich finde, *das* ist mehr als genug.« Sie streckt sich mir ein Stück näher entgegen und unsere Nasen berühren sich fast. »Mir auch noch vorzuschreiben, mit wem ich mir die Spiele anschauen darf, überschreitet die Linie. Vor allem, wenn du nicht bereit bist, mir im Gegenzug etwas dafür zu geben.«

Wie von selbst geht meine Hand in Malias Nacken. Meine Fingerspitzen versinken in ihrem Haar. »Ich weiß nicht, ob ich dir noch mehr geben kann, ohne der Versuchung zu verfallen«, gestehe ich und bei jedem Wort, das meinen Mund verlässt, streifen meine Lippen beinahe über ihre.

Ihr Blick bohrt sich in meinen. Mein Verlangen, spiegelt sich darin wider.

Gerade deshalb ist jede weitere Bedingung zu gefährlich.

»Die Forderung ist etwas rein Platonisches. Versprochen«, sagt sie nach einer gefühlten Ewigkeit.

»Dann erzähl mir, worum es geht.«

»Nach jedem Heimspiel gehen wir gemeinsam essen.« Sie schaut mich unnachgiebig an. »Dafür werde ich nur noch Isla als Begleitung mitbringen.«

»Das kann ich nicht machen.« Tausend Gründe, warum es eine schlechte Idee ist, mehr Zeit mit Malia zu verbringen, schießen mir durch den Kopf. Trotzdem verspüre ich den

Drang, ihrem Wunsch nachzugeben. *Weil du ein verdammter Masochist bist.*

Sie lässt ihren Blick über mein Gesicht gleiten. »Warum nicht?«

»Wir können nicht zusammen gesehen werden. Weder Jace noch sonst jemand darf erfahren, wobei ich dir helfe.« Allein die Vorstellung davon, was unsere kleine Abmachung für Folgen haben könnte, bereitet mir Übelkeit.

»Dann bestellen wir etwas und treffen uns im Privaten.« Sie reckt ihr Kinn ein Stück nach vorne. »Kein Essen, keine Isla.«

Ihre Lippen sind so nah, dass ich sie beinahe schmecken kann. Ich muss der Versuchung widerstehen, auch wenn eine kleine Bewegung reichen würde, um dieser Qual ein Ende zu setzen und dem Verlangen nachzugeben. Gerade als ich kurz davor bin, alle Vernunft über Bord zu werfen, ertönt ein lautes Klopfen an der Tür.

Malia springt ein Stück nach hinten.

Noch nie war ich über eine Unterbrechung so erleichtert wie heute. Ich will gerade zur Tür gehen, doch eine Berührung an der Schulter lässt mich innehalten.

»Haben wir einen Deal, oder nicht?«

Die Vorstellung Sie jedes Mal mit irgendeinem Typen zu sehen, ist schlimmer, als ein paar Minuten Zeit nach dem Spiel mit ihr zu verbringen. »Ja, auch wenn ich es immer noch für eine schlechte Idee halte.« Jede neue Bedingung bringt uns dem Abgrund näher. Ich bin mir nur nicht sicher, was uns dort unten erwartet.

Kapitel 15

Malia

»Und wie war es nun gestern Abend?«, fragt Isla von ihrem Hängesessel aus und tippt mit dem Stift auf ihrem iPad herum.

Stöhnend vergrabe ich das Gesicht in Legolas' goldenem Fell. Den ganzen Tag bin ich diesem Gespräch ausgewichen, die Situation nach dem Spiel war einfach zu surreal.

»Bekomme ich heute noch eine Antwort?«

Augenrollend schaue ich zu meiner besten Freundin. Ich gebe ihr einfach den weniger verwirrenden Teil, um sie zufrieden zu stellen. »Das Date war der Horror. Ich kann Ian nicht ertragen. Ständig tatscht er einen an.« Ich mache bei dem Gedanken an ihn ein würgendes Geräusch. »Er denkt, dass er Gottes Geschenk an die Frauenwelt ist, was definitiv nicht der Fall ist.«

Isla schüttelt den Kopf. »Warum hast du ihn denn überhaupt gefragt, ob er mit dir zum Spiel geht?«

Ich fahre mit den Fingern durch Legolas' weiches Fell, um Zeit zu schinden. »Weil ich Liam eifersüchtig machen wollte«, murmle ich. Die Wahrheit laut auszusprechen, macht auch mein kindisches Verhalten realer.

»Und? Wie hat es so funktioniert, den großen bösen Wolf zu provozieren?«

Ich rolle mich auf den Rücken und lege einen Arm über mein Gesicht. »Er war nicht gerade erfreut, Ian zu sehen.«

»Wow, wie schockierend.« Es hört sich an, als würde sie gespielt erstaunt den Mund aufreißen und die Hand davor schlagen. »Das kommt total unerwartet, dabei hat er noch nie erwähnt, dass du keine Sportler daten sollst.«

Ich schaue unter meinem Arm hervor. »Haha. Deinen Sarkasmus kannst du behalten. Ich weiß, dass es nicht die beste Idee war.«

Sie nickt. »Aber warum hat Ian dich heute in der Schule nicht einmal angeschaut?«

»Ich bin mir nicht sicher?«

»Warum hört es sich dann wie eine Frage an?« Sie verschränkt die Arme vor der Brust.

»Möglicherweise hat jemand etwas nicht so Nettes gesagt oder getan?« Ich weiche Islas Blick aus, aber ich spüre ihn trotzdem auf mir.

»Malia! Hör auf herumzudrucksen und sprich endlich Klartext.«

Legolas gibt mir mit seiner Schnauze einen Stups. Als ich ihn anschaue, sieht er mich auffordernd an.

»Na gut«, sage ich zu dem Hund, nicht zu meiner besten Freundin, denn die ist nicht ganz unschuldig an meiner Misere. Schließlich hat sie mich in die Richtung von Liam als richtigen Kandidaten für die Mission ›Werde die Jungfräulichkeit los‹ geschubst.

»Also…«

Isla macht eine auffordernde Handbewegung.

»Nach dem Spiel tauchte ein Security-Typ auf und meinte, ich müsse mit ihm kommen. Dann war mit einem Mal noch ein zweiter da und hat Ian daran gehindert, mich zu begleiten. Ich bin mir nicht sicher, was danach mit ihm passiert ist. Aber da er mir seitdem nicht mal eine Nachricht geschickt hat, kann ich mir vorstellen, dass der böse dreinschauende Mann nicht besonders nett zu ihm war.« Wenn Ian nicht so ein Arsch wäre, hätte ich Mitleid mit ihm. Ich verspüre eher die Hoffnung, dass er mir ab jetzt in der Schule vielleicht nicht mehr so auf die Pelle rückt und seine Aufmerksamkeit auf jemand anderen lenkt.

Isla, die das Ganze erstmal im Stillen auf sich wirken lassen hat, runzelt die Stirn. »Wie bist du dann nach Hause gekommen, wenn du Ian danach nicht mehr gesehen hast?« Sie verengt die Augen ein wenig. »Und wohin hat dich der Security-Typ gebracht?«

Legolas schaut mich mit schräg gelegtem Kopf an und macht ein fiependes Geräusch.

»Du kleiner Verräter bist wieder auf ihrer Seite, hm?« Ich drehe mich auf den Bauch, stütze mein Kinn auf den Händen ab und schaue Isla an. »Es ist nichts Aufregendes passiert.« Ich zucke mit den Schultern. »Der Security-Typ hat mich in einen Raum geführt, da sollte ich warten und irgendwann kam Liam dorthin. Wir hatten eine kleine Meinungsverschiedenheit und als alles geklärt war, hat er mich nach Hause gebracht.« Erneut zucke ich mit den Schultern und komme mir dabei ein bisschen blöd vor. »Ein ganz normaler Donnerstagabend eben.«

Isla sieht mich mit geweiteten Augen an. »Ein ganz normaler Donnerstagabend?! Ich werde auch ständig von Profisportlern durch die Gegend gefahren, das ist überhaupt nichts Ungewöhnliches, oder so.« Mit Daumen und Zeigefinger reibt sie sich über die Nasenwurzel. Ich glaube, dass ich diese Information den ganzen Tag zurückgehalten habe, ist für sie wahrscheinlich noch schlimmer, als dass ich die Details des Dates nicht eher mit ihr geteilt habe.

Aber ich weiß, dass sie mich liebt, auch wenn ich sie auf die Palme bringe. Deshalb mache ich mir keine Sorgen, dass ich körperliche Blessuren von unserem Treffen heute davontragen könnte. Um die Stimmung ein bisschen aufzulockern und hoffentlich ihre Aufmerksamkeit von Liam wegzubringen, reiße ich gespielt erstaunt die Augen auf und forme mit dem

Mund ein O. »Du hast mir gar nicht erzählt, dass du einen neuen Freund hast. Und dann auch noch einen bekannten Sportler, der dich ständig durch die Gegend fährt«, erwidere ich auf ihre sarkastische Aussage von eben. Ich lege die Hand auf meine Brust und rolle mich zur Seite, als hätte sie mir ein Messer ins Herz gerammt. »Dass du so ein Geheimnis vor mir hast, verletzt mich.«

Isla rollt mit den Augen und verpasst mir einen Stoß mit dem Fuß. »Wenn hier jemand verletzt sein sollte, dann bin ich das. Schließlich hast du mir fast vierundzwanzig Stunden verschwiegen, dass Hottie Liam dich nach Hause gebracht hat. Und du hast mir noch nicht erzählt, warum ihr eine Meinungsverschiedenheit hattet.«

Ich puste mir eine verirrte Strähne aus dem Gesicht und schaue Isla kopfschüttelnd an. »Fahr mal das Drama-Lama ein paar Gänge runter. Weil ich so eine Reaktion erwartet habe, wollte ich dir heute in der Schule nicht erzählen, was passiert ist.« Zwischen Daumen und Zeigefinger rolle ich eine Faser von Islas Hochflor Teppich hin und her, um ein bisschen Zeit zu schinden, bevor ich ihr alles offenbare. »Liam war einfach angepisst, weil ich Ian mitgebracht habe, obwohl er mir gesagt hat, dass ich mich von Sportlern fernhalten soll.« Ich verdrehe die Augen. »Eins führte zum anderen und jetzt gibt es zwei neue Bedingungen bei unserer Abmachung.«

Isla macht eine auffordernde Handbewegung. »Und wie lauten diese?«

Ich werfe ihr ein breites Grinsen zu. »Dass du jetzt zu jedem Heimspiel der Ice Wolves mit mir gehen darfst.« Jubelnd stoße ich die Faust in die Luft. »Ist das nicht toll?«

Ihre Gesichtszüge entgleisen. Wenn ihr Unterkiefer nicht fest wäre, würde er bestimmt auf dem Boden liegen. »Äh, nein. Die spielen gefühlt fünf Millionen mal in einer Saison.« Abwehrend hebt sie die Hände. »Versteh mich nicht falsch. Ich gucke gerne hin und wieder mal heißen Sahneschnitten dabei zu, wie sie Sport machen. Aber nicht so oft. Warum können nicht deine Geschwister mit dir gehen und ich komme nur gelegentlich mit?«

»Weil die mit sich selbst beschäftigt sind und nicht immer die Aufpasser für ihre kleine Schwester sein wollen.« Ich puste laut die Luft aus. »Außerdem habe ich beide seit einer gefühlten Ewigkeit nicht mehr gesehen oder gehört.«

Isla reibt sich über das Kinn. »Das ist echt merkwürdig und so gar nicht typisch für die beiden. Aber bitte zwing mich nicht als ihren Ersatz einzuspringen, der ständig mit dir dort hingehen muss.« Sie legt ihre Handflächen aneinander, als würde sie beten.

»Komm schon, allein macht es keinen Spaß. Irgendwie wäre es auch merkwürdig, ohne Begleitung zum Spiel zu gehen. Außerdem sind es nur anderthalb Monate bis zu meinem Geburtstag, dann ist alles vorbei.«

Stirnrunzelnd legt sie den Kopf in den Nacken. »Es dauert definitiv noch länger, bis du achtzehn wirst.«

Ich drücke mich vom Boden hoch und verschränke die Beine. »Okay, es sind noch ein Monat und drei Wochen. Fakt ist, dass meine Begleitung zu sein ein kleines Opfer ist, dass du für deine beste Freundin bringen kannst.« Ich schiebe meine Unterlippe vor und versuche Legolas' Hundeblicke zu imitieren. »Außerdem warst du auch begeistert von der Idee, dass ich es hinter mich bringe. Dann unterstütze mich einfach bei meiner Mission ›Schnapp dir einen heißen Hockeyspieler für dein erstes Mal‹.«

Augenrollend sieht sie mich an. »Wer ist jetzt hier das Drama-Lama?« Sie zieht eine Braue hoch. »Jeder normale Mensch wäre einfach mit irgendeinem Typen ins Bett gehüpft. Aber du musst es ja wieder superkompliziert machen.«

»Ist das ein Ja?« Hoffnungsvoll schaue ich sie an.

Sie lehnt sich in ihrem Hängesessel zurück. »Nur wenn du dafür mit zur Halloween-Party kommst.«

»Das wäre ich sowieso.« Ich strecke ihr die Zunge raus. »Aber schön, dass du mein Taxi nach Toronto für die nächsten Wochen spielst.«

Sie wirft mir ein Kissen an den Kopf und ich lege mich lachend zurück zu Legolas auf den Boden.

Kapitel 16

Liam

Ich lehne mich in die Kissen meiner Couch zurück.

Letzte Woche hatten wir eine Reihe von Auswärtsspielen. So lange von zu Hause weg zu sein und von einem Hotel zum nächsten zu reisen, ist kräftezerrender als die Spiele an sich. Außerdem ist weniger manchmal mehr, gerade in Bezug auf meine Teamkollegen. Aiden, Maverick und Bennett sind zwar meine besten Freunde, aber ich muss sie trotzdem nicht 24/7 um mich haben.

Mit geschlossenen Augen genieße ich die Stille in meiner Wohnung.

Plötzlich ertönt ein lauter Knall.

Ich schaue in die Richtung, aus der er kam, und werde von Aidens grinsendem Gesicht begrüßt.

»Hey, Cap.« Er schlendert unbeschwert in mein Wohnzimmer, als wäre es seins.

»Was machst du hier?« Ich runzle die Stirn und setze mich aufrecht hin.

Aiden lässt sich auf das andere Ende der Couch fallen und streckt die Arme auf der Lehne aus. »Mir war langweilig. Da habe ich gedacht, ich gucke, was du heute vorhast.« Das Grinsen auf seinem Gesicht wird breiter.

Für diesen Überfall würde ich ihm am liebsten einen Bodycheck verpassen und seine Mundwinkel zurück auf den Boden der Tatsachen holen. Aber es wäre nicht die beste Idee, meinen Teamkameraden zu verletzen, weil wir in ein paar Tagen schon wieder das nächste Spiel haben. Stattdessen schaue ich ihn mit zusammengekniffenen Augen an. »Ich versuche, mich zu entspannen. Oder zumindest habe ich das, bis du hereingewalzt kamst.«

Aiden atmet geräuschvoll aus. »Das klingt langweilig. Lass uns East fragen, was er heute so macht.« Er zieht sein Telefon aus der Hosentasche und tippt drauf los.

»Wenn du Party machen willst, dann ohne mich.«

Mit geweiteten Augen schaut Aiden von seinem Handy auf. »Du bist mein Wingman. Ich brauche dich.«

»Also soweit ich weiß, bist du immer noch mein Wingman.«

»Ich rede hier nicht davon, diese Art Puck zu versenken.« Er wackelt mit den Brauen.

»Ich versenke heute bloß noch meinen Kopf in einem Kissen. Und zwar allein.« Ich reibe mir über das Gesicht. Schon bei dem Gedanken an mein Bett, könnte ich einschlafen. Plötzlich schießt ein stechender Schmerz durch meine Seite. »Verdammte Scheiße.« Ich schaue Aiden mit zusammengekniffenen Augen an. »Warum zur Hölle schlägst du auf meine Prellung vom Spiel gestern?«

Er verzieht das Gesicht. »Sorry, Mann. Hab nicht dran gedacht.« Das Telefon in seiner Hand vibriert und er schaut hinunter. »Du hast Glück, Captain Langweiler. East hat heute keine Party am Start, aber dafür hat er gefragt, ob wir zum Zocken vorbeikommen.«

Auch wenn mein Bett mich ruft, ist ein entspannter Abend mit den Jungs vielleicht keine so schlechte Idee. Immerhin bietet das wenigstens für ein paar Stunden eine gute Ablenkung von der Tatsache, dass ich morgen nach dem Spiel mit Malia Zeit verbringen werde. Ich weiß immer noch nicht, warum ich dieser ganzen Sache überhaupt zugestimmt habe. Mit jeder Bedingung, die dazukommt, schaufle ich mir mein eigenes Grab tiefer.

»Hallo? Erde an Liam.« Aiden schüttelt mich an der Schulter. »Bist du nun dabei, oder nicht?«

»Ja, lass uns losfahren.« Ich stehe von der Couch auf und schnappe mir mein Handy. »Aber du fährst.«

»Geht klar.« Während wir uns auf den Weg zu seinem Auto machen, klebt sein Blick die ganze Zeit auf seinem Telefon.

»Du weißt schon, dass man sich bei einem Treppensturz das Genick brechen kann, oder?«

Er schaut kurz mit gerunzelter Stirn auf. »Hä?«

Ich nicke zu seinem Handy. »Die Chancen für so ein Unglück sind bestimmt höher, wenn nicht darauf geachtet wird, wo man hintritt.«

Augenrollend wendet er sich wieder seinem Handy zu. »Okay, Daddy.«

»Sag später nicht, ich hätte dich nicht gewarnt.«

»Ist notiert, Cap.« Er hebt einen Daumen hoch, ohne mich anzusehen.

»Es ist doch immer wieder schön, mit dir Gespräche zu führen. Vor allem deine tiefgründigen Antworten sind der Hammer.«

Aiden bleibt stehen. »Brennt dir was auf der Seele, oder warum quatscht du so ein Zeug?«

»Eigentlich wollte ich nur einen entspannten Abend allein verbringen. Aber du hast nach einer Woche Reise immer noch nicht genug Action. Und jetzt schaffst du es nicht mal, dich für ein paar Minuten von deinem heiß geliebten Telefon zu lösen.« Ich schnipse mit dem Finger dagegen. »Was ist denn so wichtig, dass es nicht warten kann?«

»East und ich haben nur darüber gesprochen, dass es doch ganz nett wäre, ein wenig weibliche Gesellschafft zu haben, und wen wir dafür einladen könnten.«

Abrupt bleibe ich stehen. »Willst du mich verarschen?! Was hast du nicht daran verstanden, dass ich keinen Bock auf Party habe?« Ich verschränke die Arme vor der Brust, um mich davon abzuhalten, ihm doch noch einen Bodycheck zu verpassen. Immerhin brauchen wir ihn morgen.

»Ne Party oder für jeden ein paar nette Mädels, sind ja wohl zwei verschiedene Paar Schuhe.« Er geht zu der Fahrertür seines Autos und öffnet sie. »Seit wann bist du so spießig? Vor Kurzem hätten wir so eine Diskussion überhaupt nicht geführt.« Er zieht eine Augenbraue hoch und sieht mich abwartend an.

Ich kann es nicht riskieren, dass er die Wahrheit erfährt und vielleicht etwas zu East sagt, denn der ist wie ein Bruder für Malia. Oder besser gesagt, ist sie wie eine kleine Schwester für ihn. Ich denke nicht, dass er es einfach so hinnehmen würde, dass ich ihr bei ihrem Vorhaben behilflich bin. Also steige ich in Aidens Wagen, ohne etwas zu sagen.

Kopfschüttelnd setzt er sich hinter das Steuer. »Ich werde früher oder später herausfinden, was dein Problem ist.« Er startet den Wagen und fährt los.

Die Viertelstunde bis zu East verbringen wir in angespanntem Schweigen.

Ich hoffe, dass Aiden die Sache wieder vergisst sobald er sein Gesicht zwischen den Brüsten einer Frau vergräbt, was in der nächsten halben Stunde mit Sicherheit der Fall sein wird. Als wir Easts Wohnung betreten, warten dort schon die ersten Kandidatinnen.

Eine von ihnen lässt ihren Blick über meinen Körper gleiten und sofort macht sich ein ungutes Gefühl in mir breit. Der Drang, auf der Stelle umzudrehen und so schnell wie möglich zu verschwinden, ist fast überwältigend. Doch ich muss meine Fassade aufrechterhalten, sonst wittert nicht nur Aiden, dass etwas im Busch ist, sondern auch East. Das Risiko kann ich nicht eingehen.

Kapitel 17

Malia

Ich versenke meine Zähne in das fluffige Brötchen meines Burgers. Stöhnend schließe ich die Augen. »Oh mein Gott, der ist so gut«, sage ich mit vollem Mund.

Isla lacht. »Ja, fast so gut wie Sex.«

Kopfschüttelnd sehe ich sie an. »Auf keinen Fall kann irgendetwas auf dieser Welt besser als dieser Burger sein.«

»Wir sprechen uns nochmal in ein paar Wochen, wenn du einen ganz neuen Blick auf alles hast.« Sie zwinkert mir zu.

»Nichts wird jemals meine Sichtweise auf dieses Meisterwerk ändern, da bin ich mir zu tausend Prozent sicher.«

»Stell dir vor, du müsstest dich entscheiden, ob du nie wieder einen Orgasmus haben oder nie wieder einen Burger essen könntest. Was von beidem würdest du wählen?«

»Ich durfte leider noch nicht in das Vergnügen kommen, einen Orgasmus zu erleben, deshalb kann ich die Frage schwer beantworten. Aber rein logisch gesehen, würde ich den Burger wählen. Wie traurig wäre ein Leben ohne eine fettige Köstlichkeit wie diese hier?« Ich halte mein Essen in die Luft.

»Also ich würde den Orgasmus wählen. Dann gibt es bei mir halt in Zukunft nur noch Sandwiches, oder so.« Isla zuckt mit den Schultern.

»Und wenn du dich entscheiden müsstest, ob du nie wieder Sex Toys benutzen oder nie wieder mit einem Mann schlafen wirst?« Ich lege meinen Burger hin und stütze mein Kinn auf der Hand ab.

Islas Augen weiten sich. »Das ist eine fiese Frage.«

»Ja, aber sie ist einfach zu beantworten.« Ich grinse sie an. »Wer verschafft dir denn eher den Orgasmus?«

Sie beißt sich auf die Lippe. »Okay, dann ist es wirklich nicht schwer. Ich wähle nie wieder Sex mit einem Mann, denn wenn man will, dass etwas gut wird, muss man es sowieso selbst in die Hand nehmen.« Isla prustet los. »Im wahrsten Sinne des Wortes.«

Auch ich kann mein Lachen nicht mehr zurückhalten. »Du bist unmöglich.« Ich strecke ihr die Zunge heraus. »Wenn Sex so schlimm wäre, würdest du nicht regelmäßig mit irgendwelchen Typen in die Kiste hüpfen. Oder auf den Rücksitz. Oder in das Gebüsch. Oder auf irgendeine Toilette verschwinden.«

Sie beugt sich über den Tisch und verpasst mir einen Stoß gegen den Arm. »Du lässt es so klingen, als wäre ich eine Schlampe.«

Abwehrend reiße ich die Hände hoch. »Das habe ich nicht gemeint. Ich wollte nur sagen, dass Sex dir genügend Spaß machen muss, sonst würdest du es dir immer selbst besorgen und dich nicht mit Jungs dafür treffen.«

Unser Gespräch lässt mich kurz innehalten, Zweifel machen sich in mir breit. »Woher genau weiß ich, was mir gefällt und mich zum Höhepunkt bringt?« Ein eisiger Schauer erschüttert meinen Körper bei dem Gedanken an meine bisherigen Erfahrungen mit Jungs.

Isla tippt sich nachdenklich gegen die Lippe. »Ich bin mir sicher, dass Liam weiß, wie er eine Frau zum Orgasmus bringt. Außerdem kannst du ihm jederzeit sagen, was sich gut anfühlt und was nicht.«

Mein Herz galoppiert bei dem Gedanken daran, mit Liam so einen intimen Moment zu erleben, in einem wilden Rhythmus. Jetzt gerade kann ich mir nicht einmal vorstellen, mich vor ihm auszuziehen. An seine Finger oder irgendein anderes Körperteil in der Nähe meiner Virginia mag ich gar nicht denken. Ich bin froh, dass wir vorher mehr platonische Zeit zusammen verbringen, um eine Vertrautheit aufzubauen.

»Warum guckst du, als würde dein Burger gleich einen erneuten Auftritt hinlegen?« Sie schaut sich im Diner um. »Soll ich dir eine Tüte besorgen?«

Ich mache eine wegwerfende Handbewegung. »Quatsch. Meinem Magen geht es gut.«

»Warum schaust du dann so komisch?« Ihr Blick wandert forschend über mich.

»Ich habe das Gefühl, dass ich schon jetzt Erfahrungen sammeln sollte, um mich bei dem Erlebnis mit Liam nicht so unsicher zu fühlen.« Ich vergrabe das Gesicht in den Händen.

Eine Berührung an meinem Arm lässt mich aufschauen. »Es ist okay, so wilde Emotionen zu durchleben. Vielleicht würde dir ein bisschen Selbsterkundung helfen, mit mehr Selbstbewusstsein in euer Sexdate zu gehen.«

Ich stöhne. »Oh Gott, nenn das nicht so.«

Bis es soweit ist, möchte ich lieber mit der Illusion leben, dass es keine Verabredung ist, um meine Jungfräulichkeit zu verlieren. Schon der Gedanke daran, würde mich in eine Abwärtsspirale der Panik vor dem Ungewissen jagen.

»Okay, wir tun einfach so, als wäre es kein Sexdate. Aber ich glaube trotzdem, dass du für dein eigenes Wohlbefinden vorher auf Erkundungstour gehen solltest.« Ein Glitzern erhellt ihre Augen. »Ich kann dir ein oder zwei gute Freunde empfehlen, wenn du weißt, was ich meine.« Sie wackelt mit den Augenbrauen auf und ab.

Mein Magen macht einen Kopfstand bei der Vorstellung, mich selbst auszuprobieren. Nicht zum ersten Mal stelle ich mir die Frage, was ich mir bei der ganzen Sache überhaupt gedacht habe. Ich sollte es wie jedes Mädchen in meinem Alter machen: einfach betrunken auf einer Party mit irgendeinem Typen schlafen. *Das ist mit Sicherheit nicht das, was alle machen!* Aber es klingt definitiv stressfreier als mein jetziger Plan. Der Gedanke daran reicht, dass ich das Gefühl bekomme, als würde sich mein Hals zuschnüren. Schnell öffne ich den Mund und versuche eine große Ladung Luft in meine Lunge zu befördern.

»Malia!«, sagt Isla warnend und reißt mich aus meiner geistigen Abwärtsspirale. »Hör auf damit.«

Mein Blick landet auf meinen Händen, um ihrem auszuweichen. »Ich weiß nicht, was du meinst.«

»Oh doch.« Sie beugt sich vor und tippt kräftig gegen meine Stirn. »Hier drin läuft schon wieder ein Film ab. Du musst aufhören, immer über alles zu viel nachzudenken.«

»Wenn es so einfach wäre, würde ich mir nicht das Gehirn zermartern.« Ich reibe mir mit beiden Händen über das Gesicht.

»Das ist ein Grund mehr, deine eigene Lust zu erforschen.« Sie stützt die Ellenbogen auf den Tisch und legt ihr Kinn auf die Hände. »Du schaltest eine Runde ab und konzentrierst dich nur auf deinen Körper. Alles andere tritt in den Hintergrund. Und puff…« Sie macht eine Faust, die aufspringt wie bei einer Explosion. »Der Knoten platzt. Danach kommt pure Entspannung.«

»Okay, nehmen wir mal an, ich gehe diesen Weg.« Ich halte kurz inne und zwirble mir eine Haarsträhne um den Finger. »Wie genau besorge ich mir dann die Geschwister deiner guten Freunde?«

Isla strahlt über das ganze Gesicht. »Toys bekommt man doch heute überall. Bestell dir online welche oder geh los und kauf dir was Schönes im Laden.«

»Haha, als wenn es so einfach wäre. Ich bin noch nicht achtzehn. Und zu warten, bis ich so alt bin, wäre sinnlos, denn das Ziel ist es ja, ein bisschen zu experimentieren, *bevor* ich mit Liam schlafe.« Ich seufze. »Warum muss alles immer so kompliziert sein?!«

Isla zuckt mit den Schultern. »Bestell es doch einfach über deine Mom oder frag deine Schwester, ob sie dir die Sachen besorgen kann.«

Meine Augen weiten sich. »Bist du vollkommen verrückt geworden? Weihe ich eine Person aus meiner Familie ein, wissen es alle. Das würde bedeuten, dass ich mir zehn verschiedene Vorträge über Sex anhören darf. Und das wäre noch nicht mal das Schlimmste an der Sache. Wenn Jace davon Wind bekommt, schaltet er wieder auf den Beschützermodus um. Das könnte die ganze Sache mit Liam gefährden.«

Isla nickt. »Du hast recht.« Sie zieht ihre Unterlippe zwischen die Zähne. »Wie willst du die Toys dann besorgen?«

»Hmm.« Ich entsperre mein Telefon, um im Internet nach einer Lösung zu suchen. Doch aus Reflex tippe ich auf den Instagram-Button anstelle des Browsers. Ich will gerade die App wieder schließen, da springt mir das erste Bild in meinem Feed ins Auge.

East hat vor ein paar Minuten etwas hochgeladen. Zu sehen sind ein Haufen Leute bei ihm zu Hause auf der Couch. Zwischen ihm, Aiden McGrath und einer Menge leicht bekleideter Frauen sitzt auch Liam.

Der Anblick von ihm mit einer Blondine auf dem Schoß, die ihm fast ihre kaum bedeckten Brüste ins Gesicht drückt, lässt beinahe meinen Burger wieder hinaussteigen. Mein Magen zieht sich zusammen und eine Welle der Übelkeit überkommt mich.

Der farbige Ring um Easts Profilbild neben seinem Namen sagt mir, dass es noch mehr zu sehen gibt.

Auch wenn alles in mir schreit, es nicht zu tun, tippe ich auf das winzige Zeichen und öffne seine Story. Der beste Freund meines Bruders schaut mir entgegen. An jeder Seite hat er ein Mädchen hängen, die ihre Hände über seine Brust wandern lassen.

Ich kann mir ein Augenrollen nicht verkneifen.

Über einen Haufen Storys verteilt sind nur er, Aiden und eine Handvoll Weiber zu sehen, wie sie ihr Vorspiel mit der ganzen Welt teilen. Doch dann schwenkt die Kamera ein Stück zur Seite. Liam erscheint auf dem Bildschirm. Aber er ist nicht allein. Auf seinem Schoß sitzt noch immer die Blondine. Sie lässt ihre Finger seinen Kiefer entlang gleiten.

Schon der Anblick ihrer langen krallenartigen Nägel, die über seine Haut kratzen, jagt mir einen kalten Schauer den Rücken herunter.

Ihn scheint es nicht zu stören, denn er dreht den Kopf zu ihr und schaut sie an.

Als sie sich zu ihm beugt, zuckt ein Schmerz durch meine Brust. So schnell ich kann, schließe ich die Story und drücke den Knopf an der Seite meines Telefons, damit das Display schwarz wird.

»Alles okay bei dir?«, fragt Isla besorgt.

Ich denke einen Moment darüber nach, bevor ich ihr eine Antwort gebe.

Es ist dämlich von mir, dass ich so empfinde, wenn er mit einer anderen Frau zusammen ist, denn er gehört nicht zu mir. Er ist nur ein Freund, der mir bei einer kleinen Sache behilflich ist. Kein Grund für diese bescheuerten Gefühle in meiner Brust. Deshalb schließe ich kurz die Augen und atme tief durch. Ich stelle mir bildlich vor, wie ich mit einem Besen alle Gedanken an Liam und die damit verbundenen Emotionen, aus meinem Kopf fege. Dann schaue ich Isla lächelnd an. »Alles bestens.« Ein Lächeln schleicht sich auf meine Lippen. »Ich weiß jetzt, wie meine treuen Helfer ihren Weg zu mir finden werden.«

Kapitel 18

Liam

»Wie fandest du das Spiel?« Ich schaue zu Malia.

Sie hat die Kartons mit dem gebratenen Reis auf ihrem Schoß und sieht aus dem Beifahrerfenster. »War okay.« Sie benimmt sich schon so seltsam, seit ich sie in dem Raum vom letzten Mal getroffen habe.

Ich weiß nicht genau, warum, aber es stört mich.

Ihre Gleichgültigkeit verpasst meinem Ego einen kleinen Stich. Ich war heute wieder in Topform, nicht wie beim letzten Heimspiel. Wenn die Saison so weitergeht, warten am Ende nicht nur die Playoffs auf uns, sondern auch der Stanley Cup. Aber ich will das Ganze nicht beschreien, also klopfe ich gedanklich dreimal auf Holz. Es ist langsam an der Zeit ein echtes Stück ins Auto zu legen. Ich beiße mir auf die Lippen, um ein Lachen zu unterdrücken, und schüttle den Kopf. Wir Sportler und unser Aberglaube.

»Ist irgendwas nicht in Ordnung?« Malia schaut mich stirnrunzelnd an.

»Nein, alles gut. Ich musste gerade nur an etwas denken.«

Ihre Lippen verziehen sich zu einer Linie und sie gibt ein merkwürdiges Geräusch von sich. Sie murmelt kaum verständliche Worte vor sich hin, die wie ›Oh, ich kann mir vorstellen, woran‹ anhören.

»Was hast du gesagt?«, hake ich nach.

»Wenn ich so viel Spaß hatte wie ihr gestern Abend, denke ich auch noch oft daran zurück«, sagt sie, ohne mich anzusehen.

Eine Falte bildet sich zwischen meinen Brauen. »Bei East war es ganz nett, aber ich würde es nicht als ein Erlebnis beschreiben, das einen bleibenden Eindruck hinterlassen hat.«

Ihr humorloses Lachen erfüllt den Wagen. »Einfach unglaublich.« Sie dreht sich zu mir und sieht mich mit verengten Augen an. »Wenn der Sex nicht so aufregend war, macht es doch das nächste Mal nach dem Spiel und nicht davor. Es ist ziemlich egoistisch, wegen ein bisschen Vergnügen eine Niederlage zu riskieren.« Sie verschränkt die Arme vor der Brust und reckt das Kinn ein Stück in die Luft.

In meinem Kopf sind ein Haufen Fragezeichen und kein klarer Gedanke mehr. Ich biege auf einen Parkplatz ab, denn ich möchte einen Unfall vermeiden, weil ich mich nicht auf den Straßenverkehr konzentrieren kann. Als ich den Wagen ein Stück abseits abgestellt habe, drehe ich mich zu ihr. »Ich habe keinen blassen Schimmer, wovon zur Hölle du da gerade sprichst. Aber ich kann dir versichern, dass Eishockey immer meine oberste Priorität ist. Unser Sieg stand heute nicht einen einzigen Moment infrage.«

Ihr Blick wandert über meine Schulter und zum Fenster hinaus. Schlagartig erhellt sich ihr Gesicht.

Das Lächeln, das ihre Lippen erfasst, fehlt es an jeglicher Freundlichkeit. Ein ungutes Gefühlt macht sich in mir breit.

»Mir ist gerade eingefallen, dass ich dich noch um einen Gefallen bitten wollte.« Mittlerweile ziert ein teuflisches Grinsen ihr hübsches Gesicht.

Ihre Stimmungswechsel sind so rasant, dass ich ein Schleudertrauma bekomme. Selbst der Bodycheck eines Gegners fühlt sich nicht so an. »Worum geht es denn?«

Sie holt ihr Telefon aus der Tasche und tippt darauf herum. Kurz danach vibriert mein Handy in der Ablage.

»Ich brauche unbedingt etwas, das ich mir nicht selbst kaufen kann. Würdest du schnell zu Walmart gehen und mir die beiden Sachen holen, die ich dir geschickt habe?« Malias Grinsen verwandelt sich in ein süßes Lächeln. »Schließlich stehen wir gerade genau davor, es ist also kein großer Aufwand und das Geld habe ich auch dabei.« Sie beugt sich zu ihrer Tasche und holt ein paar Scheine heraus.

»Ich kaufe dir keinen Alkohol«, sage ich warnend. Ich will wirklich nicht dafür verantwortlich sein, dass am Ende irgendein Kind mit einer Alkoholvergiftung im Krankhaus landet. Oder noch schlimmer, einen Unfall baut, weil es betrunken gefahren ist.

Augenrollend greift sie sich mein Telefon und drückt es mir gegen die Brust. »Schau erstmal nach, bevor du irgendwelche Mutmaßungen anstellst.«

Ohne meinen Blick von ihr abzuwenden, nehme ich mein Handy an mich. Widerstrebend öffne ich ihre Nachricht. Meine Augen weiten sich, als ich die Bilder anschaue. »Was ist das?«, frage ich, auch wenn ich die Antwort darauf kenne. Mein Blut wandert gerade von meinem Kopf in die mittlere Region meines Körpers. Deshalb ist es schwierig, etwas Sinnvolles aus meinem Mund zu bekommen. Außerdem fühlt sich der sehr trocken an. Ich schaue mich nach meiner Wasserflasche um. Aber bei dem Gedanken an Nässe, die meine Zunge berührt, sehe ich Malia vor mir. Nackt. Mit gespreizten Beinen. Schnell kneife ich die Augen zusammen und schüttle den Kopf, um dieses Bild zu vertreiben. Doch es ist zwecklos. Ich kann gerade so ein Stöhnen unterdrücken. Eine Berührung an der Schulter lässt mich aufschrecken.

»Alles okay bei dir?« Malias Grinsen verrät mir, dass sie genau weiß, was sie mit mir macht.

Ich rutsche ein Stück zur Tür, um Abstand zwischen uns zu bringen. »Ich kann dir das nicht kaufen.«

Ihre Mundwinkel wandern herunter. »Du sollst es mir auch nicht kaufen, sondern einfach nur holen.« Sie drückt mir die Scheine wie zuvor schon das Handy an die Brust.

»Das geht trotzdem nicht.«

Als ich keine Anstalten mache, ihr Geld zu nehmen, zieht sie ihre Hand weg und lässt es auf meinen Schoß fallen. »Warum nicht?«

»Weil du dir die Sachen in anderthalb Monaten kaufen kannst, wenn du alt genug dafür bist.« Außerdem treibt mich allein die Vorstellung davon, wie sie diese Dinger benutzt schon in den Wahnsinn. Für meinen klaren Verstand, den ich für die nächsten Monate brauche, ist es besser zu wissen, dass sie diese Geräte nicht hat.

Malia gibt ein Schnauben von sich. »Du darfst also deinen Spaß mit irgendwelchen Weibern haben, aber ich nicht mal mit ein paar Hilfsmitteln? Diese Doppelmoral.« Sie verdreht erneut die Augen. »Du weißt schon, dass ich es mir auch jederzeit mit meinen Fingern besorgen könnte, bevor ich achtzehn bin, oder?«

Oh ja, das ist mir bewusst. Ich versuche krampfhaft, diese Vorstellung aus meinen Gedanken zu vertreiben. »Unsere Abmachung besteht darin, dass ich mit dir schlafe. Dazu gehört nicht, dir die Tür zu allen anderen sexuellen Erfahrungen zu öffnen.«

»Diese Bitte ist unabhängig von deiner Hilfe zur Beseitigung meiner Jungfräulichkeit. Sieh es eher als Freundschaftsdienst. Du tust mir einen kleinen Gefallen, weil ich es nicht selbst machen kann.«

»Ein Auflege- und ein Druckwellenvibrator sind keine Kleinigkeit, wie mal eben eine Packung Zucker aus dem Supermarkt zu holen.« Ich atme laut aus, dieses Gespräch raubt mir die Energie. »Außerdem ist Sex mit dir zu haben, damit du im nächsten Jahr keine Jungfrau am College bist, schon ein sehr großer Freundschaftsdienst. Manche Dinge sollte man nicht überstrapazieren.«

»Der Meinung bin ich nicht«, sagt sie und greift nach dem Geld in meinem Schoß. Ihre Finger streifen dabei meinen ohnehin schon härter werdenden Schwanz, bevor sie mir die Scheine wieder gegen die Brust drückt.

Dieses Mal nehme ich sie und stoße die Autotür auf. Ohne etwas zu sagen, springe ich aus dem Wagen, denn ich brauche Abstand und frische Luft, sonst explodiere ich noch. Im wahrsten Sinne des Wortes, mein Hockeyschläger ist bereit zu schießen. Und zwar seine Ladung in meine Hose.

Ich besorge Malia ihre Sex Toys, denn je schneller ich sie zu Hause absetze, desto eher kann ich mich um mein kleines Problem kümmern. Vorher muss ich nur noch ein Essen mit ihr überstehen – allein in meiner Wohnung. Es wird definitiv eine Herausforderung, nicht heute schon der Versuchung nachzugeben.

Kapitel 19

Malia

Die Fahrt zu Liams Wohnung ist mehr als unangenehm.

Er hat tatsächliche beide Toys bekommen. Nur hat kein Ton seine Lippen verlassen, seit er mir wortlos den Beutel voller Schätze in die Hand gedrückt hat.

Liam parkt das Auto in der Tiefgarage seines Wohnhauses und stellt den Motor ab. Ohrenbetäubende Stille erfüllt den Wagen.

Mein Griff um die Tüte verstärkt sich und ein Knistern ertönt, dass sich so laut wie eine Explosion anhört.

Liams Blick landet auf meinem Schoß und dem Verursacher dieses Geräusches. Seine Augen erwecken den Anschein, als würden jeden Moment Laserstrahlen aus ihnen schießen und die Toys zu Asche verwandeln.

Worte brodeln meine Kehle hinauf. Ich versuche krampfhaft sie zurückzuhalten, aber es ist zwecklos. »Wir können die ja mit hochnehmen und du weist mich in die Bedienung ein. Dann brauchst du dich nicht zu sorgen, dass etwas schief geht und du die Schuld dafür trägst, weil du diese Freunde für mich besorgt hast.« Eigentlich sollte es ein Scherz sein, um die Stimmung aufzulockern. Aber irgendwie sind die Worte zu ernst aus meinem Mund gekommen.

Liams Blick bohrt sich in meinen. Seine eisblauen Augen erinnern mich an einen Schneesturm. Ich bin mir nicht sicher, ob er mich lieber selbst erwürgen oder mit der Tüte strangulieren würde.

Um die Situation zu entschärfen, versuche ich ein beschwichtigendes Lächeln auf meine Lippen zu bewegen. Nur fühlt es sich eher wie eine Grimasse an, die über mein Gesicht gleitet.

Plötzlich packt Liam die Tüte und wirft sie auf die Rückbank. »Die Dinger bekommst du erst wieder, wenn ich dich zu Hause absetze.« Er öffnet die Fahrertür, aber hält nochmal inne, bevor er aussteigt. Sein Blick geht über die Schulter zurück zu mir. »Wenn man den Bären zu oft provoziert, wird man irgendwann gefressen.« Dann steigt er aus dem Wagen.

Mein Magen befindet sich im freien Fall. Alles in mir kribbelt und mein Herz macht einen kleinen Satz. *Reiß dich zusammen! Für Gefühle ist in dieser Abmachung kein Platz, also denk gar nicht erst dran, dich in ihn zu verlieben.* Ich halte mich an diesem Gedanken fest, als ich aussteige.

Gemeinsam fahren wir von der Tiefgarage zu seiner Wohnung hoch.

Wortlos nimmt Liam mir das Essen ab, das ich wie auf Autopilot mit aus dem Auto genommen habe. Er schließt die Eingangstür auf und tritt ein Stück zur Seite, dabei deutet er mir vorbeizugehen.

Ich trete in die dunkle Wohnung und warte, dass er das Licht anschaltet. Mein Blick ist so auf ihn fixiert, dass ich meine Umgebung gar nicht richtig wahrnehme.

»Wir sollten uns beeilen, sonst wird das Essen komplett kalt.« Er geht voran in die Küche. Seine Rückenmuskeln bewegen sich mit jedem Schritt unter seinem Shirt.

Wie sie sich wohl unter meinen Fingern anfühlen würden? Bevor ich etwas Dummes machen und tatsächlich meine Hände ausstrecken kann, um ihn zu berühren, balle ich sie an meiner

Seite zu Fäusten. Ich bleibe mit ein wenig Abstand zu Liam am Rand seiner Küche stehen und schaue ihm dabei zu, wie er das Essen für uns vorbereitet.

Er platziert die Kartons auf der Kücheninsel und legt Gabeln daneben. Über seine Schulter hinweg schaut er zu mir. »Kommst du?« Dann setzt er sich auf einen der Barstühle.

Ich lasse mich auf den Platz neben ihm nieder und mir wird bewusst, wie nah wir uns dadurch sind. Meine ganze Seite kribbelt aufgrund seiner Körperwärme. Sofort verabschiedet sich mein Appetit. Ich stochere im Reis herum, um wenigstens den Anschein zu machen, als würde ich ihn auch tatsächlich essen. Aus dem Augenwinkel schaue ich zu Liam hinüber.

Der schaufelt sich bergeweise die Kohlenhydrate hinein, die sein Körper nach einem Spiel wahrscheinlich braucht.

Wir sind zum Schweigen zurückgekehrt. Auch wenn unsere Treffen eigentlich dazu dienen sollten, uns gegenseitig besser kennenzulernen, fühle ich mich heute nicht nach Gesprächen. Es ist zwischen uns gerade zu merkwürdig. Wir haben eine Grenze angetastet, für die unsere Freundschaft noch zu frisch ist. Ich möchte die Sache mit den Vibratoren nur zu gerne totschweigen und darauf hoffen, dass beim nächsten Treffen Gras über die Sache gewachsen ist. Deshalb stochere ich weiter stumm in meinem Essen herum und versuche nicht zu sehr an Liams Nähe zu denken.

In Rekordzeit vernichtet er seine Portion. Er wischt sich mit der Serviette über den Mund und schaut zum ersten Mal, seit wir uns hingesetzt haben, zu mir. Sein Blick geht zu meiner Packung, die noch immer randvoll ist. »Hast du keinen Hunger?«

Ich schüttle den Kopf. »Isla und ich haben in der Arena schon etwas gegessen. Irgendwie liegt mir das schwer im Magen.« Oder meine dumme Aktion mit den Vibratoren, aber das sage ich nicht. Ich hätte einfach eine der zehntausend anderen Optionen nutzen sollen, um an die Dinger zu kommen. Nur ist es jetzt zu spät dafür.

»Wollen wir uns auf den Weg machen? Die Fahrt nach Pickering dauert ja ein wenig und so langsam merke ich die Erschöpfung vom Spiel.«

Das schlechte Gewissen in mir nimmt noch weiter zu. Als ich meine Forderung gestellt habe, sind mir die logistischen Probleme gar nicht in den Sinn gekommen. Heute habe ich echt den Preis für die Egoistin des Tages verdient. »Ich kann auch ein Uber rufen. Beim nächsten Treffen lass ich Isla warten, damit du nicht extra nach Pickering fahren musst.«

Sein Blick wird zum ersten Mal seit unserem Zwischenstopp vorhin weicher. »Quatsch, mir macht es nichts aus, dich nach Hause zu bringen. Isla hat bestimmt Besseres zu tun, als vor meiner Haustür darauf zu warten, dass wir mit dem Dessert fertig werden.«

Sofort tauchen Bilder von einem halbnackten Liam im Bett vor meinem inneren Auge auf. Ich spüre, wie Röte in meine Wangen schießt. Mein ganzer Körper fühlt sich an, als würde er in Flammen stehen. »Wir sollten jetzt wirklich los.« Ich hüpfe vom Stuhl und gehe zur Eingangstür.

Seine Brauen ziehen sich zusammen. Er nimmt den Karton mit meinem Essen von der Arbeitsplatte und kommt zu mir. »Hier, vergiss das nicht.«

Ich nehme die Packung an mich, ohne ihn zu berühren.

Der Weg in die Tiefgarage ist genauso still wie vorhin der zur Wohnung. Auch auf der Fahrt nach Hause sagt keiner von uns ein Wort. Ich hoffe, dass wir in ein paar Wochen nicht mehr in so unangenehme Situationen geraten und alles ein wenig entspannter wird.

Erleichtert atme ich auf, als das Haus meiner Eltern endlich in Sicht kommt.

Liam hält vor der Tür. »Schlaf gut, Lia.«

Eine Horde Schmetterlinge feiert eine Party in meinem Bauch bei der Art, wie er meinen Spitznamen gesagt hat. »Du auch.« Ich schnappe mir mein Essen und die Tüte von der

Rückbank. »Danke fürs Fahren.« Als wäre der Teufel hinter mir her, hüpfe ich aus dem Wagen und laufe die Veranda zur Haustür hinauf. Ich ziehe den Schlüssel aus meiner Tasche und öffne sie. Das Licht von Liams Scheinwerfern verschwindet erst, als ich hineingehe. So leise wie möglich schlüpfe ich aus meinen Schuhen, denn ich will meine Eltern nicht wecken, falls sie schon schlafen.

Doch meine Füße haben noch nicht einmal ganz den Boden berührt, da steht meine Mom bereits in dem Durchgang zur Küche. »Hey, wie war das Spiel?«

Ich schenke ihr ein Lächeln. »Gut.«

Ihr Blick fällt auf die Tüte in meiner Hand. »Was hast du da?«

Verdammt. Es gibt Dinge, die ich wirklich nicht mit meiner Familie besprechen will, und der Inhalt des Beutels gehört definitiv dazu. »Ähm, ich war noch kurz bei Faith, etwas abholen.« *Na super, Malia. Alles, wirklich alles wäre besser als diese Ausrede gewesen. Wenn sie meine Schwester auf dieses nicht stattgefundene Ereignis anspricht, bin ich am Arsch.*

Meine Mom runzelt die Stirn. »Ich dachte, sie arbeitet heute.«

Und da geht meine Notlüge schon den Bach runter, wenn ich mir nicht schnell etwas überlege. »Isla und ich haben auf dem Weg zum Spiel bei ihr gehalten, also bevor sie losmusste.« Ich hoffe wirklich, dass meine Schwester heute Nachtschicht hat. Sonst bin ich geliefert.

Meine Mom nickt kurz. »Bist du hungrig? Ich kann dir noch schnell was zu essen machen, bevor ich ins Bett gehe.«

Mein Magen zieht sich zusammen, aber nicht vor Hunger. Ich fühle mich wie das größte Arschloch der Welt, weil ich meine Mom angelogen habe und sie einfach so lieb ist. »Alles gut, wir haben auf dem Rückweg etwas geholt.« Ich ziehe den Karton mit gebratenem Reis aus der Tüte. »Es ist zwar kalt, aber ein paar Minuten in der Mikrowelle, werden das Problem schon lösen.«

Sie kommt zu mir und nimmt die Packung an sich. »Bring du ruhig deine Sachen nach oben, ich erledige das.«

»Das musst du nicht, Mom«, protestiere ich.

Sie lächelt mich an. »Ich weiß, aber ich mache es gerne.« Dann verschwindet sie samt meines Essens in der Küche.

Ich laufe schnell die Treppe hoch und werfe die Tüte mit den Toys auf mein Bett, bevor ich mich zu ihr geselle. »Es hätte vollkommen gereicht, wenn du es kurz in die Mikrowelle gepackt hättest«, sage ich, als ich sie am Herd stehen sehe. Ich setze mich an die Kücheninsel, an der sie meinen Reis in der Pfanne warm macht. »Es ist schon spät und du willst doch bestimmt langsam ins Bett.«

Sie schaut vom Herd auf. »Für mein Baby bleibe ich gerne länger wach.«

»Ich werde in sechs Wochen achtzehn«, erwidere ich augenrollend.

»Für mich bleibst du immer meine Kleine.« Sie zwinkert mir zu. Nebenbei füllt sie mein Essen auf einen Teller und stellt es mit Besteck vor mir ab.

»Danke.« Ich schnappe mir die Gabel und schaufle einen riesigen Happen in meinen Mund, denn mein Appetit ist zurück. Die Aromen explodieren auf meiner Zunge. Das bewegt meinen Magen dazu, laut ein anerkennendes Geräusch von sich zu geben.

Mom lacht auf. »Da ist wohl jemand hungrig.«

»So ein Eishockeyspiel ist ganz schön anstrengend.« Und Zeit mit Liam zu verbringen auch, aber diesen Teil behalte ich für mich.

»Du guckst doch nur zu und skatest nicht selbst über das Eis.«

»Aber die Aufregung und das Mitfiebern schütten eine Menge Adrenalin und Cortisol oder sowas aus. Das ist nicht nur kräftezehrend, sondern macht auch verdammt hungrig.«

Sie schlägt sich die Hand vor den Mund. »Oh nein, stell dir nur vor, wie sich die Spieler erst fühlen müssen, wenn es dir schon so geht.«

»Haha.« Auf dem Eis um den Sieg zu kämpfen, kann ich vielleicht nicht nachempfinden, aber dafür weiß ich, dass Liam gut versorgt ist. Schließlich hat er seine Portion vorhin beinahe inhaliert, also habe ich kein Mitleid mit ihm.

Außerdem bekommen die Spieler viel Geld dafür, sich diesem Stress auszusetzen. Wir Fans geben unser Herz und unsere Energie vollkommen selbstlos, wenn wir sie in der Arena anfeuern.

»Malia?«, fragt meine Mom. Sie reißt mich damit aus den Gedanken an Liam und Eishockey. »Alles in Ordnung?«

Ich blinzle ein paar Mal. »Ja, was sollte sein?«

»Ich hatte dich etwas gefragt, aber du hast nur abwesend auf deinen Teller geschaut.«

»Sorry, was wolltest du denn wissen?« Ich schenke ihr ein entschuldigendes Lächeln.

»Ach, nur ob du schon eine Auswahl an Colleges hast, bei denen du dich bewerben möchtest.«

»Wow, so ernste Themen um diese Uhrzeit.« Durch meine fast geschlossenen Lippen puste ich die Luft heraus. »Ich bin mir noch nicht ganz sicher, aber ich denke, die University of Toronto ist auf jeden Fall auf meiner Wunschliste. Isla und ich werden in den nächsten Monaten ein paar andere Colleges besuchen und schauen, welches unser Herz erobert.«

»Das klingt gut.« Ihre Mundwinkel wandern nach oben. »Ich hoffe, Toronto ist dasjenige, denn ich möchte nicht nochmal ein Kind ans andere Ende des Landes gehen sehen.«

»Vancouver steht auch mit auf der Liste, also sei nicht enttäuscht, wenn sich die Geschichte doch wiederholt.«

Sie zeigt auf mich. »Du hast aber nicht gesagt, dass es vor Toronto ist.«

Ich öffne den Mund, um etwas zu entgegnen.

Sie hebt die Hand. »Ich gehe jetzt mit der Hoffnung ins Bett, dass mein kleines Kind mich nicht in zehn Monaten verlässt.« Schwungvoll dreht sie sich um und geht zur Tür hinaus.

»Gute Nacht, Mom«, rufe ich ihr hinterher und ziehe mein Handy aus der Hosentasche.

Das Display leuchtet auf und eine Nachricht von Isla wartet auf mich.

Isla: Wie lief es mit Liam?

Ich schnappe mir mein Zeug und gehe in mein Zimmer. Dort kippe ich die Tüte aus, die ich vorhin hochgebracht habe. Ich schicke ein Foto von meinen Errungenschaften an Isla.

Ich: Mission erfüllt *teuflischer Emoji*

Es dauert keine zwei Sekunden, bis eine Antwort kommt.

Isla: Lasset die Erkundungstour beginnen.

Isla: *Berggipfel* *ausbrechender Vulkan*

Lachend setzte ich mich auf die Bettkante. Eine Welle der Erschöpfung überrollt mich. Heute werde ich wohl nichts mehr außer mein Kopfkissen erkunden. Zum Glück ist ja morgen auch noch ein Tag.

Kapitel 20

Liam

Der Regen prasselt gegen die Scheiben und er durchbricht die Stille in meiner Wohnung.

Ich schaue zum Fenster hinaus, vorbei an den Rinnsalen, die das Glas hinunterlaufen.

Der Himmel wirkt fast schwarz, so dunkel sind die Wolken, die über Toronto hängen. Die Atmosphäre passt zum heutigen Tag, denn es ist Halloween.

In ein paar Stunden startet die diesjährige Party bei East. Das Motto: halb bekleidet ist schon zu viel. Mit anderen Worten: Er hätte gerne, dass die Mädels schon so wenig wie möglich anhaben, damit er später schneller zur Sache kommen kann.

Aiden, Maverick und Bennett sind schon mehr als bereit sich in das Getümmel zu stürzen. In unserem Gruppenchat kommt eine Nachricht nach der anderen herein.

Mav: *Foto von sich mit einem Handtuch um die Hüften*

Mav: Guckt euch mein geniales Kostüm an.

Ich: Hast du wenigstens etwas drunter?

Mav: Natürlich nicht. *augenrollender Emoji*

Mav: Wenn eine heiße Braut vorbeikommt, brauche ich nur das Handtuch zur Seite schieben und bin startklar.

Ich schüttle den Kopf.

Aiden: Du bist so clever, Mav.

Aiden: Wir sollten alle auf unsere Boxershorts verzichten.

Bennett: Yeah, gute Idee.

Das finde ich nicht, aber ich bin mir nicht sicher, ob meine Meinung wirklich gefragt ist.

Ich: Hauptsache, du bist nicht schon startklar, bevor deine heiße Braut es ist, Mav. Ich habe keinen Bock auf Stress.

Ich: Und ihr anderen Idioten zeigt doch erstmal eure Kostüme, bevor ihr entscheidet, was ihr nicht dazu anzieht.

Ich hole mir Wasser aus dem Kühlschrank, während ich auf die Bilder meiner Teamkollegen warte. Gerade als ich die Flasche angesetzt habe und die Flüssigkeit meine Lippen berührt, kommt das Foto von Aiden im Chat an.

Aiden: *Foto von sich in einem Borat Anzug*

Ich bin mir nicht sicher, ob ich lachen oder weinen soll. Auf jeden Fall verabschiedet sich das Wasser aus meinem Mund und verteilt sich auf der Arbeitsplatte vor mir.

Mav: Das ist der Hammer.

Bennett: Eure Kostüme sind viel besser als meins.

Bennett: *Foto in roten Badeshorts und mit einer Rettungsboje*

Alle drei sehen aus, als würden sie zu einer Poolparty gehen. Keines ihrer Outfits passt zu Halloween.

Ich: Eure Begeisterung für Mavs Verzicht auf Unterwäsche ist totaler Schwachsinn.

Ich: Was für eine Unterhose willst du denn unter deinem Anzug tragen, Aiden?

Ich: Bennett, dein ganzes Kostüm sieht aus wie eine Unterhose.

Nachdem ich meinen Schwall an Nachrichten abgeschickt habe, werfe ich einen Blick auf die Uhr. Auch ich sollte mich langsam fertig machen. Also gehe ich in mein Schlafzimmer. Auf dem Weg dorthin, lese ich mir die neuen Mitteilungen von den anderen durch.

Mav: Ich will die Bräute anlocken und nicht verschrecken. Also verunstalte ich mich dieses Jahr nicht mit irgendeinem Scheiß.

Aiden: *nach oben zeigender Finger* Das was er sagt.

Aiden: Mein Körper ist ein Meisterwerk, das in seiner reinsten Form gezeigt werden sollte.

Bennett: Zeig doch erstmal dein Outfit, bevor du hier groß austeilst, Liam.

Aiden: *nach oben zeigender Finger* Das was er sagt.

Mav: Genau. Was hast du denn Gruseliges geplant, Cap?

Mav: Also außer deinem Gesicht. *vor Lachen weinender Emoji*

Wer braucht bei diesen Freunden noch Feinde?

Du offensichtlich, sonst würdest du nicht planen, Jace' kleine Schwester zu entjungfern.

Schnell schüttle ich diesen Gedanken wieder ab, ich will mich auf den heutigen Abend konzentrieren und nicht auf Probleme, die mir in der Zukunft begegnen werden. Also ziehe ich mir die Shorts meines Trikots an und werfe mir die Schulterpolster über. Auf ein Oberteil verzichte ich, um dem Motto treu zu werden. Damit es aber trotzdem ein wenig nach Halloween aussieht, habe ich mir Kunstblut besorgt.

Gerade als ich anfangen will, das klebrige Zeug zum Einsatz zu bringen, erscheint eine neue Nachricht auf meinem Telefon.

Aiden: Wir warten.

Aber es bleibt nicht bei einer, meine Teamkollegen und besten Freunde sind verdammt ungeduldige Arschlöcher.

Mav: Sei nicht schüchtern, Cap.

Mav: Zeig uns endlich, was du hast.

Bennett: Setzt ihn nicht so unter Druck.

Bennett: Nachdem er unsere Körper gesehen hat, die denen griechischer Götter gleichen, haben bestimmt seine Selbstzweifel zugeschlagen.

Kopfschüttelnd ignoriere ich die Nachrichten und widme

mich wieder dem Kunstblut. An meinem Oberkörper ziehe ich ein paar Streifen lang, von denen Tropfen herunterlaufen, um Schnitte zu imitieren. Danach verschmiere ich ein wenig von dem Zeug an meinem Hals und über der Augenbraue. Auch auf das untere Ende meines Hockeyschlägers kommt die rote Flüssigkeit. Anschließend schaue ich mir das Ergebnis im Spiegel an. Ich sehe aus, als wäre ich in ein Massaker geraten. Das war zwar nicht ganz der Plan, aber immerhin passt es zu Halloween. Schnell schieße ich ein Foto, damit die anderen mir nicht noch länger auf die Nerven gehen.

Ich: *Foto von mir als blutverschmierter Hockeyspieler*

Ich brauche nicht lange auf eine Reaktion meiner Teamkollegen warten.

Bennett: Ist eine Ketchupflasche neben dir explodiert?

Aiden: Wow, ein Hockeyspieler, richtig kreativ. *augenrollender Emoji*

Mav: Ich bin mir nicht sicher, ob du so heute Abend eine heiße Braut klarmachst, Cap.

Die letzte Nachricht sorgt dafür, dass ein Bild von Malia in meinem Kopf aufblitzt und mit diesem Anblick auch der innere Konflikt, der mich seit Wochen nicht loslässt. Irgendetwas zieht mich zu ihr hin. Dieser Teil sorgt dafür, dass ich mich immer, wenn wir uns sehen, tiefer in die Scheiße reite. Er wird mit jedem Tag stärker und vertreibt die Stimme der Vernunft mehr. Gerade sehnt er sich danach sie einfach kurz zu sehen.

Deshalb öffne ich Instagram und rufe ihr Profil auf. Mein Daumen schwebt einen Moment über dem Display, als ich darum kämpfe, der Versuchung zu widerstehen. Aber ich habe keine Chance, das Verlangen nach ihr ist größer. Also öffne ich ihre Story, um zu erfahren, was sie heute so treibt.

Sie sitzt auf einer Bettkante. Die Hände hat sie hinter sich aufgestützt, was dafür sorgt, dass ihre Brüste in den Fokus treten. Ihr ganzer Anblick ist die Sünde auf zwei Beinen. Sie ist als Cheerleader verkleidet. Aber es ist kein Outfit, was tatsächlich bei Spielen getragen wird. Der Rock ist so kurz, dass man alles sehen könnte, wenn die Person hinter der Kamera das Handy nur ein winziges Stück tiefer halten würde. Das Oberteil bedeckt auch kaum etwas. Ihre Brüste quellen förmlich aus dem Ausschnitt heraus. Wie zwei Sirenen, die versuchen Männer in ihren Bann zu ziehen, schauen sie über die Kante hinaus.

Meine Finger zucken allein bei dem Anblick, der Drang sie zu berühren ist enorm. Sie sehen aus, als würden sie perfekt in meine Hände passen.

Verdammt, Liam. Hör auf. Wie heiße Kohlen, die meine Finger verbrennen, werfe ich das Telefon zur Seite. Ich reibe mir mit den Händen über das Gesicht, in der Hoffnung, die Bilder aus meinem Kopf zu vertreiben.

Es fühlt sich an, als wäre ich die Titanic. Und obwohl ich den Eisberg sehe, steuere ich mit voller Kraft drauf zu.

Doch bevor ich untergehe, werde ich diesen Abend genießen. Ich muss meine Sorgen wegspülen und das geht am besten mit etwas Hochprozentigem. Also kippe ich mir in der Küche einen ordentlichen Schluck Whiskey ins Glas und rufe mir ein Uber, selbst fahren werde ich heute nicht mehr können. In einem Zug vernichte ich die bernsteinfarbene Flüssigkeit und heiße das Brennen in meiner Kehle willkommen, als sie ihren Weg nach unten nimmt.

Möge die Party beginnen.

Kapitel 21

Malia

Der Bass der Musik bringt die Wände zum Wackeln.

Ians Haus ist überfüllt mit Leuten von unserer Schule. Das Licht ist dämmrig und von der Decke hängen gruselige Gestalten herunter.

Eines muss ich ihm lassen, er weiß, wie man eine Party schmeißt.

Isla nimmt meine Hand. »Komm, wir gucken mal, was er dieses Jahr für das perfekte Halloweenerlebnis vorbereitet hat.« Ich habe gar keine Zeit, etwas zu erwidern, weil sie mich direkt zwischen den dicht gedrängten Körpern unserer Mitschüler hindurch zieht.

Die Luft fühlt sich wie in einer Sauna an.

Ich bin heilfroh, dass mein Kostüm so wenig Stoff hat, auch wenn die Temperaturen draußen schon einstellig sind. Knallrot und schweißüberströmt herumzulaufen ist nämlich nicht meine Vorstellung von einer guten Party.

Wir bahnen uns den Weg bis in die Küche.

Dort begrüßt uns eine frische Brise. Die Tür zum Garten steht offen und gibt den Blick auf einen mit Fackeln gesäumten Weg frei.

»Wir holen uns etwas zu trinken und dann begeben wir uns

auf den Pfad des Grusels.« Isla reibt die Hände aneinander. Ihre Augen leuchten wie bei einem kleinen Kind am Weihnachtsmorgen. Wenn ich nicht schon wüsste, dass sie voll auf dieses ganze Halloweenzeug abfährt, wäre es spätestens jetzt nicht zu übersehen.

»Ich bin mir nicht sicher, was mir mehr Unbehagen breitet. Deine Liebe zu allem, was andere Menschen mit Angst und Schrecken erfüllt, oder das, was uns dort draußen erwartet.«

Isla legt ihren Arm um meine Schulter. »Definitiv das Zweite. Wir wissen beide, dass Ian jedes Mal das krankeste Zeug überhaupt plant.« Sie grinst mich an.

Sofort breitet sich Gänsehaut auf meinen Armen aus. Ich zeige auf ihr Gesicht. »Dieser Blick ist mindestens genauso beunruhigend, wie die Ungewissheit, was mich da draußen erwartet.«

Isla schlägt meine Hand weg. »Wir machen dir einen Drink, damit du dir ein bisschen Mut antrinken kannst.« Zielstrebig geht sie auf die Kücheninsel zu.

Dort ist jedes erdenkliche Getränk aufgereiht. Vor allem die hochprozentigen Sachen lassen keine Wünsche offen.

»Wow. Ians Eltern stört es anscheinend nicht, Alkohol an Minderjährige zu verteilen.«

Isla wirft einen augenrollenden Blick über die Schulter. »Wir sind fast alle achtzehn. In einem Jahr dürfen wir sowieso legal trinken.« Sie macht sich daran, zwei Becher mit verschiedenen Flüssigkeiten zu füllen. »Außerdem weißt du nicht, ob seine Eltern das ganze Zeug gekauft haben oder irgendein Freund, der schon neunzehn ist.« Mit zwei bis zum Rand befüllten Bechern dreht sie sich zu mir um. »Aber das ist ja zum Glück nicht unser Problem, wir sind hier, um Spaß zu haben.« Sie drückt mir einen der Drinks in die Hand. »Auf einen schaurigen Abend.« Vorsichtig stößt sie den Rand ihres Bechers gegen meinen. Dann nimmt sie einen großen Schluck.

Ich tue es ihr gleich und fruchtige Süße erfüllt sofort meinen Mund. »Mhm, schmeckt gar nicht so schlecht wie befürchtet.«

Isla verpasst mir einen leichten Stoß. »Was soll das denn bitte heißen? Ich bin die Meisterin der Mischgetränke.« Sie wirft sich ihre blonde Haarpracht über die Schulter und reckt die Nase ein wenig in die Luft.

Das zaubert mir ein Grinsen auf das Gesicht. »Sorry, ich werde es nie wieder wagen, deine Künste infrage zu stellen.« Ich nehme noch einen kräftigen Schluck von ihrer Kreation.

Sie sieht mich mit hochgezogener Braue an. »Genug Mut angetrunken, um dich in den Horrorgarten zu stürzen?«

»Ich war noch nie bereiter für das Verderben, das dort auf uns lauert.«

Lachend wirft sie den Kopf in den Nacken und zieht damit die Blicke der anderen Partygäste in der Küche auf sich. »Du tust ja so, als würden wir zu unserer eigenen Hinrichtung gehen.«

»Da ich Ian noch nirgendwo gesehen habe, ist die Wahrscheinlichkeit sehr groß, ihn draußen zu treffen. Also ist der Vergleich schon passend«, murmle ich.

»So schlimm ist er nun auch wieder nicht.« Sie umschließt meine Hand mit ihrer und zieht daran. »Stell dich deiner Angst.«

Ich folge ihr in den Garten. »Die ist nicht mein Problem. Eher eine tiefe Abneigung gegen den Gastgeber.«

Isla schaut mich über die Schulter hinweg an. »Sieh es mal positiv. Wenn er keine Party schmeißen würde, hätten wir heute nicht die Möglichkeit, die Sau rauszulassen.«

Augenrollend erwidere ich ihren Blick. »Wenn er keine Party schmeißen würde, würde es jemand anderes tun. Oder wir wären für eine Runde Trick or Treat losgezogen.« Süßigkeiten klingen im Vergleich zu Ians Gesellschaft reizvoller. »Wenn ich es mir recht überlege, hört sich das nach einer super Idee an. Wir sollten das machen.«

Stirnrunzelnd sieht Isla mich an. »Was?«

Ich zeige mit dem Daumen über meine Schulter. »Na, abhauen und von Haus zu Haus gehen.«

Die Falte zwischen ihren Augenbrauen glättet sich. »Malia, hör endlich auf, so ein Feigling zu sein, und beweg deinen Hintern in den Garten.« Sie geht den mit Fackeln gesäumten Weg auf ein riesiges Zelt zu. Ohne zu schauen, ob ich ihr nachkomme, verschwindet sie in dem Eingang.

»Verdammt nochmal«, fluche ich leise vor mich hin.

Was soll schon passieren? Ian hat mich schließlich die letzte Woche ignoriert und nichts in diesem Zelt ist wirklich echt. Es sind alles nur gruselige Darstellungen, um uns Angst einzujagen.

Ich halte mich an diesem Gedanken fest und gehe mit gestrafften Schultern meiner besten Freundin hinterher. Tiefe Dunkelheit umgibt mich und ich kann nicht einmal die Hand vor meinen Augen sehen.

Irgendwo in weiter Ferne höre ich Schreie.

Ein eisiger Schauer erschüttert meinen Körper bei den Geräuschen. Ich bin versucht, die Taschenlampe meines Handys anzumachen, doch stattdessen schlinge ich die Arme um meine Mitte und gehe tiefer in das Zelt des Grauens hinein.

Ein kalter Luftzug streift meine nackten Beine.

Ich hätte nicht so ein knappes Outfit wählen sollen. Aber ein bodenlanges Hexenkleid hätte für mehr Aufmerksamkeit gesorgt als mein Cheerleader-Kostüm, denn in meinem Alter ist es nur egal, was man trägt, solange das Wort ›sexy‹ davor steht. Sexy Witch. Sexy Zombie. Sexy Skelett. Sexy Gruselschneewittchen. Gibt es eigentlich auch einen sexy Geist?

Plötzlich streift mich etwas am Arm, dieses Mal ist es kein Luftzug.

Ich presse meine Lippen fest aufeinander, um nicht aufzuschreien. Noch immer ist es so finster, dass ich nichts um mich herum erkennen kann. Mein Herz galoppiert in meiner Brust, wie ein Pferd, das um sein Leben rennt. Ich versuche mich nicht von der Panik überwältigen zu lassen. So leise es mir möglich ist, atme ich durch meine Nase ein. Meine Lippen sind noch immer verschlossen, als würde Kleber sie zusammenhalten. Ich will auf gar keinen Fall irgendein Geräusch von mir geben.

Die Person, die sich mit mir in diesem Teil des riesigen Zeltes befindet, dürfte genauso wenig wie ich selbst sehen. Je ruhiger ich bin, desto schwerer ist es für die Gestalt, mich zu erspähen.

Auf derselben Stelle stehen zu bleiben ist keine Option. Schließlich hat, was auch immer das ist, mich gerade berührt und weiß, wo ich mich befinde. Also bewege ich mich auf Zehenspitzen fort, so schnell es geht, ohne meinen Standort preiszugeben.

In diesem Moment kann ich der Dunkelheit und meinem Outfit wenigstens etwas positives abgewinnen, vor allem ist es möglich, das zu meinem Vorteil zu nutzen. Hätte ich High Heels statt meiner Turnschuhe an, wäre mein Plan zum Scheitern verurteilt.

Ich halte mich an der Hoffnung fest, dass ich es durch dieses Horrorlabyrinth schaffe, ohne mir die Seele aus dem Leib zu schreien. Schon der Gedanke an Ians selbstgefälliges Gesicht, sollte ich hier vor Angst zitternd herauskommen, ruft in mir einen Widerstand hervor. Der gibt mir eine Willensstärke, von der ich selbst nicht einmal gewusst habe, dass ich sie besitze. Ich balle meine Hände zu Fäusten. Zumindest die eine, denn mit der anderen halte ich mein Handy fest umklammert.

Ich kneife die Augen ein Stück zusammen in der Hoffnung, wenigstens etwas erspähen zu können. So schnell wie es mir möglich ist, ohne laute Geräusche zu verursachen, bewege ich mich durch die Dunkelheit. Meine freie Hand strecke ich zur Seite aus, damit ich mich an der Wand entlang navigieren kann.

Es ist ziemlich merkwürdig, dass nicht an jeder Ecke jemand steht, um einen zu erschrecken. Hätte ich vorhin nicht die Berührung an meiner Seite gespürt, könnte ich glatt das Gefühl bekommen, ich wäre allein im Zelt.

Lautet das Motto dieses Jahr ›Das schwarze Loch‹? Sind Ian die kreativen Ideen ausgegangen?

Für einige Menschen mag es bestimmt einen psychologischen Effekt haben, in pure Dunkelheit getaucht zu werden. Aber ich kann mir nicht vorstellen, dass es besonders gruselig für meine Klassenkameraden ist. Und erst recht nicht, wenn es tatsächlich keine Überraschungen gibt.

Eine Wand, die wie aus dem Nichts vor mir auftaucht, setzt meinen Gedanken ein Ende. Ich kann gerade noch rechtzeitig stehen bleiben, um zu verhindern, dass mein Gesicht mit ihr kollidiert. Mit ausgestreckter Hand versuche ich, mich zu orientieren. Ich taste ins Nichts.

Plötzlich packt mich etwas am Handgelenk.

Ein Aufschrei verlässt meinen Mund und mein Handy rutscht aus meiner freien Hand. Ich versuche mich loszureißen und zu meinem Telefon zu kommen. Schließlich gibt es hier nicht wirklich Gefahren, die es rechtfertigen würden, es zurückzulassen. Zumindest hoffe ich das.

Immerhin ist es eine Halloweenparty und kein Horrorfilm, in dem ein Teenager nach dem anderen ermordet wird. Oder etwa doch?

Die Angst bahnt sich langsam ihren Weg an die Oberfläche. Mit etwas mehr Nachdruck als zuvor stemme ich mich gegen den Griff, der mich noch immer an Ort und Stelle hält.

Doch er verstärkt sich weiter. So sehr, dass sich meine Haut anfühlt, als würde jemand Brennnesseln darüber reiben.

Ein plötzlicher Ruck bringt mich aus dem Gleichgewicht. Ich falle in die Richtung meines Gegenübers und weg von meinem Handy. *Verdammte Scheiße. Wäre ich bloß zu Hause geblieben.* Mein Magen zieht sich zusammen und ich habe das Gefühl, dass ich mich jeden Moment übergeben muss. In meinem Kopf fahren die Gedanken eine wilde Achterbahn. Was, wenn sich ein Serienmörder auf die Party geschlichen hat und ich sein erstes Opfer bin? Vielleicht hat er auch schon Isla geschnappt, weshalb ich sie hier noch nicht wiedergefunden habe.

Magensäure bahnt sich ihren Weg nach oben. Die Angst hat mich genauso fest in ihrem unnachgiebigen Griff wie die Person in der Dunkelheit meinen Arm. Es fühlt sich an, als wäre ich in einem Albtraum gefangen, in dem ich versuche zu schreien, aber es kommt kein Ton heraus. Nicht einmal ein leises Fiepen kann ich hervorbringen. Und nicht nur über meine Stimmbänder habe ich die Kontrolle verloren, auch meine Beine gehorchen mir nicht mehr. Mein ganzer Körper fühlt sich wie in Trance an.

Das macht es meinem Angreifer leicht, mich hinter sich herzuziehen.

Meine Atmung beschleunigt sich, je weiter wir uns durch die Dunkelheit bewegen.

Wie viel Zeit ist vergangen, seit ich dieses beschissene Zelt betreten habe? Warum bin ich nicht einfach mit einer Schüssel Popcorn und einem Gruselfilm zu Hause geblieben oder habe mich auf Easts Party geschlichen?

Ich habe das Gefühl, keine Luft mehr in meine Lunge zu bekommen. Meine Kehle schnürt sich zu und Tränen steigen in meine Augen. *Verdammt, Malia, du darfst keine Schwäche zeigen. Egal, ob das hier Ernst oder nur ein kranker Scherz ist.* Um meine Emotionen wieder in den Griff zu bekommen, schließe ich die Lider und versuche ruhig durch die Nase zu atmen.

Plötzlich werde ich nach vorne gerissen. Im nächsten Moment kollidiert mein Rücken mit etwas Hartem. Erschrocken schnappe ich nach Luft.

Links von mir erscheint eine Hand, die sich neben meinem Kopf abstützt. Eine andere landet auf meiner Hüfte.

Trotz der Dunkelheit, die uns umgibt, kann ich das Gesicht erkennen, das sich auf mich zubewegt. Wie ein Schalter, der sich umlegt, verfliegt die Angst. An ihre Stelle tritt das rote Monster, das bereit ist, Blut zu vergießen. Ganz im Zeichen des heutigen Tages. »Was, verdammt nochmal, stimmt mit dir nicht?!«, knurre ich.

Ein tiefes Lachen dringt an mein Ohr, als sich Ian noch dichter zu mir herabbeugt.

Mir stellen sich die Nackenhaare bei dem Geräusch und seinem Atem an meiner Wange auf.

Mit einem Mal geht über uns das Licht an.

Schnell schließe ich die Augen und senkte den Kopf, um nicht geblendet zu werden.

»Ich habs«, ertönt eine Stimme von der Seite, aus der wir gekommen sind.

Mein Blick schnellt zu der Person, die dort mit einem Handy auf uns gerichtet steht. Es ist Brian, der Center unserer Basketball-Mannschaft und Ians bester Freund.

»Was habt ihr Idioten gemacht?« Ich schaue vom einen zum anderen.

Aber statt einer Antwort bekomme ich nur ein ekelhaftes Grinsen von ihnen.

Noch immer hält Ian mich zwischen der Wand und seinem Körper gefangen.

Ich bin versucht, ihm mein Knie für diesen ganzen Scheiß, den die beiden hier veranstalten, in die Weichteile zu rammen. Und für die Angst, die sie mir eingejagt haben. Doch ich zügle mein Verlangen, jemandem körperliche Schmerzen zuzufügen. Ich will einfach nur noch Isla finden und nach Hause.

Als hätte meine beste Freundin meine Gedanken gelesen, ertönt plötzlich ihre Stimme von weiter weg. »Malia?«, ruft sie immer wieder und mit jedem Mal hört sich mein Name lauter an.

Ich schaue in die Richtung, aus der sie zu kommen scheint.

Ein paar Sekunden später biegt Isla um die Ecke. Auf ihrer Stirn ist eine tiefe Falte zu sehen und ihr Mund ist zu einer festen Linie zusammengepresst. Ihre Gesichtszüge werden weicher, als sich unsere Blicke treffen. Sie nimmt die Szene vor sich in den Augenschein und sofort verhärten sie sich wieder. »Was ist hier los?« Isla kommt näher.

Ich bin mir sicher, dass ihre geballten Fäuste gerne Bekanntschaft mit dem ein oder anderen Jochbein machen würden. Zumindest wenn ich die Blitze, die förmlich aus ihren Augen zu schießen scheinen, richtig deute.

Auch ich habe genug von diesem Theater und drücke Ian mit beiden Händen von mir weg.

Doch er bewegt sich keinen Zentimeter.

»Nimm endlich deine verdammten Griffel von mir.« Ich stoße erneut zu.

Aber das entlockt ihm nur ein lautes Lachen. »Noch sind wir hier nicht fertig.«

Mit verengten Augen mustere ich ihn. »Was soll das heißen?«

Er guckt zu Brian und nickt ihm zu.

Der zieht ein Handy aus seiner Hosentasche.

Ich schaue genauer hin.

Es ist nicht nur irgendeins, sondern meins. Es sei denn, Brian hat eins mit einem rosa Traumfänger auf der Schutzhülle. Außerdem ist in seiner anderen Hand noch immer das Telefon von vorhin.

Islas Blick wandert von mir zu dem Handy in Brians Hand. Ohne Vorwarnung stürmt sie auf unseren Klassenkameraden zu.

Doch sie kommt nicht weit, denn aus dem Nichts taucht plötzlich Ollie, der Teamkamerad von Ian und Brian, auf. Er packt Isla um die Taille.

Sie strampelt wild und lässt eine Tirade an Beleidigungen von sich.

Meine Mundwinkel wandern bei ihren Worten zum ersten Mal, seit ich dieses Zelt betreten habe, ein Stück nach oben. Der Anflug von Belustigung ist schnell verschwunden, als mein Blick wieder auf Ian fällt. So langsam bin ich nur noch genervt von diesem ganzen Mist hier. Ich straffe die Schultern und schaue ihm direkt in die Augen. »Gebt mir mein Handy zurück und lasst uns gehen.«

Sein Grinsen gleicht dem des Jokers. Er hätte ihn mit Kostüm und passender Schminke verkörpern können.

Aber seine Wahl und die seiner Minions fiel auf schwarze Kleidung und ›Scream‹-Masken. Deren Anblick wäre mir lieber als die Visagen meiner Klassenkameraden. Leider haben sie die hochgeschoben, sodass sie halb unter der Kapuze verschwinden. »Das kann ich erst machen, wenn wir hier fertig sind.«

Hitze steigt in mir auf. »Nimm deine dreckigen Finger von mir und verpiss dich!« Mit voller Wucht stoße ich erneut gegen seine Brust.

In einer blitzschnellen Bewegung packt er meine Handgelenke und drückt sie an mich. »Ich nehme meine Finger von dir, wenn ich das will.« Er beugt sich zu mir und in seinen Augen liegt so viel Hass, dass mir ein eisiger Schauer den Rücken herunterläuft. »Ohne deinen Freund oder seinen Bodyguard hast du nämlichen niemanden, der dich beschützt.«

Ich weiß nicht, was für ein kranker Film gerade in Ians Kopf Sendezeit hat, aber ich möchte lieber kein Öl ins Feuer gießen, indem ich ihm die Realität vor Augen halte.

Wenn er meint, dass Liam und die Security-Männer die Einzigen sind, die sich um meine Sicherheit sorgen, sollte er dringend einen Arzt aufsuchen. Vor meinem Bruder, seinen Freunden und deren Securityteam sollte er sich wirklich fürchten. Wenn einer von ihnen auch nur einen Bruchteil von den Ereignissen des heutigen Abends erfährt, können sich alle drei ihre Hoffnung auf eine NBA-Karriere abschminken.

Aber auch Jace, East, Nate und Tyler sind nicht hier, um diesem Mist ein Ende zu setzen. Deshalb warte ich einfach ab, was Ian noch will. Mein einziger Protest ist, dass ich meine Hände losreiße und die Arme vor der Brust verschränke. Mit hochgezogener Augenbraue sehe ich ihn an. »Mach, was du brauchst, um deine Rache zu bekommen, und dann lass uns endlich gehen.«

In Ians Augen blitzt etwas auf. Verletzter Stolz. Nachdem ich weggeführt wurde, hat etwas seinem Ego wohl einen ordentlichen Dämpfer verpasst. Ohne seinen Blick von mir abzuwenden, streckt er einen Arm zu Brian aus.

Der überreicht ihm mein Telefon.

Hoffnung keimt in mir auf, dass Ian doch noch einen Funken Vernunft in sich trägt und es mir zurückgibt.

Wegen dieser Naivität landest du erst in Situationen wie dieser.

Meine innere Stimme könnte nicht richtiger liegen, denn Ian streicht mit dem Daumen über das Display und dreht es dann zu mir. Durch die Face-ID-Funktion wird es entsperrt und er hat vollen Zugriff auf alles.

Ich versuche ihm das Telefon zu entreißen.

Aber er ist schneller. Meine Fingerspitzen streifen nur einmal flüchtig über die Oberfläche, bevor er es zu Brian wirft.

Der tippt bereits wild auf dem anderen Handy herum und schaut nur kurz auf, um meins zu fangen. Im Wechsel fliegen seine Daumen über die Displays der Telefone.

»Was soll die Scheiße?« Isla sieht aus, als würde sie heute noch echtes Blut vergießen.

»Lass die Idioten. Sie können nichts Schlimmes anrichten. Hauptsache, sie beeilen sich. Die Party ist so lahm, dass ich überall lieber wäre als hier.« Ich schaue zur Decke des Zeltes und tippe mit dem Fuß auf den Boden.

»Wenn du meinst«, sagt Ian.

»Fertig«, ruft Brian triumphierend. Er reicht Ian mein Handy.

Der knallt es mir mit mehr Nachdruck als nötig gegen die Brust. »Hier, Bitch. Ein schönes Leben noch.«

Augenrollend schließe ich die Finger um mein Telefon.

Ohne uns eines weiteren Blickes zu würdigen, machen sich die drei Idioten davon.

»Was zur Hölle war das?« Isla streicht ihr Kostüm glatt, dass durch Ollies Griff hochgerutscht ist.

Ich stoße mich von der Wand ab. Meine Knie sind noch immer ein wenig zittrig. »Da hat wohl jemand die Ansage vom Security-Typen doch nicht so gut weggesteckt.«

Sie deutet auf mein Handy. »Willst du nicht nachsehen, was sie gemacht haben?«

»Es wird ganz bestimmt nichts Schlimmes sein.« Ich schnappe mir ihre Hand und gehe in die Richtung, aus der Isla vorhin gekommen ist. »Lass uns erstmal von hier verschwinden.«

Kapitel 22

Liam

»Verdammt. Jace wird ausrasten.« Eingerahmt von fast komplett nackten Frauen sitzt East da. Doch seine Aufmerksamkeit ist zum Unmut der Mädels auf sein Telefon gerichtet.

Mein Magen zieht sich zusammen.

Was, wenn irgendwer ein Foto von Malia und mir gemacht hat, als wir im Auto saßen? Oder in der Tiefgarage bei mir zu Hause?

Kalter Schweiß bricht auf meiner Stirn aus und bringt das Kunstblut dazu, meine Schläfe hinunterzulaufen. Mit dem Handrücken wische ich darüber. Ich bin hin- und hergerissen. Lässt es mich verdächtig aussehen, wenn ich frage, warum er denkt, dass Jace ausrastet? Oder wirkt es eher, als hätte ich etwas zu verbergen, wenn ich nicht nachhake?

Oh mein Gott, warum ist es plötzlich so heiß hier drinnen?

Aiden, der mir gegenübersitzt, mustert mich eindringlich. »Was ist passiert?«, fragt er East, ohne seinen Blick von mir abzuwenden.

Der schüttelt den Kopf, noch immer auf sein Handy fixiert. »Weil seine kleine Schwester etwas gemacht hat, was ihn gar nicht erfreuen wird.«

Meine Finger zucken. Ich balle die Hände zu Fäusten, denn der Drang sofort in meine Tasche nach meinem Telefon zu greifen ist groß.

Nur weil er von einer kleinen Schwester gesprochen hat, heißt es nicht, dass er Malia meint. Immerhin gibt es noch Faith.

Wenn es etwas mit Malia und mir zu tun hätte, würde East ganz sicher nicht mehr so ruhig auf der Couch sitzen.

Trotzdem ist das Verlangen, herauszufinden, was er anschaut, unerträglich. Ich setze mein bestes Pokerface auf. Ohne großes Aufsehen zu erregen, stehe ich von der Couch auf und gehe Richtung Küche. Schließlich ist es vollkommen normal, dass man sein Getränk bei einer Party auffüllt. So unauffällig wie möglich schaue ich zurück zum Wohnbereich von Easts Penthouse.

Niemand sieht mir hinterher.

Also biege ich vor der Küche in den Flur ein, der zu den Schlaf- und Badezimmern führt.

Überall drängen sich Gäste. Vor der Toilette hat sich eine endlose Schlange gebildet.

Ich navigiere mich zwischen den halbnackten Körpern hindurch, um in den hinteren Bereich der Wohnung zu gelangen, der für die Gäste tabu ist. Da ich mich als sehr engen Freund von East zähle, wird er es mir bestimmt nicht übelnehmen, dass ich seine Regel breche.

Und wenn doch, ist es den Ärger wert, denn mein Handy brennt förmlich ein Loch in meine Hosentasche.

Ich schaue noch ein letztes Mal über meine Schulter, um sicherzugehen, dass mich nicht gleich jemand bei East verpfeift. Dann drehe ich den Türknauf und schlüpfe in das dunkle Zimmer. Ich mache mir keine Mühe, das Licht anzuschalten, sondern ziehe direkt mein Handy hervor. Schnell tippe ich meinen Code ein, um das Telefon zu entsperren, für Face ID ist es nicht hell genug.

Mein Gefühl sagt mir, dass ich auf Instagram finden werde, wonach ich suche. Also tippe ich das Symbol an.

Der Feed lädt einen kurzen Moment. Dann ist das Bild da, von dem East gesprochen haben muss. Darauf ist Malia zu sehen. In ihrem knappen Cheerleader Outfit lehnt sie an der Wand. Ihre Augen sind geschlossen und ihr Gesicht ist leicht nach unten geneigt.

Ian, bei dessen Anblick mein Blut zu kochen beginnt, ragt über ihr. Seine eine Hand ist neben ihrem Kopf abgestützt, während die andere an ihrer Hüfte liegt. Er ist nach vorne gebeugt und es sieht so aus, als würde er ihr etwas ins Ohr flüstern.

Was auch immer die beiden dort gemacht haben, es wirkt verdammt vertraut.

Ich verspüre das Verlangen, ihm die Wurfhand zu zertrümmern, weil er seine schmierigen Finger auf ihrem Körper hat. »Fuck.« Ich feuere mein Telefon auf Easts Bett. Mit den Händen fahre ich mir durch die Haare und über das Gesicht. Das Kunstblut verschmiert dabei. Wahrscheinlich sehe ich wie eine Tomate aus. Aber das könnte mich gerade nicht weniger interessieren. Alles, woran ich denken kann, ist Malia.

Ich kenne sie seit Jahren. Und die ganze Zeit über war sie für mich nur Jace' kleine Schwester. Doch plötzlich dreht sich jede wache Minute alles in meinem Kopf nur noch um sie. Selbst wenn ich schlafe, träume ich von ihr. Wie hat sie es innerhalb von so kurzer Zeit geschafft, meinen Blick auf sie zu ändern?

Ich sollte eigentlich glücklich sein, dass sie sich mit Jungs in ihrem Alter trifft, schließlich war es meine Bedingung für unseren Deal. Aber wenn ich ehrlich bin, haben meine Gefühle nichts damit zu tun, dass Ian ein Sportler ist. Ich kann die Vorstellung von Malia mit irgendeinem anderen Typen nicht ertragen.

Warum musste sie mir diese verdammte Nachricht schicken, die alles auf den Kopf gestellt hat?

Diese Saison sollte Eishockey meine einzige Priorität sein. Ich wollte den Leuten beweisen, dass ich meine Position als

Kapitän verdient habe. Den krönenden Abschluss sollte der Titel machen, den Toronto seit einer Ewigkeit nicht geholt hat.

Frustriert mit mir selbst und der ganzen Situation stöhne ich auf. Ich schnappe mir mein Handy vom Bett und stecke es schnell wieder in meine Tasche. In mir ist dieses Verlangen sie zu fragen, was das Foto zu bedeuten hat, aber ich habe kein Recht dazu. Ich sollte zurück zur Party gehen. Oder am besten direkt nach Hause und mein Telefon wegschließen, bevor ich doch noch dem Drang nachgebe sie anzurufen. Bereit, mich aus dem Staub zu machen, öffne ich die Schlafzimmertür. Meine Gedanken kreisen noch immer um Malia.

»Was zum Teufel stimmt nicht mit dir?«

Ich fahre zusammen. Meine Hand landet über meinem rasenden Herzen. »Verdammt, Mann. Musst du mir so einen Schrecken einjagen?«

Aiden lehnt mit verschränkten Armen gegenüber von mir. Er stößt sich von der Wand ab und kommt näher. »Wenn du der größte Idiot auf diesem Erdball bist, dann ja.«

»Ich weiß nicht, wovon du redest.« Ohne ihn anzusehen, schiebe ich mich an ihm vorbei, um zurück in den Wohnbereich zu gelangen, denn von dort aus geht es zur Eingangstür.

Doch Aidens Hand landet auf meiner Schulter. Mit einem kräftigeren Griff als nötig hält er mich zurück. »East hat mir das Bild gezeigt.«

Ich werfe einen Blick über die Schulter zu ihm. »Keine Ahnung, was für ein Bild du meinst.«

Er legt den Kopf in den Nacken und lacht auf. Nicht ein Funkten Belustigung liegt in diesem Laut. »Verkauf mich nicht für dumm.« Er löst seine Hand von mir. Bevor er sie wegzieht, verpasst er mir noch einen Stoß. »Jace' kleine Schwester? Wie alt ist sie? Soll ich dir schon mal einen Platz im Knast reservieren?« Aiden verschränkt erneut die Arme vor der Brust. Seine Lippen sind so fest aufeinandergepresst, dass sich ein heller Rand um sie bildet.

Ich schaue mich kurz um, ob irgendwo lauschende Ohren sein könnten. Die Partygäste sind zu weit weg und die Musik zu laut, um dort unsere Worte zu verstehen. Dann wende ich mich wieder meinem besten Freund zu. »Die Sache mit Malia ist nicht so wie du denkst.«

Er schüttelt den Kopf. »Das sagen sie immer, bevor alles gewaltig den Bach runtergeht.«

Ich reibe mir mit den Händen über das Gesicht. »Sie hat mich bei einem Problem um Hilfe gebeten. Mehr ist es nicht.«

Aidens Blick bohrt sich in meinen. »Was für ein Problem?«

»Eines, dass dich nichts angeht.« Auch ich verschränke die Arme vor der Brust.

»Wenn mein bester Freund sich in die Scheiße reitet, muss ich dir da leider widersprechen.« Er reißt die Arme in die Luft. »Hast du mit ihr geschlafen?«, fragt er viel zu laut.

Schnell sehe ich mich um, ob jemand seinem dramatischen Auftritt Aufmerksamkeit schenkt. Zum Glück schaut niemand in unsere Richtung. »Gehts noch auffälliger!?« Ich verpasse ihm einen Stoß gegen die Schulter. »Und nein, ich habe noch nicht mit ihr geschlafen.«

»*Noch* nicht?« Er lacht humorlos auf und vergräbt die Hände in seinem dunkelblonden Haar. »Du hast es also vor.«

»Ja.« Es fühlt sich irgendwie gut an, es gegenüber einem Außenstehenden einmal laut auszusprechen. Als würde ein Stein, der mich die ganze Zeit über heruntergedrückt hat, von meinen Schultern genommen werden.

Aiden schüttelt den Kopf. »Was kann ich tun, um dich von dieser bescheuerten Idee abzubringen?«

»Nichts.«

»Wie…« Er hält kurz inne. »Wie zur Hölle bist du auf diese Idee gekommen?«

»Ich habe doch schon gesagt, dass sie mich um Hilfe bei einem Problem gebeten hat.« Mit einer Schulter zucke ich kurz.

»Was für ein Problem wird denn gelöst, indem du deinen Schwanz in sie reinsteckst?« Wenn Aiden schon so aufgebracht ist, möchte ich mir lieber gar nicht vorstellen, wie East oder Jace auf diese Nachricht reagieren würden.

»Ihrer Jungfräulichkeit ein Ende zu setzen«, antworte ich, als wäre es kein großes Ding. Doch in meinem Inneren fahren die Gefühle Achterbahn.

Aidens Augen weiten sich. »Du bist vollkommen verrückt geworden.« Seine Stimme war so laut, dass sich dieses Mal die Gäste im vorderen Bereich zu uns umdrehen.

»Hey!«, kommt es aus dem vorderen Teil des Flurs. »Was ist hier los?«, fragt East, als er sich zu uns begibt.

Mein Herz rast wild in meinem Brustkorb. Ich werfe Aiden einen flehenden Blick zu.

Der richtet seine Aufmerksamkeit auf East. »Unser Freund Liam hier…«, er legt mir seine Hand auf die Schulter und drückt zu, »…ist ein Langweiler.«

Die Luft, die ich unbewusst angehalten habe, entweicht meinem Mund.

»Er will gehen, obwohl die Party gerade erst so richtig Fahrt aufnimmt.« Aidens Finger bohren sich tiefer in meine Muskeln. Er stößt ein paarmal kräftig gegen meine Schulter, bevor er loslässt. Ich habe das Gefühl, dass er am liebsten noch stärker geschüttelt hätte. Aber egal, wie scheiße Aiden meine Handlungen finden mag, er ist trotzdem mein bester Freund und hält mir den Rücken frei.

East verpasst mir einen Stoß gegen die andere Schulter. »Wann ist aus dir so eine Schlaftablette geworden?«

Glaub mir, dass willst du lieber nicht wissen. Doch das sage ich nicht zu ihm. »Seit die Saison gestartet hat und man mit Feiern nicht den Stanley Cup gewinnt.« Ich nicke in Aidens Richtung. »Schon gar nicht, wenn man die Arbeit für zwei machen muss, weil die Teamkollegen falsche Prioritäten setzen.«

Aiden hebt eine Augenbraue. ›Oh wollen wir vor East jetzt

über Prioritäten reden?‹, fragt er mich wortlos.

East hat seinen Blick glücklicherweise auf eine Krankenschwester geworfen, die sich von hinten an ihn schmiegt.

Zumindest ist sie eine, wenn ich den weißen Tanga und die roten Kreuze über ihren Nippeln richtig deute.

»Jungs, war nett mit euch, aber ich fühle mich plötzlich nicht mehr so gut«, sagt East, ohne den Blick von den prallen Brüsten der Blondine zu nehmen.

»Oh nein.« Sie öffnet den Mund gespielt schockiert und hält ihre Hand davor. »Ich sollte dich dringend untersuchen.«

»Auf jeden Fall.« Er zieht sie zu seiner Schlafzimmertür. Davor schaut er noch einmal über die Schulter zu uns. »Machts gut, Jungs.« Sein Grinsen ist dreckiger als eine öffentliche Toilette. Dann verschwindet East mit seiner Krankenschwester im Schlafzimmer.

»Danke.« Ich schaue Aiden an.

Dessen Gesichtszüge verhärten sich wieder. »Das heißt nicht, dass unser Gespräch von vorhin beendet ist.« Sein Blick schnellt zur Tür, hinter der East gerade wer weiß was treibt. »Aber hier und jetzt ist weder der richtige Ort noch die richtige Zeit, um Vernunft in deinen Dickschädel zu bekommen.« Er hält einen Moment inne. »Es bleibt mir doch noch welche dafür, oder?«

Augenrollend sehe ich ihn an. »Ich habe nicht vor, heute Abend zu ihr zu fahren und den Akt zu vollbringen, falls du das meinst.«

Aiden fasst sich an die Brust und atmet aus. »Dann werden wir morgen darüber reden.« Sein Blick bohrt sich in meinen. »Und ich will alle Details hören.«

Ein lautes Stöhnen dringt aus Easts Schlafzimmer.

»Das ist mein Zeichen zu verschwinden.« Ich klopfe Aiden auf den Arm. »Viel Spaß noch.« Dann drehe ich mich um und gehe den Flur zurück zum Wohnbereich.

»Morgen!«, ruft er mir hinterher.

Ohne zurückzuschauen, hebe ich den Daumen in die Luft, auch wenn ich nicht vorhabe, dieses Gespräch mit ihm überhaupt weiterzuführen. Ich ziehe mein Telefon aus der Tasche und öffne die Uber-App.

Fünfzehn Minuten, bis mein Fahrer hier ist.

Ich schlängle mich zwischen den Partygästen hindurch und vermeide Blickkontakt. Nicht dass mich noch jemand anspricht. Lieber verbringe ich die restliche Zeit draußen vor der Tür und friere mir die Eier ab.

Es fühlt sich an, als wäre an diesem Abend ein ganzes Jahrzehnt vergangen. Es kotzt mich an, dass ich so empfinde, seit ich den Deal mit Malia eingegangen bin.

Noch vor ein paar Wochen habe ich eine gute Party genossen. Auch der Hockeyschläger in meiner Hose hat liebend gerne Pucks in jedes willige Tor versenkt.

Aber die Zeiten scheinen vorbei zu sein. Statt diesem Lebensstil nachzugehen, stehe ich Ende Oktober halb nackt auf den Straßen von Toronto. Als wäre das noch nicht schlimm genug, kämpfe ich gegen den Drang an, die beschissene App nochmal zu öffnen und jeden Millimeter von Malia genau zu mustern.

Ach, was solls. Ich gebe der Versuchung nach und ziehe mein Telefon aus der Tasche.

Innerhalb von Sekunden lädt mein Instagram-Feed.

Ich gehe auf Malias Seite, doch das Bild ist verschwunden. Da Ian und sie vorhin als Co-Autoren, das Foto gepostet hatten, checke ich zur Sicherheit auch sein Profil.

Aber nirgendwo ist eine Spur von dem Foto zu finden.

Ich schließe die App wieder. Eigentlich sollte ich erleichtert sein, dass es weg ist.

Aber warum waren die beiden überhaupt in so einer vertrauten Position?

Weil du Idiot ihr gesagt hast, dass sie sich mit Jungs in ihrem Alter vergnügen soll! Ich versenke die Finger in meinen Haaren und ziehe leicht daran. Diese Forderung war der dümmste Einfall den ich hatte.

Scheiß drauf. Ich öffne den Messenger und den Chat mit Malia.

Ich: Ich habe eine neue Bedingung.

Super, Liam. Nicht mal eine Begrüßung. Ich warte darauf, dass die drei Punkte erscheinen. Nur für einen kleinen Augenblick schaue ich auf, denn mein Uber ist vorgefahren und ich muss einsteigen.

Der Typ hinterm Steuer ordnet sich in den Verkehr ein.

Meine Aufmerksamkeit geht wieder zurück zu dem Handy.

Das Herz in meiner Brust galoppiert bei der Nachricht los, die dort auf mich wartet.

Malia: Welche?

Ich halte kurz inne. Kopf und Herz führen einen unerbittlichen Kampf. Wenn ich auf meinen Verstand hören würde, gäbe es überhaupt keinen Deal, der Bedingungen bräuchte. Nur hat die letzte Zeit gezeigt, dass ich nicht besonders gut darin bin, Vernunft walten zu lassen. Der egoistische Teil in mir hat die Oberhand gewonnen. Ich gebe einmal mehr meinem Herzen nach. Bevor ich es mir anders überlegen kann, tippe ich drauf los.

Ich: Keine Jungs mehr. Solange unsere Abmachung gilt, triffst du dich nur mit mir.

Auch wenn es für uns keine gemeinsame Zukunft gibt, will ich sie in der kurzen Zeit, die uns gehört, für mich allein haben.

Kapitel 23

Malia

Mein Herz macht einen kleinen Hüpfer. Unfähig, still zu sitzen, wackle ich mit den Füßen auf und ab.

»Stopp.« Isla packt mein Knie und hält es fest. »Du machst mich sonst noch ganz verrückt.«

Mit aller Macht versuche ich mein Bein still zu halten. »Ich kann nichts dafür.«

»Die Ice Wolves liegen vorne und es sind nur noch ein paar Minuten, also entspann dich.«

Ich sehe sie augenrollend an. »Du weißt genau, dass es nichts mit dem Spiel zu tun hat.« Es ist zwar toll, einen weiteren Sieg auf unserer Liste zu haben, aber was nach dem Schlusspfiff passiert, lässt mich in meinem Sitz hin und her rutschen. Ich weiß nicht, ob ich aufgeregt kichern oder mich doch lieber übergeben soll. Immer wieder hallt Liams Nachricht durch meinen Kopf.

›Keine Jungs mehr. Solange unsere Abmachung gilt, triffst du dich nur mit mir.‹

›Ok‹, habe ich einfach nur geantwortet und seitdem nichts mehr von ihm gehört.

Über eine Woche ist es her.

Eine Reihe von Auswärtsspielen ist dafür verantwortlich, dass wir uns erst heute wiedersehen.

Ich bin mir nicht sicher, was mich mehr verunsichert: die Tatsache, dass er seine Bedingung, auf die er so beharrt hatte, einfach über Bord geworfen hat, oder dass er sich seitdem nicht ein einziges Mal bei mir gemeldet hat.

Egal, was seine Beweggründe für beide Aktionen waren, ich werde ihm bald persönlich gegenüberstehen. Mein Magen scheint nicht so begeistert davon zu sein, es fühlt sich an, als würde ihn jemand zusammenquetschen. Je weiter die Zeit auf der Anzeigetafel herunterläuft, desto stärker wird der Schmerz in meinem Bauch. Ich reibe mir über die Stelle in der Hoffnung, dass es besser wird.

Plötzlich spüre ich einen Blick auf mir. Ich schaue von der Anzeigetafel zurück zum Spielfeld.

Liam ist auf dem Weg zur Bank, seine eisblauen Augen sind dabei die ganze Zeit auf mich gerichtet.

Wärme breitet sich in meinem Bauch aus. Die Faust, die sich eben noch fest um meinen Magen geschlossen hat, löst sich langsam. Statt des Schmerzes nimmt nun ein Kribbeln meinen ganzen Körper ein. Ich spüre, wie mir bei seinem intensiven Blick Röte in die Wangen steigt.

Liams Mundwinkel wandert ein Stück nach oben. Er hält die Verbindung zwischen uns aufrecht, bis er auf der Bank ankommt und sich zu seinen Teamkollegen setzt.

Kurze Zeit später ertönt ein Signal. Es bedeutet das Ende des Spiels, aber zeitgleich auch den Beginn von etwas Ungewissem.

Ein Treffen mit Liam fand zwar nach den letzten Besuchen in der Arena schon statt, nur fühlt es sich heute anders an, weil sich unser Deal geändert hat.

»Alles wird gut«, sagt Isla und legt eine Hand auf meinen Arm.

Ich versuche zu lächeln, doch es fühlt sich eher wie eine Entgleisung meiner Gesichtszüge an. »Bis auf die Tatsache, dass es mit Sicherheit super merkwürdig wird.« Ich zucke gespielt gleichgültig mit den Schultern.

Isla lacht. »Wie soll das nur bei eurem finalen Date werden, wenn du bei einem normalen Treffen schon so empfindest?«

Ich vergrabe mein Gesicht in den Händen. »Oh Gott, erinnere mich nicht daran.« Den Gedanken an Sex mit Liam schiebe ich normalerweise ganze weit weg, denn sonst würde ich bestimmt bis dahin meinen Verstand verlieren.

»Malia?«, ertönt eine tiefe Stimme neben mir.

»Oh mein Gott, haben Sie mich erschreckt.« Ich lege die Hand über meine Brust. Mein Herz rast wild unter ihr.

»Verzeihen Sie, es ist Zeit zu gehen.« Der Securitymitarbeiter, der mich immer abholt, steht im Gang und deutet zum Ausgang.

Ich umarme Isla schnell zum Abschied.

»Schreib mir, wenn du zu Hause bist«, ruft sie mir hinterher.

Ich nicke ihr über die Schulter hinweg zu.

Der Slalomlauf durch die Menge ist jedes Mal wieder so überhaupt kein Vergnügen. Dass wir uns gegen den Strom bewegen, macht es noch schlimmer.

Ich bin heilfroh, als die vertraute Tür in Sicht kommt.

Mister Groß-und-Stark öffnet sie für mich und tritt zur Seite. »Er ist gleich bei Ihnen.«

»Okay.« Ich schenke ihm ein kleines Lächeln. Die Schmetterlinge in meinem Bauch feiern schon wieder eine wilde Party. Für einen kurzen Moment bin ich versucht, mich auf die Couch zu setzen. Aber mein Körper ist voller Energie, also laufe ich im Zimmer auf und ab.

Ich ziehe mein Telefon aus der Tasche und öffne TikTok. Immerhin kann man nirgendwo leichter Zeit totschlagen als auf dieser App. Mit dem Daumen wische ich alle paar Sekunden über das Display, um das nächste Video zu gucken.

Meine »For You«-Page ist eine bunte Mischung aus tanzenden Menschen, Essen und Eishockey. Selbst vom heutigen Spiel sind schon die ersten Clips online.

Ich stoppe bei einem, auf dem Liam zu sehen ist.

Es ist eine Aufnahme aus den Fanrängen und muss vor dem Anpfiff entstanden sein. Er und Aiden McGrath, unterhalten sich. Ihre Helme haben sie unter die Arme geklemmt, wodurch ihre Gesichter gut zu erkennen sind.

Verdammt, wie kann man nur so gut aussehen?

»Das frage ich mich auch jedes Mal, wenn ich in den Spiegel gucke«, raunt eine Stimme an mein Ohr.

Ich atme erschrocken ein. Mein Handy rutscht mir aus der Hand.

Doch es kommt nicht weit, denn Liam reagiert blitzschnell und fängt es auf.

»Wie bist du hier reingekommen?« Ich drehe mich zu ihm um.

Seine Haare sind noch feucht vom Duschen. Ein Grinsen, das nicht nur Eis zum Schmelzen bringt, breitet sich auf seinen Lippen aus. »Ich habe die Tür benutzt.« Er deutet über die Schulter.

Ich rolle mit den Augen. »Dass du nicht durch Wände gehen kannst, ist mir klar. Aber wann bist du hereingekommen?«

»Als du total vertieft in mein gutes Aussehen warst.« Er hebt mein Telefon hoch.

Darauf läuft noch immer das Video von ihm und Aiden.

Ich greife nach dem Handy, doch er hält es außerhalb meiner Reichweite.

»Wenn du ein Bild von mir zum Bewundern brauchst, reicht ein Wort und ich schicke dir eins.« Er zwinkert mir zu.

Oh mein Gott, flirtet Liam Cohen etwa gerade mit mir? Ich hoffe, dass ich meine Gedanken nicht schon wieder laut ausgesprochen habe.

Liams unverändertem Gesichtsausdruck nach zu urteilen, ist das nicht der Fall gewesen.

Weil ich nicht weiß, ob ich vor Unsicherheit im Erdboden versinken oder vor Freude Luftsprünge machen soll, nehme ich Option Nummer drei – mein Handy zurückholen. Ich greife erneut danach, doch er hält es noch höher. Auf Zehenspitzen strecke ich mich, so weit ich kann, aber er ist einfach viel zu groß.

Ein Lufthauch an meiner Wange lässt mich innehalten. Ich verharre in dieser Position und senke den Blick von dem Telefon in Liams Hand seinen Arm hinunter. Weiter und weiter, bis er auf zwei eisblauen Tiefen landet, die mir näher sind, als ich es vermutet hätte.

Ich war so darauf konzentriert, mein Handy zurückzuholen, dass ich gar nicht gemerkt habe, wie dicht ich Liam dabei gekommen bin. So nah, dass ich seinen warmen Körper durch mein Shirt spüre. Mit jedem Heben meines Brustkorbs streife ich über seine muskulöse Vorderseite.

Sein Blick wandert zwischen meinen Augen und meinem Mund hin und her.

Ein Kribbeln breitet sich auf meinen Lippen aus. Ich müsste mich nur ein Stück zu ihm lehnen und sie würden seine berühren. *Wie es sich wohl anfühlen würde, ihn zu küssen?*

In Liams Augen blitzt eine Emotion auf, die ich nicht deuten kann. Seine Hand berührt meine Wange. Sanft fährt er über meine Haut und versenkt die Finger in meinen Haaren.

Es ist soweit, Liam Cohen wird mich wirklich küssen. Mein Herz stolpert vor Aufregung kurz in meiner Brust.

Er kommt näher. Sein Griff verstärkt sich und die andere Hand wandert auf meinen unteren Rücken.

Ich hebe ihm das Kinn entgegen. Es fühlt sich an, als würde jeder Zentimeter meines Körpers seinen berühren. Jeder, bis auf meine Lippen. Ich strecke mich noch ein Stück mehr, diese Spannung ist kaum auszuhalten. Seine Lippen sind nur eine Haaresbreite entfernt und ich kann sie schon beinahe spüren.

Ein lautes Klopfen bringt die Blase, in der wir uns befinden, zum Platzen.

»Sorry«, sagt Liam und macht einen Schritt nach hinten.

Die plötzliche Kälte, die mich umgibt, jagt mir einen Schauer den Körper hinunter. Schützend lege ich einen Arm um meine Mitte.

»Wir sollten gehen.« Liam reicht mir mein Telefon.

Nicht in der Lage, ein Wort hervorzubringen, nicke ich nur zustimmend.

Super, mit diesem beinahe Kuss, der wie eine dunkle Wolke über uns hängt, kann es nur noch ein langer unangenehmer Abend werden.

Kapitel 24

Liam

Verdammte Scheiße. Ich hätte gerade beinahe Malia Barbeau geküsst. Jace' kleine Schwester. Und das nicht wegen irgendeines Deals, sondern weil ich das unbändige Verlangen danach hatte, es zu tun.

Jetzt herrscht eine angespannte Stille zwischen uns.

Wir sitzen im Auto auf dem Weg zu meinem Penthouse. Aus dem Augenwinkel schaue ich zur Beifahrerseite.

»Ist es okay, wenn wir uns Essen bestellen, oder willst du lieber etwas bei einem Drive-in holen?«

Sie sieht zum Fenster hinaus. »Bestellen ist in Ordnung.«

Super, jetzt guckt sie dich nicht einmal mehr an. Das hast du sehr gut hinbekommen, Liam. Warum fühle ich mich wie ein unerfahrener Teenager, wenn es um Malia geht?

Der Signalton meines Handys bewahrt mich vor den unendlichen Tiefen, die dieser Gedankengang genommen hätte. Eine Nachricht ploppt auf meinem Display auf.

Ich nehme das Telefon aus der Ablage und öffne sie. Dabei schaue ich zwischendurch hoch auf die Straße.

Aiden: Denk nicht, ich hätte nicht gesehen, mit wem du in dein Auto gestiegen bist! Du schuldest mir immer noch eine Erklärung.

Aiden: Die Jungs sind dir auch auf der Spur, weil du einfach verschwunden bist. Ich habe dir Deckung gegeben, aber dafür will ich Antworten!

»Hey«, protestiert Malia. »Während der Fahrt wird nicht aufs Telefon geschaut.« Sie schnappt sich mein Handy und packt es zurück in die Ablage.

»Kommt nicht wieder vor.« Ich schenke ihr ein kleines Lächeln.

Doch ihr Gesicht bleibt ernst. Ihre Augenbrauen sind so doll zusammengezogen, dass sich zwischen ihnen eine Falte gebildet hat. »Ich hoffe es.« Sie mustert mich eindringlich. »Das sollte nicht nur der Fall sein, wenn ich oder jemand anderes mit im Auto sitzt.«

An einer roten Ampel bleibe ich stehen und drehe mich ein Stück zu ihr.

Sie kaut auf ihrer Unterlippe.

Ich habe Schwierigkeiten, meine Aufmerksamkeit bei unserem Gespräch zu halten, denn Fantasien, in denen sie die Hauptrolle spielt, versuchen sich in den Vordergrund zu drängen.

»Ich meine es ernst«, sagt sie mit Nachdruck. »Ein kurzer Blick aufs Handy reicht und man verursacht einen Unfall, bei dem im schlimmsten Fall unschuldige Menschen ihr Leben verlieren.«

»Du hast vollkommen recht.« Ich lege meine Hand auf ihren Unterarm und schaue ihr kurz in die Augen. »Ab sofort lass ich das Handy links liegen, wenn ich Auto fahre, versprochen.«

Ein leichtes Lächeln umspielt ihre Mundwinkel. »Danke.« Sie verpasst mir einen sanften Stoß gegen den Oberarm. »Ich möchte schließlich nicht, dass meine Lieblingsmannschaft ihren besten Spieler verliert.«

Die Ampel schaltet auf grün und ich fahre weiter. »Gut zu wissen, wie du deine Prioritäten setzt.«

Sie zuckt mit den Schultern. »Eishockey ist nun mal meine Nummer eins.«

Ich zwinkere ihr zu. »Da haben wir beide wohl etwas gemeinsam.« Und je besser ich Malia kennenlerne, desto sicherer bin ich mir, dass Eishockey nicht die einzige Übereinstimmung ist. Nur weiß ich nicht, ob ich es gut oder schlecht finden soll, es ändert nichts an der Tatsache, dass sie Jace' Schwester ist und noch die Highschool besucht.

Erleichtert atme ich auf, als ich das Gebäude sehe, in dem mein Penthouse ist. Endlich komme ich aus diesem Auto heraus und kann wenigstens für einen Augenblick Abstand zwischen uns bringen. Hoffentlich hilft der dabei, meinen inneren Kampf um richtig oder falsch kurz zum Schweigen zu bringen.

Ich schnappe mir meine Sporttasche vom Rücksitz und steige aus. Schnell umrunde ich das Auto und öffne die Beifahrertür.

Malia rollt mit den Augen. »Das hätte ich auch allein hinbekommen. Aber trotzdem, danke.« Ihr Mundwinkel wandert ein Stück hoch.

Zusammen gehen wir zum Fahrstuhl und machen uns auf den Weg zu meiner Wohnung.

»Hast du dir schon überlegt, was du essen möchtest?«

»Gibt es etwas, das du nach dem Spiel nicht essen darfst?« Sie kaut schon wieder auf ihrer Unterlippe.

Dich, schießt es mir durch den Kopf. Ich schüttle den Gedanken schnell ab, bevor ich noch alle Vernunft über Bord werfe. Stattdessen ziehe ich mein Telefon aus der Tasche und öffne die Lieferdienst-App. Dann reiche ich es ihr. »Such einfach aus, wonach dir ist.«

Sie scrollt durch die verschiedenen Möglichkeiten. »Wie wäre es mit Sushi?«

»Klingt super.«

Sie tippt ein paar Mal auf dem Display herum, dann reicht sie mir mein Handy zurück.

Ich schließe den Bestellvorgang ab. Gerade rechtzeitig mit dem Signal, dass wir unsere Etage erreicht haben.

Ich öffne die Eingangstür und trete ein Stück zur Seite. »Nach dir.«

Malia geht an mir vorbei. Im Eingangsbereich bleibt sie stehen und schaut sich um. »Wow. Beim letzten Mal war ich so abgelenkt, dass ich mich gar nicht richtig umgesehen habe. Deine Wohnung ist der Hammer. Ich liebe diese Loft-Optik.« Ihr Blick streift langsam durch den Raum, als würde sie versuchen jedes Detail in sich einzusaugen.

»Ja, von außen würde man niemals denken, dass es hier drinnen so aussieht, wie ein altes Industriegebäude.« Genau aus diesem Grund habe ich mir das Penthouse gekauft.

Es hat die Vorteile eines Neubaus mit der Dachterrasse, Tiefgarage, Aufzug und allem, was das Herz sonst noch so begehrt. Die Wände in der Optik von weiß gestrichenen Backsteinen und das offene Wohnkonzept, geben der Wohnung trotzdem einen coolen Vibe.

Ich kicke die Tür hinter mir zu und werfe meine Sporttasche in die Ecke. »Soll ich deine Jacke nehmen?« Ich strecke meine Hand in Malias Richtung.

Sie öffnet ihren Reißverschluss.

Meine Augen folgen ihrer Bewegung und in meiner Hose wird es verdammt eng, denn meine Fantasie geht schon wieder mit mir durch. Die Vorstellung von Malia, die nichts unter ihrer Jacke trägt, lässt mich steinhart werden.

Fuck, du musst dich zusammenreißen. So unauffällig wie möglich platziere ich die andere Hand mittig vor meinem Schritt, als würde sie lässig zwischen meinen Beinen chillen – zumindest hoffe ich, dass es diesen Anschein erweckt. Ich würde mir gerne selbst einen Arschtritt verpassen. Seit wann benehme ich mich wie ein notgeiler Teenager?

Seit du einen Pakt mit der größten Versuchung überhaupt eingegangen bist.

Das Gewicht von Malias Jacke in meiner Hand holt mich aus meinen Gedanken zurück. Ich schließe meine Finger, um den weichen Stoff und hänge sie in den Wandschrank.

Malia steht noch immer im Eingangsbereich. Vor ihr hat sie die Hände verschränkt und knetet ihre Finger.

»Wollen wir einen Film gucken, während wir auf das Essen warten?«

»Gerne.« Sie lächelt mich an.

Gemeinsam gehen wir in den Wohnbereich.

Ich öffne Netflix und reiche ihr die Fernbedienung. »Mach es dir bequem und such dir etwas aus.«

Sie nimmt die Macht über den Fernseher an sich. Unschlüssig schaut sie zwischen den verschiedenen Sitzmöglichkeiten hin und her. Nach kurzem Zögern setzt sie sich auf den Sessel.

Ich kann nicht verhindern, dass sich ein Anflug von Enttäuschung in mir breitmacht. In mir wütet das unbändige Verlangen, ihr nah zu sein.

Aber vielleicht ist es besser so. Schließlich geht es bei unserer Abmachung nur um Sex und das einmal.

»Ist der Film in Ordnung?« Malia deutet zum Flatscreen an der Wand. Es ist bereits das zweite Mal, seit wir meine Wohnung betreten haben, dass sie mich aus meinen Gedanken zurückholt.

Reiß dich endlich zusammen, Mann. Ich verstaue alles, was mit Malia, Sex und jeglichen anderen körperlichen Aktivitäten zu tun hat, in einer Box ganz hinten in meinem Kopf. Dann schaue ich mir ihre Wahl für den heutigen Abend an. »Das ist ein Weihnachtsfilm.« Mein Blick wandert zu ihr. »Wir haben Anfang November.«

Sie zuckt mit den Achseln. »Nach Halloween ist vor Weihnachten.«

Ich ziehe die Braue hoch. »Aber die Vorweihnachtszeit beginnt doch erst in einem Monat.«

Malia schüttelt den Kopf. »Nicht für die richtig krassen Weihnachtsfans.«

Meine Mundwinkel heben sich. »Und du bist einer von ihnen?«

Ein breites Grinsen erhellt ihr Gesicht. »Oh ja.«

Mein Blick wandert erneut zum Fernseher.

Zu sehen ist ein Paar, das durch einen Weihnachtskranz in die Kamera schaut.

»Worum geht es in dem Film?«

»Die Vorweihnachtszeit, Freundschaft, Familie. Alles, was halt in einen richtig guten Weihnachtsfilm gehört.«

»Lass mich raten, die zwei da drüben…«, ich deute auf das Titelbild, »…verlieben sich ineinander.«

Malias Zähne versinken in ihrer Unterlippe. »Wahrscheinlich schon.«

»Super.« Ich lass mich in die Kissen hinter mir fallen und strecke meine Arme auf der Couchlehne aus. »Dann starte dieses weihnachtliche Schätzchen mal.«

Sie zögert einen Moment. »Wir können auch was anderes gucken.«

»Ach, Quatsch. Ich habe gesagt, dass du einen Film aussuchen kannst, und das meinte ich auch so. Vielleicht klopft die festliche Vorfreude dieses Jahr sogar ein bisschen früher an meine Tür.« Ich zwinkere ihr zu.

»Ganz bestimmt.« Augenrollend drückt sie Play. »Beim nächsten Mal erwarte ich eine voll geschmückte Wohnung.«

»Nichts leichter als das.« Ich grinse so breit, dass meine Wangen schmerzen.

Für die nächsten anderthalb Stunden bin ich vollkommen in den Bann des Films gezogen. Nur um das Essen entgegenzunehmen, pausieren wir kurz.

Meine Skepsis zu Beginn, was den magischen Adventskalender anging, ist schnell verflogen. Für einen Liebesfilm war er gar nicht so schlecht.

Der Abspann geht in die Vorschläge von Netflix über.

Ich schaue auf die Uhr. »Es wird langsam Zeit, dich

nach Hause zu bringen.« Über die Tatsache bin ich nicht so erleichtert, wie ich es sein sollte.

Malia hält sich die Hand vor den Mund und gähnt. »Ja, ich bin bereit für mein Bett.«

Tu es nicht!, warnt mich die Stimme in meinem Kopf.

Doch es ist zu spät, vor meinen Augen blitzt ein Bild von Malia in ihrem Bett auf. Nur mit einem knappen Spitzentop und passenden Shorts an. Die Spielzeuge vom letzten Mal liegen auf ihrem Nachtisch.

Zum gefühlt tausendsten Mal an diesem Abend macht sich mein Hockeyschläger in der Hose für den Angriff bereit.

Heute nicht, mein Freund. So unauffällig es mir möglich ist, richte ich ihn zurecht, sodass er nicht wie ein Signalhütchen nach vorne steht.

Malia hat ihre Aufmerksamkeit zum Glück gerade auf ihr Telefon gerichtet.

Bevor sie doch noch einen Blick auf meinen harten Schwanz erhaschen kann, springe ich von der Couch auf und gehe zum Wandschrank im Eingangsbereich. Ich schnappe mir einen weiten Hoodie, der das meiste verdecken sollte, und ihre Jacke.

Auch Malia macht sich bereit für unsere Abfahrt.

Ich versuche meine Mundwinkel in ein unbeschwertes Lächeln zu heben, was sich eher wie eine Grimasse anfühlt. »Auf nach Pickering.«

Kapitel 25

Malia

Der Abend war weniger merkwürdig, als ich es nach unserer Begrüßung in der Arena befürchtet hatte. Auch die Stimmung im Auto ist nicht so unangenehm wie bei der Fahrt zu Liams Wohnung.

Ich beobachte die vorbeiziehenden Straßenlaternen und habe Mühe, nicht einzuschlafen.

»Es gibt noch etwas, das ich dich fragen wollte«, unterbricht Liam die Stille im Wagen.

Ich schaue zu ihm hinüber. »Was denn?«

»Das Bild an Halloween…« Sein Blick wandert kurz von der Straße weg zu mir.

»Das war keine Frage.« Ich will diesen Abend wirklich nicht Revue passieren lassen.

»Wie ist es entstanden?« Sein Kiefermuskel tritt hervor.

Ich schaue zurück aus dem Beifahrerfenster. »Ian war mal wieder ein Arsch.«

»Das erklärt nicht wirklich, was passiert ist.«

Mit vor der Brust verschränkten Armen drehe ich mich zu ihm.

Ich erzähle ihm von dem Abend bei Ians Party. Die Scheiße die meine Mitschüler in der Dunkelheit und danach abgezogen haben mit eingeschlossen. Ein eisiger Schauer läuft bei der Erinnerung daran meinen Rücken hinunter.

Liam schaut die ganze Zeit über mit starrem Blick und zusammengepressten Zähnen auf die Straße. Ich könnte schwören, zwischendurch knackende Geräusche gehört zu haben.

Wir haben Toronto mittlerweile hinter uns gelassen und sind umgeben von Dunkelheit. Nur noch die Beleuchtung des Armaturenbretts spendet ein bisschen Licht im Wageninneren.

»Wie ist das Bild am Ende auf deinem Profil gelandet?«, hakt er nach.

»Sie haben das Telefon vor mein Gesicht gehalten, um es mit der Face-ID zu entsperren. Und schwupps, war ich der Co-Autor dieses bescheuerten Beitrags.« Hitze kocht in mir hoch bei dem Gedanken an Ian und seine Aktion. »Ein Anruf von Jace hat mich ein paar Minuten später darauf aufmerksam gemacht und mithilfe von Nates Familie ist es zum Glück komplett aus dem Internet und von Ians Handy verschwunden.« Ich hebe meine Faust in die Luft, als würde ich einen Sieg feiern. »Ein Hoch auf meinen überfürsorglichen großen Bruder«, rufe ich und in meinem Ton schwingt ein wenig Sarkasmus mit, auch wenn ich dankbar für Nates Cousine bin, die Hacker-Fähigkeiten besitzt.

»Ja, was würdest du nur ohne ihn tun«, murmelt er vor sich hin. Das Stirnrunzeln ist zurück auf Liams Gesicht. »Warum hat er das alles überhaupt gemacht?«

»Gekränkter Stolz und Rache?«

»Rache wofür?« Er verengt die Augen zu Schlitzen.

»Was genau passiert ist, weiß ich nicht. Es hat etwas mit der Sache in der Arena nach dem Spiel zu tun.«

»Wo wohnt der kleine Pisser?«

Ich kann mir ein Augenrollen nicht verkneifen. »Erst lässt du ihm ne Ansage machen, um zu zeigen, wer der Boss ist, und dann schickt er auf meine Kosten eine Botschaft zurück. Wie bin ich in die Mitte eines Schwanzvergleiches geraten?«

Warnend hebe ich den Finger in Liams Richtung. »Ich habe keine Lust, noch tiefer in diese Scheiße hineingezogen zu werden. Also lass es einfach gut sein.«

Eine gefühlte Ewigkeit herrscht Stille zwischen uns. Die ganze Zeit über klopft Liam wild mit dem Zeigefinger auf dem Lenkrad herum.

»Aber wenn dieser Wichser dich nochmal anfasst, zertrümmere ich ihm seine Wurfhand, sodass schon der Anblick eines Basketballs ihn in Schmerzen versetzt.«

Ich schüttle den Kopf, mehr zu mir selbst als zu ihm.

Warum sind Typen immer so?

Aber mir bleibt keine Zeit, die Antwort auf diese Frage zu suchen, denn wir haben mein Zuhause erreicht.

Liam hält ein paar Meter entfernt, damit meine Eltern ihn nicht sehen können, sollten sie aus dem Fenster schauen.

Schließlich denken sie, dass ich mit Isla unterwegs bin.

»Danke, dass du mich nach Hause gebracht hast.« Ich schenke ihm ein kleines Lächeln.

Liam beugt sich ein Stück zu mir und umfasst eine Haarsträhne. Er rollt sie zwischen seinem Daumen und Zeigefinger. »Es war mir ein Vergnügen.«

Das Zwinkern, das er mir zuwirft, setzt mein Höschen in Flammen. Ich umklammere den Türgriff, als wäre er meine Rettung vor dem Inferno, denn ich bin kurz davor, mich über die Mittelkonsole zu beugen und meine Lippen auf seine zu drücken. Wenn ich nicht schleunigst dieses Auto verlasse, werde ich mich so sehr blamieren, dass ich mich nie wieder in seine Gegenwart trauen kann. Das wäre ziemlich schlecht für mein kleines Problem mit der Jungfräulichkeit und ihrem hoffentlich baldigen Ablaufdatum. Deshalb drehe ich mich von ihm Weg und stoße die Beifahrertür auf. »Gute Nacht.« Schnell steige ich aus. Beim Davongehen verpasse ich der Tür einen kleinen Stups, damit sie sich wieder schließt. Ohne noch einmal zurückzuschauen, laufe ich beinahe die Einfahrt zu meinem Haus hinauf. Die ganze Zeit über spüre ich Liams Blick auf mir.

Erst als die Tür hinter mir ins Schloss fällt, höre ich, wie er seinen Motor startet. Ich lasse mich mit dem Rücken gegen das Holz sinken. Es grenzt an ein Wunder, wenn ich am Ende unseres Deals nicht meinen Verstand verloren habe. Oder mein Herz.

Kapitel 26

Liam

Ich liege auf meinem Hotelbett und starre die Decke an. Das erste von einer Reihe Auswärtsspielen haben wir hinter uns. Ein weiterer Sieg auf dem Weg zur Meisterschaft.

Eigentlich sollte ich mit meinen Teamkollegen den Sieg feiern. Doch statt mit in die Bar auf ein Bier oder zwei zu gehen, habe ich mich dazu entschieden, hier zu bleiben, weil mir nicht nach Gesellschaft zumute ist. Zumindest nicht der meiner Freunde.

Wäre es ein Heimspiel gewesen, würde ich jetzt mit Malia auf meiner Couch sitzen, einen Film schauen und etwas vom Lieferdienst essen. In den letzten Wochen ist es zu einem Ritual geworden. Deshalb fühlt sich ohne sie nicht mal ein Sieg gut an.

Ich drehe mein Handy in der Hand. Es zuckt mir in den Fingern, ihr zu schreiben. Vielleicht wäre es wenigstens ein bisschen so, als würden wir uns nach dem Spiel treffen. *Scheiß drauf, ob du das machen solltest oder nicht. Du hast sie nur noch zwei Wochen. Dann wird sie achtzehn und ihr besiegelt euren Deal.* Bei dem Gedanken, dass unsere gemeinsame Zeit bald vorbei ist, zieht sich mein Magen zusammen.

Doch ich schiebe den Gedanken an das Ende schnell von mir weg. Schließlich ist heute ein Tag zum Feiern und nicht zum Trübsal blasen. Das lässt sich mit Malias Euphorie viel besser machen. Also gehe ich auf den Messenger und öffne unseren Chatverlauf.

Ich: Hast du dir das Spiel angesehen?

Die drei Punkte erscheinen sofort.

Malia: Klar. *augenrollender Emoji*

Ja, die Frage war dämlich, aber mir ist kein besserer Einstieg eingefallen.

Ich: Hat's dir gefallen?

Malia: Ist hier jemand auf der Suche nach Komplimenten?

Ein Grinsen breitet sich auf meinem Gesicht aus.

Ich: Nein, nach Gesellschaft. *zwinkernder Emoji*

Malia: Du hast dein ganzes Team um dich. Ist das nicht genug? *eine Augenbraue hebender Emoji*

Ich: *augenrollender Emoji* Ich bin auf der Suche nach **guter** Gesellschaft

Malia: Sollte ich mich geschmeichelt fühlen, weil du mich dafür auserkoren hast?

Ich: Oh ja, denn nur die wenigsten schaffen es in diese Kategorie. *zwinkernder Emoji*

Na super, jetzt geht das wieder los. Man kann seine Emotionen durch so viele verschieden Emojis ausdrücken und ich nehme immer den gleichen, wenn ich mit ihr schreibe.

Malia: Wow, welch eine Ehre. *Zunge herausstreckender Emoji*

Malia: Das Spiel hat mir übrigens sehr gefallen. *breit grinsender Emoji*

Malia: Der Stanley Cup gehört so gut wie uns. *Pokal*

Ich: Oh mein Gott, sowas darfst du nicht sagen. Das bringt Unglück!

Schnell klopfe ich dreimal auf den Nachtschrank, der aus Holz besteht. Sicher ist sicher.

Malia: *vor Lachen heulender Emoji*

Malia: Sportler und ihr Aberglauben.

Malia: Wenn wir gewinnen, dann weil wir verdammt gut sind und nicht durch Glück.

Ich: Ja, das sind wir. Aber sollte uns eine Pechsträhne überkommt, helfen Talent und Können auch nichts!

Bei der Vorstellung, dass uns dieses Schicksal ereilen könnte, bricht mir der kalte Schweiß auf der Stirn aus.

Malia: Entspann dich. *zwinkernder Emoji*

Malia: Ich werde es nie wieder sagen. Versprochen. *Engel-Emoji*

Ich: Das Team und ich sind dir dafür sehr dankbar.

Ich: Lass uns sicherheitshalber das Thema wechseln.

Ich: Was machst du gerade?

Es dauert ein paar Minuten, bis eine Antwort kommt.

Malia: Mit dir schreiben?

Ich: Das klingt nach einem richtig guten Zeitvertreib. *zwinkernder Emoji*

Malia: Ja, es gibt Schlimmeres. *grinsender Emoji mit herausgestreckter Zunge*

Ich: Wo bist du gerade?

Ich muss einfach wissen, was sie macht, denn es gibt mir das Gefühl, ihr näher zu sein.

Malia: Hast du mal auf die Uhr geguckt? Ich liege im Bett.

Ich: Sorry, hatte ganz vergessen, wie spät es ist.

Das Adrenalin vom Spiel pumpt noch immer durch meine Adern, was dafür sorgt, dass ich hellwach bin und kein Gefühl für die Zeit habe.

Ich: Aber jetzt da ich weiß, wo du gerade bist, würde mich interessieren, was du anhast. *zwinkernder Emoji*

Eigentlich sollte ich mich von solchen Fragen fernhalten, denn es sollte mich nicht kümmern, was Malia trägt oder nicht. Ich tippe schon eine Nachricht, dass sie vergessen soll, was ich gesagt habe.

Da kommt ihre Antwort.

Malia: Ein Trikot mit der Nummer 24 auf dem Rücken.

Fuck. Wie ein Popup-Zelt stellt sich meine Jogginghose im Schritt auf.

Ich: Von welcher Mannschaft?

Ich muss es wissen, auch wenn ich mir ziemlich sicher bin, dass ich ihre Antwort bereits kenne.

Es dauert eine gefühlte Ewigkeit, bis sie kommt.

Malia: *Selfie*

Sie liegt in ihrem Bett. Die Haare sind auf ihrem Kissen aufgefächert. Ein Lächeln umspielt ihre Lippen. Ihre Wangen sind gerötet. Mit einer Hand zieht sie das Trikot glatt, sodass das Teamlogo zu erkennen ist.

Ein zähnefletschender Wolf, der durch eine Eiswand stößt, schaut mir entgegen. Über ihm auf der linken Seite ist ein großes C für Captain zu sehen.

Ich brauche kein Foto von der Rückansicht, um zu wissen, welcher Name dort steht, denn ich kenne dieses Trikot besser als jedes andere. Schließlich habe ich vor ein paar Stunden das gleiche getragen.

Mein Mund fühlt sich plötzlich ganz trocken an und das Schlucken fällt mir schwer. Ich weiß nicht, warum, aber die Vorstellung von Malia, nur in einem Trikot mit meinem Namen drauf ist heißer als sexy Unterwäsche.

Eine weitere Nachricht lenkt meine Aufmerksamkeit vom Bild weg.

Malia: Bist du noch da?

Ich werfe einen kurzen Blick auf die Uhr, um zu schauen, wie lange ich das Foto von ihr angestarrt habe.

Zehn Minuten sind vergangen, seit sie es mir geschickt hat.

Verdammt, was macht sie nur mit mir, dass mich alles an ihr so fesselt? Ich gehe der Frage nicht auf den Grund, denn ich will sie nicht noch länger warten lassen. Außerdem bin ich mir nicht sicher, ob ich schon bereit bin, der Wahrheit ins Gesicht zu sehen. Ich tippe schnell eine Antwort und schiebe die schweren Gedanken für den Moment von mir.

Ich: Sorry, war kurz abgelenkt *zwinkernder Emoji*

Ich: Mir gefällt deine Nachtwäsche. *zwinkernder Emoji*

Ich schlage mir die Hand auf das Gesicht. Mich würde es nicht wundern, wenn Malia denkt, dass ich einen Schaden habe, so oft wie ich den gleichen Emoji benutze.

Glücklicherweise hält es sie nicht davon ab, mir weiter zu schreiben. Ihre Antwort kommt prompt.

Malia: Da bin ich ja froh.

Malia: Was hätte ich nur getan, wenn es nicht so wäre? *schockierter Emoji*

Meine Mundwinkel wandern nach oben.

Ich: Nackt geschlafen? *achselzuckender Emoji*

Innerlich klopfe ich mir auf die Schulter. Ich bin also doch in der Lage, ein anderes Emoji zu benutzen.

Malia: Gute Idee. Wäre bestimmt genauso bequem *nachdenklicher Emoji*

Stell es dir bloß nicht vor, Liam!

Ich: Nichts fühlt sich so gut an wie mein Trikot.

Malia: Nicht mal deine Haut auf meiner?

Ein schmerzhaftes Pochen durchzuckt meinen Schwanz. Dieses Mädchen bringt mich noch ins Grab. Oder ins Gefängnis.

Ich: So etwas darfst du nicht sagen.

Malia: Warum? In zwei Wochen ist es Realität

Ich: Ich weiß. Und es wird mein Untergang sein.

Ich werde das Gefühl nicht los, dass einmal mit ihr zu schlafen nicht reichen wird. Sie wirkt schon jetzt wie eine Droge, von der ich nicht genug bekommen kann. Wenn ich erst weiß, wie sich ihre Lippen und ihr Körper anfühlen, werde ich nie wieder von ihr loskommen.

Eine neue Nachricht verhindert die Abwärtsspirale, die mit diesen Gedanken oft kommt.

Malia: Wenn wir uns sowieso am Abgrund befinden, können wir auch gleich springen, oder?

Ich runzle die Stirn bei ihren Worten. Plötzlich kommt noch eine Nachricht hinterher und mein Mund wird trocken bei dem

Anblick, der sich mir bietet. Es ist ein Foto von ihrer unteren Körperhälfte und aus ihren Höschen ragt ein Stück des Vibrators.

Mit zittrigen Fingern tippe ich eine Antwort.

Ich: Du bringst mich um.

Kurzentschlossen öffne ich die Kamera, schiebe meine freie Hand in die Briefs und umfasse meine wachsende Erektion, bevor ich ein Foto mache. Wenn wir nur diese kurze gemeinsame Zeit haben, will ich so viel wie möglich mit ihr erleben. Deshalb drücke ich senden.

Mein Griff verstärkt sich. Mit dem Blick auf die Bilder von Malia fahre ich mein Schwanz auf und ab. Sofort sammelt sich ein Lusttropfen auf meiner Eichel.

Das Handy klingelt und Malias Name erscheint auf dem Display.

Ich drücke auf den grünen Hörer und halte es mir ans Ohr.

Ihr schwerer Atem und das Geräusch vom Vibrator sind zu hören. »Warum fühlt es sich so gut und verboten zugleich an, wenn ich mir vorstelle, dass du mich berührst?«

Ihre ehrlichen Worte treiben meine Lust noch weiter an und bringen mich der Erlösung näher. »Weil es das ist.« Ich stöhne bei der Fantasie von Malia in ihrem Bett mit gespreizten Beinen und dem Vibrator, der durch ihre Mitte gleitet. »Wir sollten das wirklich nicht tun. Aber gerade kümmert es mich nicht.« Ich schiebe meine Briefs die Beine hinunter und beschleunige meine Bewegungen um meine Erektion. »Zu wissen, dass du gerade mein Trikot trägst, während du den Vibrator über deine Klitoris reibst, bringt mich um den Verstand.« Bei dieser Vorstellung zuckt mein Schwanz in meiner Hand und die Feuchtigkeit auf meiner Spitze nimmt zu.

Malia stöhnt auf. »Oh Gott. Ich glaube, ich komme gleich.« Ihr Atem dringt stoßweise an meinem Ohr.

»Beim nächsten Mal, wenn wir zusammen dem Höhepunkt entgegenjagen, werde ich tief in dir versunken sein. Ich kann dich schon um meinen Schwanz spüren. Stell dir vor, wie es sich anfühlen wird, wenn du komplett von mir ausgefüllt bist.«

Das Rascheln von Bettzeug ist zu hören. »Liam.«

»Lass dich fallen, Lia.«

Ein gedämpfter Schrei ertönt, als würde sie ihr Gesicht in ein Kissen drücken.

Vor meinen Augen blitzt ein Bild von Malia auf, wie sie mit durchgedrücktem Rücken über die Klippe springt und wie ihr ganzer Körper vor Lust erschüttert wird. Es ist das letzte Fünkchen, was es braucht, um ihr zu folgen. Ein tiefes Stöhnen steigt meine Kehle hinauf. Mein Schwanz zuckt wild in meiner Hand. Ein nicht enden wollender Schwall an Samen schießt aus seiner Spitze.

Ich weiß nicht, wie lange wir einfach nur daliegen. Unsere Atem die sich langsam wieder normalisieren, die einzigen Geräusche.

Worte würden aus diesem unglaublichen Moment eine merkwürdige Situation machen. Wir haben eine Grenze überschritten, in deren Nähe wir uns noch nicht einmal befinden dürften.

Trotzdem bereue ich es kein Stück. Es war die intensivste Erfahrung, die ich je mit einer Frau hatte, und dabei sind wir nicht einmal im selben Raum.

Ich will dieses Erlebnis genauso wie es jetzt ist in Erinnerung behalten. Deshalb ist es an der Zeit das Telefonat zu beenden, bevor die Stimmung noch umschlägt. »Schlaf schön, Lia.«

»Gute Nacht«, haucht sie und hört sich an, als würde sie jeden Moment ins Traumland abdriften.

Ich beende den Anruf und lege das Handy auf den Nachtschrank. Dunkelheit umgibt mich, als ich den Schalter drücke. Ich schließe meine Lider. Ein Bild von Malia in meinem Trikot blitzt vor meinem inneren Auge auf. Ich weiß, dass ich niemals genug von ihr bekommen werde, egal wie oft wir Sex haben.

Kapitel 27

Malia

Ein neues Heimspiel. Ein neuer Sieg. Die Ice Wolves sind ungeschlagen in dieser Saison. Wir haben das beste Team seit Langem. Und den besten Captain.

Mein Herz macht bei dem Gedanken an Liam einen kleinen Satz.

Die Spannung zwischen uns wächst mit jedem Tag. Es kribbelt mir in den Händen ihn zu berühren, sobald ich in seiner Nähe bin. Deshalb fiebre ich meinem Geburtstag in einer Woche entgegen. Aber zeitgleich fühlt es sich an, als würde bei dem Gedanken, was nach dem Sex mit ihm passiert, ein riesiger Stein in meinem Magen liegen.

Ich bin nicht naiv genug zu denken, dass wir zusammen in den Sonnenuntergang reiten. Aber wir sind zu Freunden geworden – zumindest habe ich das Gefühl – und ich weiß nicht, ob ich zurück zu entfernten Bekannten wechseln kann. Keine Treffen mehr nach den Spielen. Keine Nachrichten mehr. Kein Geflirte mehr. Mein Herz wird ein bisschen schwer, wenn ich mir das Ende unserer Freundschaft vorstelle.

Das Knallen der Tür reißt mich aus meinem Gedankenkarussell. Ich schaue auf und sehe Liam vor mir stehen.

Seine Brauen sind leicht zusammengezogen. »Warum guckst du, als hätten wir das Spiel verloren?«

Schnaubend atme ich aus. »Mache ich gar nicht.« Ich stehe von der Couch auf, die mir in der Zeit nach den Spielen in den letzten Wochen einen treuen Dienst getan hat. Der Raum in der Arena ist schon fast zu meinem zweiten Zuhause geworden. »Können wir endlich gehen?«, frage ich ihn und strecke mich einmal kurz. Das Warten kann ganz schön müde machen.

»Ich bin bereit, wenn du es bist.« Liam öffnet die Tür und tritt einen Schritt zur Seite.

Ich trete an ihm vorbei in den Gang, der durch die Arena führt.

Gemeinsam gehen wir Richtung Auto. Zuschauer und die Presse sind zum Glück schon längst verschwunden, dadurch müssen wir uns nicht sorgen, dass uns jemand sieht. Seinen Teamkollegen könnten wir im Notfall einfach erzählen, dass er Jace einen Gefallen tut und mich nach Hause bringt.

Schweigend winden wir uns durch das Gängelabyrinth bis hinaus auf den Parkplatz.

Im Auto drehe ich die Heizung so hoch es geht. »Warum ist es so scheiße kalt?«

Liam lacht. »Es könnte daran liegen, dass wir Dezember haben.«

»Ich finde es Verrückt, dass in nicht einmal zwei Wochen Weihnachten ist.«

Er startet den Wagen und fährt los. »Weißt du schon, wie du es dieses Jahr feierst?«

Ich grinse ihn an. »Auf jeden Fall nicht mehr als Jungfrau.«

Sein Blick schnellt zu mir. »Das meinte ich damit nicht.«

»Ich weiß, aber es ist die Wahrheit.« Nachdenklich verziehe ich den Mund und schaue aus dem Beifahrerfenster. »Ich glaube, es gibt wie an Thanksgiving eine Feier mit Emmas Familie und meiner. Vor allem, da sie jetzt mit Jace zusammen ist und die beiden ein Kind erwarten.«

»Freust du dich darauf, Tante zu werden?«

»Klar. Weißt du, was das Beste daran ist?«

Er hebt eine Augenbraue. »Na?«

»Ich kann gehen, wenn ich keine Lust mehr auf den kleinen Scheißer habe.«

Liam lacht auf. »Das stimmt wohl.« Er hält kurz inne. Sein Gesichtsausdruck wird wieder ernst. »Willst du später auch Kinder?«

Ich denke kurz über seine Frage nach. »Irgendwann ganz sicher. Aber erstmal muss ich den richtigen Partner an meiner Seite haben. Einen, mit dem ich den Rest meines Lebens verbringen will.« Ich schaue zu ihm hinüber. Bilder von uns beiden gemeinsam in der Zukunft blitzen vor meinem inneren Auge auf. Aber ich vertreibe sie schnell wieder. »Und wie sieht es bei dir aus?«

Einen Moment starrt er einfach nur geradeaus und fährt weiter durch die Straßen von Toronto. »Ich habe mich ehrlich gesagt noch nie mit diesem Thema beschäftigt. Mein ganzer Fokus lag immer darauf, in der NHL zu spielen. Schon seit ich als kleines Kind zum ersten Mal Schlittschuhe angezogen habe, wusste ich, dass das mein Weg ist.« Er hält kurz inne. »Aber jetzt, da ich meinen Traum lebe, wird es vielleicht Zeit für einen neuen.«

Ein Lächeln schleicht sich auf meine Lippen. »Es ist immer gut, Ziele zu haben, auf die man hinarbeitet. Vor allem als Profisportler. Sonst kann nach dem Karriereende schnell mal ein tiefer Abgrund auf einen warten, weil einem der Sinn im Leben fehlt.« Ich ziehe meine Unterlippe zwischen die Zähne, unsicher, wie Liam auf meine Worte reagieren wird.

Er reibt sich nachdenklich über das Kinn. »Da klingt doch die Gründung einer Familie nach einem guten Plan. Ich kann meinen Kindern das Schlittschuhfahren beibringen oder sogar ihre Eishockeymannschaft trainieren.«

»Und was ist, wenn deine Kinder Ballett tanzen wollen?«

»Dann finden wir einen Kompromiss und sie machen Eiskunstlauf.« Achselzuckend schaut er zu mir herüber.

»Dreht sich alles in deinem Leben nur um Aktivitäten, die man mit Schlittschuhen bewältigen kann?«

Ein breites Grinsen erhellt sein Gesicht. »Nein. Es gibt auch noch welche, die man im Bett macht.« Er wackelt mit den Augenbrauen. »Oder auf jeder anderen möglichen Oberfläche.«

Ich verpasse ihm einen Stoß gegen den Oberarm. »Du bist unmöglich.«

»Sagt die Person, die sich gleich zwei Vibratoren gekauft hat, anstatt erstmal mit einem anzufangen.« Er hebt erneut die Braue.

Hitze steigt mir bei der Erinnerung an unser Telefonat in die Wangen. »Ist mehr nicht manchmal einfach mehr?«

»Sag du es mir. Hast du den zweiten schon ausprobiert?«

Mich würde es nicht wundern, wenn mein komplettes Gesicht wie die Nase von Rudolf leuchtet. »Nein.« Ich zwirble eine Haarsträhne um meinen Finger. »Bis jetzt habe ich nur den einen benutzt und auch nur das eine Mal.« Mit gesenktem Blick beobachte ich Liam aus dem Augenwinkel.

»Dann sollten wir das dringend ändern und den zweiten einweihen.« Er zwinkert mir zu.

Ein Kribbeln breitet sich in meinem unteren Bauch aus. Allein bei der Vorstellung bildet sich Feuchtigkeit zwischen meinen Beinen. Ich lehne den Kopf zurück und reibe mir mit beiden Händen über das Gesicht, um meine Emotionen unter Kontrolle zu bringen. Wenn ich es nicht hinbekomme, stehen die Chancen gut, dass ich, sobald das Auto hält, auf Liams Schoß steige und wir es nicht mehr bis zu meinem Geburtstag schaffen. Ich werfe einen Blick zu ihm.

Er sitzt mit einer Hand am Lenkrad und dem andern Arm locker auf der Mittelkonole abgestützt da.

»Du kannst nicht einfach deinen Dirty Talk rauslassen und dabei so unberührt hinter dem Steuer bleiben, während ich innerlich in Flammen stehe.«

Er sieht mich an und seine eisblauen Augen ziehen mich in ihren Bann. »Ich bin alles andere als unberührt, aber ich werde meine moralischen Werte nicht vollkommen über Bord werfen und dich sofort anfassen, wenn dein Geburtstag so kurz bevorsteht. Gerade kostet es mich alle Willenskraft, nicht meine Hand auf deinem Bein nach oben wandern und dich kommen zu lassen, um dich dieses Mal dabei zu sehen.«

Das Kribbeln in meinem Unterbauch verwandelt sich zu einem Blitz der Lust der direkt in meine Klitoris schießt. Ich habe das Gefühl, jeden Moment an einer Überhitzung zu sterben. Mit zittrigen Fingern öffne ich das Fenster und begrüße die eisige Luft. »Wir sollten das Thema wechseln.« Meine Stimme ist ganz rau und mein Hals fühlt sich trocken an.

Liam lacht auf. »Okay.« Er wird ein wenig ernster. »Aber vorher habe ich noch eine Frage an dich.«

Mein Magen macht einen Salto. Ich habe ein wenig Angst davor, was jetzt kommt.

Er biegt in die Tiefgarage seines Wohnhauses ein. »Warum wolltest du die Vibratoren unbedingt haben?«

Ich beiße mir auf die Wange. Wie soll ich es ihm sagen, ohne vor Scham im Erdboden zu versinken? Mein Gehirn arbeitet auf Hochtouren, um eine plausible Erklärung zu finden, die die Wahrheit umschifft. Sie laut auszusprechen, würde die Begründung noch bescheuerter klingen lassen.

Doch mir will einfach nichts einfallen.

Mittlerweile hat Liam den Wagen geparkt. Sein Blick bohrt sich in meinen.

Die Hitze kommt mit voller Wucht zurück und brennt stärker als zuvor. Mit jeder Sekunde, die ich nach einer Antwort suche, die ich mit ihm teilen kann, lodert das Feuer stärker in mir. Meine Haut ist schon ganz klamm.

Sag es einfach, Malia. So schlimm ist es nun auch nicht. »Ich wollte ein bisschen experimentieren, bevor wir du weißt schon was machen«, sprudelt es aus mir heraus. »Woher soll ich sonst wissen, was ich mag und was mich zum Orgasmus bringt?«

Liams eisblaue Augen verdunkeln sich. »Du kannst dir sicher sein, dass mein Schwanz nicht auch nur ansatzweise in deine Nähe kommt, bevor du mindestens einmal meinen Namen vor lauter Ekstase geschrien hast.«

Das Ziehen zwischen meinen Beinen nimmt bei der Vorstellung eine neue Intensität an. Wieder einmal kribbelt es mir in den Fingern, ihn zu berühren. Auch meine Lippen sind bereit, ihn endlich zu küssen.

Jedes Treffen mit ihm entwickelt sich mehr zur Folter, je näher mein Geburtstag rückt. Mit Schmetterlingen im Bauch und einem flauen Gefühl im Magen schaue ich diesem Ereignis entgegen. Es ist der Beginn eines neuen Abschnitts und zugleich das Ende eines anderen.

Kapitel 28

Liam

Jedes Treffen mit Malia fordert meine Selbstbeherrschung mehr heraus. Wenn das Thema auch noch auf Sex fällt, ist es mir beinahe unmöglich, die Kontrolle zu behalten.

Ich bin froh, dass unsere Gespräche gestern Abend schnell wieder in unschuldigere Gefilde zurückgekehrt sind, nachdem wir es uns mit Essen vor dem Fernseher bequem gemacht hatten.

Die nächsten Wochen werden ein mentaler Kampf. Je näher unser finales Treffen rückt, desto schwerer fällt es mir, mich auf irgendetwas anderes zu konzentrieren. Wie Eishockey zum Beispiel.

Und das stellt ein wirklich großes Problem dar. Schließlich ist es mein verdammter Job, zu spielen und zu gewinnen. Ich sollte meine volle Aufmerksamkeit der Aufgabe als Anführer der Ice Wolves widmen, zeitgleich bereue ich es auch nicht, Malia meine Hilfe zugesagt zu haben.

Ein Schlag gegen die Schulter reißt mich aus meinen Gedanken.

»Bist du zum Trainieren hier oder starrst du nur Löcher in die Luft, Cap?«

Ich schaue zu Aiden hinüber. »Schon mal etwas von Meditation gehört?«, sage ich in dem Versuch, mich herauszureden.

Ich muss als Kapitän ein Vorbild sein und kann nicht kopflos durch die Gegend laufen. Schon gar nicht jetzt, da die Trophäe in greifbare Nähe rückt.

Aiden hebt eine Braue. »Im Stehen?«

Ich verschränke die Arme vor der Brust. »Ist ne ganz neue Methode. Das machen jetzt alle so. Hast du davon etwa noch nichts gehört?«

»Nein.« Sein Blick bohrt sich in meinen. »Aber weißt du, wovon ich gehört habe? Einem Eishockeyspieler, der etwas Merkwürdiges mit der kleinen Schwester eines weltberühmten Rockstars am Laufen hat und mir seit Wochen ausweicht, sobald ich das Thema anspreche.« Auch er verschränkt die Arme vor der Brust.

Ich habe seit unserer kurzen Diskussion auf Easts Halloweenparty vermieden, mit Aiden allein zu sein, um einer Unterhaltung aus dem Weg zu gehen. Aber jetzt ist der Zeitpunkt gekommen, an dem seine Geduld am Ende ist und ich meinem besten Freund die Karten komplett auf den Tisch legen muss. Ich schaue mich schnell im Fitnessraum um. Das Letzte, was ich gebrauchen kann, ist, dass jemand Wind von unserem Gespräch bekommt. Zum Glück ist kaum jemand hier und jeder einzelne von ihnen trägt Kopfhörer. Ich wende mich wieder Aiden zu.

Ein humorloses Lachen entweicht seinen Lippen. »Wenn du mir nicht mehr Infos geben möchtest, muss ich wohl bei Jace nachfragen, was es mit der Entjungferung seiner Schwester auf sich hat.«

Ich fahre mir mit den Fingern durch das Haar. »Ist ja gut. Kein Grund, direkt zur kleinen Bitch zu werden.«

»Ich gebe dir gleich mal eine kleine Bitch.« Erneut verpasst er mir einen Stoß gegen die Schulter. Dieses Mal ein bisschen kräftiger als zuvor.

»Wenn du deinen Kapitän verletzt, bekommst du vom Coach höchstpersönlich einen Einlauf. Außerdem werde ich dir so erst recht nicht die Informationen geben, die dich so brennend interessieren.«

»Okay, dann her damit.« Er streckt die Arme zur Seite aus, als würde er sich bereit machen, alles aufzunehmen, was ich ihm sage.

Ich lege den Kopf in den Nacken. Ein Stöhnen verlässt meinen Mund – aber nicht der positiven Art. Alles in mir sträubt sich dagegen, es auszusprechen. Zum einen, weil es Malias Entscheidung ist, mit wem sie dieses Geheimnis teilen möchte. Zum anderen wird es nochmal viel realer, wenn ich unsere Vereinbarung laut ausspreche. Im Moment kommt mir der bevorstehende Sex wie etwas vor, über dass wir seit einer gefühlten Ewigkeit reden, aber der noch ganz weit weg ist. Nicht wie etwas, dass tatsächlich in weniger als zwei Wochen passieren wird.

Ich schlucke schwer. Heilige Scheiße, in dreizehn Tagen ist es soweit.

»Nun spuck es schon aus.« Die Ader an Aidens Hals tritt hervor. Ein Zeichen, dass er ernsthaft angepisst ist.

»Entspann dich.« Ich schaue mich erneut um.

Der letzte Teamkollege verlässt gerade den Raum.

Erleichtert atme ich auf. »Ich werde in weniger als zwei Wochen mit Malia schlafen, um ihrer Jungfräulichkeit ein Ende zu setzen.« Nachdem ich es so lange herausgezögert habe, mit Aiden darüber zu reden, nutze ich nun die Pflastermethode. Einfach mit einem Ruck abziehen.

Aidens Augen weiten sich. »Bist du einmal zu oft gegen die Bande geknallt?«

Ich bin heilfroh, dass wir allein sind, denn spätestens jetzt hätten wir die Aufmerksamkeit unserer Teamkollegen gehabt. »Es ist nur Sex«, sage ich mit einer Gleichgültigkeit, die ich nicht verspüre. Ich versuche nicht nur ihn, sondern auch mich selbst davon zu überzeugen, dass es keine weitere Bedeutung hat.

Aiden fährt sich über den Bart. »Es ist nicht einfach nur Sex, wenn du dafür in den Knast kommen kannst.« Er geht vor mir wie ein eingesperrter Löwe auf und ab. »Wie alt ist sie überhaupt? Fünfzehn?«

»Sie wird in zwei Wochen achtzehn.« In mir regt sich das Verlangen, unseren Altersunterschied zu verteidigen. »Es ist ja nicht so, als wäre ich fünfzig. Zwischen uns liegen nur vier Jahre. Daran ist nichts Verwerfliches.«

Ohne zu stoppen, legt Aiden den Kopf in den Nacken und lacht laut auf. »Vergiss nicht, dieses Argument vorzubringen, wenn ihr Bruder dir den Arsch aufreißt, weil du seine Schwester angefasst hast.« Er schüttelt den Kopf und grinst wie jemand, der in eine Gummizelle gehört. »Ach, warte, nicht nur weil du sie angefasst, sondern auch ihre Unschuld genommen hast.«

»Er wird es nie erfahren. Es ist eine einmalige Sache. Sie will es hinter sich bringen, damit sie im nächsten Jahr nicht als Jungfrau ans College geht.«

»Je mehr du sagst, desto tiefer wird das Grab, das du dir schaufelst.«

Ich gucke ihn eindringlich an. »Wenn du deine Klappe hältst, wissen davon nicht einmal eine Handvoll Leute. Also kein Grund, gleich den Teufel an die Wand zu malen.«

Aiden sieht mich einfach nur stumm an und schüttelt immer noch den Kopf. Wenn er nicht bald damit aufhört, bekommt er ein Schleudertrauma.

»Es ist kein großes Ding. Ich zeige ihr, wie es geht, damit sie sich in Zukunft selbstbewusst auf Typen einlassen kann. Schließlich gibt es dann nicht mehr den Elefanten im Raum namens ›Jungfernhäutchen‹.« Wenn ich es oft genug sage, glaube ich es bestimmt auch bald selbst.

Aiden verzieht angewidert das Gesicht. Er hält die Hand hoch. »Sag das nie wieder.«

»Was?«

»Das Wort ›Jungfernhäutchen‹.« Er macht ein würgendes Geräusch. »Es gibt nichts, das meinen Schwanz mehr dazu bringt, sich nach innen zu stülpen, als das.« Aiden schüttelt sich.

Ich rolle mit den Augen. »Das ist die Bindungsphobie, die aus dir spricht. Was würdest du machen, wenn du eine Frau kennenlernst, die perfekt, aber noch Jungfrau ist?«

Aiden sieht mich eindringlich an. »Ist das jetzt umgekehrte Psychologie, indem du mir sagen willst, dass du dich in Malia verliebt hast und es deshalb egal ist, ob eine Barriere ihre Unschuld schützt? Oder meinst du die Frage tatsächlich ernst?«

Ich schaue zu Boden. Mit Daumen und Zeigefinger reibe ich über die Nasenwurzel. *Womit habe ich dieses Gespräch verdient?* »Nein, es ist keine umgekehrte Psychologie. Ich bin nicht in Malia verliebt.« Zumindest denke ich, dass das nicht der Fall ist. Oder hoffe es. Schnell schüttle ich diesen Gedanken ab, jetzt ist nicht der richtige Zeitpunkt, darüber nachzudenken. »Und ja, ich wollte eine ernsthafte Antwort von dir haben.«

»Wenn ich eine Frau kennenlerne, die noch unberührt ist, renne ich, als wäre der Teufel hinter mir her, und suche mir eine andere für ein wenig Spaß.« Aiden zuckt mit den Schultern. »Das erste Mal ist bei den Frauen immer mit Gefühlen verbunden.« Er verzieht das Gesicht, als würde er etwas Ekliges schmecken.

Ich bin mir nicht sicher, ob ich lachen oder weinen soll. »Aber was passiert, wenn sie die Liebe deines Lebens ist? Dann wären die Gefühle, die deiner Meinung nach dadurch entstehen, doch perfekt.«

Er schüttelt den Kopf. »Bevor ich mich verliebe und mein All-you-can-eat-Büfett an Pussys aufgebe, friert die Hölle zu und ich fahre auf ihr Schlittschuh.«

»Cool, ich wollte schon immer mal eine zugefrorene Hölle sehen, auf der jemand skatet.« Ich grinse, denn ich kann den Tag kaum erwarten, an dem eine Frau meinen besten Freund vollkommen aus der Bahn wirft.

Aiden macht eine wegwerfende Handbewegung. »Lass uns nicht über Dinge reden, die niemals passieren werden.« Er stemmt die Fäuste in die Seiten. »Wie kann ich dich davon abhalten, dein Leben die Toilette herunterzuspülen?«

Ich lege den Kopf in den Nacken. »Warum musst du alles dramatisieren?«

»Weil diese Aktion in so vielen Richtungen total nach hinten losgehen kann.« Er hebt die Hand und beginnt an den Fingern abzuzählen. »Die Presse bekommt davon Wind. Jace bekommt davon Wind. East bekommt davon Wind, was uns auch gleich wieder zu Argument Nummer zwei zurückbringt, dass ihr Bruder davon Wind bekommt.« Er macht eine Pause. »Und selbst, wenn niemand es erfährt, könntest du dich in sie verlieben. Oder noch schlimmer, sie verliebt sich in dich und du brichst ihr das Herz.«

Seine letzten Worte fühlen sich wie eine Faust an, die meinen Magen zusammen quetscht. Ich möchte Malia auf gar keinen Fall weh tun. Aber für einen Rückzieher ist es jetzt zu spät, schließlich verlässt sie sich auf mich. Ich schaue Aiden an. »Nichts von alledem wird passieren. Ich habe heute noch andere Dinge zu erledigen, als mir Vorträge von dir anzuhören.« Ohne eine Antwort abzuwarten, drehe ich mich um und gehe auf die Tür zu.

»Dich mit ihr zu treffen?«, ruft er mir hinterher.

Ich schüttle den Kopf. Die Tür fällt hinter mir ins Schloss und ich bin allein mit den Gedanken und Zweifeln, die Aiden in mir gesät hat.

Kapitel 29

Malia

Ich liege mit geschlossenen Augen auf einem Berg aus Kissen. Aus meinen Noise-Cancelling-Kopfhörern ertönt die Melodie von *Never Be Alone.* Shawn Mendes' Gesang setzt ein und mein Herz wird schwer. Meine Gefühle spielen immer mehr verrückt, je näher mein Geburtstag rückt.

In meiner Brust kämpfen Vorfreude und der Wunsch, dass dieser Tag niemals kommt, um die Oberhand. Er ist nicht nur der Anfang meines Erwachsenseins, sondern auch das Ende eines Abschnitts, den ich noch nicht gehen lassen möchte. Ein Kloß bildet sich in meinem Hals. Ich spüre wie eine Träne aus meinem Augenwinkel in meinen Haaransatz läuft.

Etwas Kühles berührt mich an der Wange. Warmer Atem streift über mein Gesicht.

Ich öffne die Lider und schaue in braune Tiefen, die von blondem Haar eingerahmt werden. Ein Lächeln schleicht sich bei dem Anblick auf meine Lippen. »Hey, mein Süßer.« Mit geräuschdämpfenden Kopfhörern zu sprechen ist immer ein wenig merkwürdig. Ich hoffe, dass ich nicht zu laut war. Ein kurzer Blick zu Isla, die an ihrem Schreibtisch sitzt und unbeirrt weiter am Aufsatz arbeitet, zeigt, dass es nicht der Fall ist.

Legolas legt sich zu mir und vergräbt seine Schnauze in meinem offenen Haar.

Ich schlinge den Arm um ihn, auf dem er sich zum Teil niedergelassen hat. Mich überkommt eine Leichtigkeit, die nur die Gegenwart eines Tieres auslösen kann. Ich glaube das liegt an dem Oxytocin, dass ausgeschüttet wird, wenn man sie streichelt. Eine gefühlte Ewigkeit liege ich mit dem flauschigen Golden Retriever meiner besten Freundin im Arm einfach nur da. Ein Lächeln hat sich in mein Gesicht geschlichen und das fühlt sich an, als könnte nichts auf der Welt meine Stimmung trüben.

Die Vibration einer eingehenden Nachricht lässt meine Blase zerplatzen. Mit meiner freien Hand schnappe ich mir mein Telefon und halte es über mich.

Liam: Was machst du gerade?

In den letzten Wochen ist es zur Normalität geworden, dass wir uns auch zwischen den Spielen regelmäßig schreiben.

Ich wechsle schnell in die Kamerafunktion und schieße ein Selfie.

Ich: *Foto von mir und Legolas*

Ich: Hab ein Date mit einem richtig netten Kerl. *lachender Emoji mit herausgestreckter Zunge*

Sofort erscheinen die drei Punkte.

Liam: Warum siehst du aus, als hättest du geweint?

Verdammt. Mir ist gar nicht aufgefallen, dass meine Augen von meinem kleinen emotionalen Ausbruch noch gerötet waren.

Ich: Hab Gras geraucht. *achselzuckender Emoji*

Liam: Lia.

Ich kann förmlich hören, wie er warnend den Spitznamen sagt, den er mir verpasst hat. Bei dem Gedanken daran kann ich mir ein Augenrollen nicht verkneifen.

Ich: Liam.

Liam: Warum hast du geweint?

Ich: Ich habe doch gesagt, weshalb meine Augen rot sind. *augenrollender Emoji*

Liam: Und ich glaube dir nicht!

Ich: Oh, ein Ausrufezeichen. Es muss dir wirklich ernst sein.

Liam: Ja!

Ich seufze. In meiner Brust schlagen zwei Herzen. Das eine, das jedes kleine Detail mit ihm teilen will, wann immer etwas passiert. Das andere, das genau davor Angst hat, denn es sorgt sich, dass er die Flucht ergreift, weil es ihm zu viel wird.

Liam: Ich warte…

Wenn er sich anhört, als wäre es ihm wichtig wie es mir geht, lockt er den Teil in mir hervor, der das Herz auf der Zunge trägt. Ich bin nicht stark genug, dagegen anzukämpfen.

Ich: Ich war traurig.

Seine Nachrichten kommen schneller als die Kugeln eines Maschinengewehrs.

Liam: Warum?

Liam: Wer ist dafür verantwortlich?

Liam: Ich komme vorbei und prügle jeden windelweich, der dich auch nur anguckt.

Mein Herz macht einen kleinen Satz.

Warum muss er manchmal so verdammt süß sein?

Ich: Mich haben nur die Gedanken an meinen Geburtstag und das bevorstehende Ereignis kurz übermannt.

Ich: *nachdenkender Emoji* Wenn du also jemanden verprügeln solltest, dann dich.

Dieses Mal erscheinen nicht gleich die drei Punkte, die signalisieren, dass er eine Antwort tippt.

Ich seufze erneut. Innerlich verpasse ich mir eine Ohrfeige, weil ich etwas gesagt habe.

Ein Stoß gegen mein Bein reißt mich aus meinem Selbstmitleidssumpf. Ich ziehe die Kopfhörer von meinen Ohren und schaue zu Isla. »Was ist los?«

Sie sieht mich mit zusammengezogenen Brauen an. »Das sollte ich dich fragen. Warum liegst du da und atmest so gequält?«

Ich reibe mir über das Gesicht. »Ich habe nur an meinen Geburtstag gedacht. Über Liam und mir schwebt dieses große Fragezeichen.« Ich seufze erneut.

Mit hochgezogener Braue sieht Isla mich einfach nur an.

Ich vergrabe das Gesicht unter meinem Arm. »Was passiert danach? Bleiben wir Freunde? Gehen wir zurück zu *davor*?

Wird es so merkwürdig, dass wir uns nicht einmal mehr im selben Raum aufhalten können?«

Isla macht ein summendes Geräusch. »Du hast eine Option vergessen.«

Ich schaue unter meinem Arm hervor. »Welche?«

»Du gestehst dir und auch ihm gegenüber deine Gefühle ein.«

Mein Herz macht einen stolpernden Hüpfer. Ein Bild von ihm blitzt vor meinem inneren Auge auf. Sofort setzt sich eine Horde Schmetterlinge in meinem Bauch in Bewegung. Bin ich in Liam verliebt? »Verdammt.« Stöhnend vergrabe ich mein Gesicht wieder unter meinem Arm.

»Das hab ich mir gedacht.« Isla stupst mich mit dem Fuß an. »Egal, was passiert, alles wird gut.«

Legolas' feuchte Schnauze streift über meine Wange. Tiere haben einfach immer den besten Instinkt, wann es Zeit für ein bisschen Trost ist.

Der Signalton für eine Nachricht, unterbricht unsere Kuscheleinheit.

Ich hebe das Telefon auf Augenhöhe. Mit zittrigen Fingern öffne ich die Antwort von Liam.

Liam: Wir können die ganze Sache auch abblasen, wenn es dir nicht gut damit geht.

Ein schweres Gefühl macht sich in meiner Brust breit. Wenn ich nur dieses eine Mal habe, ihm für eine kurze Zeit näher zu sein als jemals zuvor, werde ich sie nutzen. Egal, wie schmerzhaft der Fall danach ist.

Kapitel 30

Liam

Heut ist der Tag der Tage.

Meine Hände sind klamm bei dem Gedanken daran, was später passieren wird. Ich mache mir ein bisschen Sorgen, dass ich vor lauter Aufregung meine Performance auf dem Eis verkacke.

Reiß dich zusammen, Mann. Schließlich bist es nicht du, der es zum ersten Mal macht. Ich schließe die Augen und atme tief durch. Unsere letzten Nachrichten kommen mir wieder in den Sinn, bei den Gedanken an unser heutiges Vorhaben.

Sie war traurig – wegen mir.

Zu lesen und zu sehen, dass ich der Grund dafür war, hat sich angefühlt, als hätte mir jemand einen Puck in die Magengrube geschossen.

Das aufblühende Grün des Frühlings ihrer Augen hatte für einen kurzen Moment das Leuchten verloren.

Ich hoffe, es heute wieder strahlen zu sehen. Welchen Farbton sie wohl annehmen, wenn Malia kurz vor dem Höhepunkt ist?

Schnell schüttle ich diesen Gedanken ab. Ein Blick auf die Uhr zeigt mir, dass es bald Zeit ist, zur Arena zu fahren, auch wenn ich mich nicht einmal ansatzweise bereit dazu fühle. Mein

Kopf und mein Bauch sind schon wieder in einem unerbittlichen Kampf miteinander. Einerseits denke ich, dass es das Beste ist, die ganze Sache mit Malia abzusagen. Sie scheint Gefühle entwickelt zu haben, die keine gute Voraussetzung für heute Abend sind. Andererseits zieht es mich so stark zu ihr hin, dass es die reinste Folter war, in den letzten Wochen meine Finger von ihr zu lassen. Ich werde sie endlich berühren und ihre Lippen auf meinen spüren. Kein Fünkchen Vernunft wird mich davon abhalten können, auch wenn immer mehr Warnsignale auftauchen, je näher der Sex mit ihr rückt.

Ich schüttle alle Bedenken darüber ab, was schiefgehen kann. Jetzt ist es erstmal Zeit, unsere Serie von Siegen weiterzuführen.

Ich hieve mich von der Couch hoch, schnappe mir meine Sporttasche und schaue mich ein letztes Mal in meiner Wohnung um.

Eine Ruhe, die ich seit Tagen nicht verspürt habe, legt sich über mich. Ich werde alles geben, um Malia ein unvergessliches erstes Mal zu bescheren.

Das Signal ertönt und meine restlichen Teamkameraden kommen auf das Eis gestürmt. Ein weiterer Sieg auf dem Weg zu den Playoffs.

Ich habe es im Gefühl, dass wir uns dieses Jahr den Pokal holen. Sicherheitshalber klopfe ich gedanklich auf Holz, denn ich will die Sache nicht beschreien. Mein Blick fliegt zu den Sitzen hinter der Spielerbank.

Malia hat ein breites Grinsen im Gesicht. Das Trikot hat sie heute gegen ein weißes Croptop mit Spitze eingetauscht, das eher an Unterwäsche als an ein Oberteil erinnert. Glücklicherweise trägt sie ein blaues Flanellhemd darüber.

Es juckt mir in den Fingern, die Knöpfe zu schließen, um ihren Körper zu verdecken, denn ich will diesen Anblick mit niemandem teilen.

Ihre High-Waist-Jeans verhüllen wenigstens ein wenig Haut. Doch es hindert nicht den Neandertaler in mir daran herauszukommen. Am liebsten würde ich zu ihr stürmen, sie über meine Schulter werfen und nach Hause bringen.

Woah, fahr mal einen Gang runter!

Ein Arm legt sich um mich und lenkt meine Aufmerksamkeit von Malia weg.

»Hey, Cap. Warum stehst du hier und starrst Löcher in die Luft?« Aidens Blick folgt meinem. »Verdammt, Mann. Ich bin immer noch davon überzeugt, dass das die dümmste Idee überhaupt ist. Dass du hier wie ein liebestoller Hund stehst und sabbernd die Frau deiner Begierde anstarrst, bestätigt es nur.« Kopfschüttelnd lässt er seinen Arm sinken.

»Ich habe keine Gefühle für sie. Es ist einfach ein Freundschaftsdienst. Wie oft muss ich das noch sagen?« Ich verpasse ihm einen Stoß und fahre vom Eis.

Aiden ist mir dicht auf den Fersen. »Red dir das nur weiter ein. Ich stocke schon mal die Kühlakkus in meinem Gefrierschrank auf. Die wirst du brauchen, wenn die Jungs von Hot Shit mit dir fertig sind.«

»Entspann dich und hör auf, ein Drama aus etwas zu machen, das überhaupt keines ist.«

Das Klicken der Skates auf dem Boden begleitet uns in die Umkleidekabine.

»Außerdem habe ich alles im Griff.«

Aiden lacht humorlos auf. »Berühmte letzte Worte, mein Freund.«

»Konzentrier du dich lieber darauf, dass der Gefallen, den du mir tun wolltest, nicht schiefgeht.«

»Mach dir darum keine Sorgen, Cap. Auch wenn ich glaube, dass dir die Sache mit Malia am Ende um die Ohren fliegt. Du lässt dich ja nicht davon abbringen und sie soll wenigstens eine Freude heute Abend haben, wenn sie schon mit deinem mickrigen Schwanz vorliebnehmen muss.«

»Er ist alles andere als mickrig. Malia wird keine Augen für etwas anderes haben als den hier.« Ich packe mir an den Schritt. »Aber wenn es dich nachts besser schlafen lässt, dann red dir ruhig ein, dass der kleine Aiden ganz groß ist.«

Aiden schüttelt den Kopf und murmelt etwas Unverständliches vor sich hin.

Ich frage nicht nach, was er gesagt hat, denn sonst würde dieses Gespräch noch endlos weitergehen und mich von wichtigeren Dingen abhalten.

Die Routine nach dem Spiel durchlaufe ich auf Autopilot. Duschen. Umziehen. Interview. Alles, woran ich denken kann, ist das Mädchen, das in einem Raum darauf wartet, mich zu treffen. Mit einem Lächeln auf den Lippen, schnappe ich mir meine Sporttasche und verabschiede mich von meinen Teamkameraden.

Aiden geht an meiner Seite.

»Fährst du los?«

Er dreht seine Autoschlüssel um den Finger und schaut auf sein Telefon. »Ich habe ja noch etwas zu erledigen, bevor ich zu East kann.« Er hebt vielsagend die Augenbraue.

»Du bist der Beste, ehrlich. Ich weiß, wie beschissen die Situation ist, weil du zwischen den Stühlen sitzt.«

Er gibt mir eine seitliche Männerumarmung, bei der er mir von hinten auf die Schulter klopft. »Du bist mein bester Freund. Ich bin immer auf deiner Seite, egal ob ich es gut finde, was du machst, oder nicht.« Er hält kurz inne. »Aber lass es bitte trotzdem nicht zu einem Showdown mit Jace und den Jungs kommen. Zieh dein Ding heute Abend durch und dann sprechen wir nie wieder davon. Deal?« Aiden streckt mir die Hand hin.

»Deal.« Ich schlage ein. »Die ganze Sache bleibt zwischen dir und mir. Und Malia und Isla.« Ich schenke ihm ein schiefes Grinsen.

Kopfschüttelnd macht er sich auf zum Ausgang. »Zu viele Leute, Mann. Zu viele Leute«, murmelt er vor sich hin.

Ich gehe in die entgegengesetzte Richtung. Vor der Tür, hinter der sich Malia befindet, bleibe ich kurz stehen. Aus meiner Tasche hole ich eine Rose.

Glücklicherweise war sie in einem Plastikrohr, sonst wäre sie mit Sicherheit nicht mehr in einem Stück.

Ohne anzuklopfen, gehe ich hinein. Ich sauge den Anblick, der sich mir bietet, in mich auf.

Sie sieht heute einfach unglaublich aus.

Der Hockeyschlager in meiner Hose stimmt mir zu.

So unauffällig wie möglich richte ich meinen voreiligen Freund. Ich möchte sie nicht gleich bei unserer Begrüßung verschrecken.

Malia schaut von ihrem Handy auf. »Hey.« Sie lächelt mich an.

Mit den zwei kleinen Zöpfen auf ihrem Kopf und den Strähnen, die ihr Gesicht rahmen, sieht sie verdammt gut aus. Aber auch verdammt jung.

Weil sie das ist, du Idiot!

Ich schüttle diesen Gedanken ab, denn es ist nur wichtig, dass sie ein unvergessliches Erlebnis hat. »Happy Birthday.« Mit einem Grinsen auf den Lippen gehe ich zu ihr und hole die rosafarbene Rose hinter meinem Rücken hervor. »Für dich.«

Für wen auch sonst?! Schließlich seid nur ihr zwei in diesem Raum.

»Danke.« Eine leichte Röte breitet sich auf Malias Wagen aus.

»Bist du bereit?«

Stille legt sich über den Raum.

Malia kaut auf ihrer Unterlippe herum.

Verdammt. Was für eine bescheuerte Frage? Innerlich verpasse ich mir eine Ohrfeige. »Ich meine, ob du bereit bist, zum Auto zu gehen.«

»Klar.« Malia senkt den Kopf ein Stück und zwirbelt eine lose Strähne um den Finger.

Gemeinsam gehen wir zu meinem Wagen.

Ich hoffe wirklich, dass der Rest des Abends entspannter als unser holpriger Start verläuft.

Kapitel 31

Malia

Die ganze Fahrt zu Liams Wohnung über stolpert mein Herz vor Aufregung wild herum. Wenn ich nicht wüsste, was der Grund dafür ist, könnte ich glatt Panik bekommen, dass es eine ernsthafte Erkrankung ist, die medizinische Behandlung benötigt.

Im Fahrstuhl auf dem Weg nach oben fühlt sich mein Herz an, als würde es bei jedem zweiten Schritt mit der Schuhspitze am Asphalt hängen bleiben. Ich lege meine Hand beruhigend über meinen Burstansatz. Vorsichtig streiche ich ein paar Mal hin und her.

Liam verfolgt meine Bewegung. Sorge schwimmt in seinen blauen Augen. »Stimmt etwas nicht?«

»Alles in Ordnung.« Ich lächle ihn an. »Nur ein bisschen nervös.«

Er nimmt meine freie Hand in seine. »Du kannst jederzeit Stopp sagen. Wir machen nichts, mit dem du dich unwohl fühlst.«

Ein Kribbeln breitet sich meinen Arm hinauf aus. »Ich weiß.«

Ohne unsere Verbindung zu lösen, steigen wir aus dem Fahrstuhl.

Liam geht voran und schließt die Tür zu seiner Wohnung auf.

Ein flackernder gelber Schimmer erhellt den Eingang.

Ich gehe hinein und mein Atem stockt bei dem Anblick, der sich mir bietet.

Ein Meer aus Rosen und Kerzen ist über den ganzen Wohnbereich verteilt.

Ich sauge jedes kleinste Detail in mich auf. »Wie hast du das mit den brennenden Kerzen gemacht?«

»Ich hatte Hilfe«, raunt Liam von hinten in mein Ohr.

Er ist mir so nah, dass ich seinen Körper spüre. Die Wärme, die sich auf meinem Rücken ausbreitet, bahnt sich ihren Weg in meinen unteren Bauch und vertreibt die Aufregung ein wenig. Ich schaue über meine Schulter zu Liam.

Unter der Oberfläche seiner eisblauen Augen lodert ein Feuer.

Es liegt ein Knistern in der Luft, das nicht von den Flammen der Kerzen kommt. Die wochenlange Spannung, die sich zwischen uns aufgebaut hat, ist kaum auszuhalten.

Ich will ihn spüren. Will wissen, wie es sich anfühlt, ihn zu küssen. Ihm so nah zu sein wie noch niemandem je zuvor.

Eine gefühlte Ewigkeit stehen wir einfach nur da und verlieren uns in dem Blick des anderen.

Dann legt Liam seine Hand an meine Taille.

Augenblicklich wütet ein Schwarm Schmetterlinge durch meinen Bauch.

»Bist du hungrig?«, fragt er aus dem Nichts.

Nach dir? Oh, ja. Doch ich bin mir sicher, dass er nicht danach gefragt hat. Essen ist gerade das Letzte, was ich im Sinn habe. Also schüttle ich nur den Kopf.

»Okay. Lass uns erstmal einen Film gucken.« Er greift erneut nach meiner Hand und führt mich zur Couch.

Der Weg dorthin fühlt sich an, als wäre ich in einem Traum. Wie etwas, das ein Junge für seine Freundin machen würde, und das verdammt doll nach einem richtigen Date aussieht.

Hör auf, so etwas zu denken, Malia. Dieser Abend dient nur einem einzigen Zweck!

Doch die Worte in meinem Kopf stoppen nicht das Gefühl, als würde mein Herz gleich explodieren.

Ich schiebe die Emotionen, die in meinem Inneren brodeln, in die hinterste Ecke, denn jetzt ist nicht der richtige Zeitpunkt, um mich mit ihnen auseinanderzusetzen. Und erst recht nicht mit ihrer Bedeutung.

»Alles gut?« Liam streicht meine Haarsträhne ein Stück zur Seite.

Seine Berührung setzt einen Schauer frei, der von meinem Gesicht den Hals hinunterwandert. »Klar.« Ich lächle ihn an. »Hab nur gerade überlegt, was wir uns anschauen können.« Totale Lüge, aber das muss er ja nicht wissen.

Er reicht mir die Fernbedienung. »Das Geburtstagskind darf entscheiden.«

»Okay, aber ich warne dich. Da in sechs Tagen Heiligabend ist, werden wir uns den schnulzigsten Weihnachtsfilm ansehen, den Hallmark zu bieten hat.«

Liam bringt ein gequältes Lächeln hervor und hebt den Daumen. »Yay. Ich kann mir nichts Schöneres vorstellen.«

»Du bist blöd.« Ich verpasse ihm einen scherzhaften Stoß gegen die Seite.

Er legt seine Hand über meine und gibt ein kleines Grunzen von sich. »Vorsicht.«

»Verdammt, es tut mir leid. Ich habe gar nicht daran gedacht, dass du vorhin einen Zusammenstoß auf dem Eis hattest.« Ich beiße mir auf die Unterlippe und mustere ihn.

Er streichelt mit dem Daumen über meinen Handrücken. »So schlimm ist es nicht, aber wir sollten vielleicht nicht noch größeren Schaden anrichten, indem wir auf die Stelle einschlagen.« Ein schiefes Grinsen ziert seine Lippen.

Ich rolle mit den Augen. »Es war ein leichter Stupser.«

Sein Griff um meine Hand verstärkt sich. Er zieht mich

dichter zu sich. »Wenn du das sagst, Hulk.«

»Findest du etwa, dass ich wie ein großes grünes Monster aussehe?« Ich löse unsere Verbindung und verschränke die Arme unter der Brust.

Liams Blick gleitet langsam meinen Körper hinab. Es fühlt sich an, als würde er jeden Zentimeter tatsächlich berühren. »Ganz und gar nicht.« Er murmelt noch etwas vor sich hin, was sich nach ›Das ist ja das Problem‹ anhört. Aber ich bin mir nicht sicher, ob ich es richtig verstanden habe.

Sein Blick findet meinen. Dieses Mal lodert das Feuer in seinen Augen nicht nur unter der Oberfläche. Es spiegelt die Flammen wider, die meinen ganzen Körper zu versengen drohen. »Vergiss den Film.« Liam legt eine Hand an meine Wange. Seine Lippen streifen über meine.

In meiner Brust explodiert ein Feuerwerk. Ich schlinge die Arme um seinen Hals und ziehe ihn dichter zu mir.

Seine Hände wandern meinen Körper hinab, bis sie unter meinem Hintern zum Liegen kommen. Er packt fester zu und hebt mich hoch.

Als wäre es das Normalste auf der Welt, wickeln sich meine Beine um seine Hüften. Ohne unseren Kuss zu unterbrechen, löse ich für einen kurzen Moment meine Arme von ihm und lasse mein Flanellhemd zu Boden gleiten.

Ein Stöhnen vibriert durch seine Brust. Er vergräbt die Fingerspitzen tiefer in meinen Pobacken.

Hitze bündelt sich und wandert zu meiner Mitte. Feuchtigkeit sammelt sich in meinem Schritt. Das Verlangen nach Kontakt überkommt mich. Um es zu stillen, reibe ich meine kribbelnde Klitoris über seine harten Bauchmuskeln.

»Verdammt«, sagt er gegen meine Lippen. Er setzt sich in Bewegung. Seine Küsse werden intensiver.

Plötzlich neigt sich die Welt.

Ich öffne die Augen und löse mich ein Stück von Liam. Im nächsten Moment versinke ich in seinem weichen Bett.

Er stützt sich über mir ab. Das Licht der Kerzen, die auch hier brennen, flackert über sein Gesicht.

Unsere Blicke treffen sich wie zwei Pole, die voneinander angezogen werden. »Perfekt«, murmelt er.

Mein Gehirn fühlt sich wie eine große Wolke aus Zuckerwatte an. »Was?«

Er streicht mir mit den Fingerspitzen über die Wange. »Du.« Sein Pfad setzt sich fort, bis sie in meinen Haaren versinken. »In meinem Bett.«

Bevor ich seine Worte verarbeiten kann, sind seine Lippen wieder auf meinen und alles um uns herum tritt in den Hintergrund.

Mit den Händen wandere ich ziellos über seinen Oberkörper. Fühle die harten Muskeln, die sich unter seinem Shirt bewegen. Der Drang, ihm noch näher zu sein, überkommt mich. Ich will seine Haut auf meiner spüren. Also zupfe ich an dem Stoff. »Zieh das aus.«

Sein Mund wandert über meine Wange bis hin zu meinem Hals. Direkt unter meinem Ohr hält er inne. »Nur wenn du dein Top auch loswirst.«

Ein Kribbeln breitet sich in mir aus. Meine harten Brustwarzen drücken gegen den Stoff meines Oberteils. Ohne den Blick von ihm zu lösen, greife ich nach dem Reißverschluss an meinem Rücken und ziehe ihn hinunter. Meine Unsicherheit versucht, sich den Weg an die Oberfläche zu bahnen, aber bevor sie die Chance dazu bekommen kann, die Oberhand zu übernehmen, streife ich das Top ab. Ich kralle die Hände in den Stoff der Bettdecke, um nicht der Versuchung nachzugeben, meine nackten Brüste zu bedecken.

Liams Blick wandert über jeden Millimeter meiner Haut. »Du bist wunderschön.« Mit dem Daumen fährt er meine Unterlippe entlang, bevor er meinen Mund wieder mit seinem verschließt.

Der Stoff seines Shirts streift dabei über meine empfindlichen Brustwarzen.

Die Berührung durchbricht den Nebel der Lust für einen Moment und erinnert mich daran, dass Liam noch immer etwas anhat. Ich drehe meinen Kopf ein Stück zur Seite, um ihm das zu sagen. Aber sein Mund wandert meinen Hals entlang nach unten und lenkt mich davon ab. Ein beinahe schmerzhaftes Kribbeln durchzuckt meine Brüste. Nur seine Berührung kann für Linderung sorgen. Auf der Suche danach strecke ich mich ihm entgegen.

Doch seine Lippen wandern überall hin, nur nicht an den Ort, wo ich ihn am meisten spüren will.

Ein wütendes Pochen zwischen meinen Beinen gesellt sich zu dem Verlangen. »Liam«, stöhne ich.

»Was möchtest du, Lia?«, haucht er gegen meine Haut.

Dich. Nackt. Überall.

Die Gedanken schwirren wild durch meinen Kopf, es ist schwer sie zu einem zusammenhängenden Satz zu formen. »Dass du mich berührst.«

Ich spüre sein Grinsen an meinem Brustansatz. »Das mache ich doch.« Er bewegt sich weiter nach unten zwischen ihnen hindurch. Nur sie selbst berührt er nie.

Ein frustriertes Stöhnen verlässt meine Lippe. »Bitte.«

»Du musst schon genauer werden.« Mit der Zunge fährt er meine Rippenbögen entlang.

Dafür, dass er mich zwingt, es laut auszusprechen, würde ich ihm am liebsten einen kräftigen Stoß gegen seine Prellung verpassen. Aber damit würde ich ihn wahrscheinlich noch weniger dazu bekommen, mich an den Orten zu berühren, wo sich das Verlangen sammelt. Ich schließe die Augen und lege meinen Arm über das Gesicht. »Die Brüste«, bringe ich zwischen zusammengebissenen Zähnen hervor. Sofort steigt Hitze in meine Wangen.

Liam umfasst mein Handgelenk und hebt es sanft an. Mit gerunzelter Stirn schaut er auf mich hinab. »Ich mache das nicht, um dich zu quälen. Du sollst auf deine Kosten kommen.

Also ist es wichtig, dass du sagst, was dir gefällt und was nicht.« Er küsst seinen Weg meinen Unterarm entlang. »Schließlich ist das Ganze hier zu Lernzwecken.« Seine Lippen wandern weiter hinauf. »Und du solltest definitiv lernen, einzufordern, was du haben willst.«

Mein Körper steht in Flammen. Das Einzige, was ich mir einfordern möchte, ist ihn. Nackt.

»Okay.« Ich stütze mich auf einen Ellenbogen und drücke ihn mit der anderen Hand ein Stück zurück. »Zieh dich endlich aus.«

Ein Grinsen, dass Höschen reihenweise zum Schmelzen bringen kann, breitet sich auf seinem Gesicht aus. Er richtet sich auf und greift nach dem Saum seines Shirts. Langsam gleitet es seinen Körper hinauf.

Mein Blick folgt wie gebannt dem Weg des Saums über die Hügel und Täler seiner definierten Bauchmuskeln.

In das goldene Licht der Kerzen getaucht, sieht er aus, als wäre er einem Traum entsprungen. Einem sehr feuchten, nicht jugendfreien Traum. »Du darfst sie anfassen.« Er zwinkert mir zu und zieht das Shirt den restlichen Weg über seinen Kopf. »Zufrieden?« Mit der Hand streicht er sich von der Brust hinunter bis zu seinen Bauchmuskeln. Er hält erst an dem V inne, das in seinem Bund verschwindet.

Ich lege den Kopf schräg und betrachte ihn. Mein Blick sucht seinen. »Wenn du so fragst, kannst du die Hose auch gleich ausziehen.«

Verlangen schwimmt in seinen Augen. »Mir gefällt die fordernde Malia.«

Und mir gefällt der halb nackte Liam. Doch statt das zu sagen, genieße ich die Aussicht, die sich mir bietet.

Liam steigt vom Bett. Mit einer Ruhe, die ich nicht empfinde, öffnet er Knopf und Reißverschluss seiner Hose.

Ich will sehen, was sich unter seinen Briefs verbirgt. Ich will ihn spüren.

Doch er setzt seine Folter gnadenlos fort.

Ungeduldig wackle ich auf dem Bett hin und her. Das Pochen zwischen meinen Beinen ist nicht mehr auszuhalten. In der Hoffnung, mir wenigstens ein bisschen Linderung zu verschaffen, presse ich die Knie zusammen.

Liam lässt mich die ganze Zeit über nicht aus den Augen.

Ich kann seine Blicke wie Berührungen auf der Haut spüren. Ein Gefühlschaos wie noch nie zuvor wütet in meinem Inneren. Trotz der Angst vor dem Unbekannten, fühlt es sich so an, als würde ich jeden Moment sterben, wenn er nicht endlich für Erlösung sorgt.

Kapitel 32

Liam

Malia mit vor Lust gesenkten Lidern, halb nackt auf meinem Bett liegen zu sehen, macht mich härter, als ich es jemals zuvor war. Ich kann ihre Frustration darüber, dass ich mir Zeit nehme, förmlich spüren.

Sie lässt sich zurück in die Kissen fallen und gibt einen undefinierbaren Laut von sich.

Ich beiße mir auf die Lippe, um mein Grinsen zu verbergen. Die Vorfreude auf das eigentliche Ereignis macht es erst so richtig gut. Malia soll ein unvergessliches Erlebnis bekommen.

Gib endlich mal Gas. Oder willst du mich noch länger in deiner Hose einquetschen?

Ich schaue auf meine Erektion herunter, die Jeans ist verdammt eng in meinem Schritt. Scheiß auf Vorfreude. Ich streife die Hose ab.

»Endlich«, haucht Malia. Ihre Brüste heben und senken sich mit jedem Atemzug, die Nippel sind dabei in die Luft gereckt.

In meinen Fingern kribbelt es, ihnen die Aufmerksamkeit zu geben, nach der sie sich offensichtlich sehnen. Doch bevor ich mich ihnen widme, muss ich erst noch etwas anderes erledigen. Ohne Vorwarnung packe ich ihre Beine und ziehe sie an die Bettkante.

Ein kleiner Aufschrei entweicht ihrem Mund. »Was machst du da?«

»Wenn ich ohne Hose bin, ist es nur fair, dass du deine auch ausziehst.« Ich gleite mit den Händen ihre Oberschenkel hinauf bis zu ihren Hüften. Mein Daumen streift dabei ihre Klitoris.

Stöhnend legt sie den Kopf in den Nacken und wölbt sich mir entgegen.

Selbst durch den dicken Stoff ihrer Jeans kann ich die Feuchtigkeit spüren, die sich dort gesammelt hat. Allein die Vorstellung von ihrer vor Lust triefenden Mitte lässt meinen Schwanz vor Aufregung zucken. Ich öffne den Knopf ihrer Hose und ziehe sie ihre Beine hinunter.

Zum Vorschein kommt ein weißer Spitzenstring.

»Oh mein Gott. Warum siehst du so verboten gut aus?«

Weil die Dinge, die man nicht haben darf, immer am reizvollsten sind.

Ich schiebe die Gedanken von mir, weil ich den Augenblick genießen will.

Malias Wangen röten sich. Ihre Zähne versinken in der Unterlippe.

Ich kann ihre Unsicherheit spüren. Es wird Zeit, ihr diese zu nehmen, schließlich habe ich sie und auch mich lange genug auf die Folter gespannt. Ich will, dass sie sich fallen lässt und den Moment genießt. Also umfasse ich sanft ihren Knöchel und küsse mir meinen Weg ihr Bein hinauf zu dem Punkt, an dem sich ihre Oberschenkel treffen. Bevor ich diese letzte Grenze überschreite, muss ich wissen, dass sie es auch wirklich will. Deshalb halte ich kurz inne. Mein Blick sucht ihren. »Bist du dir sicher?«

Sie streckt ihre Hand aus und vergräbt die Finger in meinen Haaren.

Ich schließe die Augen und genieße ihre Berührung. Als ich wieder zu ihr aufschaue, nickt sie mir zu.

Ich fahre mit der Zunge über den Stoff, der mich von ihrer Mitte trennt.

Malia stöhnt auf und bäumt sich meiner Berührung entgegen. Ihr Griff in meinen Haaren verstärkt sich.

Das war erst der Anfang, meine süße Lia. Ich schiebe ihren String zu Seite und koste von der verbotenen Frucht. Langsam gleite ich mit meiner Zunge von ihrer Öffnung bis hoch zu ihrer Klitoris, die dort auf meine Aufmerksamkeit wartet. Jedes Mal, wenn ich sie berühre, hebt Malia ihr Becken meiner Zunge entgegen.

Ich widme mich vollkommen der Stelle, die ihre Beine erzittern lässt, in einem Wechsel aus Saugen und Lecken. Mit dem Finger fahre ich durch ihre Mitte und verteile ihre Feuchtigkeit. Ich gleite zu ihrem Eingang und umkreise ihn.

Malias Hüften schießen bei meiner Berührung vom Bett hoch. Sie legt ihren Kopf in den Nacken. »Das fühlt sich so gut an«, stöhnt sie.

Der Anblick allein bringt mich dem Höhepunkt näher. Ich umfasse meine Erektion und drücke kräftig zu, denn jetzt ist nicht der Zeitpunkt, um wie ein Schuljunge in meinen Briefs zu kommen. Die ganze Zeit über widme ich mich weiter ihrer Öffnung. In kreisenden Bewegungen fahre ich ihren Eingang entlang und tauche dabei jedes Mal ein Stück tiefer hinein.

Sie ist so eng, dass meine Fingerspitze in einem Würgegriff gehalten wird.

Immer weiter sauge ich an ihrer Klitoris und versinke tiefer in ihr. Bis mein Finger komplett von ihr umgeben ist. Dann drehe ich meine Handfläche nach oben und geleite hinaus – aber nicht ganz –, bevor ich erneut hineintauche. Immer wieder.

Ihr ganzer Körper zittert mittlerweile unter mir. Es dauert nicht mehr lange, bis sie ihren Höhepunkt findet.

Ich nehme noch einen zweiten Finger dazu, um sie zu dehnen und für meinen Schwanz vorzubereiten.

Bei jedem Stoß kommt sie mir mit ihren Hüften entgegen. Ihre Hand krallt sich in mein Haar und sie drückt mein Gesicht tiefer in ihren Schritt. »Oh mein Gott«, stöhnt sie immer wieder.

Mein Grinsen wird breiter. Ich heiße ihre fordernden Bewegungen willkommen und gebe ihr nur zu gerne, was sie sich wünscht.

Ihre Wände schließen sich um meine Finger und ein letztes Mal hebt sie ihre Hüften, bevor sie sich zitternd zurückfallen lässt. Zwischen halb geschlossenen Lidern hindurch sieht sie mich an. »Wow, das war… Wow.«

Ich grinse sie an. »Das war nur der Anfang.« Meine Lippen gleiten über ihre. Dann streife ich meine Boxer Briefs ab und schnappe mir das Päckchen vom Nachtschrank. Ich rolle das Kondom meine Erektion hinunter. Mein Blick wandert über Malia.

Sie liegt mit einem Lächeln im Gesicht da. Ihre Augen sind geschlossen.

Ich streiche ihr eine verirrte Strähne zur Seite. »Bist du bereit für noch mehr?« Wenn sie es nicht ist, wäre es auch okay. Schließlich geht es heute nur um sie.

Ihre Lider öffnen sich. »Ja, ich will wissen, wie es sich anfühlt, wenn du in mir bist.«

Mein Schwanz zuckt aufgeregt. Ich positioniere mich zwischen ihren Beinen. Meine Erektion gleitet durch ihre feuchten Lippen.

Ein Summen entweicht Malia.

Unsere Blicke treffen sich und ich ertrinke in den grünen Tiefen. Die Lust, die auch ich verspüre, spiegelt sich in ihnen wider. Ich positioniere meine Spitze an ihrer Öffnung. Die ganze Zeit über lasse ich sie nicht aus den Augen. »Das wird wahrscheinlich wehtun.«

Sie beißt sich auf die Unterlippe und nickt.

»Ich kann jederzeit aufhören, du brauchst nur etwas zu sagen.«

Augenrollend schaut sie zu mir hoch. »Nun mach schon.« Ihre Beine schlingen sich um meine Hüften. Mit einer Kraft, die ich ihr nicht zugetraut hätte, zieht sie mich dichter an sich heran.

Ich lache auf. »Ist ja gut.« Ich umfasse meinen Schaft und geleite vorsichtig mit meiner Eichel in sie hinein.

Ihre Wände umschließen mich wie eine zweite Haut.

»Du fühlst dich so verdammt gut an«, raune ich in ihr Ohr. Meine Lippen fahren ihren Hals entlang bis zu ihrem Kiefer. Ich übersäe ihn mit Küssen. Gebe ihr Zeit, sich an die Dehnung durch meinen Schwanz zu gewöhnen, bevor ich mich weiter hineinbewege. Millimeter für Millimeter arbeite ich mich voran. Nach jedem Stück, das ich tiefer hineingleite, ziehe ich mich fast komplett zurück, sodass nur noch die Spitze meiner Erektion in ihr ist. Immer wieder. Vor. Zurück.

Malia hebt sich meiner Bewegungen entgegen. Ihre Finger versinken in meinem Haaransatz im Nacken. Ihr Atem beschleunigt sich und ein Stöhnen kommt über ihre Lippen.

Ich merke einen Widerstand an meiner Spitze und halte inne. Mein Blick sucht Malias.

Erneut beißt sie sich auf die Lippe. Ihr Körper versteift sich ein wenig unter mir, so als würde sie sich dafür wappnen, was gleich auf sie zukommt.

Ich stütze mich auf einem Arm ab. Mit der anderen Hand fasse ich zwischen uns. Mein Daumen gleitet durch ihre Feuchtigkeit, in kreisenden Bewegungen fahre ich über ihre Klitoris.

Sofort entspannt sie sich wieder und ich kann sehen, wie die Angst in ihren Augen von der Lust vertrieben wird.

Ohne sie noch einmal vorzuwarnen, ziehe ich mich zurück und versenke mich dann mit einem Stoß komplett in ihr.

Ein schmerzverzerrtes Stöhnen entweicht ihren Lippen. Ihre Fingernägel bohren sich in meine Kopfhaut. Sie hat die Augen zusammengekniffen und atmet durch die Nase tief ein und aus.

Ich halte still, um das unangenehme Gefühl abebben zu lassen, bevor ich mich wieder in Bewegung setze. Mein Blick ist auf sie geheftet. Sobald ich auch nur den Anflug davon sehe, dass es ihr zu viel wird, ziehe ich mich zurück. Glücklicherweise wirkt sie auf mich gerade nicht so.

Ich streiche ihr über die Wange. Meine Lippen wandern ihren Hals hinauf und ich drücke einen Kuss unter ihr Ohr.

Dort spüre ich das Pochen ihres Herzschlags.

»Ist es auszuhalten?«

Malia nickt. Noch immer liegt sie ein wenig verkrampft unter mir.

»Soll ich weitermachen?« Ich stütze mich auf die Hand, um sie besser betrachten zu können.

Ihre Lider öffnen sich und ihr Blick findet meinen. »Ja«, haucht sie kaum hörbar.

Ich beuge mich zu ihr herunter und nehme ihre Lippen mit meinen in Beschlag.

Sie wird weicher unter mir und der feste Griff um meine Erektion lässt nach.

Vorsichtig bewege ich mich in ihr. Mit jedem Mal ziehe ich mich ein Stück weiter zurück, bis ich schließlich fast aus ihr herausgleite. Dann versinke ich bis zum Anschlag in ihr.

Malia legt den Kopf in den Nacken und stöhnt. »Es fühlt sich an, als wäre es zu viel und trotzdem nicht genug.«

Ihre Worte treiben mich weiter an. Wir haben noch nicht einmal richtig losgelegt und ich bin schon kurz davor zu kommen. Ich bewege mich rhythmisch in ihr. Mit dem Daumen male ich Kreise über ihre Klitoris.

Malias Atem wird schneller. »Oh ja, das fühlt sich so gut an.« Bei jedem Stoß hebt sie mir ihre Hüften entgegen.

Sie hat recht. Noch nie habe ich Sex so empfunden wie mit ihr. Wir sind im Einklang miteinander. Alles ist viel intensiver. Meine Brust fühlt sich plötzlich so voll an, als würde mein Herz jeden Moment hinausbrechen.

Ich habe keine Zeit, mir Gedanken über die Bedeutung dieser Emotion zu machen, denn mein Orgasmus nähert sich mit großen Schritten. Aber ich bin noch nicht bereit loszulassen, vorher soll Malia ihren Höhepunkt erneut finden. Ich beschleunige das Tempo. Auch mein Daumen wird schneller auf ihrer Klitoris. »Lia«, raune ich in ihr Ohr. »Du bist so verdammt heiß und fühlst dich unglaublich an. Ich halte es nicht mehr lange durch.« Mein Mund gleitet ihren Hals hinunter zu ihren Brüsten. Mit der Zunge fahre ich um ihre rosa Haut herum. Ich schaue zu ihr hoch. »Komm für mich.« Meine Lippen umschließen ihren Nippel und ich sauge an ihm.

Malia bäumt sich unter mir auf. Röte schießt ihr in die Wangen und ein Zittern lässt ihren Körper erbeben. »Ja«, stöhnt sie. Ihre Muskeln pulsieren um meinen Schwanz.

Mehr braucht es nicht, um auch mich an den Abgrund zu treiben. Ich lasse los und stürze mich hinein. Meine Arme geben vor Erschöpfung nach. Damit ich nicht auf ihr zusammenbreche, rolle ich mich mit Malia auf die Seite.

Ihre Wange liegt an meiner Brust.

Wieder überkommt mich das Gefühl, als würde mein Herz gleich meine Rippen sprengen, weil es so groß ist. Das kann nur eines bedeuten. Und zwar dass ich am Arsch bin. Aber so richtig.

Kapitel 33

Malia

Das war das Unglaublichste, was ich je erlebt habe, auch wenn es zeitweise echt schmerzhaft war. Meine Erkundungstour mit meinen beiden elektrischen Freunden kommt nicht einmal ansatzweise an die Gefühle heran, die ich gerade verspürt habe. Ich bin vollkommen überwältigt von der Intensität der Orgasmen.

Liams Herzschlag pocht in einem wilden Trab unter mir.

Meine Hand ruht auf seinem Bauch. Die festen Muskeln bewegen sich bei jedem Atemzug von ihm. Nur zu gerne würde ich sie nachfahren, aber mein ganzer Körper fühlt sich so ausgelaugt an, dass ich mich keinen Millimeter rühren kann.

Wie verhält man sich, nachdem man unglaublichen Sex mit jemandem hatte? Ist hier zusammen zu liegen angemessen oder sollte ich meine Sachen nehmen und das Weite suchen?

Verdammt, ich hätte Isla vorher nach solchen Details fragen sollen.

Das wunde, geschwollene Gefühl zwischen meinen Beinen drängt sich in den Vordergrund. Es ist Zeit, dass ich schaue, wie es um meine Virginia steht, nachdem Liams riesiger Hockeyschläger mit ihr gespielt hat. Ich stütze mich auf dem Bett auf und gucke Liam an.

Seine Brauen sind zusammengezogen, als wäre er tief in Gedanken.

Schlagartig macht sich ein ungutes Gefühl in meiner Magengegend breit. Es ist noch ein Grund mehr, einen Moment zu verschwinden, um eine kleine Bestandsaufnahme zu machen. »Darf ich kurz dein Bad benutzen?«

Er nickt, den Blick starr an die Decke geheftet.

Ich steige vom Bett und sammle auf dem Weg meine Klamotten ein. Nackt zu sein fühlt sich gerade falsch an. So verletzlich.

Ich schließ die Badezimmertür hinter mir. Die Fliesen unter meinen Füßen strahlen eine künstliche Wärme aus, die den Sturm in meinem Inneren ein wenig besänftigt. Vor dem Spiegel bleibe ich stehen. Meine Haare sind ein wildes Durcheinander. Von den Zöpfen auf dem Kopf ist nicht mehr viel übrig. Mein Wangen sind gerötet und irgendwie sehe ich anders aus. Ich weiß nicht, ob wirklich jemandem anzusehen ist, dass er keine Jungfrau mehr ist. Oder hat es etwas damit zu tun, dass ich mich anders fühle und mich deshalb verändert wahrnehme. Ich hoffe, es ist das zweite. Das Letzte, was ich möchte, ist, dass meine Familie mir ansieht, was ich getrieben habe – im wahrsten Sinne des Wortes. Ich werde es erst herausfinden, wenn ich dieses Badezimmer verlasse und wieder nach Hause fahre.

Da ich nicht zu lange hier drinnen verbringen möchte, ziehe ich mir mein Top an und benutze die Toilette. Ich wische vorsichtig das Papier zwischen meinen Beinen entlang. Feuchtigkeit durchzogen mit Blut kommt zum Vorschein. Es war zu erwarten, deshalb bin ich von dem Anblick nicht besonders schockiert. Dass Liams Laken wahrscheinlich genauso aussehen, ist mir nur ein bisschen unangenehm.

Aber bestimmt hat auch er damit gerechnet.

Ich spüle das Papier in der Toilette herunter und ziehe mich nach dem Händewaschen zu Ende an. Mein Blick geht zum Spiegel. Mit ein paar Handgriffen richte ich das Chaos auf meinem Kopf. Dann gehe ich zurück ins Schlafzimmer. Liam sitzt auf der Bettkante, das Gesicht ist in den Händen vergraben. Er hat sich in der Zwischenzeit Shorts übergezogen.

Das ungute Gefühl von vorhin kommt mit voller Wucht zurück. »Alles gut?«, frage ich und bin mir nicht sicher, ob ich die Antwort hören will.

Liam reibt sich über das Gesicht. »Das war ein Fehler.«

Schmerz durchzuckt meine Brust. Seine Worte fühlen sich wie die Klinge einer Machete an, die mein Herz zerstückelt.

Feuchtigkeit sammelt sich in meinen Augen. Nur mit Mühe kann ich die Tränen zurückhalten. Ich hatte das Gefühl, dass unsere Verbindung etwas Magisches war und kann mir nicht vorstellen, dass es genauso schön mit Ian oder einem anderen Typen geworden wäre.

Feuer brodelt durch meine Adern. Am liebsten würde ich ihn fragen, was ihm einfällt, so etwas zu sagen. Aber mir fehlt die Energie für eine Diskussion. Ich will einfach nur weg. Vor allem von ihm. »Ich gehe jetzt«, sage ich mit fester Stimme und bin mir nicht sicher, wo ich die Stärke dafür hernehme.

Liam schaut zum ersten Mal auf, seit ich das Schlafzimmer wieder betreten habe. »Ich fahre dich.«

Abwehrend halte ich eine Hand hoch, mit der anderen ziehe ich mein Handy aus der Hosentasche und öffne die Uber-App. »Nicht nötig. Mein Fahrer ist gleich da.« Ich schließe den Vorgang schnell ab.

Er steht auf und kommt ein paar Schritte auf mich zu. »Das ist doch Quatsch. Eine Fahrt nach Pickering ist schweineteuer, und ich mache es umsonst.« Noch immer sieht er mich nicht direkt an.

Ich lache auf, doch von Humor ist keine Spur in dem Laut, der durch den Raum hallt. »Quatsch ist hier eine ganz andere Sache. Aber ich habe jetzt echt keine Lust, mit dir zu diskutieren.« Ich wende mich von ihm ab und gehe in den Wohnbereich, um meine restlichen Klamotten einzusammeln. Die ganze Zeit über spüre ich Liams Gegenwart im Raum.

Das ist auch das einzige Anzeichen dafür, dass er mir gefolgt ist, denn er gibt keinen Ton von sich.

Ohne ihn noch einmal anzusehen, gehe ich zur Wohnungstür. Der Schmerz in meiner Brust ist auch so schon stark genug. Da brauche ich kein Salz in die Wunde schütten, indem ich mir die Eiseskälte in seinem Gesicht anschaue. Mit der Hand am Knauf halte ich kurz inne. »Ich wünsche dir noch einen schönen Abend.« Mein Griff um das kalte Metall verstärkt sich. »Oder ein schönes Leben«, flüstere ich mehr zu mir selbst als zu ihm. Ich öffne die Tür und trete hinaus.

»Malia«, ruft Liam mir hinterher.

Mit schnellen Schritten gehe ich auf das Treppenhaus zu. Den Fahrstuhl zu rufen, dauert mir zu lange. Ich will an die frische Luft und vor allem schleunigst weg von dem Mann, der mir den schönsten und schlimmsten Moment meines Lebens innerhalb eines Abends beschert hat.

Die Fahrt nach Pickering fliegt wie ein Traum an mir vorbei.

Auf Autopilot steige ich vor der Haustür von Isla aus dem Wagen.

Meine Eltern denken, dass ich den ganzen Abend bei ihr verbracht habe und mit ihr eine Pyjamaparty feiere.

Deshalb war es keine Option für mich, nach Hause zu fahren, auch wenn ich einfach nur allein sein und in mein Kissen heulen möchte.

Glücklicherweise hat Isla sturmfrei. Somit kann ich meinen Emotionen freien Lauf lassen und muss vor niemandem die Fassade aufrechterhalten.

Ich stolpere die Stufen zum Eingang hinauf.

Wie auf Kommando öffnet meine beste Freundin genau in diesem Moment die Haustür. Meine Füße berühren noch gar nicht ganz den obersten Absatz, da schließt sich mich schon in ihre Arme.

Das ist alles was es braucht, um die Gefühle, die ich mit aller Macht den ganzen Weg hierher zurückgehalten habe, an die Oberfläche zu bringen. Die Dämme brechen und Tränen laufen in Rinnsalen meine Wangen hinunter. Ein Schluchzen entweicht meinem Mund.

Islas Arme schließen sich fester um meine Mitte. »Egal, was passiert ist, alles wird wieder gut. Das verspreche ich dir.«

Etwas Kühles berührt meine Hand.

Ich schaue zur Seite.

Legolas schmiegt seine Schnauze an mich, so als wolle auch er mir Trost spenden.

Meine Finger gleiten durch samtig weiches Fell und sofort überkommt mich eine Welle der Ruhe.

Isla löst ihre Umarmung und gibt mir ein wenig Raum.

Ich wische mir mit der freien Hand die Feuchtigkeit aus dem Gesicht. Für einen kurzen Moment schließe ich die Augen. Ich atme tief ein und sammle Kraft für meine nächsten Worte »Ich glaube, ich habe mich verliebt.«

Isla nickt. »Ich weiß.« Sie kaut auf ihrer Unterlippe herum.

Meine Sicht verschwimmt, als sich wieder Feuchtigkeit in meinen Augen sammelt. »Er hat mein Herz herausgerissen und zu Staub zermalmt.«

Kapitel 34

Liam

Ich liege auf meiner Couch und starre an die Decke. Mit aller Kraft versuche ich, die Bilder des gestrigen Abends daran zu hindern, sich einen Weg an die Oberfläche zu bahnen. Doch noch schlimmer sind die Gefühle, die dieses Erlebnis in mir freigesetzt hat und die nun ungehindert in mir wüten. Ich reibe mir über das Gesicht. »Fuck.«

»Oh, da hat jemand aber richtig gute Laune.«

Ich zucke zusammen. Bis gerade eben war ich noch allein in meiner Wohnung. »Was machst du hier?«

Aiden lehnt an der Kücheninsel. Die Arme vor der Brust verschränkt. »Ich wollte nur mal schauen, wie es dir so geht.« Er schnappt sich einen Apfel aus der Obstschale, wirft ihn in die Luft und fängt ihn wieder auf. »Du weißt schon. Nach den aufregenden Ereignissen, die hier gestern stattgefunden haben.« Ein Grinsen breitet sich auf seinen Lippen aus. »Oder sollte ich besser erregende Ereignisse sagen?«

Ich balle die Hände so fest zu Fäusten, dass es knackt. »Mir geht es super. Du kannst jetzt also wieder gehen.«

Aidens Lachen hallt durch den Raum. »Ach, ich hab gerade nichts anderes zu tun.« Er stößt sich von der Kücheninsel ab und kommt auf mich zu. »Also versüße mir den

Morgen und gib mir ein paar Details.« Er setzt sich in den Sessel neben mir.

»Wir hatten wie abgemacht Sex. Mission erledigt. Zurück zur Normalität.« Ich setze mich auf. Eigentlich wollte ich den Tag einfach nur auf der Couch liegend verbringen und nichts tun. Eine Unterhaltung mit meinem besten Freund stand nicht auf dem Plan.

»Ich habe dich nie für jemanden gehalten, der sich selbst Lügen auftischt, um der Realität zu entfliehen.« Das Grinsen ist aus seinem Gesicht verschwunden. Ich bin mir nicht sicher, ob ich Aiden jemals so ernst gesehen habe.

»Weil du ja anscheinend den vollen Durchblick hast, gib mir die ungeschönte Wahrheit, oh, allwissender Aiden.« Ich strecke die Arme zur Seite aus. Bereit, seine Worte in mich aufzunehmen.

»Du bist verliebt. Selbst mit verbundenen Augen wäre das Knistern zwischen euch zu spüren gewesen.« Er fährt sich über den Bart. »Du musst es gewaltig verkackt haben, wenn du hier Trübsal blasend liegst, statt dich mit Malia durch die Laken zu rollen, oder auf Wolke sieben zu schweben.«

Ich verspüre den Drang, Aiden zu schlagen, weil er so selbstgefällig dasitzt und hier Beziehungstherapeut spielt, obwohl er selbst allergisch auf Gefühle reagiert. Doch ich unterdrücke den Wunsch, ihn bluten zu sehen. »Hast du mal darüber nachgedacht, dass der Sex vielleicht miserabel war und jeder aufglühende Funke schon erloschen ist, bevor ein Feuer überhaupt entfachen konnte?«

»Wow. Wir sind heute ja richtig tiefsinnig unterwegs.« Er hebt die Augenbraue. »Also ich tippe darauf, dass der Sex atemberaubend war. Sie hatte Herzchen in den Augen. Du hattest Herzchen in den Augen. Was ist passiert, dass du jetzt wie der Grinch hier sitzt, der sich fünf Tage vor Weihnachten überlegt, wie er allen das Fest versauen kann?«

Geräuschvoll atme ich aus und lege den Kopf auf den Kissen hinter mir ab. »Gefühle sind passiert.«

»Das hatten wir bereits.« Er wedelt mit der Hand herum. »Ich will mehr Details.«

»Wir hatten Sex und danach ist Malia mit einem Uber nach Hause gefahren. Ende der Geschichte.« Ich verschränke die Arme vor der Brust. »Zufrieden?«

»Noch nicht ganz.« Er reibt die Hände aneinander. »Lass uns doch gleich mal mit dem Grund anfangen, warum sie allein nach Hause gefahren ist und du sie nicht gebracht hast.«

Ich schaue zur Decke hoch. Vor meinen inneren Augen läuft der Moment von gestern wie ein Film ab. Die Gefühle, die mich überwältigt haben, wüten auch heute noch genauso stark in mir. Ich habe die Notbremse gezogen, um nicht alles vor die Wand zu fahren, was ich mir mein Leben lang erarbeitet habe. Der Schmerz in ihren Augen kurz bevor sie gegangen ist, hat mich getroffen wie ein Dolch mitten ins Herz.

Auch jetzt noch ist der reine Gedanke an Malias Gesichtsausdruck nicht zu ertragen. Aber vielleicht ist es besser, wenn sie mich hasst.

»Bekomme ich heute noch eine Antwort?«, fragt Aiden und unterbricht die Erinnerung an gestern Abend.

Ich reibe mir mit beiden Händen über das Gesicht. »Möglicherweise habe ich etwas gesagt, das ihr nicht gefallen hat.«

»Was?«, fragt Aiden und ich kann die Ungeduld in seiner Stimme hören. »Komm endlich mal auf den Punkt!«

»Entspann dich.« Ich schaue ihn an. »Wir hatten unglaublichen Sex. Dann sind die Emotionen ein wenig überwältigend geworden. Ich habe ihr gesagt, dass es ein Fehler war.«

Aiden stöhnt auf. Mit in den Händen vergrabenem Gesicht schüttelt er den Kopf. »Wie bist du auf die Idee gekommen, sowas von dir zu geben?«

»Weil es die Wahrheit ist. Wir hätten keinen Sex haben sollen.«

Er schaut auf. »Und ich bin derjenige mit einer Bindungsphobie«, murmelt er vor sich hin. »Hast du ihr wenigstens gesagt, warum du das denkst?«

»Nein, weil es keinen Unterschied macht.«

»Meinst du das gerade ernst?« Erneut schüttelt er den Kopf. »Es macht also keinen Unterschied, ob sie denkt, dass du es bereust, weil sie etwas falsch gemacht hat, oder ob sie weiß, dass du einfach ein verdammtes Weichei bist, weil du deinen kleinen Schwanz einziehst, sobald etwas schwierig wird? Sie malt sich bestimmt gerade einen Haufen Szenarien aus, was der Grund für deine Worte sein könnte.«

Ich hebe eine Braue. »Sie weiß sehr wohl, dass mein Schwanz verdammt groß ist.«

Das Knacken seiner Zähne ertönt, so fest beißt er sie zusammen. »Bring mich nicht dazu, dir Verstand einzuprügeln.«

»Was willst du denn von mir hören?«

»Hab einfach die Eier in der Hose, dazu zu stehen.« Aiden beugt sich zu mir, die Hände zu Fäusten geballt.

In mir kochen die ohnehin schon wilden Gefühle endgültig über. »Na schön. Ich habe mich in Malia verliebt«, brülle ich. »Jetzt zufrieden?«

»Ja.« Er lehnt sich im Sessel zurück. »Was hast du vor, um die Sache mit ihr wieder geradezubiegen?«

»Gar nichts, meine Gefühle ändern nichts daran, dass sie noch Schülerin an der Highschool ist und ich mich auf meine Rolle als Captain konzentrieren muss. Ohne Ablenkungen.«

Aiden schüttelt zum gefühlt hundertsten Mal, seit er meine Wohnung betreten hat, den Kopf. Wenn er so weitermacht, ist die Wahrscheinlichkeit einer Gehirnerschütterung größer als bei einem unserer Spiele. »Ich war zwar von Anfang an dagegen, aber nachdem ihr es sowieso schon wild getrieben habt, ist es doch auch egal. Warum unnötiges Drama verursachen, wenn es so einfach sein könnte?«

»Können wir einfach in Stille irgendein verdammtes Spiel gucken?«

Ich schließe meine Augen und spüre, wie eine Welle der emotionalen Erschöpfung über mich rollt. »Hauptsache, wir beenden dieses Thema.«

»Meinetwegen. Solange du morgen auf dem Eis der Cap bist, den wir alle brauchen, um den Stanley Cup zu holen, wirst du von mir nie wieder ein Wort darüber hören.« Er deutet an, über seinem Mund einen Reißverschluss zu schließen.

»Deal.« Eine willkommene Ruhe legt sich über mich. Für einen kurzen Moment fühlt es sich an wie *davor*.

Kapitel 35

Malia

Zum ersten Mal in meinem Leben verspüre ich keine Freude darüber, dass Weihnachten ist. Nicht diese Neugier, was wohl in den Geschenken sein mag. Nicht dieses wohlige Gefühl, wenn ich im Kreise meiner Liebsten eine schöne Zeit verbringe. Gar nichts. In mir herrscht einfach nur Leere.

Wie auf Kommando sticht es in meiner Brust.

Okay, emotionale Leere, aber ein Schmerz in dir, du verdammtes Herz. Zufrieden?

Glücklicherweise hat das Ziehen zwischen meinen Beinen endlich nachgelassen, dass mich die letzten Tage mit jedem Schritt an den *Fehler* erinnert hat, den wir gemacht haben.

Bei Liams Worten, die wie ein Ohrwurm durch meinen Kopf hallen, steche ich energischer in die Erbsen auf meinem Teller. Ich stelle mir vor, dass er es wäre, er hätte eine Gabel in seinem harten Bizeps verdient. Oder seinen wohl geformten Oberschenkeln. Oder den schön definierten Bauchmuskeln.

Scheiße. Warum muss sein Körper so perfekt sein und warum kann sein Charakter nicht genauso sein?

War es zu viel verlangt, dass er sich nicht wie ein Arschloch benimmt, nachdem wir Sex hatten? Zwei Monate lang war es ihm so wichtig, dass ich nicht an irgendeinen Typen meine

Jungfräulichkeit verliere. Er hat mich dazu gebracht, mich in ihn zu verlieben, nur damit er mein Herz unter seinen Kufen zermetzeln konnte.

Ich steche energisch in eine Erbse. Zumindest war das der Plan.

Sie rutscht unter meiner Gabel weg und schießt im hohen Bogen über den Tisch und kollidiert mit Jace' Wange.

Seine Augen weiten sich. Blitzschnell schießt seine Hand hervor und er fängt den Übeltäter auf. Er sieht die Erbse an, als hätte sie ihn mit ihrem Angriff persönlich beleidigt. Dann schaut er auf. Seine Braue wandert nach oben. ›Willst du ernsthaft Krieg?‹, fragt sein Blick.

Ich hebe mein Kinn auffordernd. ›Komm doch, wenn du dich traust.‹

Er schaut kurz zu beiden Seiten in Richtung der restlichen Familie.

Alle sind in Gespräche vertieft und niemand scheint uns Beachtung zu schenken.

Offensichtlich nimmt Jace das als Zeichen, die Schlacht zu beginnen. Er schnappt sich seine Gabel, belädt sie mit zwei Erbsen und hält sie wie eine Schleuder. Sein Zeigefinger löst sich von den Zacken und die kleinen grünen Geschosse sausen auf mich zu.

Die eine Erbse schnippe ich mit dem Handrücken weg, und verhindere so, dass sie meinen Hals trifft. Das zweite klatscht mitten gegen meine Stirn. Mit verengten Augen sehe ich meinen Bruder an. ›Das wirst du bereuen!‹ Ich nehme mir meinen Löffel und belade ihn mit einer ordentlichen Portion Kartoffelpüree. Ein teuflisches Lächeln breitet sich auf meinen Lippen aus.

Jace zieht die Augenbrauen zusammen. Eine Warnung liegt in seinem Blick.

In mir keimt der Funke von Spaß auf. Es ist das erste Mal seit knapp einer Woche, dass sich ein positives Gefühl in mir regt. Ich bin nicht bereit, es schon wieder loszulassen. Also katapultiere ich die gelbe Masse über den Tisch direkt in Jace' Gesicht.

Er hat noch versucht, sich zur Seite zu beugen, aber es war vergebens. Das Kartoffelpüree verteilt sich von seinem Augenwinkel über die Schläfe bis in seinen Haaransatz.

Alle Gespräche verstummen auf einen Schlag.

»Malia und Jace«, durchbricht die Stimme meiner Mom die Stille. Ihr Ton versetzt mich in die Zeit zurück, als wir noch klein waren, und mal wieder Blödsinn angestellt haben.

Schuldbewusst drehen Jace und ich die Köpfe in die Richtung unserer Mutter.

Sie sitzt an der Stirnseite des Tisches. Ihre Hände liegen locker zu beiden Seiten ihres Tellers. Auf den ersten Blick könnte man meinen, dass sie vollkommen entspannt ist. Aber wenn man genauer hinschaut, ist der Sturm in ihren Augen unübersehbar.

Eine gefühlte Ewigkeit warten Jace und ich wie auf heißen Kohlen, dass unsere Mom das los wird, was ganz offensichtlich in ihr brodelt.

Ich bin schon kurz davor, mich unter dem Tisch zu verkriechen, um den Blicken der restlichen Familie zu entkommen.

»Jason, du wirst bald Vater. Eine Essenschlacht mit deiner kleinen Schwester an Heiligabend ist nicht gerade das Vorbild, das du für deine Kinder sein solltest.« Sie schüttelt den Kopf.

Mit einem breiten Grinsen im Gesicht lehnt sich Jace zurück und streckt einen Arm zur Seite aus, sodass er auf Emmas Stuhl liegt. »Ich werde ein cooler Dad. Mit Nerf-Schlachten, Poolpartys und verrückten Streichen. Ich habe mich nur schon mal kurz darauf eingestimmt.« Er hält die Faust vor seinen Mund. »Außerdem hat Malia angefangen«, sagt er, zwischen vorgetäuschtem Husten.

Augenrollend schaue ich ihn an. »Wow, sehr reif, Jace. Das Baby kann sich freuen, dass es wenigstens ein erwachsenes Elternteil mit Emma hat.«

»Ich kenne das Spiel eben. Mom reißt mir den Arsch auf und du bekommst nur ein ›Das gilt auch für dich, Malia‹. Es wird Zeit, Verantwortung für deine Taten zu übernehmen.«

»Wenn ich sowieso Ärger kriege, soll es sich wenigstens lohnen.« Ich schnappe mir meinen kleinen Löffel vom Tisch und schleudere ihn auf Jace.

Seine Augen weiten sich, er schafft es in letzter Sekunde, das Geschoss abzufangen. Kopfschüttelnd sieht er mich an. »Wo ist nur unsere kleine Prinzessin hin?«

Dein guter Freund Liam hat mit ihr geschlafen und ihre Unschuld genommen. Aber das sage ich nicht. Schließlich habe ich mich selbst in diese Situation gebracht, wie schmerzhaft sie auch sein mag. So genervt ich von Jace gerade bin, ein Gutes hat sein blödes Gelaber. Mir ist bewusst geworden, dass mein Herz nicht für immer gebrochen sein wird. Es braucht nur ein kleines bisschen mehr Zeit, um zu heilen. Dann wird Liam nur noch eine blasse Erinnerung sein.

Kapitel 36

Liam

»Unbesiegbar? Die Toronto Ice Wolves haben ihre stärkste Saison seit zwanzig Jahren. Das Angriffstrio bestehend aus Center Liam Cohen und seinen Wingern Aiden McGrath und Maverick Slater ist schneller als jede gegnerische Abwehr. Wenn es dem anderen Team doch gelingt, den Puck an sich zu reißen, schafft er es selten an dem Goalie Bennett Stone vorbei ins Netz. Sind die Ice Wolves etwa auf dem Weg zum Stanley Cup?«, liest Aiden einen Artikel vor.

Stöhnend reibe ich mir über das Gesicht. »Können die Leute nicht endlich aufhören, so etwas zu sagen?«

»Hoffentlich nicht. Ich höre gerne, wie genial wir auf dem Eis sind.« Mav sitzt breit grinsend neben East auf der Couch.

»Ich meinte nicht das Lob unserer Leistung, sondern den Teil mit dem Stanley Cup.« Die Härchen an meinen Armen stellen sich bei dem Gedanken, die Meisterschaft zu gewinnen, auf, aber nicht im positiven Sinne. »Ich habe das Gefühl, dass uns dieses Gerede am Ende verflucht und unsere Siegesserie von einer Reihe Niederlagen abgelöst wird.« Unter meiner Haut kribbelt es unangenehm. Ich reibe über die Stelle in der Hoffnung, es zu vertreiben.

East sieht mich kopfschüttelnd an. »Ihr Sportler und euer

Aberglaube. Wenn mir jemand sagt, dass ich auf dem Weg an die Spitze der Charts bin, feiere ich eine verdammte Party.«

»Und wenn ihr es doch nicht schafft?«

Er wirft mir einen ›Was ist das für eine bescheuerte Frage?‹-Blick zu. »Dann schmeiße ich noch eine Party, um die Enttäuschung zu vertreiben. Oder ich lade mir ein paar Mädels ein, damit sie mich auf andere Gedanken bringen.«

Maverick streckt die Hand zu East aus. »Das ist genau nach meinem Geschmack.« Die beiden klatschen sich ab. »Lasst uns einfach den Moment genießen und feiern, dass wir verdammte Götter auf dem Eis sind.«

»Darauf trinke ich«, sagt Bennett.

Er, Aiden, Maverick und East heben ihre Gläser zum Toast. Alle vier Blicke landen auf mir.

»Nun mach schon, Cap. Man muss auch kleine Siege feiern können.« Aiden deutet mit der freien Hand, dass ich mein Glas dazu halten soll.

Widerwillig hebe ich mein Glas in die Runde. Ich will niemandem den Spaß verderben, nur weil ich mich nicht an unseren Erfolgen erfreuen kann. Zumindest in diesem Moment. Alles in meinem Leben fühlt sich gerade wertlos an, seit Malia aus meinem Schlafzimmer gestürmt ist. Es ist über einen Monat her und trotzdem ist keine Besserung in Sicht.

In der ganzen Zeit habe ich nicht einen einzigen Ton von ihr gehört. Ich war mir sicher, dass sie irgendwann eine Nachricht schreiben würde. Dann hätte ich eine Ausrede gehabt, warum ich nicht den Kontakt abbrechen und Abstand halten konnte, um das Richtige zu tun.

Bei den Gedanken an Malia fühlt sich mein Brustkorb plötzlich eng an und meine Finger kribbeln. Nur mit Mühe kann ich mich davon abhalten, nach meinem Telefon zu greifen und ihr zu schreiben.

Etwas Feuchtkaltes berührt meine Wange und reißt mich aus der Abwärtsspirale meiner Gedanken.

Ein Eiswürfel landet neben meinen Füßen.

Ich sehe in die braunen Augen meines besten Freundes.

›Mach es nicht‹, sagt sein Blick.

›Keine Ahnung, wovon du redest.‹ Ich nehme einen großen Schluck Cola und wünschte, es wäre etwas Stärkeres. Die Angst Malia anzurufen, sobald der Alkohol meine Hemmschwelle senkt, ist einfach zu groß. Ich lege den Kopf auf der Couchlehne ab und schließe die Augen. *In deinem Leben ist gerade kein Platz für die Liebe und das Drama, das mit ihr kommen würde. Konzentrier dich auf deinen Job. Deine Teamkameraden verlassen sich auf dich.* Ich halte mich an der Vernunft fest, denn ohne sie würde ich in ein dunkles Loch fallen, aus dem es kein Weg hinaus gibt.

»Was ist denn mit dir los?«, fragt East laut und stößt mich mit dem Fuß leicht an.

Mein Puls beschleunigt sich. Schnell setze ich mich wieder auf. Ich versuche meine Lippen zu einem Grinsen zu bewegen. Aber die Blicke der anderen zeigen deutlich, dass es mir nicht gelingt. »Mit mir ist alles bestens.« Ich nehme noch einen großen Schluck der jungfräulichen Cola.

Jungfräulich wie Malia, bevor du mit ihr geschlafen hast.

Fuck. Fuck. Fuck. Ich reibe mir über die Stirn, um die Bilder von ihr aus meinem Kopf zu vertreiben.

»Du siehst nicht so aus, als wäre alles bestens.« East mustert mich aufmerksam. In seiner Hand glimmt ein Joint vor sich hin.

Er raucht nicht oft, aber heute bin ich dankbar dafür, denn es gibt mir genau die Ausrede, die ich brauche, um wenigstens ihn auf eine andere Fährte zu locken. »Ich glaube, deine Sicht ist gerade nicht besonders klar.«

Aus dem Augenwinkel sehe ich, wie alle drei Teamkameraden ein ›Bullshit‹-Gesicht machen, aber zu meinem Glück halten sie die Klappe.

East nimmt einen tiefen Zug. Es dauert einen Moment, bis er den Rauch wieder auspustet und eine neue Wolke des

Grasgeruchs unsere Gruppe umhüllt. Seine rotunterlaufenen Augen sind auf mich gerichtet. »Hm, irgendwie strahlst du neuerdings merkwürdige Vibes aus.«

»Unser Cap ist wegen der Playoffs und der Meisterschaft nur ein bisschen gestresst.« Aiden streckt die Arme über die Couchlehne aus. »Das sind die Bürden, die ein Anführer tragen muss.«

East schaut mich noch einen Moment lang an. Dann nickt er und holt sein Handy aus der Tasche. »Es wird Zeit für ein bisschen weibliche Gesellschaft.«

Ich wappne mich dafür, den Rest des Abends eine Rolle zu spielen, die ich nicht haben will. Mit der Zeit wird die Erinnerung an Malia verblassen und mein Leben wird sich wieder wie früher anfühlen.

Kapitel 37

Malia

Ich reibe mir den Schlaf aus den Augen und drehe mich auf den Rücken.

Wie jeden Morgen schaue ich auf meinem Handy, was so los ist in der Welt meiner Schulkameraden oder auch bei anderen Personen, die mir angezeigt werden. Mein Herz rutscht in die Hose, als ich all die Videos und Bilder von verliebten Paaren und romantischen Geschenken sehe.

Mit aller Macht habe ich versucht, Valentinstag aus meinem Bewusstsein zu verdrängen.

Aber das ändert nichts daran, dass er für verliebte Paare weiterhin existiert und diese Menschen zu meinem Übel ihr Glück mit der ganzen Welt teilen wollen.

Stöhnend werfe ich das Telefon zur Seite.

Hüpfend landet es neben mir auf der Matratze.

Für meinen inneren Frieden werde ich am heutigen Tage weder mein Zimmer noch dieses Bett verlassen. Wenn ich morgen früh aufstehe und zur Schule gehe, ist der Spuk vorbei.

Mit dem festen Willen, die vollkommene soziale Isolation durchzuziehen, ziehe ich die Decke über meinen Kopf und vergrabe mich in meiner Höhle.

Meine Tür wird ohne Vorwarnung aufgerissen und knallt gegen die Wand.

Ich schrecke aus meiner liegenden Position auf. »Was verdammt nochmal stimmt mit dir nicht?«, frage ich meine beste Freundin und lege die Hand über mein rasendes Herz.

Isla lehnt im Türrahmen. Eine Tüte baumelt von ihren Fingern. Unbeeindruckt sieht sie mich an. »Ich bin hier, um dich aufzumuntern.« Sie wirft mir etwas zu, dass ich zuvor nicht gesehen habe.

Ich fange das gelbe Geschoss. »Mit einer Zitrone?«

Isla greift in die Tüte. »Wenn das Leben dir Zitronen gibt, trink Tequila dazu.« Genau den zieht sie aus ihrem Beutel heraus.

Ich schaue sie stirnrunzelnd an. »Soll man in dem Sprichwort nicht Limonade aus Zitronen machen?«

»Bei uns gibt es die erwachsene Version. Ich habe das Gefühl, dass du heute etwas Hochprozentiges gebrauchen kannst.« Isla setzt sich neben mich.

»Ich habe eher das Bedürfnis meinen Kummer, in Kalorien anstatt Alkohol zu ertränken.«

Mit einem breiten Grinsen greift sie erneut in die Tüte. »Kein Problem. Ich habe genug Zitronen, um einen Kuchen zu backen und ihn anschließend mit Tequila hinunterzuspülen.«

»Der Plan gefällt mir definitiv besser.« Ich wollte mich zwar eigentlich verkriechen, aber ein wenig Ablenkung kann nicht schaden, damit der Tag schneller vorbeigeht.

Isla springt auf und klatscht in die Hände. »Lass uns die Küche unsicher machen.«

»Die Falsche sollten wir besser nicht mitnehmen. Ich denke, die Begeisterung meiner Eltern würde sich bei ihrem Anblick in Grenzen halten. Außerdem könnte es Fragen aufwerfen, die ich wirklich nicht beantworten möchte.« Ich verziehe das Gesicht schon bei dem Gedanken daran, meinen Eltern von Liam zu erzählen. Diese Geschichte wird für immer mein kleines Geheimnis vor meiner Familie bleiben.

»Du hast recht.« Sie holt einen Teil der Zitronen heraus und lässt die restlichen mit dem Tequila für später zurück.

Gemeinsam gehen wir hinunter in die Küche, wo meine Eltern am Tisch sitzen und ihr Mittag essen.

»Hey, hast du endlich ausgeschlafen oder hat Isla dich geweckt?«, fragt meine Mom. Ein Lächeln umspielt ihre Lippen.

»Ich war schon wach. Zum Glück, sonst hätte ich bestimmt einen dauerhaften Schaden genommen, wenn ich mit so einem Schrecken, wie Isla ihn mir verpasst hat, aus dem Schlaf gerissen worden wäre.« Ich werfe meiner besten Freundin einen vorwurfsvollen Blick zu.

Sie zuckt mit den Achseln. »Sorry, not sorry. Ich liebe nun mal spektakuläre Auftritte.«

»Wie wahr.« Ich stütze die Ellenbogen auf der Kücheninsel ab und schaue zu meinen Eltern. »Ist es in Ordnung, wenn wir einen Kuchen backen?«

»Na klar, aber ich möchte ein Stück abhaben.« Meine Mom zwinkert mir zu.

Dad hebt die Gabel, als würde er sich melden. »Ich auch.«

»Kein Problem«, sagt Isla und legt die Zitronen auf der Arbeitsfläche ab. »Wir haben genug hiervon, um einen extra großen Kuchen für uns alle zu backen.«

»Das klingt toll«, sagt Mom. Sie räumt die mittlerweile leeren Teller zusammen und steht vom Tisch auf. »Wir überlassen euch die Küche. Ruft einfach, wenn ihr etwas braucht.«

Ich mache mich daran, Schüsseln und Zutaten aus den Schränken zu holen. Aus dem Augenwinkel sehe ich, wie mein Dad in der Küchentür innehält.

Er schaut über die Schulter zurück zu mir. »Ach, Malia. Gestern ist noch ein weiterer Brief angekommen. Ich habe ihn auf den Stapel mit den anderen gelegt. Es wird langsam Zeit, dass du sie öffnest.«

Ich verziehe das Gesicht. »Danke, Dad.«

Isla sieht mich stirnrunzelnd an. »Was für Briefe? Hast

du mir etwa verheimlicht, dass Liam dir romantische Zeilen zukommen lässt?«

Ich lache auf, aber selbst mir entgeht der bittere Unterton dabei nicht. »Schön wäre es. An der Front herrscht seit unserem letzten Treffen totale Funkstille. Es sind die Briefe von den Colleges, an denen wir uns beworben haben.«

Die Falte auf Islas Stirn vertieft sich. »Warum hast du nicht gesagt, dass sie sich auch bei dir gemeldet haben?« Sie verschränkt die Arme vor der Brust. »Und warum zur Hölle öffnest du sie nicht?«

Ich reibe mir über das Gesicht und schaue meine beste Freundin zwischen den Fingern hindurch an. »Dann ist alles so real. Was, wenn ich an keinem College angenommen wurde, von dem du eine Zusage bekommen hast? Ich bin nicht bereit, diese Erfahrung ohne dich zu machen.«

Isla hebt die Hand abwehrend. »Es besteht nicht einmal ansatzweise die Chance, dass kein College dich haben will. Ich bin mir zu hundert Prozent sicher, dass *mindestens* eins dabei ist, was uns beide annimmt. Also hör auf, so einen Unsinn zu reden.« Sie hebt eine Braue. »Im Übrigen gäbe es diese Zweifel gar nicht, wenn du die Briefe direkt aufgemacht hättest.«

Der Knoten in meinem Magen hat sich mit jedem Wort meiner Freundin mehr gelöst. »Du hast ja recht.«

Sie schnippt ihre Haare über die Schulter. »Ich weiß.« Ihr Blick wird ernster. »Es ist schrecklich zu sehen, was Liam angerichtet hat. Deine Selbstzweifel sind so groß wie noch nie zuvor. Und sie waren schon vor dem Sex mit ihm nicht besonders klein. Manchmal bereue ich es, dich nicht von dieser Idee abgebracht zu haben.«

»Ich nicht, denn auch wenn es gerade noch ein bisschen wehtut, war die Zeit mit ihm schön. Besonders die kurz vor dem Ende.« Ich wackle mit den Augenbrauen. Da ich das Gefühl habe, irgendetwas machen zu müssen, wiege ich die Zutaten für den Kuchen ab.

»Diese Unterhaltung schreit nach einer Runde Tequila. Lass uns dieses Baby hier schnell in den Ofen bringen und in dein Zimmer verschwinden.« Sie hebt den Finger in meine Richtung. »Außerdem werden wir deine Briefe mitnehmen und alle öffnen. Schließlich müssen wir die Trips zu den Colleges planen, an denen wir beide angenommen wurden. Es ist Zeit, die Zügel für dein Leben wieder in die Hand zu nehmen und es auf die richtigen Bahnen zurückzuleiten.«

Ich bewerfe Isla mit einer kleinen Ladung Mehl. »Bist du neuerdings so ein Lifecoach, und wirfst jetzt immer Metaphern um dich?«

Augenrollend schüttelt sie den Kopf. »Ich bin eine beste Freundin, die ihren Job macht. Du hattest genug Zeit, um deine Wunden zu lecken. Jetzt bin ich die Stütze, die dich wieder auf die Beine bringt.«

Ich werfe erneut eine Ladung Mehl in ihre Richtung. »Da war nochmal mindestens eine.«

Isla reibt über die vollgestreute Arbcitsfläche, bis ihre Handflächen weiß sind. Mit einem teuflischen Grinsen dreht sie sich zu mir.

Bevor ich die Chance habe, mich in Sicherheit zu bringen, umfasst sie meine Brüste. Auf meinem schwarzen Shirt prangen zwei perfekte weiße Handabdrücke.

»Du bist so blöd.« Ich versuche sie böse anzugucken, aber es ist vergebens. Prustend lache ich los.

Isla stimmt mit ein. »Ich glaube, wir sind noch nicht bereit für den Start ins Erwachsenenleben.«

»Singt Shawn Mendes nicht schon davon, niemals erwachsen werden zu wollen?«

»Das ist vollkommen aus dem Kontext gerissen, aber okay. Lass uns das innere Kind einfach für immer am Leben halten.« Sie zieht ihr Handy aus der Hosentasche. »Es ist an der Zeit für ein Selfie. Schließlich hält man schöne Momente fest.«

Ich ziehe eine Braue hoch. »Du findest, einen Zitronenkuchen zu backen, weil mein Herz zerstückelt wurde, ist ein schöner Moment?«

»Nein, den Teil meinte ich damit nicht. Wenn wir in ein paar Jahren vollkommen in der Last versunken sind, die das Erwachsensein mit sich bringt, schauen wir auf dieses Bild zurück und lachen darüber, wie naiv wir doch waren.«

»Hast du heute früh irgendwelche bunten Pillen eingeworfen?«

»Ja, die der Weisheit.«

Ich kann mir ein Schmunzeln nicht verkneifen. »Nun mach schon das Bild und dann lass uns endlich diesen Kuchen fertig backen.«

Isla zieht mich an sich, sodass unsere Wangen förmlich aneinanderkleben. Das Telefon streckt sie ein wenig in die Luft. Dann drückt sie ein paarmal auf den Auslöser.

Sie schaut sich die einzelnen Bilder genauer an.

Ich mache mich hingegen wieder an die Arbeit, damit der Teig endlich seinen Weg in den Ofen findet.

Die letzten Schritte sind schnell erledigt.

Während der Kuchen vor sich hin backt, räume ich das Chaos auf, das wir angerichtet haben. Allein, denn Isla spielt noch immer an ihrem Handy herum.

»Danke für die Hilfe«, sage ich während ich die klebrige Schüssel in den Geschirrspüler räume.

»Den Sarkasmus kannst du dir sparen. Ich habe nur schnell mit der Welt geteilt, was wir für heiße Girls sind.« Ihre Mundwinkel heben sich in ein schiefes Grinsen. »Selbst voller Mehl.«

»Du hast recht, das ist natürlich viel wichtiger.« Ich wische über die Arbeitsfläche, dann sind die letzten Spuren beseitigt.

»Da war er schon wieder, der Sarkasmus. Wenn deine DMs voll sind, weil du mit den Handabdrücken auf den Brüsten so heiß aussiehst, wirst du mir danken.«

Ein Schnauben entweicht mir. »Klar. Und du wirst mir dafür danken, dass ich den Kuchen fertig gemacht habe, wenn dein

Magen hungrig knurrt.«

Sie legt einen Arm um meine Schulter. »Das, meine liebe Malia, nennt man Arbeitsteilung und jetzt gib mir dein Telefon, damit ich meine Story bei dir teilen kann.« Sie streckt ihre Hand aus und wackelt mit den Fingern.

»Tu, was du nicht lassen kannst.« Ich ziehe mein Handy aus der Hosentasche und gebe es ihr.

Isla lacht teuflisch auf. »Oh, das ist ja quasi ein Freifahrtschein, auf deinem Account ein wenig Unruhe zu stiften.« Sie tippt wild auf meinem Handy herum.

Mein Herz rutscht mir in die Hose. »So war das nicht gemeint.« Schnell versuche ich ihr das Telefon aus der Hand zu schnappen, aber sie weicht mir aus.

»Entspann dich, ich habe nur die Story geteilt.« Ihr Blick ist auf das Display geheftet, als wäre er dort festgeklebt. »Oh.«

»Was ist los?« Ein ungutes Gefühl macht sich in mir breit. Ich greife erneut nach meinem Handy.

Dieses Mal überlässt Isla es mir bereitwillig.

Sie hat meine Story und die Liste der Leute, die sie angesehen haben, geöffnet, was nach ein paar Sekunden nicht viele sind. Genaugenommen ist es nur eine Person.

Mein Brustkorb zieht sich zusammen.

Liam.

Ein ersticktes Geräusch entweicht meiner Kehle.

Das war ein Fehler, hallen seine Worte durch meinen Kopf. Sie fühlen sich wie ein Messer an, das ich von hinten in den Rücken gerammt bekomme, wenn ich am wenigsten damit rechne.

Ich hatte in den letzten Wochen das Gefühl, wenigstens in Babyschritten auf dem richtigen Weg zu sein, Liam zu vergessen. Aber offenbar habe ich mich geirrt, denn schon seinen Namen zu sehen, reicht, um mich emotional zurück zu meinem Geburtstag zu befördern. Dem Tag, an dem er mein Herz in Stücke gerissen hat.

Dass er trotz allem schaut, was ich so mache, jagt einen Hurrikan durch meine Gefühlswelt.

Vielleicht war es auch nur ein Versehen. Schließlich laufen die Storys von allein durch.

»Zerbrich dir nicht den Kopf darüber, ob es ein Versehen war oder ob er es sich bewusst angeschaut hat.« Sie streicht mir über den Arm.

»Mache ich gar nicht«, stammle ich.

Isla zieht eine Braue hoch. »Du hast es vor dich hin gemurmelt, dabei hattest du eine grüblerische Falte genau hier.« Sie tippt sich an die untere Stirn. »Er sollte gar keinen Platz in deinen Gedanken finden.«

Das Klingeln meines Timers bewahrt mich vor einer Antwort. In Schweigen gehüllt hole ich den fertigen Kuchen aus dem Ofen.

Islas Blick bohrt sich wie heißes Metall in meine Seite. »Du musst ihn blockieren.«

Ich schnelle zu ihr herum, bei der Bewegung kommt mein Handgelenk gegen das Metall der Kuchenform. »Autsch.« Schützend ziehe ich es an meine Brust. Ein feuerroter Strich ist zu sehen.

»Halt es schnell unter lauwarmes Wasser.« Isla reißt den Hahn auf und testet die Temperatur.

Ich tauche die Stelle in den Strahl. Das brennende Gefühl nimmt langsam ab. »Kann dieser Tag noch beschissener werden?«

Isla verpasst mir einen Knuff in die Seite. »Hey, wir waren auf dem Weg, einen verdammt guten daraus zu machen. Kann ja keiner was dafür, dass es mit einem Mal so steil bergab geht.«

»Also genaugenommen ist das erst passiert, nachdem *du* unbedingt ein Bild bei Instagram teilen musstest.«

»Ja, okay. Aber *ich* bin auch diejenige, die so clever war, Tequila und Zitronen mitzubringen. Jetzt ist der Zeitpunkt gekommen, der nach beidem schreit.«

»Du hast recht. Nur brauche ich vorher noch ein Stück davon.« Ich deute auf den frischen Kuchen hinter mir. »Auf leeren Magen macht sich Alkohol nicht besonders gut.«

»Sorgt warmer Kuchen nicht für Bauchschmerzen?«

Ich stelle den Wasserhahn ab und schneide zwei große Stücke ab, ohne mich erneut an der Form zu verbrennen. »Im Leben muss man Risiken eingehen.«

»Lass uns diesen Tag in Zucker und Alkohol ertränken.«

Isla streckt ihre Hand aus. »Dein Handy nehme lieber ich, bevor du noch etwas dummes anstellst.«

Ich rolle mit den Augen. »Na schön.« Im Vorbeigehen reiche ich es ihr. Wahrscheinlich ist es besser so. Das Risiko, Liam später zu schreiben, wäre viel zu groß.

Kapitel 38

Liam

Mein Blick geht zur Uhr. Ich schaffe es gerade noch rechtzeitig zum Spiel meines kleinen Bruders.

Wann immer mein Kalender es zulässt, fahre ich nach Georgetown, um meine Familie zu sehen oder Luke anzufeuern. Die Ausflüge zurück zu meinen Wurzeln halten mich am Boden, egal, wie gut unsere Saison läuft.

In diesem Jahr könnte es gar nicht besser sein. Wir stehen kurz vor den Playoffs. Mein Trainer ist zufrieden mit mir, die Medien auch, nur ich selbst kann mich an meiner Leistung nicht erfreuen. Es grenzt schon an ein Wunder, dass ich nicht total verkacke, wann immer ich das Eis betrete. Eigentlich sollte mein Kopf vollkommen auf das Spiel fixiert sein, aber ich werde Tag und Nacht von den Erinnerungen an Malia gequält. Glücklicherweise setzt mein Instinkt jedes Mal ein, wenn ich meine Ausrüstung anlege und die Skates zubinde. Anders kann ich mir nicht erklären, wie ich weiterhin die Leistung abliefere, die alle von mir erwarten.

Ein lautes Klopfen ertönt neben meinem Kopf.

Ich fahre herum und sehe meine Mom an meiner Autotür stehen. *Wann zur Hölle bin ich an meiner alten Highschool angekommen und habe mein Wagen geparkt?*

Ich bin momentan so häufig in Gedanken versunken, dass es nicht mehr normal ist. Es wird gefährlich, wenn ich mich teilweise nicht einmal an den Weg hierher erinnern kann. Ich reibe mir kräftig über das Gesicht und schnappe mir meinen Schlüssel und das Handy. Meine Mom tritt einen Schritt zur Seite, als ich die Fahrertür öffne.

»Hey. Stimmt etwas nicht? Du siehst ein bisschen fertig aus.« Eindringlich mustert sich mich.

Ich stiege aus und umarme meine Mutter. »Bin nur ein wenig müde vom Training.«

»Du hättest dich lieber ausruhen sollen, als den Weg hierher zu fahren.«

Ich kann die Sorge meiner Mutter in ihren Augen sehen. »Quatsch, es gibt Leute, die pendeln jeden Tag diese Strecke nach Toronto zur Arbeit.« Ich werfe die Autotür zu und lege einen Arm um die Schultern meiner Mom. »Außerdem würde ich jede Möglichkeit nutzen, meinen kleinen Bruder spielen zu sehen, selbst wenn ich am anderen Ende des Landes wohnen würde.«

Meine Mom lächelt mich an. »Luke ist ganz aufgeregt, weil du zuguckst. Mach dich schon mal darauf gefasst, dass er eine detaillierte Analyse des Spiels und Verbesserungstipps haben will.«

»Kein Problem. Ich tue alles in meiner Macht Stehende, um ihm bei seinem Traum, in der NHL zu spielen, weiterzuhelfen.« Mein Blick findet den meiner Mom. »Es wäre so cool, wenn wir irgendwann zusammen in der Liga spielen. Als Gegner, oder noch besser als Teamkameraden.«

Sie lacht auf. »Mir wäre das zweitere lieber, dann brauche ich mich nicht entscheiden, wen von euch beiden ich anfeuere.«

Ein Grinsen, das sich zum ersten Mal seit fast drei Monaten echt anfühlt, breitet sich auf meinen Lippen aus. »Das werde ich meinen Bossen sagen, damit sie Luke scouten und ihn im Draft auswählen.«

Meine Mom seufzt. »Wie einfach das Leben wäre, wenn es wirklich so laufen würde.«

»Mach dir keine Sorgen. Es ist nur eine Frage der Zeit, bis die Teams an seine Tür klopfen.« Ich drücke ihr einen Kuss auf den Kopf.

»Genug von deinem Bruder. Erzähl mir, wie es bei dir gerade läuft.« Sie schaut mich erwartungsvoll an.

An der Eingangstür zur Eishalle bleibe ich stehen. Ich nehme den Arm von der Schulter meiner Mutter und öffne die Tür für sie. »Uns fehlen nur noch ein paar Siege, um uns für die Playoffs zu qualifizieren. Mein Job als Kapitän sollte für die nächste Saison gesichert sein.«

»Das ist wunderbar, Liam. Dein Vater und ich sind unglaublich stolz auf dich. Aber ich möchte wissen, wie es in deinem Privatleben gerade aussieht.« Sie geht an mir vorbei hinein in die Arena.

Sofort fühlt sich die Luft um uns herum zehn Grad kälter an. »Ernährst du dich gesund? Kümmerst du dich ordentlich um deinen Körper und deine Verletzungen? Hast du jemanden kennengelernt?«

Wie ein Meteorit schlägt die dritte Frage in meine Magengrube ein und verpasst mir eine Welle der Übelkeit. »Ich halte mich an die Pläne unserer Ernährungsberater. Mein Körper ist in der besten Form, die ich je hatte.« Ich zwinge ein Lächeln auf meine Lippen.

Kopfschüttelnd sieht meine Mom mich an. »Wer ist es?«

Eine Falte von der Tiefe des Grand Canyon bildet sich zwischen meinen Brauen. »Wovon redest du?«

Meine Mom wirft mir einen ›Ich bin nicht blöd‹-Blick zu. »Wie heißt die Frau, die dafür sorgt, dass du diesen traurigen Ausdruck in deinen Augen hast und vollkommen fertig aussiehst?«

Bilder von Malia tauchen in meinem Kopf auf. Ihr Lächeln. Ihre grünen Augen. Ihre unvergleichbare Ausstrahlung. Das

Gefühl, vor einer vollen Arena ein Spiel zu gewinnen, kommt nicht einmal ansatzweise an das heran, Malia in meinem Bett zu haben. Nackt. Unter mir.

Verdammt, jetzt ist nicht der richtige Zeitpunkt dafür!

Ich blinzle ein paarmal, um die Bilder zu vertreiben und meine Sicht zu klären.

Meine Mom schaut mich mit einem traurigen Lächeln an. »Du bist verliebt.«

Mein Herz zieht sich schmerzhaft zusammen. Ich fahre mir durch das Haar und zerre an den Enden, jede Ablenkung von dem Ziehen in meiner Brust ist mir recht.

Meine Mom streicht über meine Wange. »Was ist passiert?«

»Sie und ich wussten von vornherein, dass wir keine gemeinsame Zukunft haben.« Ich zucke mit den Schultern, auch wenn in meinem Inneren das Gegenteil von Gleichgültigkeit herrscht.

»Was spricht denn gegen eine Beziehung?« Meine Mutter sieht mich eindringlich an.

Ich kann die Kufen auf dem Eis schon hören und wäre jetzt viel lieber dort, als meine tiefsten Gefühle im Eingangsbereich vor meiner Mom auszubreiten. Aber ich habe dieses Thema schneller hinter mir, wenn ich nicht versuche das abzustreiten, was für Mom offensichtlich ist. Nur werde ich ihr die abgespeckte Version geben, denn nicht alles ist für elterliche Ohren bestimmt.

Ein leichter Stoß trifft meine Schulter. »Hey, was soll das?« Ich reibe über die Stelle, auch wenn sie nicht wirklich wehtut.

»Hör auf mich warten zu lassen. Ich verpasse noch das Spiel von deinem Bruder, nur weil du nicht mit der Sprache herausrückst.« Sie stemmte die Hände in die Seiten. »Also, was ist der Grund dafür, dass du nicht mit dem Mädchen zusammen sein kannst, in das du verliebt bist?«

Ich verschränke die Arme vor der Brust. »Eishockey und meine neue Position nehmen meine ganze Zeit ein, da kann ich keine Ablenkung gebrauchen. Außerdem hat sie jemanden verdient, der sie zu seiner Nummer eins macht. Derjenige kann ich nicht sein. Mal ganz davon abgesehen, dass sie zu jung und die Schwester von einem Freund ist. Das bringt nur unnötigen Ärger mit sich.«

Meine Mom sieht mich eine gefühlte Ewigkeit einfach nur an.

Ich werde unter ihrem Blick unruhig. So wie früher, wenn ich etwas angestellt und darauf gewartet habe, wie sie reagiert. Mein Hals fühlt sich plötzlich trocken an und ich schlucke schwer.

»Ich sehe keinen überzeugenden Grund, der euch davon abhält, zusammen zu sein. Für alle Probleme, die du aufgezählt hast, gibt es eine Lösung.«

Meine Kehle schnürt sich weiter zu. Die Hoffnung, die für einen kurzen Moment aufkommt, ersticke ich sofort im Keim. »Du kennst sie doch gar nicht. Vielleicht hat es abgesehen davon einfach nicht zwischen uns gepasst.« *Belüg dich ruhig selbst.*

Ein Ausdruck, den ich nicht deuten kann, fliegt über das Gesicht meiner Mutter. So schnell, wie er da war, ist er auch schon wieder verschwunden. »Wenn es nicht gepasst hat, war sie vielleicht nicht die Richtige.« Mom lächelt mich an, doch es erreicht ihre Augen nicht. »Und die wird definitiv noch kommen, da bin ich mir sicher.«

Das Problem ist nur, dass es sich angefühlt hat, als hätte ich sie schon gefunden.

Kapitel 39

Malia

Ich hebe die Faust und klopfe fest gegen das Holz. In meinem Kopf spielt eine Melodie, die ich versuche, an der Tür zu erzeugen. Eigentlich hätte ich auch einfach den Schlüssel nehmen können, aber manchmal bin ich gerne die nervige kleine Schwester.

Faith hat Pech, dass heute einer dieser Tage ist.

Meine Fingerknöchel fangen schon langsam an zu schmerzen, weil sie so lange braucht, um die Tür zu öffnen.

Von meiner Mom weiß ich, dass Faith heute frei hat. Also müsste sie da sein und mir aufmachen.

Mein Magen fühlt sich komisch an. Ich werfe einen Blick über meine Schulter zur Einfahrt, in der ihr Auto steht.

Die Chancen, dass sie ohne ihren Wagen unterwegs ist, sind sehr gering.

Mein Klopfen gerät aus dem Rhythmus und wird zu einem Hagelsturm auf dem Holz. »Faith«, rufe ich laut.

Im Inneren des Hauses bleibt es ruhig.

»Scheiß drauf.« Ich ziehe den Schlüssel aus der Tasche und schließe die Tür auf. »Hallo?«

Noch immer kommt keine Antwort zurück.

Der Brocken in meinem Magen wird mit jeder Sekunde

schwerer. Vor meinem inneren Auge laufen alle möglichen Szenarien ab. Faith in einer Blutlache auf dem Boden. Blutige Handabdrücke und Spuren der Verwüstung. Die Angst vor dem, was ich finden könnte, und der Drang, nach Faith zu schauen, kämpfen gegeneinander um die Oberhand.

Ich schüttle meine Unsicherheit ab und gehe weiter ins Haus hinein. »Faith?«

Aus dem Schlafzimmer ist etwas zu hören.

»Bist du da?«

Ich folge den Stimmen, die zu mir in den Flur dringen. An der Schwelle bleibe ich stehen. Mein Blick wandert durch den Raumen.

Die Geräusche kommen vom Fernseher.

Auf dem Bett ist eine Silhouette zu sehen, die in flackerndes Licht vom Film, der gerade läuft, getaucht ist. »Faith?« Meine Frage war beinahe nur ein Flüstern. Mit zittrigen Knien gehe ich zu ihr. Vorsichtig streiche ich über ihre Schulter.

Sie schreckt hoch und setzt sich auf. »Oh mein Gott.« Ihre Hand landet auf ihrer Brust. »Warum schleichst du dich so an?« Faith reibt sich über die Augen und schaut zu mir hoch.

Zwischen meinen Brauen bildet sich eine Falte. Mein Klopfen und die Rufe nach ihr waren laut und deutlich. Eigentlich hätte sie mich hören müssen.

Ihre Augen sind blutunterlaufen. Hat sie geweint? Das ungute Gefühl von vorhin ist zurück, nur dieses Mal noch stärker als zuvor. Ich schaue sie eindringlich an, in der Hoffnung, einen winzig kleinen Hinweis zu finden, was bei Faith gerade los ist. »Bist du krank?«

Sie schwingt die Beine über die Bettkante und steht auf. »Nein, es könnte mir nicht besser gehen.« Sie wirft mir ein gezwungenes Lächeln zu, das nicht einmal ansatzweise ihre Augen erreicht.

Auf meiner Zunge liegen Fragen, die ich nur zu gerne auf meine Schwester abfeuern würde, um herauszufinden, was bei ihr los ist. Aber wenn sie darüber reden wollen würde, hätte sie mir schon gesagt, was in ihrem Leben gerade nicht so rosig läuft. Anscheinend ist sie noch nicht dazu bereit, deshalb verschone ich sie mit meiner Neugier. Sobald sie soweit ist, wird sie schon etwas von sich aus sagen. Und dann werde ich mit einem offenen Ohr und einer Umarmung da sein.

»Wollen wir in die Küche gehen und eine heiße Schokolade kochen?«

Faith' Frage holt mich aus meinen Gedanken zurück. »Gerne.« Ich schenke ihr ein Lächeln.

»Na dann los.« Ihre Mundwinkel heben sich ein Stück, aber kein Fünkchen Freude erreicht ihre Augen.

Das ungute Gefühl in meinem Magen nimmt zu. Auf dem Weg in die Küche erinnere ich mich an die letzten Wochen. War ich so sehr mit meinem gebrochenen Herzen beschäftigt, dass ich nicht mitbekommen habe, was bei Faith so los ist? Ich habe meine Schwester seit Beginn des Schuljahres kaum zu sehen bekommen. Die Male vor Weihnachten hatte sie auf jeden Fall nicht diese Leere im Blick. Eigentlich sogar eher ein helles Strahlen.

Ich wünschte ich wüsste, wie man in dieser Situation richtig handelt. Aber ich bin gerade erst achtzehn geworden und ich schaffe es nicht einmal meine eigenen Probleme in den Griff zu bekommen. Wie soll ich dann eine Hilfe bei Erwachsenenproblemen sein?

»Was verschafft mir eigentlich diesen überraschenden Besuch?«, fragt Faith und holt mich damit zum zweiten Mal aus meinen Gedanken.

Ich zwirble eine Strähne um meinen Finger. »Ich wollte mir nur ein paar Tipps für den Trip nach Vancouver holen, den Isla und ich nächste Woche machen.«

Sie geht zum Schrank und holt zwei Tassen heraus. »Was wollt ihr denn da?«

Ich setze mich an die Kücheninsel. »Isla und ich wurden an der Uni dort angenommen. Jetzt planen wir einen Trip dorthin und an andere Colleges, von denen wir eine Zusage haben, um uns auf eines festzulegen.«

»Oh, das habe ich gar nicht mitbekommen. Wovon macht ihr die Entscheidung abhängig?«

Wie weit es von Liam entfernt ist. Aber das sage ich nicht, niemand außer meiner besten Freundin weiß von ihm und dem Grund, warum ich am liebsten ans andere Ende des Landes ziehen möchte. Für Faith zähle ich die anderen Faktoren auf, die für uns eine Rolle spielen. »Wir wollen schauen, wie der Campus so ist. Wie es sich anfühlt dort zu sein. Was das Leben generell dort zu bieten hat. Diese Dinge halt.«

»Ich glaube, es wird euch beiden dort gefallen. Aber auf Moms Begeisterung brauchst du nicht hoffen, wenn ihr euch für Vancouver oder irgendein College, dass weiter als eine Stunde Fahrt entfernt ist, entscheidet.«, sagt Faith, während sie den Kakao auf dem Herd erwärmt.

Ich mache eine wegwerfende Handbewegung. »Ach, wenn Emma erstmal die kleine Prinzessin auf die Welt gebracht hat, ist Mom sowieso zu beschäftigt, um traurig über meine Wahl zu sein.«

In Faith' Augen blitzt etwas auf. Ihr Gesichtsausdruck sieht für den Bruchteil einer Sekunde aus, als hätte ich ihr ein Messer in die Brust gestochen.

Nicht zum ersten Mal meldet sich das mulmige Gefühl in mir. Mir brennt förmlich die Frage auf der Zunge, was los ist, aber ich halte sie zurück. Ich kann mir nicht vorstellen, warum sie so auf die Erwähnung von Emmas Kind reagiert hat, schließlich geht es um ihre beste Freundin. Da ich nicht weiß, was der Grund für ihr Verhalten ist und sie offensichtlich nicht darüber reden will, schaue ich, ob ich die Unterhaltung wieder in sicherere Gewässer manövriert bekomme. »Was würdest du in Vancouver machen, wenn du an unserer Stelle wärst?«

Faith blinzelt ein paar Mal und schaut mir dann direkt in die Augen. Sie sind nicht mehr so trüb und voll Kummer wie gerade eben noch. »Auf jeden Fall eine Campustour.« Sie tippt sich mit dem Zeigefinger an die Lippe und schaut zur Decke. »Und am besten auch eine von Vancouver. So habt ihr alles Wichtige einmal kurz gesehen.«

Ich seufze. »Touren von zu Hause aus zu buchen und die Tourismus-Erlebnisse mitzumachen, kann ja jeder. Ich wollte doch coole Insider-Erfahrungen machen.«

Faith gießt die heiße Schokolade in die Tassen und schiebt eine zu mir rüber. Ihre umschließt sie mit beiden Händen und stützt sich mit den Unterarmen auf der Arbeitsfläche ab. »In der Nähe des Campus ist das beste Café in ganz Vancouver. Wenn ihr in Downtown unterwegs seid, könntet ihr auf ein paar berühmte Schauspieler treffen und am Strand gibt es die Chance, einen Blick auf Wale zu erhaschen.«

Ich grinse sie an. »Das sind genau die Art Erlebnisse, die ich hören wollte.« Ich ziehe mein Handy aus der Hosentasche und schreibe Isla eine Nachricht mit den Tipps von Faith, bevor ich sie vergesse. Dann stecke ich das Telefon wieder weg und trinke gemeinsam mit meiner Schwester eine heiße Schokolade, so wie wir es schon etliche Male gemacht haben.

Für einen kleinen Moment verschwinden alle Gedanken an Probleme und es ist wie früher in der Küche unserer Eltern. Unbeschwert und lustig.

Kapitel 40

Liam

Ich biege auf den Parkplatz des Einkaufszentrums ein.

Nicht zum ersten Mal frage ich mich, was zur Hölle ich hier mache. In einem Moment hat mein Telefon geklingelt und im nächsten hat Jace mich überredet, ihn bei einem Babyfachmarkt zu treffen, damit er Emma mit irgendwelchem Zeug überraschen kann.

Auf dem Parkplatz kann ich weder ihn noch sein Auto entdecken, also stelle ich meinen Wagen ab und öffne Instagram, um die Zeit, bis Jace kommt, zu vertreiben.

Augenblicklich bereue ich es. Eine Reihe von Bildern mit Malia in der Hauptrolle dominieren meinen Feed.

Sie sieht so glücklich aus. Viel besser, als ich mich fühle.

Eigentlich wäre das Richtige, die App wieder zu schließen und Malia aus meinen Gedanken zu vertreiben. Aber seit wir Sex hatten, bin ich ein Masochist. Ich foltere mich selbst mit kleinen Ausschnitten aus ihrem Leben, zu dem ich nicht mehr gehöre und wahrscheinlich auch nie wirklich gehört habe.

Das erste Foto zeigt sie in einem Café mit einem Latte Macchiato vor sich und einem Keks zwischen den Zähnen, als würde sie jeden Moment davon abbeißen. Auf dem nächsten sitzt sie an einem Strand und starrt auf den Ozean hinaus.

Ich swipe weiter.

Es sind Orcas im Meer zu sehen. Ist das Vancouver Island? Was zur Hölle macht sie am anderen Ende des Landes?

Eine Welle der Übelkeit überrollt mich wie ein Tsunami. Ich schaue mir die restlichen Bilder an.

Sie ist auf einem Campus und in der Stadt unterwegs. Das letzte Foto zeigt Malia, die vor dem Schriftzug der *University of British Columbia* posiert.

Mein Magen fühlt sich an, als wäre ich in einer Achterbahn im freien Fall. Mich würde es nicht wundern, wenn ich jeden Moment mein Frühstück auf dem Armaturenbrett verteile.

Die Vorstellung davon, dass sie vielleicht ans andere Ende des Landes zieht und ich sie vielleicht für Jahre nicht wiedersehe, schnürt mir den Hals zu. Ist es plötzlich stickig im Wagen oder warum bekomme ich so schlecht Luft? Ich stoße die Tür auf und steige aus. Mit den Armen an das Dach gelehnt, lass ich den Kopf hängen und versuche tief durchzuatmen.

»Alles gut, Mann?«, fragt Jace und berührt mich an der Schulter.

»Hm?« Ich schaue auf.

Er lehnt neben mir am Auto. »Ich habe gefragt, ob alles in Ordnung mit dir ist.« Sein Blick bohrt sich in meinen.

Nein, weil deine Schwester vielleicht viertausend Kilometer weit wegzieht. Aber das sage ich natürlich nicht zu ihm. Ich überlege mir schnell eine Ausrede, warum ich hier mitten auf dem Parkplatz an meinem Wagen hänge. »Ja, hatte nur ein bisschen Verspannungen im Nacken und habe versucht sie zu lösen.« Mit der Hand greife ich an meine Halsseite und bewege den Kopf hin und her.

Jace zieht die Brauen zusammen. »Okay.«

Scheiße. Ich hätte mich nicht zu diesem Treffen überreden lassen sollen. Nur hat der schwache Teil in mir gedacht, dass ich mich Malia so näher fühlen könnte. Warum das der Fall ist, will ich lieber gar nicht erst weiter auf die Spur gehen, denn ich bin mir sicher, dass mich das mit Vollgas in eine Abwärtsspirale schicken würde. Also stoße ich mich schwungvoll vom Auto ab und richte mich auf. Es ist Zeit die Gedanken an Jace' kleine Schwester zu vertreiben. »Wollten wir nicht Nuckel kaufen oder was auch immer ein Baby alles so braucht?«

Jace schüttelt den Kopf. »Das hat Emma schon erledigt. Ich will ihr etwas super Nützliches als Überraschung besorgen, was nicht auf jeder Must-have-Liste für werdende Eltern steht.«

»Gab es keinen qualifizierteren Begleiter für diese Mission? Faith oder Malia vielleicht?« Ihren Namen auszusprechen und zu tun, als wäre sie nicht mehr als seine Schwester, fühlt sich merkwürdig an. Aber noch schlimmer ist die Tatsache, dass mein Gehirn gerade jetzt die Erinnerung von ihr nackt unter mir herausholt. Verdammt. Ich schaue zur Seite, auf keinen Fall kann ich Jace in die Augen gucken, während ich Bilder vom Sex mit Malia in Kopf habe.

»Die haben beide keine Zeit und East ist wahrscheinlich eine noch schlechtere Wahl als du.« Jace klopft mir gegen die Schulter. »Außerdem habe ich dich seit einer gefühlten Ewigkeit nicht mehr gesehen. Also erzähl mal, was bei dir so los ist.«

Mein Mund fühlt sich verdammt trocken an. Ich schlucke schwer. »Ach, nur das übliche.« Mich in deine Schwester verlieben und mit ihr schlafen. *Nur um sie dann von mir zu stoßen.* Aber diesen Teil meines Lebens behalte ich sicherheitshalber für mich. »Eishockey, Eishockey und noch mehr Eishockey.«

Jace lacht auf. »Also das Übliche.«

Wir gehen in den Babyladen. Es fühlt sich ein bisschen an, wie in eine Schlacht auf ungewissem Terrain zu ziehen. Die Hälfte der Dinge, die in den Regalen stehen, könnten genauso gut Folterwerkzeuge sein, so wenig Ahnung habe ich von Kindern.

Jace schlendert neben mir her. Er lächelt vor sich hin, während er alles um uns herum anschaut. Mich würde es nicht wundern, wenn ihm jeden Moment die Sonne anfängt, aus dem Arsch zu scheinen. Wenigstens ist einer von uns glücklich.

»Wer hätte vor einem Jahr gedacht, dass wir mal in so einen Laden gehen?«

»Dass du bald Vater wirst, ist einfach irre.«

Jace grinst mich an. »Ich kann es gar nicht erwarten. Als ich Emma letzten Sommer wiedergetroffen habe, wusste ich sofort, dass ich sie nicht noch einmal gehen lassen kann. Sie ist die Frau, die ich bei allem, was so kommt, an meiner Seite haben will. Einen kleinen Menschen auf die Welt zu bringen, der ein Teil von uns beiden in sich trägt, ist das Größte.«

Ein Stich durchzuckt meine Brust. Ich beneide Jace. Nicht dafür, dass er ein Kind bekommt, denn an diesem Punkt bin ich in meinem Leben definitiv noch nicht angelangt. Aber um seine Einstellung.

Er hat einfach auf sein Herz gehört und für die Liebe gekämpft, auch wenn es unmöglich schien.

Was, wenn ich das Gleiche mache? Ich habe meine erste Saison als Kapitän bald hinter mir und schon jetzt bewiesen, dass ich diese Position verdient habe. Wir könnten unsere Beziehung bis zu Malias nächstem Geburtstag geheim halten. Eine Beziehung zwischen einer neunzehnjährigen Collegestudentin und einem dreiundzwanzigjährigen Eishockeyspieler klingt doch gar nicht so schlimm und auf jeden Fall kein Stück verboten. Und Jace ist in ein paar Wochen mit seinem Baby beschäftigt, das ihm hoffentlich keine Zeit zum Ausflippen bleibt. Ein Fünkchen Hoffnung auf ein Happy End mit Malia streckt die Fühler in mir aus. Ich muss versuchen, es Wirklichkeit werden zu lassen. Und ich habe auch schon eine Idee, wie ich ihr eine kleine Nachricht schicken kann, ohne sie direkt zu kontaktieren. Immerhin besteht die realistische Chance, dass sie sagt ich soll zur Hölle fahren, nach unserem letzten Treffen, wenn ich ihr schreibe. Ein kleines Friedensfähnchen zu winken, ist vielleicht der bessere Weg.

Ich werfe einen Blick zu Jace, der sich gerade Babytragen

anschaut, als hätte er eine Ahnung davon, worauf es ankommt. »Malia und du waren lange nicht mehr bei einem Spiel von den Ice Wolves. Wenn du willst, kann ich dir Karten für die Playoffs schicken«, sage ich, bevor ich an alle Gründe denke, warum es eine blöde Idee ist.

Jace schaut zu mir. Seine Brauen sind ein wenig zusammengezogen. »Malia war in letzter Zeit beschäftigt, aber sie freut sich bestimmt über Tickets.«

Ich hoffe, dass er recht hat und sie schon bald wieder in den Rängen sitzt. Vorzugsweise mit meinem Trikot. Einfach nur in ihrer Nähe zu sein, würde mir für den Anfang schon reichen. »Super, ich kümmere mich drum. Die Sitze hinter der Spielerbank sind euch sicher, solange wir in den Playoffs sind.«

Jace gibt mir einen Stoß gegen die Schulter. »Was hoffentlich bis zum Finale ist.«

»Wir werden unser Bestes geben.« Ich besonders. Nicht nur weil meine Teamkollegen und die Fans es verdient haben, sondern weil Malia ganz sicher nicht die Spiele um den Stanley Cup verpassen wird. Es ist meine Chance, sie wiederzusehen und ihr persönlich zu sagen, wie ich für sie empfinde.

Kapitel 41

Malia

Ich beuge mich zu Emmas Bauch herunter. »Hallo, Prinzessin. Deine Lieblingstante freut sich schon auf dich.«

Jace lacht auf. »Um den Titel wirst du kämpfen müssen. Faith ist Emmas beste Freundin *und* meine Schwester, das macht sie zur doppelten Tante.«

Ich richte mich auf und verschränke die Arme vor der Brust. »Aber sie ist genauso alt wie ihr. Ich dagegen bin jung und cool.« Mit dem Handrücken schiebe ich die Haare über die Schulter. »Ihr könnt alle einpacken, weil ich ihr Liebling sein werde.«

Emma streicht sich über den Bauch und lacht. »Die Kleine hat gerade getreten. Ich weiß nur nicht, ob sie dir damit zustimmt oder widerspricht.«

»Zustimmen natürlich, was sonst.« Ich lehne mich gegen die Kücheninsel. Aus dem Augenwinkel nehme ich etwas im Wohnzimmer wahr. »Was zur Hölle ist das für ein Ding?« Ich deute das Gestell mit dem Stoff, der in der Mitte herunterhängt. »Habt ihr euch eine Sexschaukel hingestellt?«

Emma lacht prustend los.

Jace hingegen steigt Röte ins Gesicht und sieht kein Stück belustigt aus. »Das ist eine Federwiege für das Baby«, bringt er zwischen zusammengebissenen Zähnen hervor. »Woher weißt du verdammt nochmal, dass es Sexschaukeln gibt?«

Ich bete um Kraft, damit ich meinem Bruder für diese Frage nicht den Hals umdrehe. »Ich bin achtzehn und weiß, was Sex ist, wie es geht…«, ich halte mir die Hand neben den Mund, als würde ich ihm ein Geheimnis zuflüstern, »… und auch schon Sex gehabt.«

Die Röte in seinem Gesicht nimmt weiter zu.

Für einen kurzen Moment fühle ich mich schlecht, weil ich ihn so reize. Aber er muss einsehen, dass ich erwachsen werde. Dazu gehören nun mal Jungs mit allem Drum und Dran.

»Malia«, sagt Jace in einem warnenden Ton. »Du sollst dich auf die Schule konzentrieren und nicht das machen, wovon du gerade geredet hast.«

Wenn es nicht so frustrierend wäre, würde ich darüber lachen, dass er nicht einmal das Wort *Sex* in Bezug auf mich aussprechen kann. Ich bin mir sicher, dass er als Rockstar schon schlimmere Sachen gesagt und getan hat.

Emma legt eine Hand auf seinen Arm. »Lass Malia in Ruhe. Wenn ich mich richtig erinnere, hast du in ihrem Alter auch nichts anbrennen lassen.«

Jace dreht sich zu ihr und zieht sie an sich. »Ich hatte schon immer nur Augen für dich.«

Emma hebt eine Braue.

Auch ich möchte am liebsten Laut ›Bullshit‹ sagen, aber ich halte mich zurück und lasse die beiden dieses Thema allein klären.

»Wenn das so ist, hattest du eine komische Art, das zu zeigen.« Sie rollt mit den Augen.

»Du hast recht.« Er drückt ihr einen Kuss auf den Mundwinkel. »Lass es mich jetzt nachholen«, sagt er mit gesenkter Stimme, aber nicht leise genug, um es vor mir zu verbergen.

Ein Schauer erschüttert meinen Körper und ich habe den Drang, mich zu schütteln. Ich räuspere mich sicherheitshalber laut, damit die beiden nicht plötzlich vergessen, dass ich hier bin. »Also wozu ist so eine Federwiege jetzt gut?«

»Wir können die Kleine dort reinlegen und von dem Motor schaukeln lassen.« Jace schlingt seinen Arm um Emmas Taille.

Sie schmiegt sich an ihn und lächelt mich an. »Jace hat sie mit Liams Hilfe ausgesucht. Ich liebe sie jetzt schon.« Emma zählt die ganzen positiven Eigenschaften auf.

Aber ich kann nur daran denken, dass Liam daran beteiligt war, diese Wiege auszusuchen. Wie ein Pfeil schießt ein Stechen durch meine Brust. Es ist Monate her, seit ich mit Liam geschlafen habe und trotzdem fühlt es sich so an, wann immer jemand ihn erwähnt oder ich an ihn denke.

»Da fällt mir ein, dass Liam mir Tickets für die kompletten Playoffs schickt. Also solange die Ice Wolves nicht raus sind natürlich. Hast du Lust hinzugehen?«

Ich starre meinen Bruder an und versuche mit aller Macht das Chaos in meinem Inneren unter Kontrolle zu halten. *Reiß dich zusammen. Jetzt ist nicht der richtige Zeitpunkt für einen emotionalen Ausbruch.* Die Vorstellung, nur durch eine Plexiglasscheibe von Liam getrennt zu sein und ihm wie *davor* beim Spiel zuzuschauen, reißt mir förmlich das Herz aus der Brust. Tatsächlich in die Arena zu gehen und es zu erleben, wäre ganz bestimmt nicht zu ertragen. Ich schaue mir die Spiele stattdessen lieber auf dem Laptop in sicherer Entfernung an. Ihn auf dem Bildschirm über das Eis fliegen zu sehen, ist schon schmerzhaft genug.

Nur kann ich das alles nicht zu Jace sagen. Deshalb muss eine überzeugende Ausrede her – und zwar schnell. »Ich bin aus der Eishockey-Phase herausgewachsen. Jetzt konzentriere ich mich lieber darauf, eine Collegewahl zu treffen.«

Jace sieht mich stirnrunzelnd an. »Wann genau ist das denn passiert?«

Ach, als Liam erst seinen Penis in mich gesteckt und anschließend ein Messer durch mein Herz gejagt hat. Diese Worte behalte ich zum

Wohl aller Beteiligten lieber für mich. »Als ich festgestellt habe, dass ein guter Abschluss für ein Studium von Vorteil ist und man dafür mehr Zeit ins Lernen investieren sollte.«

»Hast du schon eine engere Auswahl an Unis, die in Frage kommen, getroffen?«, hakt Emma nach.

Erleichtert atme ich auf, weil ich ihre Aufmerksamkeit auf ein anderes Thema lenken konnte. »Wir waren vor ein paar Wochen in Vancouver und haben uns die *University of British Columbia* angeguckt. In den nächsten Wochen wollen wir hier in der Nähe die Colleges abklappern, von denen wir eine Zusage bekommen haben. Aber Vancouver war schon ziemlich überzeugend.«

Emma lächelt mich an. »Oh ja, die Uni ist toll. Faith und ich hatten eine unglaubliche Zeit dort. Ich kann mir dich und Isla gut an der UBC vorstellen.«

»Die Entscheidung wird auf jeden Fall nicht leicht.« Ich ziehe die Lippe zwischen meine Zähne. »Was waren denn die Beweggründe für euch damals, dieses College zu wählen?«

Emma sieht Jace lächelnd an. »Meiner war auf jeden Fall, deinem Bruder aus dem Weg zu gehen.«

Jace gibt ein brummendes Geräusch von sich. »Das ist ihr leider gelungen.« Er schaut zu mir. »Aber das Problem hast du ja zum Glück nicht, oder?«

Ich lache humorlos auf. »Nein. überhaupt nicht.«

»Dann sollte definitiv auf der Kontra-Liste für Vancouver stehen, dass es zu weit weg ist.« Jace streichelt über Emmas Bauch. »Wenn du am anderen Ende des Landes bist, wird es schwer, die Lieblingstante zu werden.« Mein Bruder hat recht, die Entfernung zu meiner Familie ist ein großer Negativpunkt.

Vielleicht sollte ich mir Emma als Vorbild nehmen und auch so weit wie möglich weg gehen, um einen frischen Start zu bekommen.

Kapitel 42

Liam

Die Luft um uns herum vibriert.

Heute ist der Tag gekommen, auf den wir alle so hart hingearbeitet haben. Heute wird sich entscheiden, wer mit dem Stanley Cup nach Hause geht.

Meine Teamkameraden und ich haben uns auf dem Eis in Position für den Anpfiff gebracht, unsere Gegner und den Puck fest im Visier.

Für einen kurzen Moment schnellt mein Blick zu den Sitzplätzen hinter der Spielerbank.

Jace sitzt dort neben einer hochschwangeren Emma.

Ich habe ihm für jedes Heimspiel Karten gegeben, in der Hoffnung, dass er es sich mit Malia anschaut.

Doch nicht ein einziges Mal hat sie ihn begleitet.

Ich schüttle wie vor jedem Spiel den Gedanken an Malia ab. Meinem Team und auch mir bin ich es schuldig, dass ich für die nächsten anderthalb bis zwei Stunden volle Konzentration auf meinen Job richte. Schließlich haben wir alle fast unser gesamtes Leben von diesem Moment geträumt.

Ich schließe kurz die Augen und atme einmal tief durch. Dann landet mein Blick auf dem Puck. »Lasst uns Seattle in Stücke reißen«, sage ich so laut, dass meine Teamkameraden mich hören können.

Sie heulen als Antwort auf. Es breitet sich in den Zuschauerrängen aus.

Mit diesem Hintergrundgeräusch ertönt das Signal für den Anpfiff.

Der Puck landet auf dem Eis und ich stürme los.

Ein erbarmungsloser Kampf beginnt. Seattle will diesen Sieg genauso sehr wie wir und schreckt vor nichts zurück.

Mein Körper kollidiert so oft mit der Bande, dass ich morgen übersät von Hämatomen sein werde. Adrenalin strömt durch meine Adern und verhindert, dass der Schmerz meiner Verletzungen zu spüren ist.

Die Zeit auf der Uhr rennt herunter, wie Sand durch meine Finger. Nur noch ein paar Minuten bis zum Schlusspfiff. Zumindest wenn es nicht in die Verlängerung geht. Der Punktestand ist zwei zu zwei.

Ich spritze mir einen Schuss Wasser in den Mund, während Aiden, Maverick und ich darauf warten, zurück auf das Eis zu gehen. Gespannt gucken wir der anderen Angriffslinie dabei zu, wie sie versucht den Puck in das verdammte Netz zu bekommen.

Als es beinahe Zeit für uns drei ist, wieder einzuwechseln, schaue ich meine beiden Teamkameraden an. »Es wird Zeit, unsere Gegner niederzureißen, bevor sie uns den Sieg nehmen.«

Maverick und Aiden machen zustimmende Geräusche.

Ein Zeichen vom Coach ist alles, was wir brauchen. Im nächsten Moment sind wir wieder auf dem Eis.

Die Uhr läuft unerbittlich herunter.

Ich stürme auf meinen Gegner zu, der den Puck in Richtung unseres Netzes bringt. Mit einem Stoß und einem blitzschnellen Manöver reiße ich die schwarze Platte an mich. Im Sprint umrunde ich unser eigenes Tor und fliege auf das unserer Gegner zu.

Doch mein Weg ist versperrt.

Aus dem Augenwinkel sehe ich Maverick, der freie Bahn hat. Also passe ich zu ihm. Der Puck landet genau dort, wo ich ihn haben wollte.

Er lässt keine Sekunde verstreichen und schießt.

Wie in Zeitlupe schaue ich dem Puck hinterher.

Er streift die Schutzpolster des Torwarts, doch lässt sich nicht von seinem Weg abbringen.

Das Netz wackelt. Die Sirene jault auf.

Wir gehen in Führung.

Jetzt muss ich nur noch Seattle daran hindern, einen Ausgleich zu erzielen.

Die letzten Sekunden der Spielzeit fühlen sich wie Stunden an.

Meine Muskeln schreien vor Erschöpfung, aber ich lasse mich nicht davon abhalten, weiterhin zweihundert Prozent zu geben. Also sprinte ich über das Eis und sorge mit Hilfe meiner Jungs dafür, dass der Puck in unserem Besitz bleibt.

Der Klang des Signals für das Ende des Spiels bringt eine Welle der Erleichterung mit sich. Jedes Mitglied unseres Teams stürmt auf das Eis. Umgeben von einem Regen aus silbernem und blauem Konfetti feiern wir unseren Sieg.

Die Fans auf der Tribüne brechen in Wolfsgeheul aus.

Ich drehe mich um meine eigene Achse und sauge alle Eindrücke auf. Das Hoch darüber, diesen Pokal geholt zu haben, bleibt aus. Auch die Freude über den Meilenstein in meiner Karriere ist nicht wirklich da. Alles, wofür ich so lange gearbeitet habe, fühlt sich einfach wertlos an.

Mein Blick landet auf den Plätzen hinter der Spielerbank.

Jace pfeift laut mit den Fingern im Mund.

Emma strahlt über beide Ohren, während eine Hand schützend auf ihrem Bauch liegt.

Das Adrenalin, das meinen Körper die letzten Stunden über das Eis getragen hat, verpufft. Zurück bleibt nur ein unerträglicher Schmerz in jedem einzelnen Muskel. Aber am stärksten schmerzt der, der keinen physischen Schlag abbekommen hat. Ich reibe mir über die Brust.

Malia sollte hier sein und diesen Sieg mit uns feiern. Nichts kommt an ihre ansteckende Euphorie heran.

Ein kräftiger Stoß von hinten, gefolgt von einem Arm, der sich um meine Schulter schlingt, lenkt meine Gedanken weg von Malia.

»Wir haben es geschafft, Cap.« Aiden schüttelt mich. »Kannst du das glauben?«

Ich setze ein Grinsen auf, bevor ich ihn anschaue, denn als Kapitän will ich mein Team an diesem besonderen Tag nicht herunterziehen. »Ich habe keine Sekunde daran gezweifelt, dass dies unsere Saison wird.«

»Ist klar.« Aiden nimmt den Arm von meiner Schulter.

Maverick springt uns von hinten an. »Yeah, wir sind verdammte Götter.«

Für einen kurzen Moment gerät unser Dreiergespann ins Wanken. Glücklicherweise ist das Eis unser zweites Zuhause und wir schaffen es, das Gleichgewicht zu halten.

»Götter, die sich vor Millionen Zuschauern blamieren, wenn du solche Stunts hinlegst.« Ich schüttle den Kopf und schubse ihn ein Stück von mir weg. Aber dahinter liegt keine Wut. Vor einem halben Jahr wäre ich auch noch mit ungezügelter Freude über das Eis gesprungen.

»Sei nicht immer so ernst, Cap. Bereit für Fotos mit dem Pokal und danach die Party des Jahrhunderts?« Er lässt die Augenbrauen anzüglich tanzen. »Die Mädels werden ihre Hände gar nicht mehr von uns lassen können.«

Bei der Vorstellung von Fingern auf meinem Körper, die nicht Malia gehören, läuft mir ein Schauer den Rücken herunter. Ich schüttle mich, um ihn zu vertreiben.

»Wenn du weiter so angewidert guckst, werden die anderen merken, dass etwas im Busch ist«, flüstert Aiden mir im Vorbeifahren zu.

Ich versuche eine fröhliche Miene aufzusetzen und folge meinen Teamkameraden zurück in den Tulmult.

Das wird ein verdammt langer und anstrengender Abend.

Eine gefühlte Ewigkeit später schnappe ich mir meine Tasche und verlasse die Umkleide. Mein Bett und hundert Kühlakkus rufen nach mir. Aber so schnell werde ich beides wohl nicht sehen, denn um einen kurzen Auftritt bei der Siegesfeier komme ich nicht herum.

»Herzlichen Glückwunsch, Mann.« Im nächsten Moment zieht mich Jace in eine männliche Umarmung, bei der wir eher unsere Schultern aneinanderstoßen und uns auf den Rücken klopfen.

»Danke.« Ich zwinge ein Lächeln auf meine Lippen. Mein Blick fällt auf Emma, die so erschöpft aussieht, wie ich mich fühle. »Ihr hättet doch nicht extra warten brauchen, eine Nachricht wäre auch okay gewesen. Ich will nicht der Grund dafür sein, dass Emma vorzeitig Wehen bekommt.«

Sie strahlt mich an. »Quatsch, unsere kleine Wassermelone fühlt sich viel zu wohl, um jetzt schon herauszukommen.«

Ich nicke, auch wenn ich keine Ahnung habe, warum sie von ihrem Baby als eine Obstsorte spricht. Oder eher einem Gemüse, weil Melonen zu den Kürbissen gehören? Oder sind Kürbisse Obst? Die Müdigkeit macht mein Gehirn zu Brei, anders kann ich mir diese wilden Gedanken nicht erklären. Ich reibe mir über die Wange. »Warum ist Malia gar nicht mitgekommen?«, rutscht es mir heraus. Verdammte Erschöpfung. Ich könnte mich für diese Frage ohrfeigen.

Jace zuckt mit den Schultern. »Die Eishockeyphase scheint vorüber zu sein.«

»Die Interessen ändern sich in dem Alter ja schnell mal.« Krampfhaft versuche ich, das Lächeln auf meinem Gesicht aufrechtzuerhalten. Meine Wangen tun schon weh. Seine Worte haben sich wie eine Faust angefühlt, die mein Herz mit bloßer Hand zerquetscht.

»Kommst du eigentlich zu unserer Babyparty?«, fragt Emma und ich bin froh, dass sie das Thema wechselt.

Endlich kann ich mein Gesicht ein wenig entspannen und meine Mundwinkel wieder in eine normale Position zurücklassen. »Leider schaffe ich es nicht.« Ich schaffe es nicht, Malia gegenüberzustehen, ohne ihr nah sein zu wollen.

Ihre Abwesenheit heute Abend zeigt eindeutig, dass der Zug für uns beide abgefahren ist.

»Schade.«

Jace schlingt den Arm um Emmas Taille, seine Hand ruht seitlich auf ihrem Babybauch. »Dann beim nächsten Mal.«

Grinsend schauen die beiden sich an. Ich bin froh, dass die beiden so ekelhaft verliebt ineinander sind, denn das macht sie blind für ihr Umfeld. Mir gibt es die Möglichkeit einmal kurz durchzuatmen, bevor ich wieder meine Maske für den Rest des Abends aufsetzen muss.

Wenn ich die nächsten Stunden überstanden habe, werde ich mich für ein paar Wochen in meiner Wohnung verschanzen. Meine Wunden lecken, die seit Monaten aufklaffen. Und danach werde ich wieder der Kapitän sein, den meine Mannschaft für die nächste Saison braucht.

Kapitel 43

Malia

Ein Meer aus rosa und weißen Ballons taucht vor mir auf. Der Garten meiner Eltern sieht aus, als hätte sich ein Geschäft mit Partydekoration in ihm übergeben. Meine Schwester hat mit der Baby Shower einen unglaublichen Job gemacht.

»Wow«, sagt Isla neben mir. »Meinst du, es wird ein Mädchen?«

»Wie hast du das nur erraten?« Ich schaue sie gespielt schockiert an. »Waren es die in rosa gehüllten Tische oder die Blumenwand mit dem Schriftzug ›It's a girl‹?«

Wir brechen in schallendes Gelächter aus.

»Was ist so witzig?«, ertönt es neben uns. Meine Schwester tritt in unser Sichtfeld.

»Wir haben nur einen kleinen Scherz darüber gemacht, wie *viel* das alles ist.« Ich mache eine ausladende Handbewegung zu dem Garten.

Faith' Augen weiten sich. »Viel? Es ist perfekt. Und kein Stück überladen.«

Ich lege meine Hand auf ihren Unterarm. »Du hast recht. Es ist sogar so perfekt, dass es beinahe einer Kardashian-Jenner-Party ähnelt.«

Isla summt zustimmend. »Es ist bis in das letzte Detail einfach alles aufeinander abgestimmt.«

Faith stemmt die Hände in die Seiten. »Nur beinahe? Ich wollte den Reichen und Berühmten doch Konkurrenz machen.«

»Jace ist reich und berühmt«, merke ich an.

»Was auch immer.« Sie macht eine wegwerfende Handbewegung. »Guck lieber nach, ob ihr Mom in der Küche helfen könnt. Der Caterer kommt jeden Moment mit dem Essen. Ich drehe noch eine Runde und schaue, ob alles bereit ist, bevor die Gäste gleich eintrudeln.«

Ich salutiere. »Geht klar, Party-Kommandeur.«

Durch die Terassentür gehen wir in die Küche.

Auch dort hat Faith passend zur Party dekoriert, nur ein wenig dezenter als draußen.

»Hey«, begrüßt meine Mom uns. Sie schließt erst mich und dann Isla in ihre Arme. »Genießt ihr die Ferien?«

»Du klingst so, als würde ich nicht hier wohnen und dir jeden Tag erzählen, was wir so unternommen haben.« Kopfschüttelnd sehe ich sie an.

»Ich habe dich seit gestern Mittag nicht mehr gesehen, weil du bei Isla warst und dort sogar übernachtet hast.« Sie gibt ein Schniefen von sich, als würde sie gleich anfangen zu weinen. Aber ich kenne meine Mom gut genug, um zu wissen, dass das nicht wirklich der Fall ist.

»Mann, bin ich froh, wenn in ein paar Wochen das Baby da ist und ich nicht mehr das jüngste Mitglied dieser Familie bin.«

»Zum Glück habe ich dann wenigstens meine Enkeltochter, du kehrst mir ja im Herbst den Rücken zu und ziehst hinaus in die große weite Welt.« Meine Mom streicht mir sanft über die Wange. Dieses Mal schimmern tatsächlich Tränen in ihren Augen.

»Mom«, stöhne ich. »Du tust gerade so, als würde ich auswandern. Dabei ziehe ich nur nach Toronto.«

»Sie ist auch nicht allein, Mrs. B. Schließlich teilen wir uns sogar ein Wohnheimzimmer.« Isla lächelt meine Mom an.

»Das ergibt in meinen Augen noch immer keinen Sinn«, ertönt Jace' Stimme hinter uns.

»Wir wissen, dass du das Prinzip eines Studiums nicht verstehst, Rockstar.« Ich rolle mit den Augen. »Aber nicht jeder in dieser Familie hat genug Talent, um auf die Bildung zu scheißen.«

»Malia«, ermahnt Mom mich. »Keine Schimpfwörter in diesem Haus, hier läuft bald ein kleines Kind herum.«

Bevor das Baby in Emmas Bauch soweit ist, wird wohl noch ein wenig Zeit vergehen.

Ich verkneife mir meinen Kommentar dazu.

Als hätte der Gedanke an sie sie zu uns befördert, taucht Emma hinter Jace auf. »Hey, alle zusammen.«

Der schaut mit Herzchen in den Augen zu ihr herunter und zieht sie in den Arm. »Hey, Peach.« Es folgt ein Kuss, der mir beinahe ein Wiedersehen mit meinem Porridge von vorhin beschert. »Ich war gerade dabei, Malia und Isla zu erklären, dass es totaler Schwachsinn ist, in ein Wohnheim zu ziehen, wenn sie meine Wohnung haben könnten.«

Ein Stöhnen entweicht meinen Lippen, diese Diskussion haben wir in den letzten Wochen mehr als einmal geführt.

»Wir wollen das volle Studentenerlebnis und keine verweichlichte Luxusversion davon«, sagt Isla.

Ich deute zu meiner besten Freundin. »Genau so sieht es aus. Außerdem liegt deine Wohnung nicht einmal in der Nähe des Campus. Das heißt, wir müssten uns jeden Tag mit dem Auto durch den Stadtverkehr kämpfen. Dann könnten wir gleich zu Hause wohnen bleiben und pendeln.«

»Sie haben recht. Lass die beiden doch einfach diese Erfahrung am College machen. Außerdem können sie sich deine Wohnung immer noch für wilde Partys ausleihen.« Emma lächelt Jace unschuldig an. Aber das Aufblitzen in ihren Augen zeigt, dass sie ganz genau weiß, was sie macht. Er setzt an, um etwas zu erwidern, doch Emma drückt ihm einen Kuss auf den

Mund und erstickt, was auch immer er sagen wollte, im Keim. »Ich gehe mal Faith suchen.« Ohne auf eine Antwort von Jace zu warten, verschwindet sie durch die Terassentür im Garten.

Sein Blick folgt ihr.

»Na, großer Bruder, bist du bereit, ein Dad zu werden? Bereit für Windeln, die so voll sind, dass die Kacke bis zum Nacken des Babys läuft? Bereit für schlaflose Nächte?« Ein Anflug von Panik flackert in seinen Augen auf, also hole ich zum finalen Schlag aus. »Bereit, die Verantwortung für das Leben eines anderen zu tragen und dafür zu sorgen, dass dem Baby nichts zustößt?«

Das Flackern wird zu einem regelrechten Inferno. Sein Blick schnellt wieder in die Richtung, in der Emma verschwunden ist. Er schluckt schwer. »Ich werde mal nach Emma sehen.« Dann stürmt er los. »Peach«, ruft er. Im nächsten Moment verschwindet er aus meinem Sichtfeld.

Isla und ich lachen prustend los.

Ein Küchenhandtuch trifft meinen Arm. »Du sollst nicht immer deinen Bruder piesacken«, schimpft Mom, aber hinter ihren Worten steckt keine Schärfe.

Ich zucke mit den Schultern und wische mir eine Träne aus dem Augenwinkel. »Wenn er sich ständig in meine Angelegenheiten einmischt, kann ich auch ein wenig in seinen herumwühlen. Der panische Ausdruck auf seinem Gesicht, als ihm klar geworden ist, was so ein Kind für eine Bürde mit sich bringt, war einfach Nahrung für mein schwarzes Herz.«

Augenrollend sieht Isla mich an.

Doch der Blick meiner Mom wird so ernst, dass sich eine Tiefe Falte zwischen ihren Brauen bildet. »Erstens sind Kinder keine Bürde, die man trägt, sondern ein Geschenk. Zwar eines, das eine niemals endende Sorge mit sich bringt, aber sie bleiben trotzdem ein Geschenk.« Sie kommt auf mich zu und streckt ihre Hand aus. »Und zweitens, meine liebe Malia, ist dein Herz das Gegenteil von schwarz. Es strahlt in so vielen wunderschönen bunten Farben wie du selbst. Auch wenn manchmal eine dunkle Wolke vorbeikommt und ihren Schatten darauf wirft, hört es niemals damit auf.« Sie streicht mir sanft über die Wange. »Vergiss das nicht.« Mom drückt mir einen Kuss auf die Stirn und geht hinaus in den Garten.

Meine Kinnlade klappt herunter und ich stehe einfach nur da. Die Emotionen, die ihre Worte in mir freigesetzt haben, sind ein wildes Durcheinander.

»Mhm.« Islas Stimme durchbrach die Stille, die meine Mutter zurückgelassen hatte. »Da weiß wohl jemand, dass etwas im Busch ist.«

Ich nicke. Die Fassade, die ich in den letzten Monaten versucht habe aufrechtzuerhalten, war wohl doch nicht so gut, wie ich dachte.

Kapitel 44

Liam

Die Eingangstür knallt ins Schloss. Kurz danach kommen laute Schritte näher.

Ich schaue nicht von meinem Telefon auf, weil ich genau weiß, wer der Eindringling ist. »Kannst du nicht wenigstens deine Schuhe ausziehen, wenn du schon ungefragt hier auftauchst?«

Aiden lässt sich in den Sessel fallen. »Kannst du nicht endlich mal aufhören, dich hier zu verkriechen?«

»Nicht, bis das Trainingscamp startet.« Ich starre weiter auf mein Telefon. Aus dem Augenwinkel sehe ich, wie er sich auf den Sessel mir gegenüber setzt.

»Tja, so wie dir nicht danach ist rauszugehen, ist mir nicht danach meine Schuhe auszuziehen.« Mit einem dumpfen Knall landen Aidens Füße auf meinem Couchtisch. Samt dem Dreck, der sich aus der Sohle seiner Sneaker löst und lautstark herunter rieselt.

»Schön«, sage ich unbeeindruckt. »Ich mag den Shabby Look.«

Er beugt sich ein Stück nach vorne, und betrachtet sein Werk genauer. »Damit sind gebrauchte Möbel oder welche, die so aussehen, gemeint, nicht schmutzige.«

Ich atme hörbar aus. »Bist du nur vorbeigekommen, um mich zu nerven oder hat diese unerfreuliche Begegnung auch einen tieferen Sinn?« Mein Daumen fährt über das Bild auf dem Display. Augenblicklich liegt ein schwerer Klotz in meinem Magen.

Aus dem Nichts taucht Aidens Hand in meinem Sichtfeld auf. Aber es ist zu spät, um sie noch abzuwehren, denn da hat er mir schon das Handy entrissen.

»Hey, was soll das?«

»Was guckst du dir die ganze Zeit an?« Sein Blick landet auf dem Bild. Stöhnend fährt er sich mit der freien Hand über das Gesicht. »Das ist doch nicht wirklich dein Ernst, Mann.«

»Gib es wieder her.« Ich setze mich auf und strecke die Hand in seine Richtung. Einfach in Ruhe auf der Couch zu liegen und Trübsal zu blasen, ist ja offensichtlich zu viel verlangt.

»Cap, du musst aufhören ständig zu schauen, was sie macht.«

Ich reibe mir über den Bart, der in den letzten Wochen wild vor sich hingewachsen ist. »Es ist so schwer damit aufzuhören.«

»Es ist ein verdammtes halbes Jahr her, seit ihr miteinander geschlafen habt.« Aiden läuft vor mir auf und ab. »Du hast zwei Möglichkeiten.« Er sieht mich von oben bis unten an. Dann wedelt er mit seinem Finger in meine Richtung. »Und dieser Zustand ist keine davon.«

Ich verschränke die Arme vor der Brust. »Was für Optionen habe ich denn stattdessen?«

»Du vergisst sie endlich und kehrst zu deinem alten Leben zurück.« Er hält inne und sein Blick wandert erneut von Kopf bis Fuß über mich. »Wobei mir das nach einer sehr schwierigen Angelegenheit aussieht, wenn ich mir deine Verfassung so anschaue.«

Ich mache eine auffordernde Handbewegung. »Na, dann verrate mir mal, was meine andere Option ist.«

»Du lässt dir endlich ein ordentliches Paar Eier wachsen und holst dir dein Mädchen.«

Mein Mädchen. Die Worte stechen wie ein Messer durch mein Herz. Doch ich versuche dieses Gefühl zu verdrängen. »Meine Hoden haben die perfekte Größe, aber danke für deinen Rat.« Ich fahre mir mit den Fingern durch das Haar. »Außerdem ist sie nicht mein Mädchen.«

Aiden dreht mein Telefon, sodass ich es sehen kann. »Und warum guckst du dir dann wie ein Stalker die Bilder von ihr an?«

Auf meinem Handy ist ein Foto von Malia in einer dunkelblauen Robe mit passendem Hut am Tag ihres Highschool-Abschlusses. Sie ist wie immer wunderschön. Ein Strahlen erhellt ihr Gesicht. Sie scheint glücklich zu sein. Ohne mich.

Ich schaue meinem besten Freund direkt in die Augen. »Manchmal brauche ich die Erinnerung daran, dass ich das Richtige tue.«

»Oh mein Gott.« Er wirft mir das Handy zu. Dann tigert er wieder auf und ab. »So viel gequirlte Scheiße auf einem Haufen habe ich noch nie gehört.« Er bedenkt mich mit einem angepissten Blick. »Und ich habe mir in meinem Leben schon viel Mist anhören müssen.«

»Was soll ich denn deiner Meinung nach machen? Zu ihr gehen, sagen, dass ich sie liebe, und dann reiten wir gemeinsam in den Sonnenuntergang? Und wenn sie nicht gestorben sind, dann leben sie noch heute?«

Aiden bleibt stehen und klatscht in die Hände. »Ja, genau das.«

Ich reibe mir energische über das Gesicht. Stark genug, dass ich mir sicher bin, rote Stellen zu hinterlassen. »So einfach ist das nicht.«

»Doch«, erwidert er und ich kann die Frustration in seiner Stimme hören. »Es ist so einfach, deinem Leid – und wahrscheinlich auch ihrem – ein Ende zu setzen.«

»Sie ist glücklich. Warum sollte ich nach der ganzen Zeit ihr Leben auf den Kopf stellen? Außerdem hat Malia mit uns abgeschlossen, sonst wäre sie zu den Playoffs gekommen, als ich ihr Tickets über Jace geschickt habe.«

Er schaut zur Decke und murmelt etwas vor sich hin. »Wie blind kann man eigentlich sein?«

Ich sehe ihn fragend an. »Sprichst du jetzt mit mir oder mit wem auch immer dort oben?« Ich deute auf die Decke.

Aiden schüttelt den Kopf. »Warum mussten die Ice Wolves mich draften?«, brummt er.

»Möchtest du darauf eine Antwort?«

»Nein! Ich will noch immer wissen, ob deine Sehkraft mal durchgecheckt werden sollte.«

So langsam fängt diese Unterhaltung an, mir auf die Nerven zu gehen. Mein Puls steigt mit jeder Minute weiter an. »Ich sehe super. Wenn du da anderer Meinung bist, erhelle mich doch bitte und sag mir, was ich verpasst habe.« Ich wackle mit den Fingern auffordernd, damit er mir alles gibt, was er seiner Meinung nach erspäht hat.

»Der glückliche Ausdruck auf ihrem Gesicht erreicht ihre Augen nicht. Wenn man genau hinsieht, ist dort Kummer zu sehen. Ähnlich wie bei den Bildern von dir, die an dem Tag des Finales gemacht wurden. Auf den ersten Blick könnte man meinen, du hättest alles erreicht, von dem du je geträumt hast. Aber selbst der Sieg konnte die Leere in deinen Augen nicht vertreiben.« Aiden ist nach seiner großen Ansprache ein wenig außer Atem.

»Wow, das kam ja mit richtig viel Leidenschaft aus dir heraus. Das brannte wohl schon länger auf deinem Herzen.« Auch wenn ich versuche seine Worte abzutun, haben sie etwas in mir ausgelöst. Ich entsperre mein Telefon, um mir das noch immer geöffnete Bild genauer anzuschauen. Meinen Daumen halte ich vor ihr strahlendes Lächeln.

Und er hat recht, der traurige Ausdruck ist nicht mehr zu übersehen.

»Da hat es endlich bei jemandem Klick gemacht.« Aiden presst die Handflächen aneinander und schaut wieder zur Decke. Seine Lippen bewegen sich tonlos.

»Trotzdem ändert es nichts an der Tatsache, dass ich Malia in Ruhe lassen werde.«

»Warum?« Er vergräbt seine Finger in den Haaren und ballt sie zu Fäusten. Was bei dem Anblick der weiß hervortretenden Knöchel, ziemlich schmerzhaft wirkt.

»Sie hat gerade ihren Abschluss gemacht. Die ganze Welt steht ihr jetzt offen. Sie könnte überall aufs College gehen, oder sich eine Auszeit nehmen und reisen. Aber mein Vertrag in Toronto läuft noch mindestens drei Jahre.« Ich atme gegen das enge Gefühl in meiner Brust an. »Mit ihr zusammen zu sein, wäre, wie einen Betonklotz um ihre Beine zu binden und sie in den Ontario Lake zu schubsen. Eine Last, die sie herunterzieht.«

»Und wenn sie das alles gar nicht will, sondern hier in Toronto aufs College geht? Dann wäre all der Schmerz, den du euch beiden mit deiner Zurückhaltung zufügst, umsonst.«

»Das ist vollkommen egal, wenn sie sich tatsächlich dazu entschieden hat, hierzubleiben, soll sie das volle Studentenleben erleben. Immerhin ging es bei unserer Abmachung von vornherein darum, ohne etwas, das sie hemmt, ins College zu starten.« Der Gedanke an Malia mit einem oder sogar vielen verschiedenen Typen fühlt sich wie eine Faust an, die meinen Magen zerquetscht. Schlagartig überkommt mich eine Welle der Übelkeit. Ich versuche mir nichts anmerken zu lassen.

Aiden sieht mich kopfschüttelnd an. Erschöpfung fällt wie ein Vorhang über sein Gesicht. »Kann ich irgendwas sagen, um dich von dieser irrsinnigen Einstellung abzubringen?«

»Nein, sie ist das Beste für Malia und mich.« Mein Herz zieht sich schmerzhaft zusammen. Doch manchmal muss man für die Menschen, die man liebt, selbstlos sein – und ich bin bereit, mein eigenes Glück für ihres zu opfern.

Kapitel 45

Malia

»Warum habe ich das Gefühl, etwas zu verstehen, aber mein Gehirn kann keinen richtigen Sinn darin finden?« Islas Augen weiten sich. »Oh mein Gott, habe ich etwa gerade einen Schlaganfall?« Die Farbe weicht aus ihren Wangen. »Ruf sofort den Notarzt. Jede Sekunde zählt, um den Schaden so gering wie möglich zu halten.«

Ich drücke Pause, um die Folge anzuhalten. Beruhigend hebe ich die Hände. »Kein Grund zur Panik. Du hast dieses Gefühl, weil die Leute nicht Englisch sprechen, sich aber manche deutsche Wörter ähnlich zu englischen anhören.«

»Warum zur Hölle guckst du dir eine Sendung auf Deutsch an?« Ihr Blick schnellt zu meinem Fernseher. »Und was zum Teufel ist das überhaupt? Der Typ ist voller Schlamm und sieht aus wie ein Wilder, der sich Opfer sucht, um sie in seiner Waldhütte zu zerstückeln.« Sie verzieht angewidert den Mund.

Ein Lachen sprudelt aus mir heraus. »Ich habe den letzten Monat damit verbracht, Deutsch zu lernen. Um meine Kenntnisse zu festigen und vor allem auszubauen, gucke ich mir entweder Filme oder Serien an, die synchronisiert wurden.« Ich deute auf den Fernseher »Oder Videos auf YouTube von deutschen Creatorn.«

Islas Brauen ziehen sich zusammen. »Und auf der anderen Seite des Ozeans«, sie mustert das Standbild, »machen die sowas?«

Ein Schmunzeln schleicht sich auf meine Lippen. »Unter anderem. Da sind sieben Leute für sieben Tage in der Wildnis. Ist so eine Survival-Serie. Genau genommen sind die nicht auf der anderen Seite des Ozeans in Deutschland, sondern auf unserer. Die Insel liegt sogar im Pazifik.«

Isla macht eine wegwerfende Handbewegung. »Wie auch immer.« Sie deutet von mir zu dem Fernseher. »Da lässt man dich mal einen Monat allein und dann passiert sowas.«

»Kann ja nicht jeder seinen Sommer in Kalifornien mit den coolen Kids verbringen.« Schulterzuckend sehe ich sie an.

Sie rollt die Augen. »Ich war meine Großeltern besuchen, nicht in Malibu surfen oder was auch immer die *coolen Kids* so machen.« Isla lässt sich mit so viel Schwung neben mir auf das Bett fallen, dass ich einen Hüpfer auf meiner Seite der Matratze mache. »Jetzt mal ernsthaft, verstehst du überhaupt, was die da erzählen?«

Ich lache los. »Nur ansatzweise. Ein Monat reicht definitiv nicht aus, um diese Sprache zu lernen. Ich dachte, vielleicht bringt es etwas, mir Leute anzuhören, die es die ganze Zeit sprechen. So nach dem Motto: sehen und verstehen.«

»Okay, aber warum genau lernen wir jetzt eigentlich eine neue Sprache?« Isla stützt ihren Kopf auf der Hand ab.

»Weil Emma und Jace nächste Woche ein Au-pair bekommen. Lizzy kommt aus Deutschland.«

»Aber ist es nicht Voraussetzung, ein gewisses Maß an Englischkenntnissen zu haben, bevor man ein Auslandsjahr machen kann?«

»Keine Ahnung. Ich habe mir gedacht, dass es bestimmt schön für sie wäre, wenn hier jemand ist, der ihr ein Stück Heimat geben kann.«

»Das ist ja nett von dir.« Sie hebt eine Braue. »Aber ist das wirklich der einzige Grund, warum du dich die halben Ferien damit beschäftigt hast, eine neue Sprache zu lernen?«

»Ja.« Ich spüre eine Falte, die sich auf meiner Stirn bildet. »Warum sollte ich es denn sonst machen?«

»Um wie immer deinen Problemen auszuweichen.« Isla verpasst mir einen Stoß. »Du nimmst alles Negative, was in deinem Leben passiert, lieber hin, als dich in einen Konflikt zu stürzen. Deshalb hast du auch Liam nicht für sein beschissenes Benehmen zur Verantwortung gezogen.«

Ich setze mich auf, ich habe das Gefühl, für dieses Gespräch meine Mauern hochziehen zu müssen. »Ich bin Liam nicht aus dem Weg gegangen, um einer Konfrontation auszuweichen, sondern weil ich nicht noch mehr Schmerz ertragen hätte.« Mit dem Daumen tippe ich gegen meinen Brustkorb. »Ausführlich zu hören, was für ein großer Fehler es war, mit mir zu schlafen, wenn es sich für mich wie das Unglaublichste auf dieser Welt angefühlt hat, braucht weder mein angeschlagenes Selbstbewusstsein noch der Muskel in meiner Brust.« Ich schlinge die Arme um meine Mitte. »Ich habe nur getan, was ich tun musste, um mich aus dem Loch heraus zu kämpfen, in das mich seine Worte verfrachtet haben.«

Isla verzieht das Gesicht. »Sorry, so meinte ich das nicht. Ich bewundere, wie du es geschafft hast, in den letzten Monaten trotz allem deine Ziele zu verfolgen. Andere hätten ihren Abschluss verhauen und auf ihre Zukunft geschissen, weil sie es nicht gepackt hätten, aus dem schwarzen Loch herauszukommen.« Isla setzt sich auch auf und verschränkt die Beine zum Schneidersitz. »Trotzdem finde ich, dass Liam es verdient hätte, mal die Meinung gegeigt zu bekommen.«

Ich lege meine Hand auf ihren Arm. »Es ist wirklich lieb von dir, dass du immer in meiner Ecke stehst und mir den Rücken stärkst. Aber ich will einfach nur über Liam hinwegkommen.«

»Du weißt, was man sagt, am besten kommt man unter einem anderen über einen Mann hinweg. Oder sowas in der

Art. Die Botschaft dieser Weisheit ist auf jeden Fall, dass man Sex mit anderen Männern haben sollte.«

Ein Schmunzeln schleicht sich auf mein Gesicht. »Eine Weisheit?«

Isla nickt mit ernster Miene.

»Mich durch die männliche Bevölkerung zu schlafen, soll mir also helfen, mich besser zu fühlen?«

»Klar, nichts geht über guten Sex und haufenweise Orgasmen.«

»Ich glaube, es ist wahrscheinlicher, sich einen Haufen Geschlechtskrankheiten zu holen.«

»No risk, no fun. Außerdem war die ganze Abmachung mit Liam doch dazu da, dass du dich austoben kannst, sobald wir am College sind.«

Der Gedanke, jemanden zu daten oder sogar mit irgendeinem Typen zu schlafen, klingt momentan so ansprechend wie eine Wurzelbehandlung beim Zahnarzt. »Da habe ich ja Glück, dass das Semester noch nicht begonnen hat.«

»Das sind doch nur Formalitäten.« Sie macht eine wegwerfende Handbewegung. »Je früher du deinen knackigen Hintern in den Sattel schwingst, desto eher verschwindet der verteufelte Hockeyspieler aus deinem Kopf.«

»Es ist nicht seine Schuld, dass er sich an die Abmachung gehalten hat, also brauchen wir ihn nicht direkt in die Hölle verbannen. Immerhin hat er uns dieses Jahr den Titel geholt.«

»Du meinst in der Sportart, die du seit einem halben Jahr nicht mehr anschauen kannst?« Sie hebt eine Braue.

Augenrollend sehe ich sie an. »Vielleicht hatte ich mit meinem Abschluss einfach so viel um die Ohren, dass ich keine Zeit und keinen Kopf für Eishockey hatte.« Dass ich es noch immer heimlich gucke, behalte ich lieber für mich, denn die meiste Zeit schaue ich nur, wo sich die Nummer vierundzwanzig befindet, und das braucht Isla nicht unbedingt zu wissen.

»Vielleicht erzählst du auch einfach einen Haufen Blödsinn.« Sie stützt ihr Kinn auf der Hand ab und schaut mich unbeeindruckt an.

»Vielleicht suche ich mir einfach eine neue beste Freundin.« Ich hebe meine Hand und betrachte beiläufig meine Nägel.

Isla stürzt sich ohne Vorwarnung auf mich.

Im nächsten Moment liege ich mit dem Bauch auf dem Bett, gefangen zwischen meiner besten Freundin und der Matratze.

Ihr Hintern ist auf meinem und sie hüpft auf mir herum. »Nimm das sofort zurück«, fordert sie.

Lachend ringe ich nach Atem und versuche sie abzuwerfen. »Nein.«

»Dann wirst du meine Rache zu spüren bekommen.« Sie legt sich zurück, sodass ihre ganze Rückseite meine berührt.

Ich winde mich unter ihr. Die Luft schafft es kaum noch in meine Lunge. Mein Brustkorb drückt sich mit jedem Atemzug in die Matratze. »Okay. Du bist meine einzig wahre beste Freundin. Niemand wird dich jemals ersetzen können«, bringe ich atemlos hervor.

Ich brauche Isla nicht zu sehen, um zu wissen, dass sie teuflisch grinst. »Geht doch.« Sie richtet sich auf, bleibt aber auf mir sitzen. »Jetzt versprich mir, dass du dich nicht dauerhaft verkriechen wirst. Wenn wir in vier Wochen das Wohnheim beziehen, ist die Zeit des Wundenleckens vorbei. Dann starten wir die Mission ›Vergiss den heißen Hockeyspieler‹.« Sie beugt sich zur Seite und streckt mir ihre Hand ins Gesicht. »Haben wir einen Deal?«

»Nur wenn du von mir heruntergehst.« Ich wackle ein wenig unter ihr. »Und danach mit mir die deutsche Serie zu Ende guckst. Außerdem bist du keine gemeine Bitch zu dem Au-pair, sobald sie hier ist.«

»Ich und gemein?! Pfff. Mein zweiter Vorname ist Freundlichkeit.«

Ein humorloses Lachen entweicht meinen Lippen. »Ist klar. Wenn ich nicht mit dir befreundet wäre, hätte ich echt Angst, dir versehentlich ans Bein zu pinkeln.«

Sie macht ein zischendes Geräusch. »Für diese fiese Unterstellung habe ich noch eine Bedingung.«

Ich verenge die Augen ein wenig. »Übertreib es nicht.«

»Entspann dich, es ist nichts Schlimmes. Ich möchte nur, dass du uns beide dieses Jahr auf die legendäre Halloween Party von East bringst, endlich sind wir alt genug. Bei dem, was dort so abgeht, kann jede Collegeparty einpacken.«

Ich hebe den Finger. »Genau genommen bin ich auch dann noch nicht alt genug für eine wilde Party. Aber ich kümmere mich drum. Im Gegenzug will ich meine Schonfrist bis dahin verlängern.« Ich werfe einen Blick über die Schulter und strecke ihr die Hand entgegen. Zumindest so weit, wie es mir mit Isla, die auf mir drauf liegt, möglich ist.

Ihr Blick bohrt sich in meinen.

Isla öffnet den Mund und schließt ihn wieder, als würde sie etwas sagen wollen, aber hält es zurück. Lautstark atmet sie aus. »Deal.« Sie umfasst meine Hand mit einem festen Griff.

Wild schütteln wir sie, bis sie lachend neben mir aufs Bett fällt.

Auch wenn ich mir den Start ins Collegeleben anders ausgemalt habe, schaue ich positiv in die Zukunft. Ich habe meine beste Freundin an meiner Seite und das ist mehr, als viele andere bei dem Beginn dieses neuen Lebensabschnitts haben.

Kapitel 46

Liam

Die Stimmung in der Umkleidekabine ist vor unserem ersten Spiel der Saison angespannt. Vereinzelt unterhalten sich Spieler miteinander, aber die sonst so laute Geräuschkulisse, die wie der Soundtack für jede Spielvorbereitung klingt, fehlt. Die Verantwortung auf meinen Schultern ist deutlich spürbar.

Maverick lässt sich neben mir auf die Bank fallen. »Na, Cap. Bereit, uns zum nächsten Titel zu führen?«

Aiden lehnt sich auf meiner anderen Seite gegen das Holz, das unsere Schränke trennt. »Das wird wohl eher nichts, denn der einzige Sport, den er die Saisonpause über betrieben hat, ist sein Handy hochzuhalten, um es anzustarren.«

»Warum das?« Auf Mavericks Stirn bildet sich eine Falte.

Ich werfe Aiden einen warnenden Blick zu, es reicht schon, dass er von meinem kleinen Geheimnis weiß.

Das Risiko, dass einer meiner Freunde sich bei East verplappert, ist viel höher, je mehr es wissen.

»Ich habe die ganze Zeit Filmmaterial angeguckt. Unsere Gegner studiert und mich mental auf die Saison vorbereitet.«

»Ach, seit wann spielt Malia denn Eishockey?«, fragt Aiden so leise, dass ich ihn kaum höre.

Ich verpasse ihm so unauffällig wie möglich mit meinem

Ellenbogen einen Stoß in die Rippen.

Maverick, der sich dem Anziehen seiner Schutzpolster widmet, würdigt uns in diesem Moment glücklicherweise keines Blickes. Erst als er fertig ist, sieht er wieder auf. »Bist du überhaupt fit für die Saison, wenn du die ganze Zeit auf der Couch lagst und alte Spiele angeguckt hast?«

Ich spanne meine Muskeln an, die Säume meiner Ärmel schneiden dabei leicht in meinen Bizeps. »Ich bin in der besten Form, die ich jemals hatte.« Wenn ich nicht gerade wie ein Stalker stundenlang die Bilder von Malia angeschaut habe, dann habe ich meinen Körper an die physischen Grenzen gebracht. Das war die einzige Möglichkeit, in einen erschöpften Schlaf zu fallen und nicht jedes Mal beim Schließen meiner Augen Bilder von Malia in meinem Kopf aufploppen zu sehen. Vor allem welche von unserem letzten Abend zusammen.

»Wenn unser Cap jetzt der Hulk ist, sollte es ja kein Problem sein, Tampa Bay den Arsch aufzureißen.« Maverick steht von der Bank auf und verpasst mir einen Klapps gegen die Schulter.

»Haha.« Augenrollend drehe ich mich von meinem Schrank weg und dem Raum zu. »Trotzdem hat Mav in einer Sache recht.«

»Hab ich?« Mit einem schiefen Grinsen sieht er mich an.

Aiden stößt ihn unsanft an.

Maverick verzieht das Gesicht. »Sorry, Cap.«

Nach einem warnenden Blick in seine Richtung wende ich mich wieder dem restlichen Team zu.

Alle Augen sind auf mich gerichtet.

»Ja, er hat recht. Wir werden gleich da rausgehen und Tampa Bay zeigen, in wessen Territorium sie sich befinden.« Ich schaue jeden einzelnen meiner Kameraden an. »Wir sind die Meister und diese Saison verteidigen wir den Titel.« Die Luft in der Umkleide fühlt sich elektrisiert an. »Wer will einen zweiten Ring an seinem Finger?«

»Wir«, antworten sie im Gleichklang.

»Wer holt heute den Sieg?«

»Wir«, sagen sie lauter.

»Und wer sind wir?«

»Die Ice Wolves!«, brüllen sie.

Ich stimme das Wolfsheulen an.

Und jedes einzelne Teammitglied in diesem Raum stimmt mit ein.

Ich bin bereit, die Ice Wolves erneut als Kapitän zum Stanley Cup zu führen. Und ich hoffe, wenn ich das nächste Mal den Pokal in der Hand halte, auch unbändige Freude darüber verspüren zu können.

Eine neue Saison. Ein neuer Sieg. Und wieder leere Plätze hinter der Spielerbank.

Ich muss aufhören, Jace die Tickets zu schicken, sonst merkt er noch, dass etwas im Busch ist. Das letzte Jahr war er, glaube ich, so mit sich selbst beschäftigt, dass er gar nicht empfänglich für mein verdächtiges Verhalten war. Aber irgendwann verblasst die rosarote Brille, die er seit seiner Beziehung zu Emma trägt – und dann bin ich am Arsch.

»Hey, Party bei East?« Aidens Worte holen mich zurück in das Hier und Jetzt.

»Ich dachte, er ist nach Pickering gezogen.«

»Ja, ist er. Aber er schmeißt heute eine Party in seiner Wohnung in Toronto.« Aiden reibt sich über den Bart. »Hat wohl irgendwas mit einem rothaarigen Teufel zu tun, von dem er eine Auszeit braucht.«

Ich lege meinen Kopf schräg und sehe ihn an. »Rothaariger Teufel?«

»Frag ihn selbst, wenn du ihn siehst.« Seine Mundwinkel wandern nach oben. »Was nachher sein wird, weil du auf jeden Fall dabei bist, Cap. Oder?«

Ich fahre mit der Zunge über die Zähne. Hin- und hergerissen, ob ich Aiden den Hals umzudrehen oder tatsächlich in Erwägung ziehen sollte, auf die Party zu gehen.

Ist es an der Zeit nach vorne zu Blicken und mich wieder ins wilde Leben zu stürzen? Immerhin ist es zehn Monate her, seit ich Malia zuletzt gesehen habe. Zumindest von Angesicht zu Angesicht, auf unzähligen Bildern habe ich sie gerade erst vor dem Spiel angeschaut. Ich sollte damit aufhören. Schließlich kann ich nicht für immer in diesem Sumpf zwischen der Vergangenheit und meiner Zukunft stecken bleiben. Der erste Schritt um Malia hinter mir zu lassen, ist es, wieder am Leben teilzunehmen. Etwas mit Freunden zu unternehmen und vor allem unsere Erfolge zu feiern, wie klein sie auch sein mögen.

»Erde an Cap.« Aiden wedelt mit der Hand vor meinem Gesicht herum. »Bist du nun dabei?«

»Ja. Soll ich dich mitnehmen?«

Er hält eine Hand seitlich um den Mund. »Liam ist heute der Fahrer«, verkündet er laut.

Maverick und Bennett klatschen sich ab.

»Ich hoffe, East hat ein paar neue Mädels am Start. Aufgewärmt schmeckt schließlich nur Gulasch und ich bin immer offen für neue kulinarische Delikatessen.« Maverick grinst schmutzig.

Ich verziehe mein Gesicht. »Was stimmt mit dir nicht, Mann? Ich glaube, du brauchst dringend einen Termin beim Psychologen.«

Er reibt die Hände aneinander. »Besorg mir einen, wenn es eine Psychologin ist.«

Mein Blick wandert zu Aiden und Bennett.

Beide grinsen und nicken zustimmend.

»Euer Ernst?« Ich schüttle den Kopf. »Ihr seid unmöglich.«

»Kann ja niemand etwas dafür, dass du den Pussys plötzlich aus dem Nichts abgeschworen hast.« Mav zuckt mit den Schultern.

Aiden reibt sich über den Bart. »Ja, so aus dem Nichts

und vollkommen unerwartet. Wie kam das nur, Cap?« Seine Mundwinkel wandern nach oben.

Ich balle die Hände zu Fäusten. Nur mit meiner ganzen Willenskraft kann ich mich davon abhalten, ihm noch ein paar zusätzliche Hämatome zu verpassen. Dass er ordentliche Schläge von Tampa Bay einstecken musste, gibt mir ein wenig Genugtuung. Trotzdem brodelt es gefährlich in mir. Ich beiße die Zähne fest zusammen. »Einige von uns konzentrieren sich lieber auf ihren Job, als jedem feuchtwarmen Loch hinterherzujagen.« Ich reiße den Mund auf und halte eine Hand davor. »Und schau mal, wo uns das hingeführt hat. Zum Titel.«

»Aber wir mit dem Hannah-Montana-Spirit haben ihn auch erhalten.« Mav verschränkt die Arme vor der Brust.

Ich verenge die Augen. »Was zur Hölle soll das sein?«

»Man bekommst das beste von beiden Welten. Die Pussys und den Titel.«

Abwehrend strecke ich die Hand aus. »Tu mir den Gefallen und benutze nie wieder eine Disneyshow für Kinder in Zusammenhang mit Sex.« Ich werfe meine letzten Sachen in die Taschen und schlinge sie über die Schulter. »Das ist einfach nur krank.«

Auch Aiden und Bennett schauen mittlerweile ein wenig verstört zwischen uns hin und her.

Mit dem Daumen deute ich über meine Schulter. »Bewegt eure Ärsche zu meinem Auto, wenn ihr fertig seid.« Ohne auf ihre Reaktionen zu warten, gehe ich zur Tür heraus.

Der kurze Moment allein tut mir gut. Die Ruhe, um meine wilden Gedanken zu beruhigen. Die frische Luft, um die verstörenden Dinge, die meine Freunde manchmal von sich geben, wegzupusten.

Ich werfe meine Sporttasche in den Kofferraum und lehne mich gegen die Seite des Wagens. Vor einem Jahr bin ich mit Malia nach den Spielen zu mir gefahren, um Zeit mit ihr zu verbringen. Ein schwacher Moment überkommt mich. Ich hole mein Handy hervor und öffne Instagram.

Malias Profil ist ganz oben in meiner Suchleiste.

Der blaue Ring um ihr Profilbild zeigt mir, dass sie eine neue Story hochgeladen hat. Vielleicht hat sie Highlights des Spiels geteilt. Wenn das tatsächlich so wäre, könnte wenigstens unsere Liebe zum Sport uns noch immer verbinden. Irgendwie würde ich mich ihr dadurch näher fühlen.

Du sollst sie hinter dir lassen und nicht weiter an ihr festhalten.

Ich verdränge die Stimme in meinem Kopf. Mein Daumen schwebt einen Moment über ihrem Profilbild. In meiner Brust pumpt mein Herz so wild, als würde ich in Höchstgeschwindigkeit über das Eis der Arena fliegen. *Es ist nur eine Story. Guck sie dir verdammt nochmal an oder steck dein beschissenes Handy wieder in die Hosentasche!*

Wenn ich sie nicht angucken würde, könnte ich an der Hoffnung festhalten, dass sie unser Spiel geschaut hat. Aber wenn sie es nicht gemacht hat, könnte es mir vielleicht helfen, sie endlich aus meinem Kopf zu vertreiben. Und damit hoffentlich auch aus meinem Herzen, in das sie sich geschlichen hat.

Meine Muskeln spannen sich an. Ich kann der Versuchung nicht widerstehen. Mein Daumen berührt ihr wunderschönes Gesicht.

Prompt öffnet sich ein Bild. Es zeigt Malia und Isla auf einem Einzelbett vor einer weißen Wand. Beide grinsen in die Kamera und haben eine Schale Popcorn zwischen sich stehen. Das Foto muss von einer dritten Person im Raum aufgenommen worden sein. Denn man sieht die Beiden vom Kopf bis zu ihren Füßen, die über die Bettkante hängen. Ob es ihr Wohnheimzimmer ist? Ihr Bett? Und wer ist wohl die Person hinter der Kamera? Ihr Freund? Islas Freund? Einfach nur ein Kommilitone? Eine Kommilitonin?

Verdammt. Du musst damit aufhören. Sie lebt ihr Leben und das Gleiche solltest du auch machen, ohne sie zu stalken!

Erst jetzt fällt mir der Schriftzug auf, der über ihnen auf dem Foto prangt: ›Filmabend‹.

Ich verspüre einen Stich in meiner Brust. Wie der Todesstoß für all meine Hoffnungen, die in den letzten Ecken meines Unterbewusstseins gelebt haben.

Es ist Zeit für eine Veränderung. Ich drücke den Button, um Malia zu entfolgen. Ab jetzt beginnt mein kalter Entzug. Ich bin bereit, mich aus diesem Tief wieder hinaus zu kämpfen. Das nächste Mal, wenn ich den Stanley Cup in den Händen halte, werde ich mich wie der verdammte König dieser Welt fühlen.

Kapitel 47

Malia

»Du musst deine Überredungskünste spielen lassen.« Islas Seufzen hallt durch die Freisprechanlage meines Autos.

»Ich gebe mein Bestes.« In einer Woche ist Halloween und ich muss mich unbedingt noch um den Einlass zu Easts Party kümmern. Das ist auch der Grund, warum ich gerade durch die Straßen von Pickering fahre und nicht bei meiner besten Freundin im Wohnheim bin.

»Meinst du, wir haben überhaupt eine Chance, dass er einwilligt?«

»Ich denke, die Wahrscheinlichkeit ist in diesem Jahr viel höher als jemals zuvor. Schließlich sind wir beinahe alt genug, um legal Alkohol zu trinken.«

Das heißt nicht wirklich, dass er uns auf seiner Party der Coolen und Reichen herumlaufen haben will. Aber ihn zu fragen und vielleicht auch ein wenig zu nerven, damit er uns kommen lässt, kann nicht schaden. Das Schlimmste, was er machen könnte, ist ablehnen.

Ich biege in seine Straße ein und fahre an Jace' Haus vorbei.

Easts Wagen steht nicht vor der Tür, was hoffentlich bedeutet, dass er bei sich ist. Hoffentlich ist mein Bruder nicht in seiner Nähe, der würde mir mit seiner überfürsorglichen Art ganz sicher einen Strich durch die Rechnung machen.

Easts Haus kommt in Sicht.

»Ich bin da. Drück mir die Daumen, dass ich ihn weichgekocht bekomme.«

»Du schaffst das, da bin ich mir sicher.« Isla verabschiedet sich und legt auf.

Ich biege in die Auffahrt. Mit schwitzigen Handflächen steige ich aus dem Wagen. *Beruhig dich. Es ist nur eine Party. Wenn er nein sagt, geht die Welt davon nicht unter.* Meine innere Stimme hat recht. Trotzdem kann ich die Nervosität nicht abschütteln. Diese Party wäre der perfekte Zeitpunkt, um einen neuen Abschnitt in meinem Leben einzuläuten. Ich habe die letzten Monate genug Zeit isoliert von den Dingen verbracht, die mir Freude bereiten. Auch wenn ich in der Vergangenheit nicht das wilde Partytier war, bin ich offen für einen Tapetenwechsel. Außerdem bestand der ganze Sinn von dem Liam-Deal darin, dass mich nichts daran hindert, das volle Studentenleben auszukosten. Inklusive Sex und Alkohol.

Also straffe ich die Schultern, gehe zur Haustür und klopfe kräftig gegen das Holz.

Aus dem Inneren höre ich Pfoten, die klackernd auf mich zu kommen. Das Geräusch verschwindet und wird von tiefen Atemzügen an dem Türschlitz abgelöst.

Ich kann mir bei den Lauten, die Arya macht, ein Lächeln nicht verkneifen.

Sie ist eine deutsche Dogge und erst seit ein paar Monaten bei East. In dieser kurzen Zeit hat sie das Herz von jedem Einzelnen im Sturm erobert.

In meinen Fingern kribbelt es, sie zu streicheln.

East braucht schon wieder viel zu lange, um diese verdammte Tür endlich aufzumachen.

Die Geduld verlässt mich, also hebe ich erneut die Hand und haue auf das Holz. Dieses Mal viel kräftiger als zuvor. »East.«

»Entspann dich.« Seine Stimme ist so leise, dass ich ihn kaum höre. Das kann nur bedeuten, dass er tief im inneren seines Hauses ist und nicht in der Nähe der Tür.

»Beeil dich, schließlich werde ich hier draußen nicht jünger.« Ich halte kurz inne. »Außerdem will ich deinen Hund streicheln.«

Ohne Vorwarnung schwingt plötzlich die Tür vor meiner Nase auf.

»Vielleicht sollte ich von allen, die wegen Arya hier sind, Eintritt verlangen.«

Ich schiebe mich an ihm vorbei ins Haus hinein. »Wer sagt, dass ich wegen ihr hier bin?« Vor Arya bleibe ich stehen und gehe in die Hocke. »Wobei sie wahrscheinlich der einzige Grund ist, weshalb Menschen so tun, als würden sie dich mögen. Die wollen alle nur dieses wunderschöne Mädchen sehen.« Ich kraule ihre Halsseiten. »Stimmts, du süßes Riesenbaby?«

Sie hechelt mir ins Gesicht. Ihre Zunge hängt zur Seite heraus und spritzt kleine Sabbertropfen herum.

East verschränkt die Arme vor der Brust und sieht uns an. »Kannst du mir nebenbei verraten, was mir diesen Besuch verschafft, oder muss ich warten, bis ihr beide fertig seid?«

Am liebsten würde ich ihm sagen, dass er sich gedulden muss. Aber ich bin auf einer Mission hier und der Erfolg hängt von Easts Laune ab. Mit meinem süßesten Lächeln schaue ich ihn an. »Ich wollte dich nur was fragen.«

Seine Brauen ziehen sich zusammen. »Die Antwort ist nein.«

Ich richte mich auf. »Du weißt doch noch nicht mal, was ich fragen wollte.«

»Dieses superfreundliche Benehmen hat mir schon verraten, dass es nichts Gutes sein kann.« Er fährt mit der Hand durch die Luft und deutet dabei auf mich. »Also packe ich dieses Problem nicht noch zu meinem ohnehin schon viel zu großen Haufen und sage direkt nein.«

Augenrollend sehe ich ihn an. »Was für ein Haufen Probleme? Hattest du seit fünf Minuten keinen Sex und bist jetzt dramatisch, oder was?« Da geht er dahin, mein Vorsatz, ihm Honig ums Maul zu schmieren. Er ist wie mein großer Bruder und deshalb liegt es in meiner Natur, ihm die Stirn zu bieten.

»Haha.« Ein dunkler Schatten huscht über sein Gesicht, aber so schnell, wie er da war, ist er auch verschwunden. »Es ist wirklich nett von dir, dass du mich mal wieder daran erinnert hast, warum ich jeden Tag dankbar dafür bin, ein Einzelkind zu sein. Tyler und Jace tun mir immer leid, wenn sie sich mit euch Schwestern rumschlagen müssen.«

Was auch immer gerade in seinem Leben los ist, sorgt definitiv nicht dafür, dass seine Laune zu meinem Vorteil ist. Ich muss mir dringend etwas anderes überlegen, um uns auf die Gästeliste zu bekommen. Also gehe ich auf ihn zu. Ich lege meine Hand auf seine Schulter, was mir eine hochgezogene Augenbraue beschert. »Du siehst gestresst aus. Kann ich dir bei irgendwas helfen?« Lächelnd schaue ich ihn an. Plötzlich wird mir klar, wie sich das gerade angehört hat. Sofort werden meine Wangen hciß. »Ähm, also bei allem, was nicht mit du-weißt-schon-was zu tun hat.«

East verzieht angewidert die Lippe, er schüttelt meine Hand ab und tritt ein Stück zur Seite. »Was ist los mit dir?«

»Sorry.« Ich versuche ein entschuldigendes Lächeln auf mein Gesicht zu bekommen. Aber es fühlt sich nicht an, als würde es klappen. »Ich bin eigentlich nur hier, um zu fragen, ob Isla und ich zur Halloweenparty kommen können.«

Er verschränkt erneut die Arme vor der Brust. »Gibt es auf dem Campus nicht einen Haufen Partys, zu denen ihr gehen könnt?«

Ich seufze. »Ja, aber keine ist mit deiner vergleichbar.« Mit vorgeschobener Lippe und großen Augen sehe ich ihn an. »Bitte.«

»Jace bringt mich um, wenn ich euch herkommen lasse.«

»Ist er hier?« Ich kenne die Antwort auf seine Frage bereits, aber ich will etwas verdeutlichen.

»Nein.« East sieht mich mit ernster Miene an. »Wenn er davon erfährt, wird er trotzdem ausflippen.«

Ich lächle ihn verschwörerisch an. »Dann verraten wir es ihm einfach nicht.«

»Er ist mein bester Freund, ich kann das nicht vor ihm geheim halten.«

Ich werfe die Hände in die Luft. »Sagst du ihm jedes kleinste Detail aus deinem Leben?«

Erneut fliegt dieser dunkle Schatten über sein Gesicht. »Nein.«

»Siehst du. Er wird doch bestimmt keine Gästeliste von dir fordern oder sich jede einzelne Person aufzählen lassen, die zu der Halloweenparty kommt, bei der er nicht einmal ist.« Ich halte kurz inne, um nach Luft zu schnappen, weil die Worte in einem Schwall aus mir herausgesprudelt sind. »Außerdem hat mir ein Vögelchen gezwitschert, dass alle eine Maske tragen müssen. So wird uns auch niemand erkennen und dich verpfeifen. Das heißt, er wird es nie erfahren.«

East fährt sich durch die Haare. »Warum müssen Frauen das Leben so kompliziert machen?«, murmelt er vor sich hin.

Weil es sich angehört hat, als hätte er es mehr zu sich selbst als zu mir gesagt, gebe ich ihm auf die Frage keine Antwort.

Eine gefühlte Ewigkeit später schaut er mich an. »Okay, aber betrinkt euch nicht so doll, dass ihr auffallt. Immerhin bist du erst achtzehn und hast eigentlich nichts auf einer Party zu suchen, bei der Alkohol ohne Kontrolle ausgeschenkt wird.«

Ich kreische freudig auf und springe ihm in die Arme. Oder eher an seinen Oberkörper, denn er bleibt wie eine Statue stehen, während ich ihm am Hals hänge. »Du bist der Beste.« Ich drücke ihm einen Kuss auf die Wange.

East zieht seinen Kopf weg. »Ist ja gut, kein Grund, so viel Körperkontakt herzustellen.«

Lachend lasse ich ihn los. »Als ob es dich sonst stört, wenn die Frauen sich dir an den Hals werfen.«

»Die sind aber nicht wie kleine nervige Schwestern, die ich nie haben wollte.« Sein Mundwinkel zuckt.

Auch wenn er so tut, als wären Faith, Tylers Schwester Tatum und ich wie Kaugummi am Schuh, den man nicht haben will, sind das die kleinen Zeichen dafür, dass er uns trotzdem wie richtige Schwestern liebt.

»War das alles, was du wolltest?« East hebt eine Braue.

Ich grinse ihn an. »Ja.«

»Na, dann kannst du mich ja jetzt die letzten Dinge für die Party erledigen lassen, damit sie auch sattfinden kann.«

»Das mache ich doch gerne.« Ich gehe zur Haustür. Plötzlich wird mir etwas schlagartig bewusst. Ich halte inne und schaue noch einmal zurück über die Schulter. »Ach, eine Frage habe ich noch.«

East stöhnt. »Was ist denn jetzt?«

»Wer kommt eigentlich von den Leuten, die ich kenne?« »Einige. Warum ist das wichtig?« Eine Falte bildet sich auf seiner Stirn.

Ich zucke mit den Achseln. »Nur so. Ist ja schön zu wissen, wen man mal wiedertrifft.«

»Keine Ahnung, wen du alles so kennst. Aber Nate und die Jungs von den Ice Wolves kommen auch.«

Mein Herz stürzt im freien Fall in die Tiefe. »Alle?«

Die Falte wird tiefer. »Was meinst du?«

»Na, ob alle Jungs von den Ice Wolves da sein werden.« Mein Kopf fühlt sich plötzlich so an als wäre er voller Watte. In meinen Ohren rauscht es.

»Nur die, mit denen ich immer abhänge.«

Ich gehe in meinem Kopf durch, wen ich in seinen Storys bis jetzt gesehen habe. Am häufigsten Aiden, Bennett, Maverick und den, dessen Namen ich nicht einmal denken will. Bei der Aussicht, ihn zu sehen, wird mir ganz übel und kribbelig zugleich.

»Außer Liam, wie es scheint.« Easts Worte reißen mich aus meinen Gedanken.

Ich schaue auf sein Telefon. Er hält es in den Händen und liest etwas darauf.

Meine ohnehin schon wilden Gefühle verwandeln sich zu einem noch größeren Chaos bei der Vorstellung, dass Liam ihm gerade eine Nachricht geschrieben hat. Auch wenn es merkwürdig ist, fühle ich mich ihm in diesem Moment so nah wie seit fast einem Jahr nicht mehr. Ein Schmerz in der Brust und ein Kribbeln im Bauch treiben gleichzeitig ihr Unwesen in mir. Ich muss weg von hier, um das Chaos zu bändigen. Schnell verabschiede ich mich von East und mache mich auf den Weg zurück in mein jetziges Leben. Ohne Eishockey und ohne Liam.

Kapitel 48

Liam

Eine neue Saison und eine neue Reihe von Siegen sorgt für ausgelassene Stimmung in der Umkleidekabine.

Ich wische mir mit dem Handtuch über die Stirn.

Aiden wirft sein schwitziges Trikot in meine Richtung.

Glücklicherweise sehe ich es aus dem Augenwinkel kommen und kann es abwehren, bevor es meinen Körper berührt. »Das ist widerlich, Mann. Mein eigener Schweiß reicht, da brauche ich nicht noch den von jemand anderem an mir.«

Aiden grinst mich an. »Ich hab jederzeit gerne den Schweiß von einer heißen Braut auf meiner Haut.« Er wackelt mit den Augenbrauen.

Ich schüttle den Kopf, nicht sicher, was ich schlimmer finde – die Aussage, oder dass es sich auch noch reimt. »Warum läuft bei dir alles immer auf Sex hinaus?«

»Weil dieser Körper dazu bestimmt ist, Frauen glücklich zu machen.« Er fährt mit der Hand seine Bauchmuskeln entlang. »Außerdem brauche ich ein Ventil für das ganze Adrenalin von den Spielen.«

»Du könntest dir einfach wie ein normaler Mensch einen runterholen und nicht weiter darüber reden.«

»Ein *normaler Mensch* hat Sex, wenn er Bock darauf hat und

eine passende Partnerin oder einen passenden Partner für die Nacht findet. *Du* holst dir einen runter, weil du nicht dein kleines Erlebnis vom letzten Jahr hinter dir lässt und endlich nach vorne schaust.«

Ein Stich durchzuckt meine Brust. Wenn es so einfach wäre, würde ich mich durch die weibliche Bevölkerung von Toronto schlafen. Aber bei dem Gedanken an eine Frau, die nicht Malia ist, krempelt sich mein Schwanz förmlich nach innen. Es ist so verdammt frustrierend.

Ich stehe auf und werfe mein Polster mit Wucht in den Schrank. Diese Aktion beschert mir Seitenblicke so einiger Teamkollegen, aber das ist mir in diesem Moment egal. Meine aufgestauten Gefühle der letzten Monate wollen nach draußen. »Dann verrat mir, wie ich das genau anstellen soll, wenn mein kleiner Freund da unten keinen Bock drauf hat«, bringe ich leise zwischen zusammen gebissenen Zähnen hervor, damit nur Aiden mich hören kann.

Seine Augen weiten sich und er fasst sich schützend an seinen eigenen Schritt. Panik flackert in seinem Blick auf. »Oh mein Gott, bekommst du keinen hoch?«

Ich schüttle den Kopf und reibe mir mit Daumen und Zeigefinger über die Nasenwurzel. »Nein, das ist nicht mein Problem. Aber er ist sehr wählerisch.«

Aiden zieht die Brauen zusammen. »Fuck, Mann. Du musst ihn irgendwie dazu bekommen, diese Besessenheit loszuwerden.« Er schaut sich in der Umkleidekabine um, bevor er sich wieder mir zuwendet. »Nichts wird sich jemals an eurer Situation ändern. Egal, wie alt sie ist, Jace wird dir den Kopf dafür abreißen, dass du deinen Schwanz in seine kleine Schwester gesteckt hast und noch immer reinstecken willst.«

»Ich weiß.« In letzter Zeit zweifle ich allerdings daran, ob eine Freundschaft es wert ist, die Frau, die man liebt, gehen zu lassen, denn ich liebe Malia. Ein Jahr später noch mehr als zuvor. Aber das sage ich Aiden nicht. Es laut auszusprechen, würde es so viel realer machen, als es ohnehin schon ist.

»Erde an Liam.«

Ich blinzle ein paar Mal, um meinen Blick zu klären und schüttle die Gedanken an Malia ab.

Aiden steht mit hochgezogener Braue vor mir und sieht mich eindringlich an. »Will ich wissen, wohin du gerade abgedriftet bist.«

Ich schüttle den Kopf. Der Abgrund meiner Gefühle ist wirklich das Letzte, was ich mit ihm teilen möchte.

Er atmet geräuschvoll aus. »Komm morgen einfach mit zu Easts Party und vertreib *sie* aus deinen Gedanken.«

Ich habe keine Lust auf eine Verkleidung und feiernde Menschen. Außerdem gibt es noch einen weiteren Grund, warum es keine gute Idee ist. »Was ist, wenn sie auch hingeht?«

Aiden sieht mich an, als würde ich eine andere Sprache sprechen. »Nie im Leben. Weder East noch Jace würden zulassen, dass sie kommt. Sie ist nicht mal neunzehn. Also nicht alt genug für Alkohol und das Risiko würde East niemals eingehen. Wenn irgendwer die Party hochnehmen lässt und die Polizei auftaucht, wäre er am Arsch.«

Er hat recht. Trotzdem ändert es nichts daran, dass mir der Sinn nicht nach Gesellschaft steht. »Ich setze bei dieser Party lieber aus und komme nächstes Jahr wieder mit.«

»Mann, das kann doch nicht dein Ernst sein.« Aiden stemmt die Hände in die Hüften. »Trink einfach zehn Shots, schnapp dir ne Frau und stell dir vor, es wäre Malia. Damit beweist du dir selbst, dass du immer noch in der Lage bist, Sex mit namenlosen Weibern zu haben, und alles wird wieder gut.« Er deutet auf seine Skates. »Es ist wie ein Bodycheck in die Bande, der dich Sterne sehen lässt. Auch wenn du dir dabei beinahe den Schädel zertrümmerst, darfst du dich nicht von der Angst davor abhalten lassen, wieder aufzustehen und weiterzuspielen.«

Ich reibe mir über das Gesicht. »Glaub mir, ich wünschte wirklich, eine Erektion zu bekommen wäre so einfach, wie die

Entscheidung zu treffen jeden Tag wieder aufs Eis zu gehen. Aber ich kann sie nicht erzwingen.«

»Das verstehe ich. Komm doch wenigstens mit und guck, wie es sich anfühlt wieder in freier Wildbahn unterwegs zu sein. Dieser ständige Wechsel zwischen Trübsal und Training muss ein Ende haben. Es gibt auch noch etwas anderes im Leben – wie zum Beispiel ein Teil unserer Justice League zu sein.«

»Was soll das schon wieder bedeuten?« Die Müdigkeit meldet sich langsam. Die Kombination aus dem Spiel und dieser Unterhaltung nagt an mir. Ich lege den Rest meiner Ausrüstung ab und schnappe mir mein Handtuch.

Aiden macht es mir gleich und folgt mir in den Duschraum. »Wir haben uns für DC Helden entschieden und die Kostüme für morgen gekauft. Weil wir die Hoffnung, dass du mitkommst, noch nicht aufgegeben haben, hängt ein Batman-Kostüm für dich bereit. Diese dunkle Stimmung, die ihn umgibt, passt ja momentan bestens zu dir.«

Ich drehe die Brause auf und trete unter den warmen Wasserstrahl. »In den letzten Wochen habe ich mehrfach gesagt, dass ich nicht mitkomme.«

Aiden hebt abwehrend die Hände. »Es ist nur eine Option für den Fall, dass du deine Meinung änderst und doch dabei bist.«

Ich verstehe die Hintergedanken meiner Freunde. Ein kleiner Teil von mir ist sogar mittlerweile nicht mehr ganz so abgeneigt, zur Party zu gehen. Aber noch bin ich nicht bereit wieder loszuziehen.

Kapitel 49

Malia

Ich ziehe meine Lippen mit dem knallroten Lippenstift nach, den ich extra für den heutigen Abend gekauft habe.

Heute ist der Tag des Neustarts, den ich Isla versprochen habe. Genug Trübsal geblasen. Ab jetzt beginnt das Collegeerlebnis, von dem sie und ich so lange geträumt haben. Mit unserem Abstecher zu Easts Party anstatt zu einer der Fraternitys auf dem Campus machen wir dieses Mal eine kleine Ausnahme.

Mittlerweile habe ich richtig Lust, einfach loszulassen und zu feiern, obwohl sich meine Begeisterung erst in Grenzen hielt.

Glücklicherweise unternehmen Emma und Jace mit Peaches heute am frühen Abend als Familie etwas zusammen. So wird er später friedlich in seinem Bett schlafen, während wir unser Leben auf der Party seines besten Freundes genießen.

»Wow.« Isla lenkt meine Aufmerksamkeit weg von meinen Gedanken. »Du siehst so heiß aus. Würde ich auf Frauen stehen, wärst du heute Nacht meine Beute.« Sie tippt mit dem Finger in meine Richtung und macht ein zischendes Geräusch, als hätte sie sich verbrannt.

Ich lasse den Blick über mein Spiegelbild gleiten. Der schwarze Catsuit liegt wie eine zweite Haut an meinem Körper.

Rote Lippen, stark geschminkte Augen und welliges Haar runden den Look perfekt ab. Fehlt nur noch die Maske. Ich schnappe mir das schwarze Kunstleder und binde es an meinem Hinterkopf zusammen. Dann werfe ich erneut einen Blick in den Spiegel. Die Hälfte meines Gesichts ist bedeckt. Nur der untere Teil guckt heraus, was meine roten Lippen noch mehr hervorhebt. Kleine Ohren ragen über meinen Kopf hinaus.

Es ist, als würde ich eine fremde Person vor mir sehen. Irgendwie gefällt mir das, denn ich kann für einen Abend jemand anderes sein. Etwas tun, das Malia nicht machen würde. Heute bin ich nicht sie, sondern Catwoman.

»Bereit, deinen Batman zu finden?«, fragt Isla, die neben mir im Spiegel erscheint. Meine beste Freundin hat sich für ein Wonder-Woman-Kostüm entschieden. Kurzer Rock und tiefer Ausschnitt. Sie wird die Männer um den Verstand bringen. Das Einzige, was von dem Original-Outfit abweicht, ist die schmale Maske, um ihre Augen. Schließlich wollen wir uns an das Motto halten.

Ich lächle ihr Spiegelbild an. »Noch nie war ich mehr bereit, erneut in den Sattel zu steigen.«

Auf ihre Lippen legt sich ein breites Grinsen. »Das ist meine beste Freundin.« Sie nimmt zwei Shotgläser von ihrer Kommode und reicht mir eines. »Auf uns Badass Superheldinnen und einen wilden Abend.«

Ich stoße mit ihr an, setze es an meinen Mund und kippe den Tequila in einem Zug herunter. Der Rand bleibt sauber und mein Make-up intakt. Ein Hoch auf langanhaltenden Lippenstift.

Ein Signal auf meinem Telefon lenkt meine Aufmerksamkeit auf sich.

Es ist eine Uber-Benachrichtigung.

»Der Fahrer wartet.«

Ein letzter Blick in den Spiegel und wir machen uns auf zur Party.

Die Fahrt von Islas Haus zu dem Domizil, das East vor ein paar Monaten bezogen hat, vergeht wie im Flug.

Auf dem ganzen Grundstück sorgen Securitymänner für Sicherheit. Bei dem Motto der Halloweenparty ist das keine so schlechte Idee, denn maskiert kann sich schnell jemand einschleichen, der nicht erwünscht ist. Dieses Schicksal bleibt uns heute zum Glück erspart.

Wir zeigen unsere Einladungen an der Eingangstür vor und schon öffnen sich die Pforten für uns.

Ich folge Isla und sehe mich um.

Das Licht ist gedimmt und die maskierten Menschen versprühen eine mysteriöse Atmosphäre. Wären nicht überall künstliche Spinnweben, Skelette und Plastikspinnen, könnte man glatt meinen, in einem geheimen Sexclub gelandet zu sein.

Isla schaut über die Schulter und greift nach meiner Hand. »Wir holen uns erstmal etwas zu trinken und peilen die Lage.«

Dafür, dass Easts Party exklusiv ist, hat er verdammt viele Leute eingeladen. Wir müssen zwischen dicht an dicht gedrängte Menschen hindurchschlängeln.

An der Bar angekommen werfen wir einen schnellen Blick über die Getränkekarte.

Es stehen zwölf Cocktails drauf, deren Namen ich noch nie gehört habe. Da wir heute abenteuerlustig unterwegs sind, spielen wir russisches Cocktailroulette und tippen jede mit geschlossenen Augen wahllos auf einen Drink.

»Der Toxic Farewell und Bloody Goodbye sind es also. Dann lass uns mal schauen, was wir so geboten bekommen.« Isla teilt dem Barkeeper unsere Bestellung mit. Während wir warten, schweifen unsere Blicke durch den Raum.

Plötzlich landet Islas Ellenbogen in meiner Seite. »Da ist Batman auf drei Uhr.«

»Kein Grund, mir gleich eine Rippe zu brechen.« Ich streiche über die pochende Stelle und schaue so unauffällig wie möglich in die Richtung, die Isla mir gesagt hat. Ein Flattern wirbelt durch meinen Bauch. Ich lasse meinen Blick von den Füßen bis hinauf zu Batmans Maske gleiten.

Wer auch immer unter diesem Kostüm steckt, füllt es perfekt aus. Da ist definitiv keines mit diesen Polstern notwendig gewesen, die Muskeln imitieren sollen. Die harten Berge und Täler, die sich durch den Stoff abzeichnen, kann ich sogar aus dieser Entfernung sehen.

Der Gedanke an Sex mit einem anderen Mann als Liam, bereitet mir ein mulmiges Gefühl. Trotzdem bin ich fest entschlossen, es zu versuchen. Die einzige Action, die ich die letzten Monate bekommen habe, war meinen Vibratoren zu verdanken. Und ein Höhepunkt mit bitterem Beigeschmack, weil ich an Liam denken musste, ist nicht besonders befriedigend. Es ist Zeit die Erinnerung an Liam mit neuen, anderen Männern zu ersetzen. Mein Blick wandert die Berge und Täler wieder hinauf zu Batmans Gesicht.

Seine Augen sind auf mich gerichtet. Seine Mundwinkel wandern nach oben.

»Der ganze Raum geht gleich in Flammen auf, wenn ihr euch weiter so anschaut.« Aus dem Augenwinkel sehe ich, wie sich Isla Luft zufächelt. »Ich werde selbst ganz scharf bei der sexuellen Energie, die hier unterwegs ist.« Sie dreht sich zur Bar um und im nächsten Moment drückt sie mir meinen blutroten Cocktail in die Hand. »Die ganze Situation schreit nach flüssigem Mut.« Ihr Glas stößt klirrend gegen meines.

Batmans Blick klebt noch immer an mir. Niemals hätte ich gedacht, dass es so leicht ist, einen passenden Kandidaten für mein Vorhaben zu finden.

Trotzdem denke ich, dass Isla recht hat. Ein wenig Mut kann nicht schaden, um meinem Outfit alle Ehre zu erweisen, denn wie Catwoman werde ich mir heute Abend nehmen, wonach mir der Sinn steht. Und gerade steht Batman ganz weit oben auf der Liste. Ich umschließe mit den Lippen den Strohhalm meines Cocktails und nehme einen großen Schluck. Das halb leere Glas drücke ich Isla in die Hand. »Es wird Zeit, den Stier bei den Hörnern zu packen… oder so.« Ein verheißungsvolles Lächeln breitet sich auf meinen Lippen aus. Meine Beute fest im Blick. »Wünsch mir Glück.«

Isla macht ein schlürfendes Geräusch mit ihrem Strohhalm. »Oh, das brauchst du nicht. Batman sieht so aus, als wüsste er genau, was zu tun ist.«

Das Blut rauscht in meinen Ohren, während ich mir den Weg durch die tanzenden Leute bahne. Mein Kostüm kommt mir plötzlich zu eng vor. Hitze krabbelt wie eine Horde Ameisen über meine Haut. Die Luft fühlt sich so an, als wäre nicht genug Sauerstoff in ihr.

Beruhig dich, Malia! Das ist nur ein Anflug von Panik, weil du neue Gefilde betrittst. Du hast das Zeug dazu, das Mädchen zu entfesseln, dass du immer sein wolltest. Selbstbewusst und nicht im Schatten eines berühmten Bruders stehend. Der Sturm in mir legt sich ein wenig. Meine innere Stimme hat recht. Ich kann dieses Mädchen sein. Nein. Ich werde es sein. Entschlossenheit übernimmt jede Zelle meines Körpers. Mit gestrafften Schultern gehe ich auf Batman zu.

Plötzlich überkommt mich ein Gedanke. Alle würden erwarten, dass sich Catwoman einen Batman schnappt. Aber heute will ich meine verrückte Seite herauslassen.

In diesem Moment kreuzt ein Spiderman meinen Weg und versperrt die Sicht auf Batman.

Ohne lang zu überlegen, packe ich ihn und ziehe ihn zu mir. Ich hebe seine Stoffmaske ein Stück und drücke meine Lippen auf seine. Heute Nacht feiern DC und Marvel ein Cross-over.

Spiderman versteift sich kurz unter meiner Berührung, doch dann wandern seine Arme um meine Taille und er zieht mich näher an sich.

Unsere Münder bewegen sich im Einklang. Erforschen jeden Winkel des anderen.

Er schmeckt nach Minze und etwas Hochprozentigem.

In meinen Kopf dreht sich alles. Ich habe das Gefühl zu

schweben. Ob der Alkohol seine Wirkung zeigt oder ob der Kuss mir die Sinne raubt, ist schwer auszumachen. Es ist mir egal, denn ich bin bereit, mich diesem Hoch hinzugeben. Aus einem Impuls heraus schlinge ich die Beine um Spidermans Hüften.

Seine Hände wandern meinen Körper hinunter und kommen auf meinem Hintern zum Liegen.

Ein Stöhnen entweicht meinen Lippen. Zwischen meinen Beinen meldet sich ein Ziehen, das mit jeder Sekunde zunimmt. Ich bewege meine Hüften ein Stück in der Hoffnung, mir ein wenig Linderung zu schaffen.

Spidermans Griff verstärkt sich, seine Finger bohren sich förmlich in meine Pobacken.

Ich will mehr. Brauche mehr.

Als hätte er meine Gedanken gelesen, setzt er sich in Bewegung und verschafft uns ein wenig Privatsphäre in einer dunklen Ecke des Flures.

Ich wäre am liebsten auf der Stelle allein mit ihm. Aber für den Anfang ist ein wenig Abgeschiedenheit in Ordnung.

Noch immer haben wir nicht ein einziges Wort miteinander gewechselt. Und mir wird bewusst, dass es mir gefällt. Das Mysterium, wer sich wohl unter dieser Maske verbirgt, hat etwas Heißes an sich.

Eine Idee schwirrt durch meinen Kopf. Ich löse mich von seinen Lippen.

Er öffnet seinen Mund, als wolle er etwas sagen.

Doch ich bin schneller und lege einen Finger über ihn. Mit knabbernd und küssenden Berührungen bewege ich mich seinen Kiefer entlang bis hin zum Ohr. »Keine Namen, keine Worte und die Masken bleiben auf«, raune ich ihm mit einer Stimme zu, die ich selbst nicht erkenne.

Er lehnt sich ein Stück zurück und sein Blick wandert über mein Gesicht. Ich weiß nicht, wonach er sucht, aber er scheint es gefunden zu haben, denn er nickt. Dann sind seine Lippen wieder auf meinen, dieses Mal noch hungriger als zuvor.

Jede Zelle meines Körpers steht in Flammen. Ich habe das Gefühl, mich nicht länger zurückhalten zu können. Auf der Suche nach ein wenig Erlösung reibe ich meine Mitte über die harten Muskeln seines Sixpacks.

Ein tiefes Stöhne vibriert gegen meine Lippen. Sein Griff ist beinahe schmerzhaft.

Es treibt meine Lust nur noch weiter an.

Wir setzen uns wieder in Bewegung.

Auf dem Flur kreuzt jemand unseren Weg, der etwas vor sich hin brummt. Ich könnte schwören, es hat sich wie ›Verdammte Barbeau-Schwestern und ihre Geheimnisse‹ angehört.

Die Stimme weckt in der letzten Ecke meines Unterbewusstseins etwas Vertrautes. Doch ich bin zu tief in der Lust versunken, um der Spur dorthin zu folgen. Stattdessen lasse ich die Hände über Spidermans Körper gleiten und versuche jeden Millimeter der Perfektion auf zwei Beinen in mich aufzusaugen.

Ich höre das Klicken eines Türschlosses, im nächsten Moment sind wir in komplette Dunkelheit getaucht.

Wenn ich nicht wüsste, dass die Gästeliste handverlesen ist, würde ich bestimmt in Panik verfallen. Immerhin bin ich mit einem Fremden allein in einem Zimmer. Aber statt Panik verspüre ich eher das Gefühl von Sicherheit.

Das schmerzhafte Ziehen zwischen meinen Beinen meldet sich zurück und es wird Zeit dem ein Ende zu setzen. Mit den Händen taste ich Spidermans Rücken entlang auf der Suche nach dem Reißverschluss, um ihn aus dem Kostüm zu bekommen. Ich will seinen perfekten Körper unter meinen Fingerspitzen fühlen. Diesen Moment in vollen Zügen auskosten. Ich gebe ein freudiges Quietschen von mir, als ich endlich fündig werde.

Spidermans Lippen formen sich zu einem Grinsen auf meinen. Auch eine seiner Hände löst sich von meinem Hintern und wandert über meinen Körper nach vorne zu meiner Brust.

Augenblicklich stellen sich meine Nippel auf und pressen gegen das Material meines Catsuits.

Sein Grinsen wird breiter. Mit den Fingern gleitet er zwischen meinen Brüsten hindurch und bekommt den Zipper des Reißverschlusses zu fassen. In einer quälend langsamen Bewegung zieht er ihn Millimeter für Millimeter hinunter. Seine Lippen wandern meinen Hals entlang nach unten. Er folgt der Spur aus nackter Haut, die er zum Vorschein bringt.

Stöhnend lege ich den Kopf in den Nacken, ich recke mich seiner Berührung entgegen.

Er schiebt den Stoff zur Seite und umschließt mit dem Mund den Nippel, der sich ihm entgegenreckt.

Wie ein Blitzschlag schießt Lust durch meinen Körper. Ich muss ihn in mir haben. Jetzt sofort. Angetrieben von dieser Dringlichkeit, reiße ich ihm beinahe das Kostüm vom Leib.

Ein tiefes Lachen vibriert in seiner Kehle. Er befreit auch meine zweite Brust von dem Stoff des Catsuits und wendet sich ihr zu. Mit einer Seelenruhe liebkost er sie. Jedoch nicht auf die Art, nach der ich mich sehne.

Ich brauche mehr von ihm. Von seinem Mund. Von seiner Zunge. Von seinen Händen. Und vor allem von der Erektion, die gegen meinen Oberschenkel drückt. Mit den Fingern gleite ich zwischen unsere Körper und umschließe sie.

Das entlockt Spiderman ein brummendes Geräusch. Er drückt sich tiefer in meinen Griff. Wie ein Schalter, der sich umlegt, verschwindet die neckende Art und wird durch ungezügeltes Verlangen ersetzt, das auch ich verspüre. Ohne Vorwarnung wirft er mich auf das Bett. In Sekundenschnelle entledigt er sich seines Kostüms und steht in seiner vollen Pracht vor mir. Und was für eine Pracht es ist.

Ich lasse den Blick über seinen Körper gleiten und verstaue dieses Bild für einsame Stunden in meinen Erinnerungen.

Ein kurzer Anflug von Unsicherheit macht sich, bei der Ausstattung, die er an sich trägt, in mir breit. Spiderman steigt nur mit seiner Maske bekleidet zu mir auf das Bett.

Wie ein Raubtier, das sich seiner Beute nähert, kommt er

auf mich zu.

Ich ziehe die Unterlippe zwischen meine Zähne und presse in der Hoffnung, mir ein wenig Linderung zu verschaffen, meine Oberschenkel zusammen. Doch es ist sinnlos. In diesem Moment kann nur eine einzige Sache dafür sorgen. Oder eher eine Person.

Und die kniet direkt vor mir. Spiderman umschließt meine Knöchel. Sanft fährt er mit den Fingern die Außenseite meiner Beine hinauf, über meine Hüften und die Taille. Seine Daumen gleiten über meine Nippel, die sich ihm noch immer hart entgegenrecken. Doch die Freude ist nur von kurzer Dauer, denn er setzt seinen Weg aufwärts fort. An meinen Schultern kommen seine Hände zum Liegen.

Ich bin mittlerweile ein Bündel aus ungezügelter Lust, das jeden Moment zerfällt. Mein Atem kommt stoßweise, dabei hat er mich noch gar nicht an der Stelle berührt, wo ich ihn am meisten brauche.

Spiderman schenkt mir ein sexy Grinsen.

Ich bin mir sicher, dass er genau weiß, was er mit mir anstellt.

Er schiebt den Catsuit von meinen Schultern. Sein Blick ruht dabei auf mir, als warte er auf meine Zustimmung.

Ich kämpfe mich durch den dichten Nebel der Lust, und bringe mit Mühe ein Nicken zustande.

Das ist alles, was er braucht. Einen Wimpernschlag später liege ich nackt vor ihm. Für Unterwäsche war in dem Kostüm kein Platz. Ich spüre seinen Blick auf jedem Millimeter meines Körpers. Einladend öffne ich die Beine. Die kühle Luft streift über meine Feuchtigkeit.

Spidermans Erektion macht einen kleinen Hüpfer. Seine Augen sind fest auf meine Mitte gerichtet. Er fährt mit der Zunge über seine Lippe. Für einen kurzen Moment verhärten sich seine Gesichtszüge, so als würde er einen inneren Kampf führen. Doch schon einen Wimpernschlag später kehrt das unwiderstehliche Lächeln zurück und er setzt sich in Bewegung.

Halleluja. Ich war kurz davor, ihn zu packen und wie eine Sexhungrige zu besteigen.

Er stützt die Hände neben meinem Kopf ab. Seine Lippen landen auf meinen für einen kurzen, aber atemberaubenden Kuss. Dann löst er sich von mir und beugt sich vor.

Das Rascheln von Folie in Glas ertönt neben mir.

Ich kann mich nicht darauf konzertieren, was er macht, denn mit der Bewegung streift die Spitze seiner Erektion durch meine feuchte Mitte. Stöhnend recke ich mich dieser Berührung entgegen und kreise meine Hüften.

Seine Eichel gleitet immer wieder über meine Klitoris, die mich in ungeahnte Höhen katapultiert. Ich habe das Gefühl, jeden Moment zu zerspringen. Mit jeder Bewegung jage ich meiner Erlösung schneller entgegen.

Plötzlich zieht ein kühler Luftzug über meine Mitte. Ich reiße die Augen auf, von denen ich nicht einmal mitbekommen habe, dass sie zugefallen sind.

Spiderman hat sich aufgesetzt. Seine Hand gleitet über die Erektion und rollte das Kondom darüber.

Der Anblick setzt eine Welle der Feuchtigkeit in Bewegung, die sich ihren Weg aus mir hinaus bahnt. Das Gefühl davon jagt einen Schauer aus Hitze und Kälte zugleich durch meinen Körper. Meine Nippel recken sich noch härter hervor.

In nahezu quälender Ruhe gleitet Spidermans Blick über mich. Seine Mundwinkel wandern nach oben, als würde ihm gefallen, dass er diese Wirkung auf mich hat.

In mir schwappt etwas über, ich habe es satt zu warten. Ich setze mich auf, steige auf seinen Schoß und führe ihn an meine Öffnung. Mit einer fließenden Bewegung lass ich mich auf ihm nieder.

Ein knurrendes Geräusch entweicht seinem Mund, die Hände vergräbt er in meinen Oberschenkeln.

Ich setzte mich in Bewegung. Er kippt seine Hüften und trifft einen Punkt in meinem Inneren, der mich Sterne sehen lässt.

Gemeinsam finden wir einen Rhythmus, der uns immer schneller dem Höhepunkt näherbringt.

Auch wenn ich seine Augen nicht sehen kann, spüre ich seinen Blick auf meinen, was sich zu intim anfühlt. Nach dieser Art von Verbindung suche ich heute Abend nicht, deshalb vergrabe ich mein Gesicht in seiner Halsbeuge. Ich spüre das Pochen seiner Halsschlagader unter meinen Lippen, es nimmt mit jedem seiner Stöße mehr zu. Auch mein Herz pocht in einem wilden Galopp in meiner Brust. Meine Mitte zieht sich um seine harte Erektion zusammen. Ich kralle die Fingernägel in seinen Rücken. Meine Bewegungen werden unkontrollierter. Die Welle der Erlösung rollt über mich wie eine Lawine. Ich vergrabe die Zähne in seiner Schulter und mein gedämpftes Stöhnen vibriert an seiner Haut.

Wie auf Knopfdruck weicht die Kraft aus meinem Körper. Spidermans Griff ist das Einzige, was mich aufrecht hält.

Er hebt seine Hüften noch ein weiteres Mal, dann zuckt seine Erektion in mir und ich spüre, wie er sich in das Kondom entleert.

Einen Moment lang sitzen wir nur schwer atmend da.

Von draußen vibriert der Bass durch die Wände.

Das Hoch verfliegt allmählich und Erschöpfung überkommt mich. In meinem Inneren herrscht ein Zwiespalt. Soll ich meine Sachen nehmen und ohne ein einziges Wort gehen oder hierbleiben, für eine zweite Runde?

Was sind die Regeln für einen One-Night-Stand?

Verdammt, ich hätte mich vorher informieren sollen. Das gesättigte Gefühl nach diesem unglaublichen Orgasmus wird jetzt von der unangenehmen Situation vertrieben.

Plötzlich kippt meine Welt.

Ohne Vorwarnung bringt Spiderman unsere noch immer miteinander verschlungenen Körper in die Seitenlage. Sein Griff verstärkt sich. In meiner Mitte spüre ich, wie sein halb erigierter Penis zuckt. Seine Finger malen etwas über meine Pobacke.

Eine Gänsehaut breitet sich von dort mein Bein hinunter aus. Zuerst kommt es mir vor, als wären es nur Kreise, doch dann wird mir klar, dass es eine Nachricht ist.

G-I-B M-I-R 5 M-I-N-U-T-E-N.

Ein Schmunzeln wandert über meine Lippen.

Eine zweite Runde wird es also, beantwortet meine innere Stimme meine Frage.

Lächelnd küsse ich mir einen Weg seinen Hals hinauf.

Es dauert keine fünf Minuten, bis er wieder bereit ist.

Auch die zweite Runde ist unglaublich. Dieses Mal übernimmt er die Führung.

Nachdem wir beide unseren Höhepunkt erreicht haben, lässt er sich neben mich fallen. Er legt einen Arm um mich und zieht mich mit dem Rücken an seine Brust.

Ich kämpfe gegen die Müdigkeit an, denn einzuschlafen und am nächsten Morgen neben ihm aufzuwachen, ist keine Option. Diese Nacht will ich als das aufregende Abenteuer in Erinnerung behalten, das es war. Dazu gehört, nicht zu wissen, wer Spiderman ist. Und auch er soll nicht erfahren, wer ich bin.

Das Haus ist mittlerweile in Stille getaucht. Wie viel Zeit vergangen ist, seit wir dieses Zimmer betreten haben, weiß ich nicht.

Ich lausche auf Spidermans Atem. Nachdem er gleichmäßig geworden ist, warte ich noch ein bisschen, ich will nicht den Walk of Shame vor seinen Augen machen. Auch wenn es nichts gibt, wofür ich mich schämen muss. Aber trotzdem will ich mich nicht unbedingt unter seinem aufmerksamen Blick wieder in meinen hautengen Catsuit kämpfen.

Ich schaue über meine Schulter.

Seine Augen sind durch die Maske nicht zu sehen, aber sein Mund sieht entspannt aus.

Vorsichtig hebe ich seinen Arm von meiner Taille und schlüpfe unter ihm heraus. Noch einmal versichere ich mich, dass er nicht wach geworden ist.

Das Mondlicht reflektiert auf der glänzenden Oberfläche meines Kostüms, als würde es mir wie ein Leuchtschild den Weg durch die Dunkelheit weisen. So leise es geht schlüpfe ich hinein. Den Reißverschluss lasse ich auf, denn dieses kleine Biest ist ohrenbetäubend laut. Mit meinen Schuhen in der Hand, gehe ich zur Tür. Bevor ich sie öffne, werfe ich einen allerletzten Blick zurück zum Bett.

Spiderman ist noch immer im Land der Träume unterwegs.

Ein Lächeln breitet sich auf meinem Gesicht aus. *Danke für das Brechen meines Fluches. Ich werde dich für immer in meiner Erinnerung behalten. Machs gut, Spiderman.* Dann schlüpfe ich hinaus. Ein leises Klicken ertönt, als die Tür hinter mir schließt. Ich lehne mich gegen das Holz und ziehe meine Maske vom Gesicht.

»Was machst du noch hier?«

Ich fahre zur Seite herum. Mein Herz rast. »Verdammt, East. Willst du mich umbringen?«, flüster-brülle ich.

Er zuckt mit den Schultern. »Bist selbst schuld, wenn du nachts in meinem Haus herumschleichst.«

Ich mache ein paar Schritte auf ihn zu. Nicht, dass wir noch Spiderman wecken. »Ich wollte gerade gehen.«

Seine Braue wandert nach oben. »Die Party ist seit Stunden vorbei.«

Ich schnippe das Haar über die Schulter. »Bin eingeschlafen, weil es so langweilig war.«

»Mhm.« Sein Blick sagt: ›Bullshit.‹

»Machs gut.« Ich gehe an ihm vorbei und den Flur in Richtung Tür hinunter.

»Wie kommst du nach Hause?« Seine Schritte ertönen hinter mir.

»Vielleicht rufe ich mir ein Uber. Und wenn keines mehr fährt, laufe ich einfach.«

»Und warum bleibst du nicht hier, wenn du sowieso schon *geschlafen* hast?«

»Ich möchte in meinem eigenen Bett den Rest der Nacht verbringen.« Und vor allem nicht hier sein, wenn Spiderman aufwacht.

Da er mit Sicherheit nicht der einzige Freund ist, der hier übernachtet, werden bestimmt keine anderen Gästezimmer frei sein. Also fällt selbst die Option weg, in einem anderen unterzukommen.

Er stellt sein Glas Wasser, das er die ganze Zeit über in der Hand hatte, auf der Treppe nach oben ab. »Auf keinen Fall steigst du heute Nacht zu irgendeinem gruseligen Typen ins Auto oder gehst allein durch die dunklen Straßen.«

»Es könnte auch eine Uber-Fahrerin kommen.«

East hebt erneut seine Braue.

»Außerdem hast du doch bestimmt getrunken.«

Lieber ein gruseliger Typ, als irgendwo um einen Baum gewickelt sterben. Gerade jetzt, da ich das Gefühl habe, dass ein Knoten geplatzt ist, der mich die letzten Monate zurückgehalten hat.

»Hab ich nicht«, sagt East. Sein Kiefermuskel tritt hervor. »Also los.« Ohne zu warten, ob ich ihm folge, geht er zur Haustür und hinaus in die dunkle Nacht. »Ich fahre dich.«

Die Tatsache, dass East auf seiner eigenen Party nichts getrunken hat, weckt mein Mistrauen. Aber ich bin zu müde, um der Sache auf den Grund zu gehen. Also folge ich ihm nach draußen. So unauffällig wie möglich schließe ich meinen noch immer offenen Reißverschluss auf dem Weg zum Auto. Schließlich ist East wie ein Bruder für mich. Da fühle ich mich nicht wohl, wenn meine Brüste jeden Moment herausspringen könnten. Vor allem, weil ich nichts unter meinem Kostüm trage.

East entriegelt seinen grünen Lamborghini Huracán und ich steige ein. Nur ein paar Minuten später setzt er mich vor dem Haus meiner Eltern ab.

Ich verabschiede mich von ihm und gehe hinein. Leise mache ich mich auf den Weg in mein Zimmer. Dort pelle ich das Kostüm von meinem Körper, bevor ich erleichtert in mein Bett sinke und mit einem Lächeln in den Schlaf falle.

Kapitel 50

Liam

Die Sonne scheint mir ins Gesicht. Ich reibe mir über meine noch immer müden Augen und öffne sie blinzelnd. Mein Blick landet auf den Klamotten vom gestrigen Abend. Ich stehe auf und ziehe sie über. Mit dem Autoschlüssel in der Hand verlasse ich das Schlafzimmer.

Auf dem Flur stoße ich beinahe mit East zusammen. »Sorry.« Ich kratze mir verschlafen den Kopf.

Seine Augen verengen sich zu Schlitzen. »Was zur Hölle machst du in dem Zimmer?«

»Ich habe heute Nacht hier geschlafen.« Mit dem Daumen deute ich auf das unordentliche Bett. »Brauchte ein bisschen Privatsphäre, wenn du verstehst, was ich meine.« Meine Mundwinkel wandern nach oben zu einem breiten Grinsen.

Röte steigt East ins Gesicht. Im nächsten Moment landet seine Faust an meiner Wange.

Ich war nicht auf den Schlag vorbereitet. Mit einem harten Aufprall lande ich auf dem Boden. Ein unangenehmer Schmerz jagt durch meine Schulter, doch meine jahrelange Erfahrung mit Verletzungen sagt mir, dass es nichts Schlimmes ist.

Etwas Rotes unter dem Bett lenkt meine Aufmerksamkeit von East weg. *Ah, da ist also meine Maske abgeblieben.* Sie muss mir heute Nacht vom Gesicht gerutscht und zu Boden gefallen sein.

Doch sie ist gerade mein geringstes Problem, denn East stürzt sich auf mich.

Dieses Mal bin ich vorbereitet. Abwehrend hebe ich die Arme und blocke seine Schläge, die wie Regen auf mich niederprasseln. »Was zur Hölle ist dein verdammtes Problem?«, rufe ich. »Hab ich mit deiner Freundin geschlafen oder was?«

Nicht dass East jemals eine hatte, seit ich ihn kenne. Aber es muss ja einen Grund dafür geben, dass er am frühen Morgen versucht, mich windelweich zu prügeln.

»Nein, du Wichser. Mit Malia!«

Ich höre das Blut in meinen Adern rauschen. Für einen Moment fühlt es sich an, als würde ich von außen zusehen, was gerade geschieht. Der stechende Schmerz, der durch meinen Kiefer schießt, durchbricht dieses Gefühl. Jetzt wünschte ich, dass ich ein Zuschauer wäre. Verdammt, das tat weh. Auf mehr als einer Ebene. Ich gucke zu East hoch.

Er sieht aus, als würde er jeden Moment Feuer spucken und mich zu Asche verwandeln.

»Malia?« Bilder der letzten Nacht kommen mir in den Sinn. Sie kann auf keinen Fall Catwoman gewesen sein. Ich hätte sie doch sicher erkannt.

»Ja, du kleiner Pisser«, knurrt er. »Dafür werde ich dich fertigmachen.« Er holt erneut aus.

Aus Reflex blocke ich den Schlag ab. Meine Gedanken sind noch immer bei der letzten Nacht, ich versuche die Bilder von Catwoman mit Malia zusammenzufügen.

»Und nachdem ich dir den Arsch aufgerissen habe, wird Jace dir den Rest geben.«

Ich hebe beschwichtigend die Hände. »Beruhig dich, Mann. Ich wusste nicht, dass sie es ist.« Selbst wenn ich es gewusst hätte, wäre der Abend so verlaufen.

Aber das muss East ja nicht erfahren. Vor allem nicht in der Verfassung, in der er sich gerade befindet.

East stellt seinen Fausthagel für einen Moment ein. »Wie kannst du das nicht mitbekommen haben?«

Ich reibe mir über das Gesicht. »Sie hat mir ins Ohr geflüstert, dass wir keine Namen austauschen, nicht miteinander reden und die Masken die ganze Zeit aufbleiben.« Jetzt, da ich weiß, dass sie es war, ist ihre Stimme nicht zu verkennen gewesen. Aber gestern Abend waren meine Sinne getrübt vom Alkohol und ich habe einfach nicht damit gerechnet, dass sie es sein könnte. »Sie war verschwunden, bevor ich wach geworden bin. Wie also hätte ich wissen sollen, dass es Malia war?«

Das vertraute Gefühl und der unglaubliche Sex, der deine Enthaltsamkeit nach über zehn Monaten gebrochen hat, waren wie ein leuchtender Neonpfeil. Meine innere Stimme beantwortet meine eigene Frage. Sie hat recht, nur war ich gestern Abend offenbar zu benebelt für diese Erkenntnis.

East sitzt noch immer mit geballten Fäusten über mir. Der nächste Schlag ist nur ein falsches Wort weit entfernt. »Bist du wirklich so dämlich?«, fragt er und durchbricht die Stille, die sich zwischen uns ausgebreitet hatte.

Ich zucke mit den Schultern, während ich noch immer meine Arme angewinkelt in der Luft halte. Bereit, jeden Angriff abzuwehren. »Anscheinend.«

East schüttelt den Kopf. »Sie war letztes Jahr ständig bei deinen Spielen. Wie kannst du da ihr Aussehen vergessen.«

»Sie. Hatte. Ein. Verdammtes. Kostüm. An«, bringe ich zwischen zusammengebissenen Zähnen hervor. »Außerdem hast du doch super schlau das Motto mit der Maske ausgesucht.« Ich schüttle den Kopf. »Das wäre nicht passiert, hätte ich ihr Gesicht gesehen«, füge ich hinzu und bin froh, wie flüssig mir die Lüge über die Lippen kommt.

Er ballt seine Fäuste so stark, dass die Adern an seinen Unterarmen hervortreten. »Nur die Hälfte davon war verdeckt.«

Meine Geduld neigt sich langsam dem Ende zu. »Sorry, dass sie bei meinen Spielen keinen tiefroten Lippenstift getragen hat.« Ich stoße ihn von mir herunter und springe auf. »Außerdem verändern sich Menschen innerhalb eines Jahres.« Ich streiche mir über das pochende Kinn. »Und du bist der Letzte, von dem ich mir Vorwürfe machen lasse. Mit wie vielen Schwestern hast du schon geschlafen?«

»Nicht mit einer meiner Kumpels.«

»Wow, gut zu wissen, dass in dir doch so etwas wie ein Gewissen existiert. Das kommt ja sonst nie zum Vorschein, wenn du alles fickst, was deinen Weg kreuzt.«

Ein Schatten huscht über Easts Gesicht. Aber ich bekomme ihn nicht zu fassen, weil er zu schnell wieder verschwunden ist. Und an seiner Stelle ist der feurige Ausdruck zurück. Seine Fingerknöchel knacken, als er seine Fäuste öffnet und wieder schließt. »Hau ab, sonst wirst du es bereuen, jemals meine Bekanntschaft gemacht zu haben«, spuckt er mir förmlich entgegen.

»Nichts lieber als das.« Ich drehe mich ohne einen weiteren Blick in seine Richtung weg und verlasse sein Haus.

Mein Spruch über seinen Lebensstil war ein mieses Foul. Aber am frühen Morgen auf jemanden einzuprügeln, ist nicht gerade die feine Art.

Ich hoffe, dass East sich mit der Zeit beruhigt. Auch wenn es den Anschein gemacht hat, scheiße ich nicht auf unsere Freundschaft. Aber ich bin mir sicher, dass ihr noch eine verdammt holprige Zukunft bevorsteht, und wahrscheinlich wird es nie wieder so sein wie vorher. Schon gar nicht, wenn ich endlich das mache, was mein Herz seit Monaten von mir will.

Ich steige in mein Auto und hole mein Telefon hervor.

Ich: Ich brauche deine Hilfe.

Die Antwort kommt für diese Tageszeit erstaunlich schnell.

Aiden: Schieß los, Cap.

Ich schreibe ihm, die Details.

Glücklicherweise behält er dieses eine Mal seine Meinung für sich.

Ich bin mir selbst nicht sicher, was ich hier eigentlich mache. Ich weiß nur, dass ich nicht so weitermachen kann wie bisher.

Kapitel 51

Malia

Mit Schwung in meinem Schritt verlasse ich die Vorlesung. Normalerweise bin ich montags nicht so gut gelaunt, aber zwei unglaubliche Orgasmen bewirken Wunder. Selbst der Schlafmangel und die Fahrt von Pickering zurück an die Uni machen mir heute nichts aus. Ich sollte es ab jetzt zur Gewohnheit machen, mit Isla zu Partys zu gehen und ein paar Kerle aufreißen, wann immer das Leben zu stressig wird.

Mit einem dämlichen Grinsen auf dem Gesicht, das mir komische Blicke meiner Kommilitonen beschert, hole ich mein Handy hervor und öffne Islas Chatverlauf, um ihr genau das zu sagen. Plötzlich spüre ich eine Berührung an meinem Handgelenk. Im nächsten Moment bin ich in Dunkelheit gehüllt. Eine Hand legt sich über meinem Mund, was meinen Aufschrei dämpft.

»Alles gut, ich will nur kurz mit dir reden«, sagt eine raue Stimme, die mir vertraut vorkommt.

»Lass mich los«, presse ich gegen die Hand hervor.

»Nur wenn du versprichst, ruhig zu bleiben.«

»Wenn es kein Grund zu Sorge geben würde, müsstest du mich nicht in eine dunkle Kammer zerren.« Ich wehre mich gegen den Griff. Doch es ist zwecklos, der Typ ist viel stärker als ich. In einem Versuch, freizukommen, beiße ich zu.

Zischend zieht er seine Hand von meinem Mund. Die andere hält mich aber weiter an Ort und Stelle.

Ich atme tief ein, um aus vollem Herzen um Hilfe zu schreien. Doch noch bevor ein Laut über meine Lippen kommt, geht das Licht an. Ich kneife die Augen zu. Eigentlich sollte ich vor Angst mit den Knien schlottern. Aber irgendetwas sagt mir, dass ich nicht in Gefahr bin. Ich hoffe sehr, dass mein Instinkt stimmt und ich am Ende nicht zerstückelt im Ontariosee lande. Mit allem Mut, den ich habe, öffne ich die Augen.

Vor mir steht ein in schwarz gehüllter Mann. Das Basecap ist tief in das Gesicht gezogen, sodass nur seine Mundpartie zu sehen ist.

Also doch der Ontariosee. Aber halt, das Kinn kenne ich irgendwo her. Ich lasse meinen Blick genauer über das Gesicht meines Gegenübers gleiten.

Das ist doch…

»Spiderman?«

Seine Mundwinkel zucken. Er hebt die Hand und in einer Bewegung, die zu schnell für meine Augen ist, dreht er sein Cap nach hinten, ohne es vom Kopf zu nehmen.

Für einen Moment bin ich so erstaunt von diesem Move, dass ich gar nicht begreife, wer gerade vor mir steht. Dann sinkt die Erkenntnis in mein Bewusstsein. Wie in einem Tunnel, der immer enger wird, bilden sich schwarze Flecken in meinem Sichtfeld. »Liam?« Ich schlucke und es fühlt sich an, als würden eine Million kleiner Nadeln in meiner Kehle stecken. »Bist du Spiderman?«, krächzte ich.

Liam zieht die eine Seite seiner Unterlippe zwischen die Zähne. Sein Blick gleitet über mein Gesicht. Mit dem rückwärts getragenen Cap, dem schwarzen Pulli und der Jogginghose sieht er verboten heiß aus.

Ich presse die Beine so unauffällig wie möglich zusammen, um das plötzliche Ziehen zwischen ihnen zu lindern.

»Ja.«

Ich muss einen Moment darüber nachdenken, was ich ihn gefragt hatte. Meine Gedanken krachen wie ein Vogel gegen die Scheibe der Realität. Alles bleibt stehen. Mein Atem. Mein Herz. Meine Lust. Die Welt dreht sich schneller und meine Beine geben unter mir nach. Ich schließe die Augen. Bereit, mich meinem Schicksal zu ergeben.

Doch zwei starke Armen legen sich um meine Taille und verhindern eine Landung auf dem Boden. »Hab dich«, raunt er mir ins Ohr.

Gänsehaut breitet sich auf meinem ganzen Körper wie ein Lauffeuer aus. Mein Magen zieht sich schmerzhaft zusammen und ich habe das Gefühl, jeden Moment den Cocktail von gestern Abend vor Liams Füßen zu verteilen. Von Adrenalin angetrieben, rapple ich mich auf, stürme aus der Kammer und sprinte durch das Gebäude. Die Tür nach draußen stoße ich ein wenig zu kraftvoll auf. Beinahe hätte ich eine kleine Gruppe von Studenten erwischt, die hineingehen wollten. Doch ich bleibe nicht stehen, um mich zu entschuldigen. Meine Füße tragen mich wie auf Autopilot immer weiter. Weg von dem Gebäude, in dem sich Liam befindet. Da ich ihn nicht zu meinem Wohnheim führen will, mache ich mich auf in Richtung Park.

Ich werfe nochmal einen Blick zurück und sehe, wie Liam hinaus ins Freie tritt.

Er schaut mir hinterher.

Eine kleine Menschentraube bildet sich um ihn.

Da er sein Cap drinnen umgedreht hat, ist seine Tarnung aufgeflogen.

Ich verschwinde aus seinem Sichtfeld. Meine Füße verlangsamen sich erst, als ich ein Stück in den Queen's Park hineingelaufen bin. Mein Atem kommt stoßweise. Schlagartig fühlen sich meine Beine wie Wackelpudding an. Bei jedem Schritt habe ich das Gefühl, dass sie unter mir wegknicken.

Ich ziehe mein Handy hervor, dass ich bei diesem ganzen Erlebnis unbewusst zurück in meine Tasche gesteckt habe. *Danke für so viel Umsicht.* Ich entsperre das Telefon.

Dort wartet noch immer der Chat mit Isla, den ich vorhin geöffnet habe. Schnell tippe ich eine Nachricht und sende sie ab. Es ist eine ganz andere als ich zuvor schreiben wollte.

Ich: Ich habe letzte Nacht mit Liam geschlafen.

Sofort erscheinen die drei Punkte.

Nervös kaue ich auf meiner Lippe herum und gehe noch tiefer in den Park hinein. Mein Ziel ist der Ausgang auf der anderen Seite, der sich weit weg von Liam befindet.

Isla: *erschrockener Emoji*

Isla: Was?

Isla: Wie?

Isla: Wo?

Isla: Wann?

Isla: Erzähl mir ALLES!!

Ihre Nachrichten kommen wie ein Kugelhagel auf meinem Handy an.

Ich wünschte, wir wären heute früh zusammen zurück nach Toronto gefahren. Aber Isla hat erst später eine Vorlesung und konnte bei ihren Eltern ausschlafen.

Ich: Er ist Spiderman.

Isla: *Emoji mit explodierendem Kopf*

Isla: Wie zur Hölle haben wir ihn nicht erkannt?

Isla: Wieso hast du ihn nicht erkannt?

Isla: Er hatte seinen Penis in dir.

Isla: Zum zweiten Mal!

Ich: Drei Mal, um genau zu sein.

Wie konnte ich ihn nicht erkennen? Diese Frage habe ich mir in den letzten Minuten auch mehrfach gestellt. Er hatte zwar seine Maske auf, aber die hat sein Gesicht nur zur Hälfte bedeckt.

Vielleicht hättest du nicht deine blöden Regeln aufstellen sollen. Aber du hast dich ja von deinen Hormonen leiten lassen. Kaum kommt ein muskelbepackter Adonis vorbei, fliegt der Verstand aus dem Fenster. Das hast du nun davon!

Eine neue Nachricht von Isla stoppt meine innere Stimme.

Isla: Ahhh. Du kleines Luder.

Isla: Mach mich in diesem Moment auf den Weg.

Isla: Ich brauche alle Details!!! *schreiender Emoji*

Ich sehe förmlich vor mir, wie sie zu ihrem Auto sprintet und losfährt. Die Vorstellung bringt zum ersten Mal, seit Liam mich in die Kammer gezogen hat, ein Lächeln auf meine Lippen.

Ich schaue auf die Uhr und hadere mit mir, was ich tun soll.

Ob die Luft rein ist und ich zurück ins Wohnheim gehen kann?

Unschlüssig kaue ich auf meiner Lippe herum.

Er ist mit Sicherheit schon weg. Warum sollte er dir auflauern?

Liam hat doch bestimmt Training oder ein Spiel, zu dem er muss. Warum sollte er seine Zeit damit verschwenden, mir zu sagen, dass auch dieses Mal ein Fehler war? Die Nachricht ist schon beim letzten Mal laut und deutlich angekommen. Wahrscheinlich wollte er nochmal klarstellen, dass sich nichts geändert hat an seiner Einstellung, auch wenn wir nochmal Sex hatten, und hat mich deshalb aufgesucht.

Das schwere Gefühl auf meiner Brust verschwindet langsam. Ich setze mich in Bewegung zurück zu meinem Wohnheim. Der Weg über den Campus verläuft glücklicherweise unspektakulär.

Bilder der letzten Nacht begleiten mich. Die Tatsache, dass ich ihn nicht erkannt habe, lässt mich nicht los.

Ich bin so in meiner eigenen Welt versunken, dass ich im Flur des Wohnheimes mit dem Fuß an etwas hängen bleibe und ins Stolpern gerate.

Eine Hand legt sich um meinen Ellenbogen und hindert mich daran, das Gleichgewicht zu verlieren. »Hab dich.«

Ich schließe die Augen. »Was machst du hier?«

Liam lässt mich los und tritt einen Schritt zurück. »Ich habe auf dich gewartet.«

Ob eine Flucht nochmal funktioniert?

Nein, du bist erwachsen. Stell dich deinen Problemen und lauf nicht vor ihnen weg!

Ich hasse meine innere Stimme, weil sie meistens recht hat. Mit gestrafften Schultern drehe ich mich zu Liam. Ich versuche meine Emotionen hinter einer Tür zu verschließen und schaue ihm direkt in die Augen. »Wir haben miteinander geschlafen. Es bedeutet nichts. Fertig.« Ich ziehe mein Zopfgummi straff, auch wenn mittlerweile alle Haare wild von meinem Kopf abstehen. Wahrscheinlich spiegelt mein Äußeres nicht gerade meine toughen Worte wider. Mein Blick wandert wie von selbst weg von seinen Augen über sein Gesicht. Zischend atme ich ein. Ich schlage die Hand vor den Mund. Vorhin ist mir gar nicht aufgefallen, dass Liam aussieht, als wäre er ohne Helm in die Bande gerammt worden.

Unter seinem linken Auge prangt ein Veilchen und auch sein Kiefer ist geschwollen.

Die schwarzen Flecken in meinem Sichtfeld müssen mich davon abgelenkt haben. »Oh mein Gott, was ist passiert?« Ich strecke die Hand aus, um ihn zu berühren, doch halte im letzten Moment inne und ziehe sie zurück. Es ist nicht mein Problem. Zumindest rede ich mir das ein.

Liam reibt sich über die in Mitleidenschaft gezogene Seite des Gesichts. »East hatte heute früh einiges zu sagen.«

»East?« Mir wird heiß, ich ziehe am Kragen meines Hoodies. Seit wann ist die Luft hier drinnen so stickig?

»Ja, er hat mich heute früh aus dem Zimmer kommen sehen und ist ausgeflippt.«

Scheiße. Scheiße. Scheiße.

»Sein Haus ist fünftausend Quadratmeter groß und er steht jedes Mal vor der Gästezimmertür, wenn einer von uns herauskommt? Hat er vor der verdammten Tür gecampt, oder was?«

Liam zieht eine Braue hoch. »Ich glaube nicht, dass sein Haus *so* groß ist.«

Mit verengten Augen sehe ich ihn an. »Das weiß ich selbst. Aber wie hoch sind denn bitte die Chancen, dass er beide Male im passenden Moment dort rumlungert?«

Sein Mundwinkel wandert auf der gesunden Gesichtshälfte nach oben. »Anscheinend ziemlich groß.«

»No shit, Sherlock.« Ich rolle mit den Augen. »Wenn er es Jace erzählt, ist hier blad die Hölle los.« Ich schaue den Flur hinunter, als würde mein Bruder jeden Moment angestürmt kommen. Schnell hole ich mein Handy hervor und schreibe East eine Nachricht.

Ich: Gib mir ein paar Stunden Zeit, es ihm selbst zu sagen.

Es besteht die Chance, dass meine Nachricht nicht mehr rechtzeitig bei East ankommt und er es Jace schon gesagt hat.

»Du solltest jetzt besser gehen.« Mein Blick wandert zurück zu Liam. Ich möchte wirklich nicht dafür verantwortlich sein, dass auch seine zweite Gesichtshälfte in den Farben des Regenbogens erstrahlt.

Liam schüttelt den Kopf. »Wir müssen reden.« Mit dem Daumen deutet er auf die Tür meines Wohnheimzimmers. »Können wir kurz reingehen?«

Ich ziehe die Lippe zwischen meine Zähne.

Sein Blick folgt der Bewegung.

Die Hitze von eben verwandelt sich in flüssige Lava. Ich bin mir nur nicht sicher, ob es noch immer die Panik oder doch eine andere Reaktion ist, die jetzt wirklich unpassend wäre.

Aber eines weiß ich ganz genau. Mit ihm allein hinter verschlossenen Türen zu sein, ist definitiv keine gute Idee. »Das ist nicht mein Zimmer«, sprudelt das erste aus mir heraus, was mir in den Sinn kommt.

»Lia.« Er wirft mir einen warnenden Blick zu.

Ich verschränke die Arme vor der Brust. Auf keinen Fall werde ich dieses alte Spiel mitmachen. Der Spitzname fühlt sich wie ein Messer in meinem Herzen an, das brutal herumgedreht wird.

»Ich muss wirklich mit dir reden.« Er schaut sich im Flur um. »Unter vier Augen.«

»Wir sprechen doch gerade miteinander und niemand ist hier.« Ich mache eine ausschweifende Bewegung. »Also spuck endlich aus, was du zu sagen hast, und geh wieder.« Ich tippe mit dem Fuß einen ungeduldigen Rhythmus auf den Linoleumboden.

Er zuckt fast unmerklich zusammen. »Ich weiß, dass ich das verdient habe. Es tut mir wirklich leid, wie wir letztes Jahr auseinandergegangen sind.«

Ha, genau. Das habe ich in den vergangenen zehn Monaten gesehen. Doch ich behalte diese Worte für mich, denn je schneller er losgeworden ist, was ihm auf der Seele brennt, desto eher verschwindet er wieder. »Ist sonst noch etwas?« Ich gehe an ihm vorbei und schließe die Tür zu meinem Zimmer auf. Im Eingang halte ich kurz inne. Das Schutzschild um mein Herz bekommt langsam Risse, die mehr werden, je länger ich in seiner Gegenwart bin. Ich muss von ihm weg – sofort. Sein Blick sagt mir, dass er nicht einfach verschwinden wird, wenn ich die Tür vor seiner Nase zuschlage. Ich gehe ins Zimmer und nutze die Schwelle zum Flur, um eine Grenze zwischen uns zu ziehen. Distanz zu Liam ist das Einzige, was meine Emotionen ein wenig unter Kontrolle hält.

Er stützt sich mit einem Arm am Türrahmen ab. Sein Blick wandert über mein Gesicht meinen Körper hinunter, bevor er wieder zurückkommt. »Ich will dich wiedersehen.«

Mir stockt der Atem. »Warum?«, krächze ich.

»Weil ich dich vermisse.« Er streckt die Hand aus und streicht eine Haarsträhne aus meinem Gesicht. Seine Fingerspitzen streifen dabei meine Haut.

Ein Schauer rollt durch meinen Körper. Schnell schlinge ich die Arme um meine Mitte. »Warum?« Irgendwas scheint in meinem Kopf kaputt gegangen zu sein. Anders kann ich mir nicht erklären, wieso nur noch dieses eine Wort aus meinem Mund kommt.

Liams Blick heftet sich fest auf meinen. »Weil ohne dich nichts mehr eine Bedeutung hat. Eishockey. Meine Karriere. Der Stanley Cup. All das ist wertlos, wenn du nicht an meiner Seite bist, um die Siege zu feiern.«

Der Schutzwall bröckelt und seine Worte schießen wie Pfeile in mein Herz. Meine Sicht verschwimmt, eine Träne bahnt sich ihren Weg über den Rand meiner Augen hinaus. Doch sie kommt nicht weit, denn Liam fängt sie mit dem Daumen auf.

Seine Hand liegt an meiner Wange.

Ich schließe meine Lider und schmiege mich in seine Berührung. *Nur für einen ganz kurzen Moment*, sage ich zu mir selbst.

»Du machst einfach jeden Teil meines Lebens schöner. Das hat mir Angst gemacht. Ich hätte nicht sagen sollen, dass es ein Fehler war, mit dir zu schlafen. Der einzige Fehler, den ich gemacht habe, war, dich von mir zu stoßen.« Sein Daumen streicht noch einmal sanft über meine Wange.

Die Berührung jagt einen Schluchzer meine Kehle hinauf. »Ich brauche Zeit, um darüber nachzudenken.« Bevor ich ihm mein Herz erneut auf dem Silbertablett serviere, muss ich mir sicher sein, dass er es nicht wieder zerstückelt.

»Okay.« Er löst seine Hand von mir und tritt einen Schritt zurück. »Ich werde auf dich warten. Egal, wie lange es dauert.«

Sein Blick brennt sich wie eine Markierung in mein Herz. ›Eigentum von Liam Cohen‹ steht dort.

Mit einem Nicken schließe ich die Tür. Ich lehne mich mit dem Rücken gegen das Holz und langsam gleite ich hinunter, bis mein Hintern den Boden berührt. Heute früh bin ich auf der Orgasmuswolke herumgeschwebt und jetzt verbrenne ich in der Liebeskummerhölle.

Kapitel 52

Liam

Der gebrochene Ausdruck auf Malias Gesicht verfolgt mich bis nach Hause. Am liebsten würde ich mir selbst noch ein Veilchen dafür verpassen, dass ich ihr diesen Schmerz beschert habe. Wenn ich mit den heutigen Kenntnissen die Zeit zurückdrehen könnte, hätte ich sie an ihrem Geburtstag niemals gehen lassen. Aber leider verfüge ich nicht über diese Kraft und so bleibt mir nur die Hoffnung, dass Malia mir eine zweite Chance gibt. Eine Möglichkeit, ihr zu zeigen, dass es zwischen uns anders sein kann. Bis dahin heißt es warten.

Ich werfe meinen Haustürschlüssel auf die Kücheninsel und hole mir einen Kühlakku aus dem Gefrierschrank. Mein Gesicht pocht seit Stunden schmerzhaft. Die Schwellung hat weiter zugelegt. Ich hätte es früher behandeln sollen. Ein Glück sind blaue Flecken in meinem Job öfter mal der Fall, so brauche ich mich wenigstens nicht erklären. Ich würde es allerdings mit Stolz tun. Es gibt schlimmere Gründe, verprügelt zu werden.

»Verdammt«, zischt Aiden.

Ich war so in Gedanken vertieft, dass ich ihn gar nicht kommen gehört habe.

»Da lässt man dich für einen kurzen Moment aus den Augen und schon siehst du aus, als hätte dich ein Lkw überrollt.«

»Übertreib nicht. Ein Drummer ist nicht einmal ansatzweise mit einem fünfundzwanzig Tonnen schwerem Gefährt zu vergleichen.«

Seine Brauen ziehen sich zusammen. »Sprichst du von East?«

»Jap. Er war nicht sonderlich begeistert davon, was ich heute Nacht in seinem Gästezimmer getrieben habe.«

Aiden mustert mich genauer. »Was hast du denn dort *getrieben*?«

»Ich hatte Sex mit Malia.«

Aidens Augen weiten sich. »Was?«

Ich warte darauf, dass die Puzzleteile in seinem Kopf sich zu einem Bild zusammenfügen.

Der Moment, in dem er die richtigen Schlüsse zieht, ist unübersehbar. Seine Kinnlade klappt herunter. »Nein!«

Ich nicke nur.

»Deshalb brauchtest du also ihren Stundenplan und die Wohnheimadresse.« Er fährt sich über das dunkelblonde Haar. »Wie hoch ist die Wahrscheinlichkeit, dass du aus allen Frauen gerade *sie* herauspickst?«

»Offensichtlich sehr hoch.« Mit Daumen und Zeigefinger reibe ich mir über das Kinn. »Wobei *sie* eher *mich* herausgepickt hat.«

»Und du hast die ganze Zeit nichts gemerkt?«

Ich schüttle den Kopf. »Nicht eine Sekunde lang ist mir in den Sinn gekommen, dass sich Malia unter der Maske verstecken könnte.«

Er wirft die Hände in die Luft. »Hattet ihr mentalen Sex ohne euch auszuziehen oder miteinander zu reden?«

»Haha, du Witzbold.« Ich gehe mit meinem Kühlakku an der Wange zur Couch und lasse mich darauf fallen. »Wir haben die Masken aufbehalten und nicht gesprochen.«

»Klingt nach einem Fetisch.« Er kratzt sich an der Schläfe. »Gehst du neuerdings in geheime Clubs, bei denen man nur mit einem Codewort Zutritt erlangt?«

»Aus deinem Mund kommt schon wieder nur ein Haufen Scheiße. Hast du heute früh auch Schläge auf den Kopf gekriegt?« Ein pochender Schmerz breitet sich von Sekunde zu Sekunde stärker in meinem Schädel aus. »Es war kein Fetisch, sondern hat sich einfach nur so ergeben. Außerdem hatten wir beide etwas getrunken, unsere Sinne waren also möglicherweise nicht ganz so geschärft.«

»Malias magische Pussy hat deinen Schwanz vor einem Jahr verhext. Und du willst mir ernsthaft erzählen, dass er die Büchse der Pandora nicht wiedererkannt hat, als sie sich ihm spreizend geöffnet hat?« Er schaut gespielt schockiert. »Ist es vielleicht doch nicht die große Liebe, die es zu sein schien?«

»Sehr witzig.« Ich werfe ein Kissen von der Couch auf ihn. »Nur weil wir uns in dem Moment nicht erkannt haben, heißt es nicht, dass sie nicht die Eine ist.«

Er macht ein würgendes Geräusch. »Ich glaube, mir kommt gerade mein Mittagessen wieder hoch.«

»Warum bist du noch gleich hier?« Ich schließe kurz die Augen in der Hoffnung, das Pochen in meinem Schädel zu lindern.

»Ich wollte mal sehen, wie es gestern Abend so lief und was es mit deinen Nachrichten auf sich hatte. Meine Erwartungen in dich waren groß und meine Enttäuschung ist gerade nicht in Worte zu fassen.«

»Dafür verlassen aber ganz schön viele deinen Mund.«

»Oh, da hat jemand seine Eier wiedergefunden. Wobei du dir wahrscheinlich letzte Nacht nur eins zurückgeholt hast. Das andere trägt Malia bestimmt wie eine Trophäe um den Hals.«

Ich möchte den Kopf über den Mist, der seinen Mund verlässt, schütteln, doch schon der Gedanke daran ist schmerzhaft. »Kannst du einfach wieder gehen?« Ich öffne die Augen.

»Erst wenn du mir erzählt hast, wie es zu diesem Vorfall kam.« Er deutet auf mein Gesicht.

Ich zucke mit den Schultern. »Malia hat sich nachts davongeschlichen. Dabei ist sie East im Flur begegnet. Ich bin am nächsten Morgen aus demselben Zimmer gekommen. Wie es der Zufall so wollte, war East in dem Moment wieder vor der Tür unterwegs. Er hat eins und eins zusammengezählt und mir mitgeteilt, was er davon hält.«

»Da hat er die Fäuste sprechen lassen, würde ich sagen.« Lachend plumpst er auf den Sessel. »Hätte nicht gedacht, dass Drumsticks zu schwingen, für einen festen rechten Haken sorgen.« Er zieht das Handy aus der Hosentasche.

»Was machst du denn jetzt?« Eine Falte bildet sich auf meiner Stirn.

»Nur kurz eine Nachricht an East schreiben. Immerhin hat er einen Hockeyspieler zu Boden gebracht, das verdient Anerkennung.« Grinsend tippt er auf seinem Telefon herum.

»Freut mich, dass ihr eure Beziehung auf dem Rücken meines Leids stärkt.« Meine Kiefer sind so fest aufeinandergepresst, dass ein Schmerz durch meine linke Gesichtshälfte schießt. Eine Mischung aus Brummen und Stöhnen entweicht meinem Mund.

Aiden schaut auf. »Hab dich nicht so. Ich bin mir sicher, dass du auf dem Eis schon schlimmere Verletzungen davongetragen hast.«

Ich rolle mit den Augen. »Das macht es nicht weniger schmerzhaft.«

Das Telefon in seiner Hand leuchtet auf und sein Blick geht dorthin. »Denk einfach immer daran, dass du diese Schläge für die Liebe eingesteckt hast.« Wenn sich seine Mundwinkel noch weiter nach oben bewegen, kleben sie an seinen Ohren.

»Warum siehst du aus, als wärst du aus einem Horrorfilm entsprungen?« Ich gehe in die Küche, um mir einen frischen Kühlakku aus dem Gefrierschrank zu holen.

»East zählt schon die Minuten runter, bis er Jace steckt, dass du mit Malia geschlafen hast. Du solltest heute Nacht lieber den Riegel vor die Tür schieben.«

Ich werfe einen Blick über die Schulter. »Was hat das mit deinem Gesichtsausdruck zu tun?«

»Glaub mir, das willst du nicht wissen.« Seine Finger fliegen über das Display. Ein Lachen hallt durch den Raum.

Augenrollend gehe ich zurück zur Couch. »Ich habe weder Angst vor East noch vor Jace. Malia ist erwachsen und darf Sex haben, mit wem sie will.« Ich drücke den frischen Akku an mein Gesicht und heiße die Kälte willkommen. Nicht nur meine Wange kann die Abkühlung gebrauchen, auch das Brodeln in meinem Inneren braucht eine.

»Entspann dich, Cap. Das war nur ein Scherz.« Sein Blick wird ernster. »Ich glaube nicht, dass East oder einer der anderen Jungs dir etwas antut.«

»Selbst wenn sie es machen würden, hält es mich nicht davon ab, um Malia zu kämpfen.« Ich fahre mir durch die Haare. »Letztes Jahr habe ich getan, was ich für das Richtige hielt. Aber ab jetzt werde ich meinem Herzen folgen und das will nur sie. Egal, welche Konsequenzen das mit sich bringt.«

»Scheiße, Cap.« Aiden sieht mich an, als hätte ich den Verstand verloren.

Und vielleicht habe ich das auch. Doch ich halte seinem Blick stand.

Nach einer gefühlten Ewigkeit streicht er sich über den Bart. »Ich werde die Partys bei East vermissen. Aber wir sind ein Rudel. Zieht unser Anführer in den Kampf, folgen wir ihm. Und wenn noch einer dieser Rockstars in engen Jeans auch nur daran denkt, dir ein Haar zu krümmen, versohlen wir ihm so richtig den Arsch.«

Ich beiße mir auf die Lippe. »Hat Nate nicht italienische Wurzeln und stammt aus einer Großfamilie?«

Aiden zuckt mit den Schultern. »Na und?«

»Einer Großfamilie mit einem Hang zur Kriminalität?«

Seine Stirn legt sich in tiefe Falten. »Meinst du, sie sind Mitglieder einer…«, die Farbe weicht aus seinem Gesicht, »… Mafia.«

Ich sehe ihn unbeeindruckt an. »Munkelt man zumindest.«

»Scheiße.« Er reibt sich erneut über den Bart. »Vergiss, was ich gesagt habe. Wenn du dich in diesen Mist verstrickst, bist du allein.« Mit der Hand fährt er vor sich durch die Luft. »Dieser Körper ist dazu geschaffen, noch viele Frauen zu beglücken. Ich kann dieses Gottesgeschenk nicht aufs Spiel setzen, indem ich mich für dich in den Kugelhagel werfe.«

Ich nicke ernst. »Du hast vollkommen recht. Es wäre eine Schande, wenn die vielen Frauen auf dieser Welt nicht mehr die Möglichkeit hätten, mit deinem kleinen Freund Bekanntschaft zu machen.« Ein lautes Lachen sprudelt aus mir heraus.

Aiden zieht eine Braue hoch. »Sehr witzig.« Er lehnt sich nach vorne, die Ellenbogen stützt er auf den Knien ab. »Jetzt mal im Ernst. Was wirst du wegen Malia unternehmen?«

Ich ziehe meine Unterlippe zwischen die Zähne und lasse sie ploppend wieder los. »Erstmal habe ich ihr versprochen, dass ich ihr Zeit zum Nachdenken gebe. Also warte ich auf ein Zeichen von ihr und dann lege ich los. Sie hat es verdient, auf Händen getragen zu werden. Und ich habe vor, dass an jedem einzelnen Tag meines Lebens zu tun. Wenn sie mich lässt. Und bis es soweit ist, kämpfe ich um eine zweite Chance.« Ich lehne mich in die Polster der Couch zurück.

»Dieses ganze Liebeszeug ist totaler Irrsinn.« Er schüttelt den Kopf. »Ich leiste dir trotzdem Gesellschaft in deiner persönlichen Hölle.« Er nimmt einen der Controller von meinem Couchtisch und wirft ihn mir zu.

Ich lasse den Kühlakku zu Boden fallen, damit ich ihn fangen kann.

Aiden schnappt sich den zweiten.

Gemeinsam tauchen wir in eine andere Welt ein.

Doch Malia bleibt die ganze Zeit über in meinen Gedanken. Ich bin froh eine Beschäftigung zu haben. Sonst würde sich mit Sicherheit jede Minute wie eine Stunde anfühlen, bis sie sich endlich meldet.

Kapitel 53

Malia

Die Tür des Wohnheimzimmers geht schwungvoll auf.

Ich zucke bei dem Knall zusammen, der dieser Bewegung folgt. »Du brauchst nicht zur Deko Löcher in die Wand schlagen, wir können auch los gehen und etwas Schönes kaufen.«

Isla verzieht das Gesicht. »Sorry.« Sie schließt behutsam die Tür. Ihre Tasche landet in der Ecke. Sie kommt zu mir und lässt sich neben mich fallen. »Also schieß los.«

»Liam hat mich nach meiner ersten Vorlesung abgefangen.«

Ihre Augen weiten sich. »Woher wusste er, wo du bist?«

Ich halte kurz inne. »Gute Frage.« Bei allen Ereignissen, die dieser Tag mit sich gebracht hat, habe ich darüber noch gar nicht nachgedacht. Auch nicht, woher er wusste, wo wir wohnen. Das werde ich später aufklären, jetzt gibt es dringendere Dinge zu regeln und dafür brauche ich den Rat meiner besten Freundin. Also erzähle ich ihr alles, was passiert ist. Zumindest fast alles, die Details aus dem Schlafzimmer behalte ich für mich.

»Wow. Wenn das nicht ein krasser Wink des Schicksals ist.« Sie kaut nachdenklich auf ihrer Lippe herum.

Ich schnappe mir ein Kissen und umarme es, denn ich brauche gerade etwas, an dem ich mich festhalten kann.

»Hätte East euch nicht erwischt, wäre vielleicht niemals rausgekommen, dass Liam Spiderman ist.«

»Ja, aber war der Sinn hinter dieser Nacht nicht, zurück in den Sattel zu steigen und ein für alle Mal über Liam hinwegzukommen?« Ich lege den Kopf auf dem Kissen in meinen Armen ab. »Da wäre es doch viel besser gewesen, wenn ich weiterhin geglaubt hätte, mit einem heißen Unbekannten die Nacht verbracht zu haben.«

Isla schüttelt den Kopf. »Dann wärst du am Ende wirklich losgezogen und hättest das wilde Collegeleben geführt, von dem wir immer gesprochen haben. Dabei seid ihr beide füreinander bestimmt.«

Mein Kopf schnellt vom Kissen hoch. »Haben Aliens meine beste Freundin entführt und einen Klon zur Erde zurückgeschickt?« Ich reibe mir über meinen gereizten Halsmuskel.

»Nein.« Sie legt den Kopf schräg. »Du willst der Wahrheit nur nicht ins Gesicht sehen. Es war höhere Fügung, dass ihr den Weg zurückzueinander gefunden habt. Es ist eure zweite Chance für ein Happy End.«

Vorsichtig hebe ich die Hand an Islas Stirn. »Hast du Fieber? Soll ich einen Arzt rufen?«

Sie schlägt meine Finger weg, noch bevor ich ihre Stirn richtig berühre. »Kannst du endlich mal ernst sein?«

»Das bin ich. Aber ich werde ja wohl verwundert sein dürfen, dass meine beste Freundin über Nacht zur hoffnungslosen Romantikerin geworden ist.«

Sie hält meinen Mund zu und sieht sich um. »Sag sowas nicht. Du ruinierst meinen Ruf.«

»Welchen Ruf?«, frage ich und meine Worte kommen gedämpft unter ihrer Handfläche hervor.

»Den der herzlosen Verführerin.« Isla wackelt mit den Brauen. »Aber hier geht es nicht um mich.« Mit einer wegwerfenden Handbewegung dreht sie sich mir zu. »Was machst du jetzt mit Liam und East?« Ihre Augen werden groß. »Und vor allem Jace?«

»East kann einen Aufstand machen, so viel er will. Mit wem ich Sex habe, geht ihn nichts an. Ich mische mich ja schließlich auch nicht in sein Leben ein.«

»Jap, sein Penis ist abgenutzter als eine öffentliche Toilette.« Isla beißt sich auf die Lippe, aber ihre Mundwinkel wandern unaufhaltsam nach oben.

Fast gleichzeitig prusten wir los.

»Ich befürchte, er ist nicht nur abgenutzter, die Keimbelastung ist bestimmt auch höher.« Ein Schauer erschüttert meinen Körper. »Lass uns lieber nicht über Easts Penis sprechen. Mein Würgereiz ist bei dem Gedanken an den kleinen Lümmel kurz davor einzusetzen.«

»Lümmel?«, krächzt Isla atemlos. Sie beugt sich nach vorne und versucht gegen das Lachen anzuatmen.

»Oh mein Gott, du wirst schon ganz rot.« Ich fächre ihr Luft zu. Selbst auch immer noch am Lachen.

Sie schlägt meine wedelnde Hand weg, die nicht viel bewirkt hat. »Ja, weil du versuchst, mich umzubringen.« Isla schließt die Augen. »Hundebabys. Hundebabys. Hundebabys«, murmelt sie vor sich hin. Ihr Atem beruhigt sich. Sie wischt sich eine Träne von der Wange. »Du hast mich zum Weinen gebracht.«

»Vor Lachen. Das zählt also nicht.« Ich umklammere das Kissen fester. »Was soll ich jetzt nur machen?«

Auch ohne, dass ich den Stimmungs- und Themenwechsel erklären muss, versteht Isla, wovon ich rede. »Ich kann dir nicht sagen, was du am besten tun solltest, es ist nicht wichtig, was ich denke. Es zählt einzig und allein, was dein Herz dir sagt.«

Ich vergrabe mein Gesicht im Kissen. »Warum ist die Liebe so kompliziert?«, frage ich und meine Worte werden beinahe von dem Stoff verschluckt.

»Weil das Leben sonst langweilig wäre. Außerdem ist sie am Ende all den Schmerz und Ärger wert, den sie manchmal mit sich bringt.«

Ich hebe den Kopf nur so weit, dass ich über den Rand des Kissens hinwegsehen kann. »Hoffentlich bist du auch so weise wie Gandalf unterwegs, wenn dich der Pfeil trifft.«

»Pff.« Sie wirft sich erneut das Haar über die Schulter. »Nur Anfänger lassen sich davon treffen. Ich bin ein Profi.«

Ich freue mich auf den Tag, wenn sie von ihrem hohen Ross auf Wolke sieben hinabfällt. Aber das sag ich ihr nicht, denn bis dahin soll sie ruhig in ihrem unerschütterlichen Glauben bleiben, dass es niemals passieren wird.

So gerne ich mich auch mit dem Gedanken an Islas zukünftigen Problemen beschäftigen würde, sollte ich mir welche über meine gegenwärtigen machen. »Wenn ich mit Liam zusammen sein möchte, muss ich kopfüber in den Abgrund springen. Aber wie lösen wir das Problem mit meinem Bruder?« Ich reibe mir über meine erschöpften Augen. Seufzend schaue ich sie an.

Isla hebt die Hand und guckt unbeeindruckt ihre Nägel an. »Lass die Bombe einfach platzen und zieh es wie ein Pflaster mit einem Ruck ab.« Sie hat beiläufig geklungen, als wäre es gar kein großes Ding.

Ich stell mir die Situation mit meinem Bruder bildlich vor. »Innerlich kicherst du gerade wie eine teuflische Hexe, hab ich recht?« Mein Blick wandert zu Isla zurück.

Mit einem Gesichtsausdruck wie der der Grinsekatze, dreht sie sich zu mir. »Wie kommst du da drauf?«

»Weil du die Jungs gerne Leiden siehst und diese Gelegenheit perfekt dafür geeignet ist.«

Isla lacht auf und das Geräusch jagt selbst mir einen Schauer den Rücken hinunter.

»Also gut, lass uns das Pflaster abreißen. Aber vorher muss ich noch den Kollateralschaden verhindern.«

Isla reibt sich aufgeregt die Hände aneinander.

»Sitz nicht nur schadenfroh rum, ruf ein Uber.«

»Warum?«

»Ich muss kurz etwas erledigen, wenn ich diese Nachrichten abgeschickt habe.«

»Wohin soll die Fahrt gehen?«

Ich gebe ihr die Adresse, die ich seit zehn Monaten nicht mehr besucht habe. Dann schnappe ich mir mein Handy.

Ich tippe in zwei Chats Nachrichten vor. Senden drücke ich zuerst bei der an Emma.

Ich: Nur als kleine Vorwarnung. Jace wird gleich ausflippen.

Erst nachdem die Nachricht von ›zugestellt‹ zu ›gelesen‹ wechselt, schicke ich die zweite los.

Ich: Ich hatte Sex mit Liam. Mehrfach. Ich wollte, dass du es von mir erfährst. Denk gar nicht daran, dich in meine Beziehung mit ihm einzumischen. Es ist mein Leben und ich lasse mir von dir nicht vorschreiben, wen ich lieben darf. Hab dich lieb. *schwarzes Herz*

Mein Herzschlag beschleunigt sich, als auch diese Nachricht zu ›gelesen‹ wechselt. Schnell stecke ich mein Telefon in die Tasche und raffe mich auf.

Was auch immer meine Familie zu sagen hat, kann bis später warten.

Jetzt muss ich unbedingt etwas anderes erledigen.

»Das Uber wartet unten.«

»Danke.« Ich schnappe mir meine Jacke. Mein Blick geht ein letztes Mal zu Isla. »Wünsch mir Glück.«

»Glück.« Sie lächelt mich aufmunternd an. »Jetzt hol dir deinen Prinzen auf dem weißen Ross.«

Ich rolle mit den Augen. Dann breche ich auf. Doch nicht zu einem Prinzen. Nein, Liam ist der furchtlose Wolf, der sich eine Partnerin sucht. Und ich bin bereit, den Platz an seiner Seite einzunehmen.

Kapitel 54

Liam

Ich räume die Gläser in den Geschirrspüler, die Aiden und ich beim Zocken benutzt haben. Schon diese Bewegung bringt das Pochen in meiner linken Gesichtshälfte zurück. Aber zum Glück nicht mehr so stark wie zuvor.

Ein Klopfen an der Tür lässt mich innehalten.

Ist Jace gekommen, um mir den Arsch aufzureißen?

Das wirst du wohl nur erfahren, wenn du nachsiehst. Widerwillig mache ich mich auf den Weg dorthin. Ich schaue durch den Spion und augenblicklich breitet sich ein Kribbeln auf meiner Haut aus. Einen tiefen Atemzug später öffne ich die Tür. »Hey«, begrüße ich Malia.

»Hi.« Sie knetet ihre verschlungenen Hände. »Kann ich reinkommen?«

»Klar.« Ich trete einen Schritt zur Seite und lasse sie vorbei. »Möchtest du was trinken?«

»Nein, danke.« Ihr Blick wandert durch die Wohnung. »Es hat sich nichts verändert, seit ich das letzte Mal hier war.«

»Mir gefällt es so. Willst du dich nicht setzen?« Ich deute auf die Couch im Wohnzimmer.

Sie nickt, aber macht keine Anstalten, dort hinzugehen.

Also mache ich den Anfang. Ein Blick über die Schulter

verrät mir, dass sie mir folgt. Ich setze mich in den Sessel, um ihr Raum zu geben. Schließlich habe ich keinen blassen Schimmer, warum sie gekommen ist.

Ich hätte damit gerechnet, dass sie Tage oder Wochen zum Nachdenken braucht.

Die Angst vor dem, was sie gleich sagen wird, lässt mich einfach nur abwarten. Kein Wort kommt über meine Lippen. Dafür saugen meine Augen ihren Anblick in sich auf. Für nachher, wenn sie nicht mehr hier ist.

Eine gefühlte Ewigkeit später strafft sie kaum merklich ihre Schultern. »Jace weiß Bescheid.«

Ich nicke. »Damit habe ich schon gerechnet. Was hat er dazu gesagt?«

»Keine Ahnung.« Sie zuckt mit der Achsel. »Es ist mir auch egal. Das ist mein Leben und ich kann machen, was ich will.«

Mein Blick wandert suchend über ihr Gesicht, um nach Anzeichen zu schauen, wohin dieses Gespräch führen könnte. »Und was ist das?«

»Meinem Herz zu folgen.«

Ein Fünkchen Hoffnung keimt tief in mir auf. »Wohin?«

Sie neigt ihren Kopf. Die Augen sind die ganze Zeit auf mich gerichtet. »Wenn du das fragen musst, sollte ich vielleicht gehen.«

Ich hebe eine Hand. »Bleib.«

»Warum?«

»Weil ich Zeit mit dir verbringen möchte. Ich war ein Idiot.« Mit den Fingern fahre ich mir durch das Haar. »Du hast etwas in mir ausgelöst, das noch niemand zuvor an die Oberfläche gebracht hat. Sex war bis jetzt immer nur das – Sex. Aber mit dir hat es sich nach so viel mehr angefühlt und ich war überwältig davon.« Unfähig, länger still zu sitzen, springe ich vom Sessel auf. Ich laufe im Wohnbereich auf und ab. Zwischendurch schaue ich immer wieder zu Malia. »Diese dummen Worte habe ich gesagt, weil die Situation mich überfordert hat. Als du rausgestürmt bist und dich auch die Tage danach nicht gemeldet hast, dachte ich, dass es das Beste so ist.« Erneut fahre ich mir durch das Haar. Wenn das in dem Tempo weitergeht, dann habe ich am Ende des Gesprächs eine Glatze. »Ich sollte dir doch nur dabei helfen, deine Jungfräulichkeit loszuwerden, damit du kopfüber in die Sexwelt eintauchen kannst.« Mit verschränkten Händen im Nacken schaue ich zur Decke. Ich gehe zu ihr.

Unsere Blicke treffen sich. In ihren Augen schwimmt Schmerz, aber auch Hoffnung.

Am liebsten würde ich sie in meine Arme ziehen. Nur will ich vorher etwas loswerden. »Ich sollte dir helfen, aber nicht mich in dich verlieben.«

Die Farbe weicht aus ihrem Gesicht. »Verlieben?« Sie schluckt schwer.

»Es ist egal, wie lange wir uns nicht gesehen oder kein einziges Wort miteinander gewechselt haben. Du bist die ganze Zeit über hier drinnen gewesen.« Ich klopfe auf meine Brust. »Aber ich möchte dich nicht mehr aus der Ferne lieben. Ich will dich bei mir haben, jede Minute des Tages. Jeden Tag.«

Sie kaut auf ihrer Unterlippe herum.

Alles in mir schreit danach, sie zu packen und zu küssen, bis uns die Luft ausgeht. Aber ich halte mich zurück, um ihr Zeit zu geben, alles zu verarbeiten, was ich gerade gesagt habe.

»Das geht nicht.«

Das Blut rauscht in meinen Ohren. Ich habe das Gefühl, mein Herz hat aufgehört zu schlagen.

Ihre Mundwinkel wandern ein kleines Stück nach oben »Das geht nicht, weil wir Verpflichtungen haben.« Ein strahlendes Lächeln erhellt ihr Gesicht. »Wir können nicht alles über Bord werfen, nur um 24/7 aufeinander zu hocken.«

Meine Beine geben unter mir nach und ich falle vor ihren Füßen auf die Knie. Ohne groß darüber nachzudenken, umfasse ich ihre Hüften und ziehe sie rittlings auf meinen Schoß. »Scheiß auf Verpflichtungen.«

Sie ist mir so nah, dass ich ihren Atem auf meinen Lippen spüre. Ihre Arme wandern um meinen Hals. »Wenn du zu alt zum Spielen bist, kannst du auf alles scheißen. Aber jetzt zählt eine ganze Stadt auf dich. Du musst uns den Stanley Cup zum zweiten Mal in Folge holen.«

Ich schließe die Lücke zwischen uns und streife über ihre Lippen. »Okay, aber ich hole den Titel in diesem Jahr nur für dich, denn ohne dich habe ich ihn schon einmal in der Hand gehalten, und es hat sich nicht so gut angefühlt, wie ich es mir erhofft hatte.«

Ihre Fingerspitzen wandern in meinen Haaransatz und spielen mit den Enden. »Wirklich? Dabei war dein Assist für das siegbringende Tor der Hammer.«

Mein Grinsen trifft auf ihres. »So viel dazu, dass du kein Interesse mehr am Eishockey hast.« Mit einem Rück ziehe ich sie noch dichter an mich. Ihre Vorderseite ist komplett an meine gepresst und trotzdem habe ich das Gefühl, ihr nicht nah genug zu sein. »Ich habe Jace für jedes Spiel Karten gegeben, immer in der Hoffnung, dass du hinter der Spielerbank sitzt.« Flüchtig streife ich meine Lippen über ihre. »In meinem Trikot.« Noch ein Kuss. »Aber du warst nicht ein einziges Mal da.«

Malia lehnt sich ein Stück zurück und sieht mir in die Augen. »Mein Herz war gebrochen. Ein Spiel auf dem Fernseher zu schauen war schon verdammt schmerzhaft. In einer Arena zu sein und zu wissen, dass du nur ein paar Meter entfernt bist, wäre unerträglich gewesen.« Sie legt ihre Stirn an meine. »Du hast nicht nur mein Herz mit dir genommen, sondern auch die Freude an meinem Lieblingssport.«

Mein Magen zieht sich zusammen. »Es tut mir so leid, Lia.«

Ein Glitzern huscht über ihre Augen. »Das sollte es auch. Es ist eine Schande, nicht all die heißen Spieler anschmachten zu können.«

Mein Griff an ihren Hüften verstärkt sich und ein Knurren bahnt sich einen Weg meine Kehle hinauf. »Der einzige Spieler, den du in Zukunft *anschmachtest,* bin ich.« Dieses Mal erobere ich ihre Lippen mit einem stürmischen Kuss.

»Du allein hattest schon immer meine ganze Aufmerksamkeit «, raunt sie.

Ihre Worte lassen mich härter werden als jemals zuvor. Doch heute Abend geht es nicht um Sex. Ich will etwas Tieferes als das. Also lehne ich mich ein Stück zurück, um ihr bei meiner nächsten Frage wieder in die Augen schauen zu können. »Malia Barbeau, willst du meine feste Freundin sein?«

Bevor sie antworten kann, klopft es laut an der Tür.

»Das ist wohl der Moment, den wir seit einem Jahr fürchten.« Doch ich empfinde keine Furcht. Ich will diese Auseinandersetzung einfach nur hinter mich bringen.

Malia steht auf und nimmt meine Hand. »Niemand hat zu bestimmen, wie wir fühlen dürfen.«

Ich erhebe mich, ohne sie loszulassen und gemeinsam gehen wir zur Tür. Mit der Hand auf der Klinke halte ich kurz inne.

Malia legt ihre freie über meine. »Je schneller wir es hinter uns gebracht haben, desto eher sind wir wieder allein.« Sie stellt sich auf die Zehenspitzen und haucht einen Kuss auf meinen Mundwinkel. Dann drückt sie die Klinke herunter und öffnet die Tür.

»Nate?« Malia schaut mit gerunzelter Stirn den Bandkollegen ihres Bruders an. »Was machst du hier?«

Kopfschüttelnd sieht er uns an. »Ich wusste doch, dass ich gestern Abend richtig gesehen habe«, sagt er mehr zu sich selbst als zu uns.

In meinem Kopf macht es Klick.

Er muss der murmelnde Typ gewesen sein, der an uns vorbeigegangen ist.

Ich wusste, dass ich die Stimme schon mal irgendwo gehört habe.

»Okay, du hast uns also gesehen. Aber das erklärt noch nicht, warum du hier bist.«

Nate verschränkt die Arme vor der Brust und lehnt sich gegen den Türrahmen. »Emma hat mir geschrieben, dass Jace auf dem Weg hierher ist. Sie kann wegen Peaches nicht kommen, um ihn von Blödsinn abzuhalten. Also bin ich da.«

Das Klingeln des Fahrstuhls schallt laut über den Flur.

Keine Sekunde später öffnen sich die Türen und Jace kommt zum Vorschein. Sein Blick trifft auf meinem. »Ich bring dich um!« Mit rotem Gesicht stürmt er los.

Malias Griff um meine Hand verstärkt sich. »Wehe, du berührst Liam auch nur, sonst werde ich für den Rest meines Lebens kein einziges Wort mehr mit dir wechseln. Das schwöre ich dir.«

Jace bleibt schlagartig stehen, als hätte jemand ihn auf der Stelle eingefroren. Seine Augen verengen sich zu Schlitzen. »Du ziehst einen dahergelaufenen Typen deiner Familie vor?«

Ein humorloses Grinsen breitet sich auf meinen Lippen aus. »Warst du nicht derjenige, der uns einander vorgestellt hat? So dahergelaufen kann ich dann wohl nicht sein.« Vielleicht ist es nicht die beste Idee, Jace zu provozieren, aber sein Verhalten ist einfach übertrieben.

»Ich habe dich bestimmt nicht meiner kleinen Schwester vorgestellt, damit du dich an ihr vergehen kannst.« Jace stürmt wieder los. Doch er kommt nicht weit, denn Nate hält ihn zurück.

»Ich habe mich nicht an ihr vergangen. Wir hatten erst Sex, als sie achtzehn war.«

Malia atmet zischend die Luft ein. »Verdammt«, flüstert sie.

Jace' Augen verengen sich zu Schlitzen. »Was soll das heißen?« Er stemmt sich gegen Nates Griff, aber es ist zwecklos. »Wie lange geht das mit euch schon?«

Malia löst sich aus meiner Umarmung und tritt ein Stück vor. Mit gestrafften Schultern steht sie ihrem Bruder gegenüber. »Das geht dich überhaupt nichts an. Liam und ich haben gegen kein Gesetz verstoßen. Außerdem bist du der Letzte, der in der

Position ist, die moralische Keule um sich zu schwingen. Was Emma und du gemacht habt, war auch nicht okay, und trotzdem hat es euch niemand übel genommen, weil ihr euch liebt.«

»Genau. Wir lieben uns.« Jace deutet auf mich. »Der Typ da nutzt dich nur für Sex aus und bricht dir am Ende das Herz.«

Ich ziehe Malia zurück in meine Arme. »Wie gut, dass ich deine Schwester auch liebe. Dadurch gibt es ja gar keinen Grund auszuflippen.«

Jace verengten die Augen. »Du liebst sie?«

Ich nicke und ziehe Malia noch dichter an mich. Eigentlich hätte ich sie jetzt gerne für mich allein. Aber stattdessen muss ich mich mit ihrem Bruder auseinandersetzen. Dieses Ereignis war unausweichlich. Von Anfang an wusste ich, dass Jace es nicht einfach so hinnehmen würde.

»Und du, Malia?« Jace sieht seine Schwester an. »Liebst du ihn auch?«

Sie schaut über die Schulter zu mir. »Mehr als alles andere auf der Welt.«

Mein Herz fühlt sich so voll an, dass ich das Gefühl habe, es könnte jeden Moment in meiner Brust platzen. Ich beuge mich vor und drücke einen Kuss auf ihre Lippen, der all das ohne Worte sagen soll.

Ein Räuspern holt uns zurück aus unserer Blase.

Ich schaue auf.

Jace steht mit zusammengepressten Zähnen da, sodass seine Kiefermuskeln hervortreten. Die Hände hat er an der Seite zu Fäusten geballt.

Nate sieht uns kopfschüttelnd an und zieht Jace in den Fahrstuhl. »Ich glaube, ihr führt das Gespräch lieber zu einem anderen Zeitpunkt weiter. Am besten, ohne vor seinen Augen rumzumachen.«

Der Fahrstuhl schließt sich und wir sind wieder allein.

Ich mache die Tür zu und drücke Malia dagegen. »Das war ja gar nicht mal so schlimm wie gedacht.«

Sie legt ihre Hand an meine Wange. »Ein blaues Auge ist genau das, was ich befürchtet habe.« Sie streicht vorsichtig über meine geschwollene Haut.

Ich drücke einen Kuss auf die empfindliche Stelle unter ihrem Handgelenk. »Aber damit, dass East derjenige sein wird, haben wir beide nicht gerechnet.« Grinsend lege ich meine Stirn gegen ihre.

»Wo waren wir vorhin stehen geblieben?« Ich streiche eine Haarsträhne hinter ihr Ohr. »Malia Barbeau, willst du meine feste Freundin sein?«

Ihr Lächeln strahlt so hell, dass es ganz Ontario erleuchten könnte. »Nichts lieber als das.«

Dieses Mal küsse ich nicht nur das Mädchen, in das ich verliebt bin. Nein, ich küsse meine Freundin, mit der die Zukunft gerade erst beginnt.

Kapitel 55

Malia

»Wo geht es heute hin?« Isla sitzt zurückgelehnt auf ihrem Bett. Ein Stift klemmt hinter ihrem Ohr und auf dem Schoß liegt ein aufgeschlagenes Buch.

»Keine Ahnung. Liam meinte, es sei eine Überraschung.« Grinsend schlüpfe ich in meine Schuhe.

Er wird jeden Moment hier sein.

»Ich freue mich wirklich für dich, aber manchmal möchte ich mich bei eurem Anblick übergeben.« Sie verzieht das Gesicht angewidert.

»Wenn dein Prinz vorbeigeritten kommt, wirst du verstehen, wie es sich anfühlt, so verliebt zu sein. Und dann wirst du diejenige sein, die andere zum Erbrechen bringt.« Ich schlüpfe in meine dickste Jacke. Schal und Mütze dürfen auch nicht fehlen, denn Toronto liegt seit ein paar Tagen unter tiefem Schnee.

»Nur über meine Leiche.« Ihr Mund ist zu einer festen Linie gepresst.

»Prinzen haben kein Problem damit, Mädchen in Särgen zu küssen. Hast du Schneewittchen nicht gesehen?« Ich streiche mir über das Kinn. »Die scheinen im Allgemeinen so ein Ding für bewusstlose Mädchen zu haben, wenn ich da an Dornröschen denke.«

Sie wirft die Hände in die Luft. »Ich sag es doch, Männer sind Widerlinge. Auch heute glauben die Typen noch, dass sie sich einfach nehmen können, was sie wollen. Ob die Frau ihr Okay dafür gibt, ist ihnen egal.«

»Ich glaube, du solltest dringend etwas an deinem männlichen Umfeld ändern, wenn die Kerle, mit denen du dich triffst, sich so verhalten. Das ist ein absolutes No-Go.«

»Männer, die so sind, halte ich mir vom Hals. Deshalb kann der Prinz auf seinem weißen Ross auch getrost an meiner Tür vorbeireiten.« Isla schnippst ihr Haar über die Schulter. »Also schließ am besten hinter dir ab. Nur sicherheitshalber.«

Kopfschüttelnd öffne ich die Tür. Mein Blick ist noch immer auf meine beste Freundin gerichtet. »Bis später.« Ich mache einen Schritt vor, komme aber nicht weit. Mein Körper kollidiert mit einer Mauer aus Muskeln.

»Nicht so stürmisch, wir haben Zuschauer«, raunt Liam mir ins Ohr. Seine Hände wandern um die Taille herum zu meinem Rücken, sodass die Fingerspitzen den Ansatz meines Hinterns berühren.

Ich lege den Kopf in den Nacken, um ihm in die Augen schauen zu können. »Es ist mir egal, wer uns sieht. Wenn mein Freund vor der Tür steht, will ich eine ordentliche Begrüßung.« Ich greife in den Kragen seiner Jacke und ziehe ihn zu mir herunter.

Unsere Lippen treffen aufeinander. Der Kuss ist stürmisch und hungrig.

»Wollen wir nicht doch einfach zu Hause bleiben?«, frage ich, ohne mich von ihm zu lösen.

Ein tiefes Lachen vibriert in seiner Brust. »Nein, heute ist Date Night, das nehme ich sehr ernst.« Er drückt einen flüchtigen Kuss auf meine Lippen.

»Ihr seid einfach widerlich süß. Ich werde gleich mal bei meinem Zahnarzt anrufen. Allein euer Anblick verursacht mir Karies.«

Ich werfe einen Blick über die Schulter und sehe, wie Isla ihr Gesicht verzieht, als hätte sie Zahnschmerzen.

»Keine Sorge, wir sind schon weg.« Liam löst seine Umarmung und umfasst meine Hand. »Bis zum nächsten Mal, Isla.« Er zieht mich mit sich auf den Flur hinaus.

Lachend folge ich ihm. »Bye«, rufe ich noch, bevor die Tür ins Schloss fällt.

Liam schaut zu mir herüber. »Ich habe dich vermisst.«

Wie von selbst wandern meine Mundwinkel nach oben. Ich bin so glücklich, dass ich den ganzen Tag wie ein Honigkuchenpferd grinsend durch die Gegend laufe. Besonders schlimm ist es, wenn er bei mir ist. »Wir haben uns doch heute früh erst gesehen.« Ich stupse ihn mit der Schulter an.

»Ja, viel zu lange.« Ohne unsere Hände zu lösen, legt er seinen Arm um mich. »Die nächsten Tage werden der Horror. Ich hasse es, wenn wir eine Reihe von Auswärtsspielen haben.«

»Ja.« Ich seufze. »Wenigstens schaffe ich es dann, für die Uni zu lernen. Es gibt da nämlich so einen superheißen Hockeyspieler, der mich nicht dazu kommen lässt.« Ich werfe ihm einen gespielt vorwurfsvollen Blick zu.

Ein verschmitztes Grinsen breitet sich auf seinem Gesicht aus. »Dafür lasse ich dich zu anderen Dingen *kommen*.«

Röte schießt in meine Wangen. Schnell schaue ich mich auf dem Flur des Wohnheimes um, ob außer uns noch jemand hier ist.

Wir haben Glück und sind allein.

Ich verpasse ihm einen Klapps gegen die Brust. »Mit dir kann man nicht in die Öffentlichkeit gehen.«

»Warte ab. Sobald wir an unserem heutigen Ziel angekommen sind, lege ich so richtig los.«

Ich vergrabe mein Gesicht in seiner Seite. »Bitte nicht. Es reicht schon, dass überall, wo wir hingehen, Leute Bilder machen und die anschließend im Internet auftauchen. Mein Bruder verliert noch völlig den Verstand.«

Zu sagen, dass unsere Beziehung zu Jace angespannt ist, wäre eine Untertreibung. Emma und meine Mom versuchen ihr Bestes, um die Wogen zu glätten. Aber so lange mein Bruder meint, sich vor allem Liam gegenüber wie ein Arsch zu benehmen, wird sich nichts an unserem aktuellen Verhältnis ändern.

Frustriert stöhne ich auf. »Gerade Jace sollte doch wissen, wie es ist, wenn man sich verliebt und keinen Einfluss auf die Gefühle hat. Sein Verhalten im letzten Jahr war auch nicht gerade die feine englische Art.«

»Gib ihm noch ein bisschen Zeit, sich daran zu gewöhnen, dass wir zusammen sind. Schließlich sind es erst ein paar Wochen.« Liam drückt einen Kuss auf meinen Kopf. »Bald wird er alle Hände voll zu tun haben, wenn Peaches erstmal, anfängt die Welt zu erkunden. Dann bleibt ihm gar keine Zeit, sich Gedanken um uns beide zu machen.«

Ich atme scharf ein, lehne mich ein Stück zur Seite und schaue mit großen Augen zu Liam. »Die arme Peaches wird das Ganze irgendwann bestimmt tausendmal schlimmer als Faith und ich durchmachen müssen.«

»Sie hat zwei unglaublich tolle Tanten, die wissen, wie es ist, wenn er über die Stränge schlägt. Dann wirst du ihr Komplize in Mission Liebe sein.« Seine Lippen streifen kurz über meine. »Du hast noch ein paar Jahre Zeit, bis es soweit ist, lass uns jetzt erstmal den Abend genießen.«

»Okay.« Ich lächle ihn an.

Er führt mich zu seinem Wagen.

Gemeinsam fahren wir stadteinwärts.

Ein paar Minuten später haben wir geparkt und schlendern über den in bunte Farben getauchten Nathan Phillips Square. »Du hättest was sagen sollen. Ich habe gar keine Schlittschuhe dabei.« Sehnsüchtig schaue ich den Menschen auf der Eisbahn zu, wie sie ihre Runden drehen.

»Dann hättest du die hier gar nicht benötigt.« Er zieht etwas aus der Sporttasche hervor.

»Liam.« Ich nehme die weißen Schlittschuhe in die Hand. Mein Blick geht zu der Gravur an der Seite des Hackens.

In das Kunstleder sind ›Lia‹ und zwei ineinander verschlungene Herzen geprägt worden. Mein Spitzname, den nur Liam benutzt.

»Sie sind wunderschön. Danke.« Mit einer Hand halte ich die verknoteten Schnürsenkel, die andere schlinge ich um Liams Nacken. Meine Lippen landen auf seinen. Es ist mir egal, wer uns sieht oder fotografiert, ich bin das glücklichste Mädchen überhaupt und das kann ruhig die ganze Welt wissen.

»Wenn du so weitermachst, schaffen wir es nicht bis aufs Eis«, raunt er gegen meine Lippen.

Lachend löse ich mich von ihm. »Das wäre eine Schande, da ich jetzt diese wunderschönen Schlittschuhe habe.«

Er verschränkt seine Finger mit meinen. »Lass uns testen, ob sie auf dem Eis genauso viel hermachen wie optisch.«

Gemeinsam setzen wir uns auf die Bank und tauschen Winterboots gegen Kufen.

Normalerweise bewegt sich Liam temporeich über das Eis der Arena, aber heute lassen wir uns gemächlich im Strom der anderen Schlittschuhlaufenden treiben. Hand in Hand und mit einem Lächeln auf dem Gesicht.

Mein Herz ist so voller Glück und Liebe, dass es beinahe zu zerspringen droht. Ich weiß, mit Liam an meiner Seite wird dieses Gefühl nie nachlassen, selbst wenn das Eis unter unseren Kufen einmal dünner wird. Gemeinsam sind wir in der Lage, es unversehrt zu überqueren.

Epilog

Liam

Der Schweiß rinnt mir das Gesicht hinab.

Vor mir gleitet der Puck über das Eis.

Wir sind in den Finals. Bis jetzt haben wir zwei Niederlagen einstecken müssen, aber auch drei Siege konnten wir erzielen. Wenn wir heute gewinnen, gehört der Stanley Cup uns. Zum zweiten Mal in Folge.

Und wieder steht uns Seattle gegenüber. Sie wollen diesen Pokal genauso sehr wie wir.

Es steht fünf zu fünf. Das letzte Drittel ist beinahe zu Ende. Wenn wir nicht langsam die Oberhand gewinnen, geht das Spiel in die Verlängerung.

Die Gemüter sind erhitzt, auf beiden Seiten ist heute schon Blut geflossen. Es wird Zeit, dass wir uns in Führung begeben und diesem Gemetzel ein Ende setzen.

Ich sprinte über das Eis, den Puck noch immer in meiner Gewalt.

Doch Seattles Abwehr setzt sich mir in den Weg.

Ich suche die Lücke, die ich brauche, um den Puck abzugeben, denn für mich ist das Tor unerreichbar. Auf keinen Fall überlasse ich unseren Gegnern die schwarze Scheibe.

Die Formation zu meiner Rechten bewegt sich. Da ist sie.

Ich verschwende keine Zeit und passe.

Aiden steht bereit und nimmt den Puck an sich.

Ich stürme zu Seattles Tor, um in Position zu gelangen.

Aus dem Augenwinkel sehe ich, wie Aiden zu Maverick spielt. Der sprintet mit den gegnerischen Spielern auf den Fersen in meine Richtung.

Maverick schaut zu mir und passt.

Der Puck landet perfekt auf meinem Schläger.

Ich hole aus und schieße auf Seattles Tor.

Die Sirene ertönt. Sechs zu fünf in Führung.

Ich schaue zu den Zuschauerrängen und sehe Malia, die jubelnd auf und ab hüpft. Grinsend zeige ich auf sie. Dieses Tor widme ich ihr.

Mein Herz schlägt nur für zwei Dinge. Malia und Eishockey. Ihre Liebe bringt mich dazu, ein noch besserer Spieler zu sein, denn es gibt nichts Schöneres, als sie hinter der Scheibe mitfiebern zu sehen.

Die Sirene signalisiert das Ende des Spiels.

Wir sind die ungeschlagenen Meister.

Mein Teamkollegen stürmen auf das Eis und versammeln sich um mich.

Jubel ertönt in der Arena.

Mein Blick geht zurück zu Malia.

Sie strahlt über das ganze Gesicht.

Eine Welle der Freude rollt über mich hinweg. Dieses Mal ist der Sieg perfekt.

Malia

Ich juble laut mit den restlichen Fans. Konfetti regnet auf mich herab.

Mit meinen Eltern und Liams Familie schaue ich dabei zu, wie er den Stanley Cup als Captain entgegennimmt. Meine Brust platzt beinahe vor Stolz.

Er hat es geschafft. Schon wieder. Mein Freund ist einfach der Hammer.

Ich kann gar nicht aufhören zu grinsen, meine Wangen tun schon weh.

Die Spieler fahren nacheinander eine Runde mit dem Pokal in der Hand über das Eis.

Die ganze Zeit verbringt Liam in der Menge seiner Teamkameraden. Feiert gemeinsam mit ihnen ihren Sieg. Erst als sich das Prozedere dem Ende neigt, entfernt er sich von der Gruppe und verschwindet im Tunnel.

Meine Brauen ziehen sich zusammen. Ich schaue zu dem Eingang, in dem er verschwunden ist.

Aber er kommt nicht zurück.

Sein Team und ein Haufen Presseleute tummeln sich noch immer auf dem Eis.

Zum ersten Mal, seitdem die finale Sirene ertönt ist, verschwindet das Grinsen von meinem Gesicht.

Ein Blick zur Seite zeigt mir, dass auch meine Eltern und seine verwundert über sein Verschwinden sind.

Plötzlich bricht lauter Jubel hinter uns aus.

Ich gucke über die Schulter.

Und da ist er. In voller Montur bahnt er sich den Weg durch die Fans, die in den Gang geströmt sind, um ein Stück von ihrem Helden zu bekommen. Die ganze Zeit über sind seine Augen auf mich gerichtet.

Ein Kribbeln breitet sich in meinem Bauch aus. Ich ziehe meine Lippe zwischen die Zähne und kaue nervös auf ihr herum. Was hat er vor?

Es dauert eine gefühlte Ewigkeit, bis er den Eingang unserer Reihe erreicht. Zielstrebig kommt er auf mich zu. Die Leute, an denen er vorbeigeht, klopfen ihm anerkennend auf die Schulter. Je näher er kommt, desto deutlicher sehe ich das Feuer, das in seinem Blick brennt.

Hitze breitet sich in meinem Körper aus. Wenn wir nicht

unter den wachsamen Augen von so vielen Menschen wären, würde ich ihm sofort die Sachen vom Leib reißen. Mein angehaltener Atem kommt seufzend hervor, als er endlich vor mir stehen bleibt.

Ein verschmitztes Grinsen hebt seine Mundwinkel. Er zieht mich an sich. Seine Lippen nehmen meine mit einem stürmischen Kuss in Beschlag. Seine Hände wandern zu meinen Oberschenkeln. Mit einem kräftigen Ruck hebt er mich hoch.

Wie von selbst legen sich meine Beine um seine Hüften.

Alles um uns tritt in den Hintergrund. In diesem Moment gibt es nur ihn und mich.

»Ich liebe dich, Champ«, hauche ich gegen seine Lippen.

Er löst sich ein Stück von mir. Seine eisblauen Augen halten meinen Blick gefangen. »Ich liebe dich auch, Lia.«

Unter Jubelrufen und Pfiffen finden unsere Münder wieder zueinander.